MAUVAISE MÈRE

A. M. HOMES

MAUVAISE MÈRE

BELFOND

Titre original :

IN A COUNTRY OF MOTHERS
Publié par Alfred A. Knopf, Inc., New York

Traduit de l'américain par Arlette Stroumza

Tous nos remerciements à TRO-Devon Music, Inc., pour l'autorisation de reproduire un extrait de *Substitudte*, paroles et musique de Peter Townshend.
© Fabulous Music Ltd, Londres, Grande-Bretagne, 1966.

© A. M. Homes 1993. Tous droits réservés.
© Belfond 1997 pour la traduction française.
ISBN 2-266-08396-1

Pour ma mère, Phyllis Homes

Remplace-le par moi
Remplace mon gin par du Coca.
Remplace ma mère,
Qu'au moins ma lessive soit faite.

Peter Townshend

LIVRE I

LIVRE I

1

Jody composait un numéro quand Harry s'approcha d'elle
par-derrière, et coupa la communication avec son pouce gras-
souillet.

— C'est vilain de rapporter, dit-il.

— Je voulais prendre rendez-vous avec un psy. Vous me
rendez dingue.

— Très flatteur. (Il prit la pièce qui était retombée et la
lança dans la paume de sa main.) Recommence, alors.

De nouveau Jody glissa la pièce dans la fente et composa
le numéro. Elle fit face à Harry. Le cordon métallique du
téléphone, trop court, lui cisaillait la gorge. Elle remarquerait
plus tard qu'il avait laissé sur son cou une profonde ligne
rouge, comme si on avait essayé de l'étrangler. Mais sur le
moment elle ne prit pas garde à la pression qui s'exerçait sur
son cou — elle détailla plutôt Harry. On aurait dit une grosse
baleine échouée. Son ventre commençait au cou et s'achevait
aux genoux, formant comme une excroissance solide. A
force de faire mine de bouder, ses lèvres roses et épaisses
s'étaient mises, avec l'âge, à pendouiller. Elle imagina sa
peau : froide, moite.

Quand retentit enfin le bip du répondeur de Claire Roth,
Jody sourit à Harry et laissa le message suivant :

« Bonjour, je m'appelle Jody Goodman. Vous ne me

connaissez pas. J'ai des décisions à prendre au sujet de ma carrière, et je n'y arrive pas. »

Le visage de Harry se renfrogna.

« Barbara Schwartz m'a donné vos coordonnées. Je voudrais prendre rendez-vous. Je ne suis pas joignable à mon travail, mais voici mon numéro personnel : 555 2102. Merci de me rappeler. »

— Je t'expédie au divan ? demanda Harry lorsque Jody raccrocha. Quel honneur !

— Sale con, répondit Jody, assez fort pour que l'équipe technique qui s'activait dans les parages l'entende.

— Et toi, ma chère petite, dit Harry en rougissant, tu es un ange !

Il l'embrassa sur le front et retourna sur le tournage.

Jody introduisit une autre pièce dans la fente et appela le bureau.

— Productions Michael Miller, un instant, je vous prie.

— C'est moi. Il est là ?

— Ne quitte pas.

Une sonnerie, et Michael Miller porta à son oreille son précieux téléphone-jouet.

— Qu'est-ce que tu veux ?

— Ni bonjour ni comment ça va ? demanda Jody.

Un silence. Jody était l'assistante de Michael Miller depuis deux ans ; il avait fini par la considérer comme un meuble.

— Très bien, merci, reprit Jody. Quand on perd des millions, admettons qu'on perde aussi ses manières. Il sait que je t'appelle. Il vient de m'embrasser sur le front. Il m'a bavé dessus, j'en suis sûre. Je sens sa salive couler dans mes cheveux.

— Tes petits malheurs personnels mis à part, comment ça se passe ?

— Rien ne le presse. Il vérifie chaque détail. On ne finira jamais dans les temps.

— Dès que tu en sauras un peu plus, fais-moi signe. Il

14

faudra peut-être que je trouve un peu de fric ailleurs. Au fait, où as-tu mis le chèque des Européens ?

— Sur le compte de la production. A propos, je crois que j'ai décroché la timbale. Je viens de traiter Harry de sale con, et il a rougi.

Jody raccrocha avant que Michael ait pu placer un mot.

— On boucle tout ! hurla l'assistant de production.

En quelques minutes, la circulation fut détournée et les piétons bloqués hors champ par des barrières amovibles. Une voiture de police louée, sirène hurlante, déboucha à toute vitesse d'une rue adjacente, passa devant la première caméra, vira dans Broadway en dérapant le long d'une rangée de projecteurs, dans l'objectif de la deuxième caméra, et pila devant le Zabar, où se trouvait la troisième. Un acteur habillé en flic jaillit par la portière avant, ouvrit la portière arrière ; une femme engoncée dans un épais manteau de laine, jouée par la légendaire Carol Heberton, mit pied à terre.

— Voulez-vous quelque chose ? (Jody, synchrone, articulait les répliques de Heberton.) Je n'en ai que pour un instant.

— Coupez ! cria quelqu'un. On la refait ! Tout le monde en place.

Jody se fraya un chemin dans la foule en calculant mentalement combien coûterait cette nouvelle prise. Le cinéma, c'était de l'argent. Chaque chose avait un prix.

Elle se glissait sous une des barrières lorsqu'un vrai flic l'arrêta.

— Il faut que vous traversiez de l'autre côté, dit-il.

— Ça m'étonnerait, répliqua Jody en poursuivant son chemin.

Le flic la prit aux épaules et la retint jusqu'à ce qu'un assistant de production intervienne.

— Laissez-la passer, elle est avec nous.

Jody se dégagea.

— Harry te demande, dit l'AP. Il brame « ma chère petite ! Je veux ma chère petite ! » dans tous les talkies-walkies.

— Super, dit Jody en se retournant pour regarder les badauds.

Grotesque, pensa-t-elle. Les productions Michael Miller, alias « Les Films Jetables ». Elle avait pris ce boulot car elle se destinait à la carrière de metteur en scène : elle avait tout intérêt à en apprendre le plus possible sur le métier. Depuis deux ans qu'elle travaillait avec lui, Michael raclait les fonds de tiroirs en vue de réunir l'argent que réclamait Harry Birenbaum, créateur sur le retour de ravageuses épopées romantiques hybrides, pseudo-européennes, pour réaliser un film différent, avec un vrai potentiel commercial, et suscepti-ble, dans le meilleur des cas, de rapporter les sommes folles que Michael avait quémandées, empruntées, ou pire. Si le projet échouait, les productions Michael Miller se reconver-tiraient sans doute : « Michael Miller, balayage et net-toyage ».

Un sans-abri apparut comme par magie et se précipita vers le buffet. Jody l'observa : il entassait des bananes, des oranges et des pommes dans le creux de son bras libre. Il n'était pas loin de la douzaine lorsqu'un technicien le surprit.

— Tire-toi en vitesse, et que je ne t'y reprenne pas ! s'écria-t-il.

La dernière orange tomba par terre, rebondit sur le trottoir et roula sur la chaussée.

Michael avait persuadé Jody de se mettre à la disposition de Harry pour toute la durée du tournage à New York en lui faisant miroiter cette occasion unique de voir un maître à l'œuvre. Tout ce que lui avait appris jusque-là l'observation du grand homme, c'était qu'elle aurait sans doute mieux fait de postuler à la fac de droit de l'UCLA [1] plutôt qu'au départe-ment cinéma.

Jody frappa à la porte de la caravane de Harry. Le mot COSTUMES y figurait en grosses lettres, pour leurrer les éven-tuels chasseurs d'autographes.

---

1. Université de Californie, Los Angeles. (*N.d.T.*)

— Entrez, dit Harry.

La porte s'ouvrit, et Karl, l'assistant de Harry, en sortit à la vitesse d'une fusée.

Harry était assis de biais, bien trop gros pour se mettre normalement à table.

— Viens déjeuner avec moi, dit-il.

Jody ne répondit pas.

— Allez, dépêche-toi ! Et ne laisse pas la porte ouverte, on pourrait nous voir.

Jody grimpa dans la caravane et s'installa en face de Harry.

— Donne-moi ton avis : A ou B ?

Il prit la télécommande de l'installation vidéo encastrée dans la paroi de la caravane et lui passa les deux versions de la scène qu'ils avaient tournée la veille. La séquence A n'était ni chair ni poisson, convenable mais ennuyeuse, aucune chance de remporter un oscar avec ça. La B était du pur Harry, avec des gros plans si serrés que les images débordaient du cadre. Au lieu d'une Carol Heberton en pied, à cinq mètres, on ne voyait que son œil gauche, sa pupille légèrement dilatée révélant qu'elle avait, consciemment ou non, enregistré quelque chose. Suggérer plutôt que montrer, c'était la force de Harry.

— Alors, A ou B ? insista Harry.

Elle ne répondit pas, Harry était incontestablement un grand metteur en scène, mais sa cote était au plus bas. Ses trois derniers films n'avaient pas fait une entrée, et sa méthode, répéter, tourner, recommencer, coûtait si cher que les producteurs changeaient de trottoir du plus loin qu'ils l'apercevaient. Il n'empêche qu'on ne l'imaginait pas aux commandes d'une quelconque série B.

— Tu veux être metteur en scène, oui ou non, ma petite chérie ? Un metteur en scène, ça doit savoir faire des choix.

— B.

— Et pour quelles raisons ?

— Plus tendu. Plus révélateur, bien que moins explicite.

La première est trop diffuse, l'arrière-plan est trop présent, attire trop l'attention.

— Vingt sur vingt, petite fille ! Vingt sur vingt. Tu sais ce que m'a dit le garçon qui sort d'ici ?

Jody secoua la tête. Le garçon en question avait la quarantaine bien sonnée.

— Il a dit A, parce que sur B Carol fait vieux. Mais elle *est* vieille ! Ça fait des semaines que je galère pour lui donner cet air-là, et maintenant il se plaint ! C'est bien d'être vieux, non ?

— Très bien, dit Jody en se levant.

— C'est un film, pas un concours de beauté !

On frappa à la porte de la caravane. Karl entra et posa un plateau surchargé de nourriture sur la petite table.

— Ce sera tout pour l'instant, déclara Harry.

Karl parti, Jody s'apprêta à le suivre.

— Tu ne vas pas me laisser manger tout seul ? gémit Harry d'un ton plaintif.

Jody haussa les épaules et mentit.

— Je ne m'intéresse pas à la bouffe.

— Moi, si.

Jody se rassit ; elle regarda Harry qui nettoyait son plateau avec la voracité d'un aspirateur tout en songeant à sa vie passée, présente et future. Elle imagina la scène dans la caravane, filmée par une grue : Harry rongeant les os d'un quelconque machin de lait rôti — poulet, agneau, ou enfant. La grue s'élevait, le plan s'élargissait, on découvrait la scène générale : techniciens affairés sur des projecteurs, chef opérateur avançant et reculant avec sa caméra sur les rails de la dolly, Heberton répétant laborieusement ses répliques, piétons se bousculant pour mieux voir ; la caméra élargissait encore ; on apercevait Michael dans son bureau, cramponné à son téléphone, puis le plan se terminait par une vue aérienne de Manhattan — New York vue de loin, la Terre vue de l'espace.

Le temps que Harry ait fini de manger, Jody était au bord

de la nausée, en partie à cause du spectacle qu'offrait le grand homme, des restes de salade de chou collés aux coins de ses lèvres épaisses, une traînée de moutarde sur la joue, en partie à cause de son angoisse personnelle. Pour qui se prenait-elle ? Comment prétendait-elle percer dans ce métier où pour réussir il fallait des doses égales d'arrogance, de connerie et de génie ? Elle n'avait comme atouts que sa curiosité et sa vision très personnelle des choses. Lorsque Karl revint avec une cafetière pleine et une assiette de cookies, Jody but quatre tasses de café et ingurgita une douzaine de gâteaux ; puis elle passa le reste de l'après-midi à rêver d'un immeuble assez haut pour garantir une chute définitive.

2

Entre deux rendez-vous, Claire sommeillait sur le divan de son bureau. Quelque chose — un rêve, la sonnerie du téléphone ou la voix de la jeune femme sur le répondeur — la réveilla. Une sorte d'éclair, de déflagration foudroyante, qui lui donna l'impression d'avoir été projetée à travers le temps.

Elle se redressa, persuadée qu'il s'était produit quelque chose d'horrible. Si elle n'avait pas attendu un patient, Claire se serait précipitée chez elle, certaine qu'il était arrivé malheur à ses enfants. Elle aurait exigé d'eux qu'ils ouvrent la bouche et fassent « aaahh » pendant qu'elle braquerait une lampe au fond de leur gorge. Elle aurait collé son oreille à leur poitrine, sa main sur leur dos, et leur aurait demandé de respirer profondément. Elle se contenta de téléphoner chez elle.

— Tout va bien ? demanda Claire à Frecia.

— Nous faisons des cookies, Adam et moi, et Jake regarde la télé, répondit la voix rassurante de la femme de ménage.

— Qu'il ne s'approche surtout pas du four. Il adore regarder dedans.

— Il ne va pas s'enflammer, dit fermement Frecia qui travaillait chez Claire depuis des années et ne se laissait plus impressionner.

Dans le bureau de Claire, une sonnerie retentit.

— Sam a téléphoné, il ne rentrera pas avant onze heures, poursuivit Frecia.

La sonnerie reprit, rappelant à Claire les exercices d'alerte de l'école primaire. Ça sonnait le premier mercredi de chaque mois, de onze heures à onze heures trois, tous les mois de l'année, et pourtant, chaque fois, elle sursautait. Elle regarda par la fenêtre. Une femme traversait la rue avec une poussette. Le feu allait changer et un bus s'apprêtait à démarrer. Claire retint son souffle jusqu'à ce que la femme et la poussette soient en sécurité sur le trottoir opposé.

— Mon rendez-vous de quatre heures est là, dit-elle à Frecia. A tout à l'heure.

Elle baissa complètement le son de son répondeur et introduisit son patient.

Ce n'est qu'en accueillant son patient de six heures qu'elle se rappela que le téléphone avait sonné pendant sa sieste. Elle s'efforça de se concentrer sur les paroles de son client, mais son esprit revenait sans cesse à ce coup de fil. Il lui semblait bien qu'il émanait de quelqu'un qu'elle connaissait.

— C'est fantastique de vous avoir là, assise, à m'écouter jacasser, disait le patient. Vous ne me jugez pas. Ça me fait du bien. Je vous remercie.

Les patients passaient leur temps à remercier Claire, à lui dire qu'elle était merveilleuse, qu'elle les aidait beaucoup. Ça lui faisait plaisir, mais ça ne comptait pas. Ce n'était pas elle qu'ils remerciaient, mais une petite partie d'elle, insignifiante par rapport au tout. Ils remerciaient leur fantasme de Claire. Si ces malheureux la connaissaient vraiment, se disait-elle, ils ne reviendraient jamais.

Elle sourit, hocha la tête.

— A jeudi, dit-elle cinquante minutes plus tard, en le raccompagnant à la porte.

Enfin seule, elle appuya sur « Lecture » pour écouter le message.

« Salut. Tu vas bien ? (C'était son ami Naomi.) Est-ce qu'on a des places de théâtre pour samedi ? Si tu prends une baby-sitter, je déposerai les gosses chez toi. Ça nous coûtera deux fois moins cher. »

Claire appuya sur avance rapide.

« Bonjour, je m'appelle Jody Goodman. Vous ne me connaissez pas. J'ai des décisions à prendre au sujet de ma carrière, et je n'y arrive pas. Barbara Schwartz m'a donné vos coordonnées. Je voudrais prendre rendez-vous. Je ne suis pas joignable à mon travail, mais voici mon numéro personnel : 555 2102. Merci de me rappeler. »

Claire se repassa le message et le prit soigneusement en note. Des années plus tôt, quand elle avait acheté son premier répondeur, Claire avait pris l'habitude de retranscrire intégralement les messages de ses patients, actuels ou potentiels. Elle les trouvait très révélateurs : ce qu'ils disaient et ce qu'ils ne disaient pas, leur ton, leur aisance devant la machine. Elle n'en avait jamais soufflé mot à personne. Les gens auraient pu considérer ça comme bizarre, comme un tic de psy.

Pendant les séances, bien qu'elle fût aussi attentive que possible, il lui arrivait d'avoir l'impression de ne rien entendre. Prendre des notes lui donnait la sensation d'avoir quelque chose de tangible à étudier. Elle aurait volontiers enregistré les séances, si elle n'avait craint que les patients ne le supportent pas. Mais que faire des bandes ? Les enfermer à clé dans une armoire ? Et lorsque la thérapie serait terminée ? Rendre les enregistrements aux patients ? Ou les effacer, comme si la personne n'avait jamais existé ?

Elle composa le numéro de Jody Goodman et s'apprêtait à laisser un message sur le répondeur lorsqu'on décrocha.

— Allô ? Allô ?

— Je voudrais parler à Jody Goodman, dit Claire.

— C'est moi.

— Claire Roth à l'appareil. Je vous rappelle comme vous me l'avez demandé.

— Ah oui ! Bonjour. Pardon, mon message a dû vous

22

paraître curieux, mais j'avais mon patron sur le dos. Littéralement.

Claire ne dit rien.

— Je crois que je devrais venir vous voir, ajouta Jody.

— Pouvez-vous me dire pourquoi ?

— Mes études.

Une réponse simple. Elle n'avait pas vu d'éléphants à pois roses défiler dans Broadway. Elle ne prétendait pas que son petit ami menaçait de la tuer, qu'il était sorti acheter une pizza au coin de la rue mais qu'il ne tarderait pas à rentrer. En d'autres termes, il ne s'agissait pas d'une urgence. Claire se détendit. Elle détestait parler à des inconnus.

— Comment connaissez-vous Barbara Schwartz ?

— C'était ma psy.

— Il y a combien de temps ?

— Deux ans. J'ai arrêté quand je suis venue à New York.

— Voulez-vous passer demain ? Je pourrais vous recevoir à midi et demi.

— Parfait. Je me débrouillerai.

— A demain, donc.

Claire raccrocha.

Elle feuilleta son agenda, trouva le numéro de téléphone de Barbara Schwartz et commença de le composer, puis s'interrompit. Mieux valait ne pas se laisser influencer par une opinion extérieure. Il serait toujours temps de lui téléphoner plus tard, si nécessaire.

Barbara Schwartz. Chaque fois que le passé se télescopait avec le présent, Claire se sentait mal à l'aise. Jour après jour elle constatait que la mémoire constituait pour les gens le terrain d'élection des rancœurs, des pires moments, ceux que l'on ressasse interminablement jusqu'à ce qu'ils soient aussi lisses et durs que des cals ou des galets. Lorsque Claire allait vraiment mal, Sam lui disait toujours, pour la réconforter : « Le passé, c'est le passé. Dis-toi que si c'était à refaire tu t'y prendrais autrement, comme tout le monde. » Claire en convenait. Et elle acceptait ce qui était arrivé avec la résignation qu'on était en droit d'attendre d'elle. A quoi bon s'indigner ? Ce qui était arrivé était arrivé.

Barbara Schwartz, une émigrée de Tucson, Arizona. « La seule Juive de tout l'Ouest américain » : c'était ainsi qu'elle se définissait. L'année 1967. Barbie à Baltimore, avec ses petits cheveux bruns frisés, teints en blond. Une maison divisée en appartements ; au rez-de-chaussée, Barbara, la jeune assistante sociale, son premier poste de grande personne, et à l'étage, Claire, déprimée. Barbarella Schwartz, qui empruntait les pulls en cashmere de Claire pour sortir avec ses petits amis. Claire les lui prêtait, et se moquait qu'ils lui reviennent tachés ou brûlés. Après tout, si ses pulls faisaient la fête, Claire aussi, par procuration. Elle s'asseyait devant la télé et attendait que ses pulls rentrent à la maison. Et quand ils étaient de retour, Claire apportait de quoi grignoter au lit, et Barbara et elle regardaient le cinéma de minuit en se racontant des horreurs sur les hommes. Un soir, Claire avait failli lui révéler son secret, la pire des horreurs que l'on puisse raconter sur un homme, et la véritable raison de son séjour à Baltimore. Mais elle avait eu peur que cette histoire gâche leur amitié.

Baltimore. Plus de vingt ans déjà. Claire était arrivée à Baltimore un an avant Barbara, et y était restée deux ans après son départ. Pendant tout ce temps, pendant ces quatre années, elle avait attendu, sans bouger de cet appartement, dans l'espoir que ce qui avait été fait pourrait, par sa seule volonté, être défait. Il suffisait d'un peu de patience.

On était en 1966. Son père était sorti comme un taureau furieux de leur maison à deux étages dans la banlieue d'une ville de Virginie en hurlant : « Il faut faire quelque chose ! Supprimer cette abomination ! » Claire, allongée sur son lit, regardait les meubles laqués en blanc de sa chambre. Ce jour-là, elle avait dit adieu à son enfance. Elle imagina son père se précipitant chez le vétérinaire local et se débrouillant pour le convaincre de la piquer. Elle était certaine de ne pas vivre assez longtemps pour devenir vieille. Sa mère entra et entreprit de faire les valises de Claire sans mot dire ; elle y glissa quelques robes à elle, en guise de cadeaux. Lorsque son père revint, Claire suivit sa valise dans la voiture, et ils s'éloignèrent en silence. Quand la voiture s'arrêta devant une maison de Baltimore, il faisait nuit. Claire ne connaissait pas la ville, on aurait aussi bien pu l'avoir expédiée sur la lune. Il monta les bagages, ouvrit la porte de l'appartement et y déposa les valises. Puis il lui tendit la clé et une enveloppe de la banque. « Débrouille-toi pour que ça te dure. Nous n'avons pas les moyens, pour ce genre de choses. »

Son père était reparti. Claire, anéantie, resta debout devant la fenêtre.

A sa connaissance, ses parents n'en avaient jamais parlé à personne. Sa mère lui avait dit un jour que si on lui posait la question elle répondrait que sa fille étudiait la littérature anglaise à l'université de Goucher. Une chose que Claire aurait volontiers faite, si, à Goucher, on avait accepté les étudiantes enceintes.

Le téléphone sonna au moment où Claire mettait sa veste pour partir.

— Je sais qu'on se voit samedi, mais qu'est-ce que tu dirais de dîner avec moi ce soir ? lui proposa son amie Naomi. J'ai appelé chez toi, et je sais que Sam rentrera tard.

— Je ne suis pas rentrée à la maison de toute la journée, protesta Claire.

— Une heure de plus, une heure de moins ! Quelle importance ?

Une heure précieuse, toute la différence entre la vie et la mort pour les victimes de traumatismes.

— D'accord, dit Claire. Dans dix minutes.

Elle raccrocha. Sans pour autant préciser de lieu, car elles se donnaient toujours rendez-vous dans le même bistrot italien de Thompson Street.

— Ma famille me rendra dingue ! s'exclama Naomi.

25

Claire ne le lui avait jamais dit, mais Naomi était son *alter ego*. Elle disait et faisait tout ce que Claire se contentait d'imaginer.

— Je n'ai qu'une envie, me tirer, disait Naomi. Dire au revoir, fermer la porte et disparaître. Parfois, je regarde Roger et je me demande pourquoi. Pourquoi ai-je fait ça ? Pourquoi me suis-je mariée ? C'est comme avoir un quatrième enfant. Si j'étais restée célibataire, et que j'avais adopté des gosses, au moins je serais seule dans mon lit quand je me couche. Pas une seconde de tranquillité ! Ses enfants ou lui, j'ai toujours quelqu'un sur le dos !

Claire hocha la tête. Elle enroula des pâtes sur sa fourchette et les glissa dans sa bouche. Elle sourit.

— Impossible d'avoir la paix. Maintenant, je me planque dans la cuisine. J'y reste toute la nuit et je fais exprès de brûler des trucs qui sentent si mauvais qu'ils me laissent tranquille.

— Ce n'est pas bon signe, dit Claire en essuyant un reste de sauce marinara sur ses lèvres. Va passer un week-end quelque part.

— Toute seule ?

— Pourquoi pas ?

— Qu'est-ce que je ferais ? A qui je parlerais ? Je finirais par rester enfermée dans ma chambre d'hôtel.

— Prends une chambre chez l'habitant, à la campagne, ou à la mer. Il y a une thalasso à Montauk. Fais-toi masser. Prends des bains de boue.

A la table voisine, un couple se disputait pour quelque chose d'incroyablement stupide ; ils ne voulaient céder ni l'un ni l'autre, ils détruisaient leur relation. Claire, qui mangeait ses pâtes, se dit qu'en bonne professionnelle elle aurait dû se tourner vers eux et leur expliquer ce qui leur arrivait ; mais alors sa tâche en ce bas monde serait sans fin.

— Ce n'est pas pour changer de sujet de conversation, mais puis-je te poser une question qui n'a absolument rien à voir ?

26

Claire hocha la tête.

— Comment te débrouilles-tu pour faire tenir tes cheveux ? On dirait un truc de goy.

Claire porta la main à ses cheveux, noués en chignon.

— Les épingles sont cachées. Je te montrerai un jour.

— Il y a quelqu'un ? claironna Claire en ouvrant la porte.

La télévision tonnait. Claire se dit qu'elle devrait en parler une fois de plus à Frecia. Elle suspendit son manteau et parcourut le courrier avant d'entrer dans le salon. Adam était blotti sur le canapé avec son lapin en peluche, les cheveux encore mouillés. Il avait l'air fatigué d'un convalescent. Assis à côté de lui, Jake ne quittait pas l'écran des yeux. Frecia, à l'autre bout du canapé, pliait le linge à repasser qu'elle empilait sur la table basse. Claire se pencha pour embrasser Adam sur le front ; elle laissa ses lèvres sur sa peau un peu plus longtemps que nécessaire, en se demandant s'il fallait ou non lui prendre sa température.

— La journée s'est bien passée ?

Personne ne lui répondit.

— Des coups de fil ?

Frecia secoua la tête. Claire s'empara de la télécommande et éteignit la télé.

— Maman ! On est en plein milieu du feuilleton ! protesta Jake sans la regarder.

— Désolée. Tu as fait tes devoirs ?

Elle désirait sincèrement ficher la paix à ses enfants, les laisser maîtres de leurs vies mais elle ne pouvait pas. Ils se vautraient n'importe où, comme des objets inanimés, des ballons dégonflés. Ils ne pouvaient ni l'un ni l'autre se concentrer sur quelque chose pendant plus d'une minute. Elle était convaincue que c'était une tare innée, qui s'accentuerait avec le temps, et que, lorsqu'ils auraient dix-huit ans et que tous les gamins de leur âge entreraient à l'université, il lui faudrait confier les siens à des institutions spécialisées. Sam et elle commenceraient une nouvelle vie, adopteraient des enfants venus de pays lointains dévastés par la guerre et les élèveraient avec amour. Le dimanche, Sam, elle et les nouveaux enfants se rendraient en voiture jusqu'à la lointaine institution où leurs vieux enfants seraient vautrés sur des canapés recouverts par des housses en plastique — à cause de la bave.

— Tu as fait tes devoirs ?

Jake haussa les épaules. Il était en sixième, au tout début d'une longue période de quinze ans où on lui demanderait de travailler de plus en plus dur chaque année, jusqu'au moment où il ne lui resterait qu'à rédiger sa thèse ; mais il ne le comprenait pas du tout. S'il ne s'y mettait pas, école, parents, amis, tous l'abandonneraient à son sort, et il devrait se débrouiller seul dans un monde où les gens travaillaient pour gagner leur vie.

— Va chercher ton cahier et apporte-le, immédiatement.

Jake leva sur elle un regard lourd, comme voilé par une étrange pellicule. Elle voyait déjà les gros titres du journal du lendemain : LA TÉLÉVISION EN ACCUSATION : ELLE PROVOQUERAIT DES TROUBLES DE LA VUE ET DES TROUBLES MENTAUX SIMILAIRES A CEUX DE L'EMPOISONNEMENT PROGRESSIF PAR LE PLOMB.

— Et toi, dit-elle à Adam, au lit.

— Je veux pas.

— Au lit, j'ai dit.

Jake sortit son cahier de sous un coussin du canapé.

— Tiens, dit-il en le tendant à Claire.

— Ce n'est pas pour moi, mon ange. Ouvre-le, et au travail.

Claire prit Adam dans ses bras et le porta dans la chambre des garçons. Elle trébucha sur des jouets et alluma la lumière. Tous les satanés petits bouts de plastique moulé que possédaient ses fils étaient éparpillés sur le sol.

— Qu'est-ce qui s'est passé, ici ?

— On a joué, dit innocemment Adam.

Sa douceur le sauva.

A grands coups de pied, Claire s'ouvrit un chemin jusqu'au lit, coucha Adam, lui lut une petite histoire et éteignit la lumière. Demain, il faudrait qu'elle rappelle à Frecia de dire aux enfants qu'ils étaient censés ranger leurs jouets.

— J'ai envie de vomir, dit Adam.

— Dors, murmura Claire.

— Mais j'ai envie de vomir.

— Ferme les yeux, et pense à tout ce que tu vas faire demain.

Elle referma doucement la porte. Adam se mit à pleurer. De deux choses l'une : elle ouvrait la porte, et à quarante ans Adam vivrait toujours chez ses parents. Elle ne l'ouvrait pas et il devenait un tueur en série.

Les pleurs cessèrent. Debout derrière la porte, Claire entendit un son affreux, le rugissement d'un enfant en train de rendre tripes et boyaux. Elle ouvrit la porte, alluma. Adam était assis sur son lit, sa couverture, son pyjama et son lapin en peluche couverts de vomi.

— Oh, mon pauvre ange ! s'écria Claire en courant à la salle de bains pour prendre un gant de toilette mouillé.

Elle lui ôta sa veste de pyjama et l'emporta délicatement, avec la couverture, dans la salle de bains où elle les mit dans un sac-poubelle en plastique. Elle ouvrit ensuite le robinet du lavabo et fit couler l'eau sur le lapin en peluche.

— Frecia ! appela-t-elle.

Frecia, en manteau, entra dans la chambre.

— Frecia, vous voulez bien me rendre un service ? En descendant, mettez ça dans la machine à laver. Vous trouverez des pièces sur la commode, dans ma chambre.

— On s'en est servi pour le bus.

— Cherchez dans mon porte-monnaie.

— D'accord. A demain.

— Qu'est-ce qui s'est passé ? demanda Jake en se précipitant cinq minutes après le drame, confortant ainsi Claire dans sa conviction qu'il devenait de plus en plus lent et de plus en plus stupide. Oh ! Ça pue ! Je ne dors pas ici, moi.

Adam se remit à pleurer.

— Tes devoirs sont finis ?

Jake hocha la tête.

— Alors, va prendre ton bain.

— Merde, fit Jake.

— Pardon ?

D'habitude, Jake ne jurait pas. C'était le début de la fin. Le matin même il était entré dans la cuisine pour prendre son petit déjeuner, une Camel sans filtre au bec. A onze ans !

— Je vais faire comme si je n'avais rien entendu, dit Claire. Pourquoi as-tu vomi, Adam ?

Comme s'il pouvait le savoir.

— C'est la pâte des cookies, répondit Jake. Il l'a mangée crue. Moi aussi, d'ailleurs. Oh ! mon Dieu ! (Et Jake se prit le ventre à deux mains sous les yeux de Claire terrorisée.) Je crois que je vais être malade.

Jake fit semblant de vomir sur Adam, qui adora ça.

— Je veux mon lapin, dit-il.

— Il faut le nettoyer d'abord, dit Claire, et Adam se mit à pleurer de plus belle.

Elle changea les draps de son lit, puis lava le lapin dans la salle de bains. Sam ouvrit la porte. Elle l'entendit enlever ses chaussures pour ne pas faire de bruit.

— Nous sommes là ! cria Claire.

— Qu'est-ce qui se passe ? demanda Sam en entrant dans la chambre.

— J'ai vomi, dit Adam.

— Vraiment ? Bravo ! Bon Dieu ! J'aimerais bien vomir, moi aussi, dit Sam en s'asseyant sur le lit d'Adam. (Il enleva sa chemise et sa cravate, qu'Adam enfila sur-le-champ.) Dieu, que je suis heureux ! s'exclama Sam en caressant sa poitrine velue.

Il détacha sa ceinture, la tira hors des passants et la laissa

30

tomber par terre. Adam était debout sur le lit, posant fièrement dans la chemise de son père. Sam le prit dans ses bras.

— Ne commence pas, il va se remettre à vomir, l'avertit Claire qui détestait que Sam rentre à la maison de trop bonne humeur après une longue journée de travail.

Plus les choses allaient mal, plus Sam rayonnait. Au début, ça lui plaisait, ça lui plaisait encore de temps en temps, mais rire et plaisanter tous les jours que le bon Dieu fait ! Bon Dieu, à la longue, il y avait de quoi déprimer n'importe qui !

— Tu veux dire que si je joue avec toi tu vas vomir de nouveau ? demanda Sam à Adam. Si je te touche une seule fois, si je te donne un tout petit coup, un seul, tu vas vomir ?

Adam, ravi, hocha la tête en riant.

Claire était certaine que si elle n'avait pas été là il se serait mis à le chatouiller. Elle lança un regard noir à Sam et retourna dans la salle de bains pour rincer le lapin qu'elle suspendit par les oreilles de façon qu'Adam puisse le voir de son lit.

— Demain, il sera sec, et comme neuf. Et maintenant, un pyjama propre.

Adam secoua la tête et tira sur la chemise de son père, qui lui tombait aux chevilles.

— Regarde ! J'ai une chemise de nuit !

— Je récupère la cravate, dit Sam en l'ôtant du cou de son fils.

Claire se pencha sur Adam pour l'embrasser.

— Je suis désolée de ne pas avoir fait attention quand tu m'as dit que tu avais envie de vomir, dit-elle.

— Je t'avais prévenue, répondit-il, quémandant l'aide de son père du coin de l'œil.

— Il t'avait prévenue, fit Sam en croisant les bras.

Claire savait que Sam plaisantait, mais elle eut l'impression qu'ils se liguaient contre elle. Après tout, ils étaient trois, et elle était toute seule. Elle était leur mère, la femme de Sam, elle s'occupait d'eux. Ils pourraient se montrer plus gentils.

— Je sais, mon ange, dit Claire. Et je suis désolée. Dors bien.

Elle sortit de la pièce en laissant à Sam le soin de border ses fils.

Claire n'avait qu'une envie : se jeter sur son lit ; elle fouilla pourtant dans son armoire en pensant à son emploi du temps du lendemain. Une nouvelle patiente. L'ancienne patiente d'une vieille amie, d'une consœur. Cette fille irait sans doute au rapport, elle avait intérêt à se faire belle.

Claire pensait autrefois que se faire belle inspirait confiance, donnait l'impression aux patientes que la psy pouvait vraiment faire quelque chose pour elles — sinon les débarrasser de leur angoisse, au moins améliorer leurs goûts vestimentaires. Elle avait cependant changé de théorie et considérait maintenant qu'une tenue trop élégante pouvait susciter une rivalité entre la thérapeute et ses patientes, et qu'une psy bien habillée risquait de paraître supérieure et, par conséquent, déprimante. Ces temps-ci, Claire s'habillait comme pour aller déjeuner avec une amie : des choses jolies, mais simples — bref, à leur portée. Elle sortit une jupe noire très courte et un chemisier en soie qu'elle accrocha à un bouton de porte. Cette tenue passerait peut-être pour provocante et inconvenante, mais elle avait de longues jambes, alors pourquoi ne pas les montrer ? Il était tard, elle était épuisée et, surtout, elle n'avait rien d'autre de propre.

Le lendemain à midi, profitant d'un moment où Harry discutait avec le type des effets spéciaux de l'art de répandre du faux sang, Jody s'éclipsa.

— J'ai un rendez-vous, murmura-t-elle à l'oreille de Karl. Je serai de retour dans une heure et demie.

Cinquante minutes avec la psy, quarante pour les trajets aller et retour.

— Bon vent, fit Karl en clignant de l'œil.

Elle longea Broadway, dépassa la librairie où se déroulait le tournage, les camions et les caravanes de la production, souriante, saluant à droite et à gauche. Une fois en sécurité, hors de vue de tous, elle fit signe à un taxi. Quelques secondes plus tard, elle était bloquée par les embouteillages.

On aurait dit que tout Manhattan s'était donné le mot pour descendre dans la rue en même temps. Elle consulta sa montre, regrettant un peu de ne pas avoir choisi le métro ; mais, la dernière fois qu'elle l'avait pris, il s'était passé quelque chose d'atroce : la rame avait écrasé un type, et on n'avait pas ouvert les portes des wagons avant l'arrivée de la police. Jody avait été obligée de rester plantée là, à écouter gémir le malheureux qui gisait sur les rails, quelque part sous elle.

Le cabinet de la psy était sur la Sixième Avenue, à hauteur de Houston, à l'autre bout de la ville mais pas très loin de chez Jody. Elle était en retard. En comptant les deux minutes quarante qu'elle passa à attendre l'ascenseur, le stationnement dans ce hall se révélait coûteux. Pendant la montée, elle demanda, pour se distraire, si tous les locataires étaient psys, et si tous ceux qui prenaient l'ascenseur étaient fous.

Sur le palier du troisième étage, elle trouva le bureau de Claire et appuya sur la sonnette au nom de Roth.

— Oui ? dit une voix étouffée dans un petit haut-parleur.

Et si elle ne me faisait pas entrer, se dit Jody, si on ne se retrouvait pas face à face mais que toute la séance ait lieu comme ça, avec une voix sans visage, comme si je parlais au Magicien d'Oz ?

— C'est Jody Goodman, dit-elle.

Jody entendit le déclic du déverrouillage de la porte, tourna la poignée et entra.

Avec ses chaises posées entre les trois portes, la salle d'attente ressemblait à un couloir. Jody s'assit sur la chaise la plus proche de la porte d'entrée, sans savoir si on était censé élire un siège spécifique, par exemple le plus près de la porte de son psy personnel. Ça ressemblait à une énigme, un test destiné à révéler quelque chose de significatif sur sa psyché. Elle n'avait qu'une envie : prendre ses jambes à son cou, foncer dans le métro et téléphoner ensuite en prétendant qu'elle s'était soudain rappelé qu'elle n'avait pas éteint sa plaque chauffante. Un autre rendez-vous ? Heu... je suis très prise en ce moment. Excusez-moi, on m'appelle sur l'autre ligne, il faut que je vous quitte.

Il y avait deux machines à bruit posées par terre ; le bruit ronflant de l'air artificiel remplissait la pièce. Jody se sentit fière de savoir ce que c'était : de la technologie de base de psy, du bruit blanc. On aurait dit deux aspirateurs à l'œuvre. Elle ferma les yeux et s'imagina qu'elle s'en collait un à l'oreille, comme un coquillage. Dans le temps, quand Barbara et elle abordaient ce que Jody appelait les sujets délicats de leur cohabitation, il lui était souvent arrivé d'avoir envie de se pencher en avant et de dire : « Tes saloperies de machine à bruit ne servent à rien ! »

34

La porte au bout du couloir s'ouvrit.

— A jeudi, dit une voix douce.

Jody hésita trop longtemps entre regarder le patient ou l'analyste. Elle ne vit ni l'un ni l'autre.

— Bonjour, Claire Roth, dit la psy en lui tendant la main.

— Bonjour, dit Jody, en la lui serrant, paniquée à l'idée que la psy allait voir qu'elle tremblait, qu'elle avait les mains moites.

— Entrez.

Je dois être cinglée, se dit Jody en la suivant dans son bureau. Des étagères de livres du sol au plafond, un vieux bureau en bois, un canapé en cuir, une petite table pour la traditionnelle boîte de Kleenex et un fauteuil. Claire s'assit sur le fauteuil et Jody sur le canapé. Simple. Évident.

— Alors, dit Claire en prenant un bloc qu'elle posa sur ses genoux, que se passe-t-il ?

— Je ne devrais vraiment pas être là, dit Jody en riant à moitié. Je sors juste d'un plateau de cinéma, et venir ici, m'asseoir comme ça, j'ai l'impression d'être dans un film.

Deux secondes de passées. Comment tiendrait-elle une heure ? se demandait-elle. Le silence s'éternisa. Jody regarda Claire. Elle portait une minijupe. Elle n'avait jamais vu de psy en minijupe. Pourvu que ce soit bon signe !

— Vous avez pris rendez-vous, dit enfin Claire. Quelque chose doit vous tracasser.

Jody eut la sensation qu'elle passait une audition : à la fin de l'heure, Claire, comme un agent artistique ou un directeur de casting, jugerait sa prestation et l'accepterait ou non comme patiente. « Je suis navrée, dirait-elle en se levant à la fin de la séance, tout cela est très intéressant, mais vous n'êtes pas le genre de personne qui me convient. »

— Au téléphone, vous m'avez dit que vous éprouviez des difficultés dans votre choix de carrière. Voulez-vous m'en parler ?

Jody rit encore une fois, mais jaune.

— J'ai toujours voulu entrer au département cinéma de

35

l'UCLA. Cette année, j'ai postulé, et j'ai été admise. Et maintenant, tout d'un coup, je ne suis plus sûre d'avoir envie d'y aller.

Jody voulait plaire à Claire. Elle ne dirait rien de grave, rien de trop compliqué. Il fallait que Claire croie qu'elle était un cas facile.

— Vous avez peur ? C'est ça, le problème ?

Bien sûr que c'était ça le problème, mais pas seulement. Et Jody n'était pas disposée à parler du reste ; elle se réfugia dans la plaisanterie.

— Je ne suis pas certaine d'avoir peur de l'école. Je crois que j'ai peur du voyage en avion. J'adorais ça, dans le temps. J'étais du genre : « Vole, vole, petit biplan, vole jusqu'à la victoire ! »

C'était la première séance, et Jody chantait à pleins poumons, le pouce et l'index formant un o sur ses deux yeux, simulant des lunettes d'aviateur.

Claire sourit.

— Bravo, vous êtes très drôle !

Non seulement elle comprenait, mais elle appréciait, elle approuvait ! Jody rayonna. Elle se sentit prête à se détendre, à avouer tout ce qu'elle n'avait jamais osé dire à Barbara, à personne. Absolument tout.

Elle ferma les yeux et s'imagina femme-pilote de la Première Guerre mondiale. Elle portait une veste de cuir, un casque, une longue écharpe en soie blanche autour du cou ; sa mère, en casque de cuir et grosses lunettes, était assise derrière elle et lui hurlait à l'oreille pour lui indiquer quelle direction prendre. Elle savait, car elle était allée en Californie en car, trente ans auparavant.

— Y a-t-il autre chose qui vous retienne ici ? demanda Claire. Un petit ami ?

— Non.

— Vous voudriez en avoir un ?

Drôle de question, songea Jody.

— Pourquoi ? Vous en avez un à céder ?

Claire rit. Au train où allaient les choses, Jody se verrait offrir le rôle principal de la comédie d'ici à la fin de la séance.

— Parlez-moi de votre famille, demanda Claire.

Jody la regarda d'un air interrogateur.

— Qu'y a-t-il, dans votre famille ?

Bizarrement formulé, se dit Jody, comme si Claire voulait qu'elle lui cite des noms de gens célèbres, Clark Gable ou Rock Hudson.

— J'ai une mère, un père et un grand-père, dit-elle d'un ton hésitant.

— Vous pouvez me les décrire ?

— Eh bien, reprit Jody, taquine, ma tante était Lucille Ball, vous savez, *L'Extravagante Lucie* [1]. J'en voulais beaucoup à maman, parce que la rigolote, ce n'était pas elle.

Jody remarqua que Claire prenait des notes.

— N'écrivez pas ça, dit-elle.

— Je ne l'ai pas écrit.

— Pourquoi ?

— Parce que vous ne ressemblez pas du tout à Lucie.

— Je suis une enfant adoptée, dit Jody et l'expression de Claire changea. Ma tante et moi, nous étions très proches.

— Bon. Ce que j'aimerais, c'est vous voir trois fois. Ensuite, je me rendrai mieux compte, et nous aviserons. Ça vous convient ?

Jody hocha la tête. Elle détestait ce moment-là. Les affaires avant le plaisir.

— Que faites-vous dans la vie ?

— Je travaille pour une société de production.

— Vos parents vous aident, financièrement ?

— Un peu.

— Quatre-vingt-quinze dollars l'heure, ce sera possible ?

Jody hocha la tête à nouveau. Il émanait de Claire quelque

---

1. Célèbre feuilleton comique des années soixante. *(N.d.T.)*

chose qui l'empêchait de refuser, même si elle ne pouvait pas se le permettre. Elle se débrouillerait.

Claire prit son agenda.

— Après-demain à une heure, ça vous va ?

— Un peu plus tard, vous seriez libre ?

— A trois heures ?

Jody acquiesça.

— A bientôt, donc, dit Claire en se levant.

La séance était finie. D'accord, elle avait eu quelques instants de retard, mais elle n'avait jamais vu cinquante minutes passer aussi vite.

— Vous avez l'heure ? demanda Jody en se levant à son tour, frappée par la haute taille de Claire.

Pas loin du mètre quatre-vingts, le genre mannequin.

— Il est une heure trente-cinq, nous avons légèrement dépassé notre temps.

— Oh ! là là !

— A jeudi, dit Claire en refermant la porte sur elle.

Au lieu d'attendre l'ascenseur, Jody dévala l'escalier quatre à quatre et bondit dans un taxi.

Il s'était produit un drôle de tour de magie primitive. Jody reprit le boulot avec une énergie qu'elle ne se connaissait pas, une énergie si colossale que c'en était un peu effrayant.

— Ah, te voilà ! s'exclama Harry en interrompant une discussion avec un éclairagiste. Tu m'as manqué, pour déjeuner.

Jody tartinait un *bagel* de fromage blanc devant le buffet. Elle rougit, mordit dans son petit pain et leva les yeux.

Harry tendit la main, essuya une trace de fromage blanc sur son visage et lécha son doigt.

— Dînons ensemble un de ces soirs, dit-il.

Jody, la bouche pleine, ne répondit pas. Un autre éclairagiste appela Harry, et Jody en profita pour gagner la cabine téléphonique la plus proche.

— Alors ? Où en est-on ? demanda Michael.

— Ça lambine. Ils tournent la scène de la librairie, dit Jody en regardant l'auvent de la boutique Shakespeare & Co.

— Tout se passe bien ?

— Ils maculent des piles entières de livres avec du faux sang, et ensuite ils essaient de les nettoyer pour refaire la prise.

— J'espère que ce ne sont pas des vrais livres. Vérifie. Si par hasard on est obligés d'acheter tout le stock, qu'ils se servent au moins de livres de poche.

Jody prit une autre bouchée de bagel.

— Est-ce que je toucherai des heures sup ? Je ne suis vraiment pas assez payée.

— Tu es en train de manger ?

— Non, dit Jody en crachant ce qu'elle avait en bouche dans sa main et en le jetant le plus discrètement possible dans le caniveau.

— C'est dégoûtant ! Tu manges pendant qu'on parle.

— Je ne mange pas. Michael, écoute-moi, je voudrais comprendre ce que tu attends exactement de moi.

— Lécher le cul de Harry et me dire s'il a des poils ! C'est ton boulot.

— Je ne te savais pas aussi romantique, dit Jody.

Michael raccrocha, au grand dam de Jody qui adorait lui raccrocher au nez la première. Elle composa le numéro d'Ellen au boulot.

— Third National, annonça Ellen d'une voix douce.

— Salut.

— T'as la bouche pleine ? demanda Ellen.

— Un bagel, bafouilla Jody.

— Tu m'en donnes un morceau ?

— Sers-toi. (Jody avala.) Ça y est, je suis allée chez la psy. Ça a été bizarre.

— Elle est bonne ?

— Ou très bonne, ou très dangereuse. J'y retourne après-demain.

— Et si on laissait tomber tes problèmes pour parler des miens ? Je suis affreusement déprimée.

— Je suis désolée pour toi.

— Surtout que des vrais problèmes, tu n'en as pas. Tu as été admise à l'UCLA et ta psy est géniale. Mais moi, qu'est-ce que je vais faire de ma vie, hein ? Je ne peux pas continuer à sortir avec Robert. Il est courtier en assurances. Moi, les assurances, je m'en tape. J'en ai même pas. Il veut m'épouser. Entre-temps, au restau, à midi, j'ai vu un serveur, genre acteur de cinéma, tu sais, je suis allée derrière, tu vois et on a... genre... Il me plaît beaucoup.

— Genre... quoi ? Ce ne serait pas le quatrième en trois semaines avec qui tu... genre... je ne sais quoi ? Tu fais attention, au moins ?

— Les autres ne comptent pas. C'était avant. Là, c'était vraiment super. On est sortis du restau, on a ouvert les petites portes métalliques de cave qu'il y a sur le trottoir, tu sais, et on l'a fait portes ouvertes. Si quelqu'un était passé et avait regardé, il nous aurait vus. C'était...

— Tu es dingue ! la coupa Jody. Et quand tu seras en train de mourir du sida, tu t'imagines peut-être que je viendrai t'apporter du pop-corn et jouer avec ton masque à oxygène ?

— Ne sois pas rabat-joie !

— Ne sois pas stupide ! Tu ne peux pas continuer comme ça.

— C'est parce que je m'ennuie.

— Va jouer au bowling ! (Un bip sonna dans le téléphone. Une désagréable voix de femme, pré-enregistrée, réclama une autre pièce pour garder plus longtemps la ligne.) Je n'ai plus de monnaie, dit Jody en jouant avec la réserve de pièces qui tapissait le fond de sa poche. Je te rappellerai plus tard.

— Comment se fait-il que tu ne m'aies pas rappelée hier soir ? se plaignit la mère de Jody au téléphone, à onze heures du soir. Je t'ai laissé deux messages. Tu ne les as pas eus ?

— J'étais occupée, maman, dit Jody qui dormait à moitié.

— Tu aurais pu me rappeler pour me dire que tu n'avais pas le temps de me parler. J'aurais compris.

— Je ne crois pas.

— Passons. J'ai des billets d'avion pour Los Angeles. On va aller y faire un tour, dans quinze jours, pour repérer les lieux. Il faudra que tu sois à la maison la veille.

— Mais maman, je ne sais pas si je pourrai me libérer. On est en plein tournage.

— Évidemment que tu pourras. J'y arrive bien, moi, pourquoi pas toi ? De toute façon, tu vas quitter ce travail très bientôt.

— Ne me bouscule pas, maman.

— Comment ça, te bousculer ? C'est toi qui as voulu aller en Californie, que je sache. J'ai les billets, et ils ne sont pas remboursables.

Jody ne savait plus à quel saint se vouer. Tous ses amis trouvaient sa mère épatante. Coopérative. C'était le mot, le mot de tous les gens qui avaient suivi ou suivaient une thérapie. Coopérative.

— Je sais que ce n'est pas facile pour toi, dit sa mère. Donc je fais ce que je peux pour t'aider.

— J'ai commencé une thérapie aujourd'hui, dit Jody, du ton qu'elle aurait pris pour annoncer qu'elle s'était inscrite à un cours de danse.

— Je croyais que tu en avais fini avec ça.

— Je révise. Écoute, maman, je suis crevée. On en reparle dans quelque temps, d'accord ? Quand j'aurai une trentaine d'années, par exemple.

— Très bien. Tu as sommeil. Dors. Je te rappellerai demain.

Jody raccrocha, parfaitement réveillée. Elle resta au lit, les yeux grands ouverts, et réfléchit. Tout le monde trouvait que ses relations avec sa mère étaient fantastiques. « Vous vous parlez, lui disait Ellen. Tu sais combien il y a de filles qui n'adressent pas la parole à leur mère ? Votre relation est unique, ne la gâche pas. »

Unique, oui, se disait Jody, mais pas si idyllique que ça !

A minuit, elle se leva et décida de faire des brownies. A une heure et demie, les brownies ayant refroidi, elle les saupoudra de sucre, se servit un immense verre de lait et s'assit pour grignoter en parcourant l'annuaire du téléphone. Claire Roth, un seul numéro, à l'adresse où Jody était allée. Alors, où habitait-elle ? Connaître sur son psy ce genre de détails, supposés rester secrets, rassurait Jody. Ça lui permettait de se raccrocher à quelque chose, ce qui théoriquement, elle le savait, était la raison pour laquelle elle était censée ne rien savoir du tout.

Il y avait un Samuel B. Roth sur la Deuxième Avenue. Trop près, se dit Jody. Personne n'a envie de vivre si près de son lieu de travail, surtout pas les psys. En outre, Samuel était un prénom de vieux. Jody décida que Claire travaillait au sud de la 14e Rue mais habitait l'Upper West Side et ignorait sans doute jusqu'à l'existence de ce Samuel Roth qui était presque son voisin.

Jody resta assise par terre à s'empiffrer de brownies et faire le plein de chocolat et de sucre. Pourquoi avait-elle téléphoné à un psy ? Elle irait à l'université, bien entendu. Elle ne pouvait même pas envisager de ne pas y aller. D'accord, la Californie était tout au bord de l'océan et finirait bien par tomber dedans. D'accord, elle n'était jamais allée aussi loin de chez elle pour plus de deux semaines. Mais que la Californie soit à l'autre bout du monde n'impliquait pas qu'elle dût recommencer une analyse. C'était un problème géographique, pas psychique.

D'ailleurs, elle avait réussi son examen de fin d'analyse. Et elle était la seule personne qu'elle connût qui possédât ce diplôme-là. Elle imagina une petite annonce au milieu du carnet mondain du *Sunday Times* :

Monsieur et madame Stanley Goodman de Bethesda, Maryland, ont la joie de vous annoncer qu'après sept longues années de pénibles séances bihebdomadaires leur fille, Jody Beth, a obtenu avec mention sa maîtrise en relations humaines et accomplissement de soi. Elle lui a été remise par Barbara Schwartz, de Georgetown. Jody quittera bientôt le foyer familial pour s'installer à New York, où elle a été engagée par une société de production de films. La lauréate conservera son nom et sa santé mentale.

Ce n'était pas comme si Jody avait été internée derrière des portes où il était écrit « sortie de secours ». C'était une jeune femme de vingt-quatre ans parfaitement normale, qui avait passé plus de la moitié de sa vie en thérapie et qui, par conséquent, ne serait jamais plus normale, au vrai sens du terme.

Elle imagina sa mère, penchée avec angoisse sur son berceau, cherchant à déceler le premier signe d'inadaptation.

— Je veux pas y aller, avait dit Jody à trois ans, au moment d'entrer en maternelle.

— Je t'en prie, vas-y, avait supplié sa mère.

Jody avait secoué la tête.

— Je viendrai te chercher à midi, ma chérie, je te le promets. Allez.

Quelque chose dans la voix de sa mère empêchait Jody de sortir de la voiture. Pourtant, au fond d'elle-même, elle avait assez envie d'aller à l'école.

La première fois qu'on emmena Jody « voir quelqu'un », elle était en huitième. Sa mère avait pris le rendez-vous.

— Ce docteur n'est pas comme les autres, avait dit sa mère. En plus de guérir les rhumes, il parle avec les enfants.

— De quoi ? avait demandé Jody.

— De ce qui te fait plaisir.

Jody et sa mère avaient attendu une heure dans la salle d'attente, avec d'autres enfants malades. Jody n'avait pas envie de jouer à quoi que ce soit. Les jouets ne l'intéressaient pas. Elle regardait les enfants et leurs mères sortir de la salle de bains avec des échantillons d'urine dans des verres en plastique transparent en se demandant de quoi le médecin allait lui parler. Un seul sujet lui venait à l'esprit : le sexe. Il lui demanderait si elle avait déjà ses règles, et Jody devrait lui rappeler qu'elle n'avait que neuf ans, et que ce n'était sans doute pas pour le lendemain matin. Il lui poserait plein d'autres questions du même genre, et il la ferait peut-être déshabiller. C'était un docteur, après tout. Jody ne voulait pas y aller. Lorsque l'infirmière prononça son nom, Jody se leva lentement et sa mère la poussa en avant. Elle commença à avancer en direction du médecin mais rebroussa subitement chemin et s'enfuit en courant par la porte qui donnait sur le parking, qu'elle parcourut en tous sens jusqu'à ce qu'elle trouve la voiture de sa mère et s'y enferme.

Le médecin et sa mère l'y rejoignirent. Le visage appuyé contre la fenêtre, ils la suppliaient de leur ouvrir. Sa mère frappait à la vitre avec ses clés, comme pour signifier qu'elle pouvait parfaitement déverrouiller les portes elle-même. Jody maintenait le bouton vers le bas en appuyant si fort que ses doigts s'engourdirent. Le médecin secoua la tête et sa mère rangea les clés dans son sac.

— Il ne faut pas la forcer, dit-il d'une voix assourdie par la vitre.

Il lui sourit. C'était la première fois que Jody voyait un médecin hors de son cadre. Sa blouse blanche se détachait bizarrement sur l'océan de voitures. Elle prit le bouton entre deux doigts, comme pour le soulever, puis se ressaisit. Elle aurait adoré céder, et que le docteur la prenne gentiment par la main pour l'amener jusqu'à son cabinet, mais il était tellement inimaginable de s'asseoir en face de lui et de lui parler qu'elle préféra s'abstenir.

— Une autre fois, peut-être, dit le médecin, avant de s'éloigner avec sa mère et de rentrer dans l'immeuble.

Quelques minutes plus tard, la mère de Jody ressortait, seule. Jody la vit s'approcher, le visage impassible, et se prit à la haïr comme elle n'avait jamais haï rien ni personne. Elle déverrouilla la porte et escalada le siège avant pour s'installer à l'arrière. Elles ne prononcèrent pas une seule parole pendant tout le trajet.

La fois suivante, sa mère l'emmena chez quelqu'un dont le cabinet était dans un appartement. La salle d'attente jouxtait la cuisine, et le médecin recevait dans sa chambre à coucher. Jody trouva ça affreusement malhonnête et détesta cette mascarade. Le psychiatre lui proposa de jouer aux cartes ou aux échecs avec lui, dans l'espoir qu'elle livrerait un renseignement important s'il la laissait lui prendre son roi.

— Pourquoi crois-tu que tu as si souvent mal à la gorge ? lui demanda-t-il un jour pendant une partie de gin.

Jody posa ses cartes et ouvrit la bouche.

— Voilà, dit-elle après s'être enfoncé un doigt si profondément dans la bouche qu'elle faillit vomir. Là, tout au fond, ça prend froid, ça devient rouge. Je crois que c'est rouge en ce moment. (Elle rouvrit la bouche, mais il ne regarda pas.) Ça se met à faire très mal et ça remonte dans mon oreille ; je dois mettre toute ma tête sur un coussin chauffant.

— Mais pourquoi crois-tu que tu as si souvent mal à la gorge ? répéta-t-il.

Rétrospectivement, Jody se demanda ce qu'il avait espéré qu'elle répondît : « Eh bien voilà, ma mère ne m'a pas nourrie au sein, et considérant que la bouche et la gorge sont des zones de contact essentielles entre la mère et l'enfant, je suppose que l'on peut penser qu'une douleur ultérieure dans cette même zone résulte du non-accomplissement de ce lien originel. »

Pourquoi j'ai si souvent mal à la gorge ? Parce que je suis hypocondriaque, bien entendu. Ou une sale petite flemmarde. Je suis en sixième, et je préfère rester à la maison, manger des glaces toute la journée, regarder des feuilletons à la télé, et lire les revues porno cachées dans la cave. C'est ça que j'aime, dans la vie.

— Vous devriez parler avec ma mère, dit Jody qui ouvrit la porte et tira sa mère dans la pièce.

Il n'y avait que deux sièges dans le cabinet du médecin :

Jody s'assit par terre, aux pieds de sa mère et garda le silence. Elle avait mis le doigt sur quelque chose, mais elle était bien incapable de l'exprimer : en faisant entrer sa mère pour que ce soit elle qui parle, Jody disait au psy que c'était sa mère qui avait un problème. Mais, apparemment, personne n'avait compris.

A l'époque du lycée, lorsque son carnet de présence pencha du côté des absences, sa mère l'emmena chez Barbara Schwartz. Elle déposa Jody devant l'immeuble, lui donna le numéro de la porte et déclara qu'elle l'attendrait en bas. Pendant sept ans, jusqu'à la fin de ses études secondaires et pendant les vacances universitaires, elle était allée une, deux ou même trois fois par semaine chez Barbara Schwartz. Pendant sept ans, Jody s'était assise à la même place et avait regardé un parking par la même fenêtre, tout en livrant l'histoire de sa vie, qui lui échappait comme des émanations de gaz, toxiques ou pas, selon les circonstances. Une vie entière sur un fauteuil.

Un jour, Barbara lui avait dit :

— Nous avons envisagé à plusieurs reprises de mettre un terme à ces séances. Où en êtes-vous de votre réflexion à ce sujet ?

Jody était assise sur le même siège. Les accoudoirs chromés avaient perdu de leur brillant, et il lui arrivait de sentir des petits trucs pointus qui lui piquaient les fesses à travers les coussins. Elle aurait voulu pouvoir dire : Si je pouvais vous acheter ce fauteuil et l'emmener, où que j'aille, pour m'y asseoir pendant une heure deux fois par semaine, je suis certaine que tout irait bien. Au lieu de cela, elle déclara :

— Je suis un peu nerveuse, c'est tout.

Jody avait prononcé ces mots sur le ton de Dustin Hoffman dans *Le Lauréat*, annonçant : « Je suis juste un peu inquiet pour mon avenir, c'est tout. »

— Vous saviez que lors du tournage du *Lauréat*, Dustin

Hoffman avait trente ans et Ann Bancroft seulement trente-sept ? C'est stupéfiant, non ?

— Vous vous débrouillerez très bien, dit Barbara. Vous n'avez plus besoin de moi. Vous savez qui vous êtes, et quels sont vos besoins. Vous êtes devenue adulte. (Elle s'interrompit un instant avant de poursuivre :) J'ai une amie à New York, une femme très bien. Une analyste. Je peux vous donner son numéro de téléphone, si vous pensez que ça peut vous être utile. Elle habite le Village. C'est bien là que vous allez habiter ?

— Je croyais que j'avais réussi mes examens, dit Jody.

— C'est le cas, mais si vous avez besoin de voir quelqu'un ?

Jody secoua la tête.

— Il faudra tout reprendre depuis le début, et je ne serai pas capable de convaincre une inconnue que je ne suis pas folle.

— Je vous donne quand même son numéro, sourit Barbara. Vous n'êtes pas obligée de l'appeler.

Elle se pencha par-dessus son bureau, couvert de petits objets réalisés par ses enfants. Ces derniers n'étaient pas nés quand Jody avait commencé à venir chez Barbara, et maintenant l'aîné avait six ans.

Jody se disait parfois qu'elle était spéciale, comme certains personnages de téléfilms, des filles que leur passé orageux tourmentait jusqu'à ce qu'elles rencontrent le bon docteur qui savait les guérir : des schizophrènes qui se transformaient en dyslexiques légères, des infirmes qui finissaient pianistes.

Jody enfonça dans sa poche le petit bout de papier sur lequel Barbara avait griffonné un nom et une adresse. Pendant plus d'un an elle l'avait gardé précieusement dans son portefeuille, comme un préservatif, en cas d'urgence.

— Merci, avait-elle dit à Barbara en se levant sans se demander si l'heure était passée ou non.

Cela n'avait pas d'importance.

— Donnez de vos nouvelles.

— Merci beaucoup. Vraiment.

Barbara sourit encore et s'approcha de Jody qui crut un instant qu'elle allait l'embrasser. Elle en mourait d'envie. Mais Barbara lui tendit la main et Jody s'empressa d'en faire autant.

— Au revoir, dit Barbara.

— A bientôt, répondit distraitement Jody qui pensait à ce qu'elle ferait après la séance.

McDonald's, sans doute. Pour déjeuner, pas pour y faire carrière.

Et maintenant, une éternité plus tard, il était deux heures du matin, Jody était assise par terre chez elle, à Greenwich Village, au cœur de New York, à quatre cents kilomètres de Barbara, de sa mère, de tout le monde, et elle mangeait des brownies. Pourquoi était-elle allée chez Claire ? Pourquoi se conduisait-elle comme une idiote ? Elle avait réussi son examen. Elle était fière d'elle. Jusqu'à ce qu'elle ait pris le téléphone pour appeler Claire Roth, Jody pensait qu'elle était la personne la plus solide de la terre.

4

Pendant la pause de l'après-midi, Claire prit place sur le deuxième fauteuil de Bob Rosenblatt. Elle ne s'allongea pas sur le divan, car, de son point de vue, elle n'était pas une patiente. Cela faisait des lustres qu'elle avait réglé sa dernière séance avec un analyste. Non, elle consultait juste un confrère qu'elle estimait et respectait. Rosenblatt était plus expérimenté et plus âgé qu'elle, il enseignait à Columbia et son cabinet était orné de tapis d'Orient et d'œuvres d'art. Toutes qualités que Claire admirait chez un psychiatre.

Mais elle avait un problème relationnel avec Jake. Il la mettait en colère. Sa paresse l'agaçait, et elle craignait que ce ne fût la caractéristique principale de sa personnalité. Il lui était arrivé de penser qu'elle ferait mieux de se calmer, qu'un jour son fils s'épanouirait et deviendrait un petit génie aux motivations solides. Mais elle avait également songé à le mettre en pension, dans un environnement strict, pourquoi pas à la campagne, dans le cadre d'une formation agricole, là où on l'obligerait à travailler. Ça ne servirait peut-être à rien, mais elle n'aurait plus à le regarder se vautrer sur le canapé sans rien faire. Il existait une troisième possibilité : cette période d'inertie absolue n'était qu'une étape, un dernier refuge avant la pagaille hormonale de l'adolescence.

— Parlez-moi de vous quand vous étiez enfant, demanda Rosenblatt.

Claire ferma les yeux et s'efforça de fournir à Bob ce qu'elle imaginait qu'il voulait :

— Ma mère était maniaque, chaque chose à sa place. Dans notre salon, il y avait une vitrine pleine de porcelaines chinoises. Notre maison était un sanctuaire, le lieu où mon père pouvait enfin se détendre après le travail. Il fallait que le calme règne. Ma petite sœur était la plus gentille. Moi, ils disaient que j'avais le diable au corps. J'ai quitté la maison à dix-huit ans et demi.

— Donc, intervint Rosenblatt d'un ton affirmatif, vous étiez une enfant difficile ?

Ne l'avait-il donc pas écoutée ? se demanda Claire avec surprise. D'où tirait-il sa fameuse réputation ?

— Je n'irais pas jusque-là, répondit-elle en ravalant son indignation. Eux, ils me trouvaient insupportable. Ça ne veut pas dire que je l'étais.

— Vous m'avez parlé de la façon dont vous percevaient vos parents, dit Rosenblatt en hochant la tête, pas de qui vous étiez.

— Qui j'étais ? Je faisais des efforts.

Claire était tellement contrariée qu'elle n'arrivait plus à penser. Elle voulait parler de Jake, le lui avait clairement expliqué au téléphone. Je lui donne encore cinq minutes, pas une de plus, se dit-elle.

— Mais encore ?

— J'étais en colère, comme maintenant, dit-elle parce qu'elle se figurait n'avoir rien à perdre.

Si elle se disputait avec Rosenblatt, elle fréquenterait moins les soirées de psychiatres, voilà tout, elle passerait plus de temps à la maison, avec Jake. C'était peut-être ce dont il avait besoin : que sa mère lui secoue les puces et le rende dingue.

— Comme maintenant, tiens, tiens ! s'esclaffa Rosenblatt. Et pourquoi donc ?

— Parce que vous n'avez pas compris ce que je vous ai dit il y a cinq minutes.

— Bien, dit-il.

Claire était intriguée. Elle avait l'impression d'être une enfant, ou un chien à qui l'on caresse la tête. Elle n'avait pas la moindre idée de la direction où il l'entraînait. Elle parcourut des yeux le cabinet de Rosenblatt, plus grand que le sien, avec davantage de fenêtres et une plus belle vue. C'était ça, la différence entre les psychologues et les psychiatres : l'argent.

— Pensez-vous que votre fils soit en colère ?

— Non, dit Claire. Je pense que son cerveau est mort.

— Revenons à votre famille.

— Je me suis construit une vie qu'ils ne peuvent pas imaginer.

— Expliquez-vous.

— Je vis à New York, j'ai épousé un homme qui gagne sa vie en défendant des criminels, et qui aime ça. Je réussis sur le plan professionnel, j'ai deux enfants, et mes parents réagissent comme si j'étais une ratée qui allait rentrer à la maison en courant d'un instant à l'autre. Ils vivent dans une villa de deux étages au nord de la Virginie, ils ont deux voitures dans leur garage, et tous les dimanches matin ma sœur, son mari et leurs trois enfants viennent les chercher pour les amener à l'église et déjeuner.

— A l'église ? dit Rosenblatt.

Claire hocha la tête. Elle savait où il voulait en venir, mais elle ne lui ferait pas ce plaisir. La question revenait sans cesse sur le tapis, qu'il s'agisse de l'école maternelle d'Adam ou d'envoyer Jake à l'école hébraïque. Impossible d'y échapper.

— Êtes-vous juive ? demanda Rosenblatt.

En fait, il voulait dire « N'êtes-vous *pas* juive ? » mais, sous cette forme, sa remarque lui semblait sans doute exprimée avec plus de tact.

— Par alliance, dit Claire.

— Ah ah, dit doucement Rosenblatt.

Évidemment. Claire se demanda quel sens cela avait pour

lui. La considérait-il subitement comme une tout autre personne, une « goy » blonde, à la fois méprisée et idolâtrée ? S'imaginait-il que tout avait été aisé, qu'elle était aussi simple, nette et facile à digérer que du pain blanc avec de la mayonnaise ?

Rosenblatt lui adressa un sourire condescendant. Je suis le grand psy, et toi la petite. Je suis juif et toi pas. Je suis docteur en médecine et tu as un diplôme de psychologie. Tu es la fille, je suis le garçon. Je gagne. Il redistribua le poids de son corps sur le fauteuil et croisa les jambes.

— Laura, ma gentille sœur, s'est mariée à dix-neuf ans. Elle travaille dans une institution pour enfants « à problèmes » parce qu'elle considère que c'est bien. Ça ne menace ni sa famille ni son mari. Elle gère sa vie comme s'il s'agissait d'un enfant attardé. On se parle deux fois par an.

— Ça vous manque ? Vous aimeriez être plus intime avec elle ?

— Non. Mais je me sens comme si je n'avais pas de famille ; personne qui m'ait connue petite. J'ai Sam et les enfants, mais Sam ne m'appartient pas. (Elle marqua un temps d'arrêt.) Et mes enfants sont des larves pourries gâtées !

Claire sentit les larmes lui monter aux yeux ; elle les refoula. Il y avait de gigantesques trous dans ce qu'elle lui avait raconté, mais elle savait que Rosenblatt ne les voyait pas. Elle s'en était bien sortie. Néanmoins, elle avait beau être assise dans ce gros fauteuil en cuir, et parler, elle avait l'impression qu'elle allait passer au travers et tomber. Non. Elle ne lui raconterait pas tout ; elle se l'était juré.

Le silence devenait gênant. Elle regarda Rosenblatt. C'était quelqu'un qu'elle connaissait. Qui appartenait au même milieu qu'elle. Au téléphone, elle lui avait clairement expliqué qu'elle souhaitait lui demander conseil, pas lui raconter sa vie ; c'était un spécialiste compétent, avec un fils à Harvard et un autre à Yale. Rosenblatt était plongé dans la contemplation des genoux de Claire, osseux, dépassant de sa jupe, et s'efforçait de dissimuler son malaise derrière ses lunettes et sous une attitude d'aîné, de professionnel, d'homme. Il ne s'en tirerait pas comme ça !

Claire décida de garder le tout soigneusement emballé. Parle à Sam, se dit-elle. Sam ne semblait jamais s'étonner de rien.

Le silence s'éternisait. Claire refit surface et sentit la colère monter. La colère, voilà ce qui la sauverait. Elle essaya de l'attiser encore, mais elle était trop fatiguée par ses efforts pour répartir sa vie en deux petits tas, les choses secrètes et celles dont il était convenable de parler. Elle avait réussi. Elle n'avait rien lâché sur Baltimore, ni sur sa vie après qu'elle eut quitté la maison de ses parents. Elle avait la chance qu'il n'y eût rien de surprenant à quitter sa famille à dix-huit ans. Ce qu'elle ne disait pas, c'était que, chez ses parents, on ne s'attendait à la voir partir que pour convoler en justes noces.

— Nous n'avons plus beaucoup de temps, dit-il. Comment souhaiteriez-vous qu'on procède à partir de là ?

Rosenblatt lui avait rendu un mauvais service en soulevant le couvercle de la marmite. On pouvait penser que, tout comme certaines interventions chirurgicales, c'était nécessaire, mais il fallait diminuer la pression pour éviter tout risque d'implosion. Et, parmi les effets secondaires, il fallait compter avec la perte du sens commun.

— Voulez-vous revenir lundi prochain, à disons neuf heures ?

Claire sortit son agenda. Qu'elle exerçât le même métier pour gagner sa vie lui sembla soudain bizarre. Elle eut l'impression de tricher.

— Parfait, dit Claire en se levant.

Elle était furieuse contre elle-même : au lieu de lui dire ses quatre vérités, elle avait pris un autre rendez-vous.

Elle descendit la Cinquième Avenue à pied, pour annuler l'effet Rosenblatt en regardant les vitrines. Elle devait déjeuner avec Sam, ainsi qu'ils le faisaient environ tous les quinze jours, donc assez régulièrement pour que ce rendez-vous n'apparaisse pas comme une occasion de s'annoncer de terribles nouvelles : je te quitte, j'ai eu le résultat de mon test, j'ai fait quelque chose que tu ne me pardonneras pas. Claire arriva un peu en avance au restaurant ; elle s'installa au bar et commanda un verre de vin.

— La faute à qui ? murmura Sam à son oreille, en lui prenant le bras et en suivant le maître d'hôtel qui les conduisait à leur table. Si c'est génétique, ça vient de toi. Les Juifs ne sont jamais comme ça.

Le restaurant était plein de femmes et d'hommes élégants et séduisants qui se gobergeaient aux frais de la princesse. Lorsque le serveur leur apporta les menus, Claire se cacha derrière le sien. Et, sur le velouté de tomates au fromage de chèvre, elle se mit à pleurer. Le visage de Sam se plissa. Quand elle pleurait, il pleurait aussi. Toujours. Les gens assis à la table voisine les dévisageaient. Claire réussit à s'arrêter, se tamponna les yeux et regarda Sam.

— Tu veux que je raconte une blague ? proposa-t-il en lui versant un verre de vin.

Claire fit signe que oui.

— Deux amis, Abe et Louie, se font une promesse : le premier qui meurt appelle l'autre pour lui dire à quoi ressemble le paradis. Abe meurt vingt ans plus tard. Deux mois passent et le téléphone sonne chez Louie. « Abe ? — Louie ? — Abe, c'est toi ? — Louie ? — Oui. Alors, Abe, raconte. — Oh, Louie ! Tu ne vas jamais me croire ! On se réveille le matin, on fait l'amour, on te sert le petit déjeuner, on fait un somme. On déjeune, on refait l'amour, on se repose jusqu'au dîner, on grignote, on refait l'amour, et on dort toute la nuit comme un bébé ! — Bon sang, Abe, c'est génial, le paradis ! — Le paradis ? Tu déconnes ! Je suis ours au Colorado. »

Claire sourit, trop profondément engluée en elle-même pour rire. Elle mangea sa soupe en regardant Sam. C'était normal de réfléchir, de reconsidérer le passé avant de s'engager pour l'avenir. Quand elle avait rencontré Sam, il avait une crinière épaisse, couleur de chaume : un Robert Redford juif. Loin de songer qu'il l'épouserait, elle s'était imaginé qu'ils coucheraient ensemble deux ou trois fois, puis qu'il passerait à une autre, quelqu'un de plus intéressant, de plus sophistiqué ! Sam était trop bien pour elle. Tout était trop bien pour elle.

Ils s'étaient connus lors d'une manifestation à Columbia ; elle était en dernière année de licence de psycho et il venait de terminer la fac de droit. La police était en train d'arrêter des amis à eux, sous leurs yeux. Il l'avait prise par la main et l'avait entraînée à l'écart. Puis ils étaient allés ensemble au poste pour attendre la libération de leurs amis. Tout le monde s'était retrouvé dans un petit restaurant chinois, et une des amies de Sam avait exposé en détail la fouille que lui avait fait subir un flic :

— J'avais un peu d'herbe sur moi et il était sur le point de la trouver. J'ai commencé à le baratiner, je lui ai dit qu'il me plaisait beaucoup, qu'il me faisait de l'effet, que j'étais excitée, et je lui ai fait une pipe, pour qu'il pense à autre chose. Ça a marché, avait-elle conclu en sortant de sa poche un petit sachet d'herbe et en le tendant à Sam. Tiens, je te l'offre, pour te remercier d'être venu me chercher.

Plus tard, chez Claire, Sam et elle avaient fumé. Claire ne s'était jamais défoncée, elle avait disjoncté et lui avait tout avoué.

— J'ai eu un enfant, dit-elle.

— Tu veux dire que tu t'es fait avorter ?

— Non. J'ai eu un enfant. Personne ne le sait. Il y a plusieurs années. Une petite fille. Mes parents m'ont obligée à l'abandonner. Je n'aurais jamais dû renoncer à elle.

Les mots se bousculaient dans sa tête et, soudain, comme si un mécanisme s'était cassé, Claire se mit à répéter, sans relâche : j'ai eu un enfant, j'ai eu un enfant, en pleurant, et en gémissant comme un animal blessé. Ses sanglots étaient si déchirants, si inhumains, qu'elle prit peur. Et si quelqu'un avait mis quelque chose de bizarre dans cette herbe, si elle allait rester dans le même état pour toujours, ne plus jamais recouvrer ses esprits ?

Sam alla chercher un gant de toilette mouillé dans la salle de bains et le lui passa sur le visage et sur les bras. Puis il dénicha du Valium dans l'armoire à pharmacie et lui en fit avaler un. Assis sur le lit à côté d'elle, il lui avait tenu la main jusqu'à ce qu'elle s'endorme. Pendant son sommeil, il fit le ménage dans l'appartement, changea les meubles de place pour agrandir l'espace, ôta les rideaux rouge foncé qu'elle avait faits elle-même et lava les vitres. Claire s'était réveillée dans un autre monde.

Claire planta sa fourchette dans l'espadon qu'elle avait commandé et regarda Sam embrocher ses pâtes tricolores sur la sienne. Plus il vieillissait, plus il embellissait, plus il semblait détendu. Si elle n'était pas aussi pitoyable, elle serait heureuse.

— Ça va ? demanda-t-il en lui prenant une bouchée de poisson.

— Ça ira. (Claire se pencha sous la table en faisant semblant d'avoir laissé tomber sa serviette et lui caressa l'entrejambe.) Tu veux qu'on passe au cabinet, après déjeuner ?

— Je ne peux pas, répondit-il la bouche pleine.

— Je t'aime, dit Claire, la main toujours sous la table.

Sam se pencha au-dessus des verres et l'embrassa. Claire s'aperçut que deux femmes, assises à une table voisine, les observaient.

De retour dans son cabinet, Claire réfléchit. Il fallait qu'elle se crée un centre d'intérêt. Qu'elle travaille davantage. Elle exerçait un métier solitaire. La plupart des gens qu'elle connaissait étaient psy eux aussi. Pris par leur métier et leur vie privée, ils avaient tout juste le temps de bavarder distraitement cinq minutes, entre deux séances. Il y avait ses patients, bien sûr, mais ce n'était pas la compagnie idéale pour aller prendre un capuccino après le boulot. Un peu grisée par les trois verres de vin qu'elle avait bus, Claire regardait par la fenêtre en attendant sa prochaine victime et en se disant qu'elle devrait accrocher une petite affiche proclamant : AUJOURD'HUI, 50 % DE RÉDUCTION : PSY DÉFONCÉE.

La sonnerie retentit.

— Oui ? fit Claire d'une voix lointaine.

— C'est Jody Goodman.

Claire avait complètement oublié qu'elle avait remis le rendez-vous de Polly et de son futur mari — qui, en fait, tardait à se décider. Tant mieux, pensa-t-elle en déverrouillant la porte, Jody va me faire du bien.

5

— Ma mère veut que j'aille à Los Angeles la semaine prochaine, dit Jody.

— Et alors ?

— Je ne veux pas.

— A cause de l'avion ?

— Vol 206. C'est le genre de numéro de vol qu'on entend aux infos, quand ils annoncent la pire catastrophe aérienne de tous les temps. Le vol 206, en provenance de Washington, à destination de Los Angeles, s'est écrasé ce matin. Il n'y a pas de survivant.

— Pourquoi cet avion s'écraserait-il ? Vous faites un simple transfert d'angoisse.

— Brillante analyse !

Jody vit que Claire était choquée et elle s'excusa. Jusqu'à présent, elle ne s'était jamais inquiétée de vexer un psy. Elle ne les considérait pas comme des êtres humains normaux.

— Que pourriez-vous faire pour que tout se passe bien ? demanda Claire. Prendre un Valium, peut-être ?

Jody secoua la tête.

— Pourquoi pas ?

— Vous savez bien que s'il y a tellement de morts, dans ce genre d'accident, c'est parce que les gens sont tous trop défoncés ou trop saouls pour sortir de l'appareil.

Claire éclata de rire.

58

— Si vous envisagez sérieusement de vous inscrire à cette université, vous devriez aller y jeter un coup d'œil. Si vous finissez par vous décider, la rentrée sera plus agréable. Vous connaîtrez déjà les lieux.

— Je vais y aller, dit Jody. Il faut que j'y aille. Il y a environ neuf millions de candidatures pour deux admissions.

— Vous devez être très douée.

Jody haussa les épaules. D'habitude, elle détestait qu'on lui fasse des compliments, mais Claire s'y prenait d'une manière qui lui faisait du bien. Elle avait l'air de penser ce qu'elle disait.

— C'est gentil de la part de votre mère de vous accompagner. Elle est toujours comme ça ? Aussi gentille ?

— Ellen prétend que oui.

— Qui est Ellen ?

— Ma meilleure amie. Elle habite dans le même immeuble que moi, on a été élevées ensemble. Et, comme je vous le disais (Jody s'interrompit, pour ne pas rater son effet), Ellen prétend que je devrais être heureuse de m'entendre aussi bien avec ma mère.

— Et ?

— Et c'est tout. Ellen parle surtout d'elle, en général.

— J'aimerais que vous m'en disiez davantage sur votre mère, votre famille.

— La famille, c'est un nœud de contradictions. D'un côté, ils veulent que je m'assume, que je sois indépendante, mais ils voudraient aussi que je reste avec eux, pas à la maison, mais à leur niveau. Ils souhaitent que je m'émancipe, que j'accomplisse tout ce qu'ils ont rêvé en vain d'accomplir. Et d'autre part ils ont peur que je ne m'éloigne trop et que je n'aie plus besoin d'eux.

— C'est envisageable ?

— Je ne sais pas. Je ne suis encore allée nulle part.

— Vous êtes ici.

Jody rit.

— J'imagine souvent qu'on me rappelle à la maison,

comme une gamine qui reste trop longtemps dehors un soir d'été. Ma mère ouvre la porte de New York et crie : « Jody, c'est l'heure de rentrer ! » Moi, je joue dehors, je ne l'écoute pas. Elle me téléphone au bureau. « Jody, c'est l'heure de rentrer ! » Je fais la queue au cinéma. « Jody, il est huit heures et demie ! C'est l'heure de rentrer, ton bain coule ! » Je suis au restaurant : « Jody, rentre immédiatement à la maison ! » Au bout d'un certain temps, je n'ai plus d'amis, on les dégoûte, ma famille et moi. Plus personne ne veut jouer avec moi. Et je suis déchirée entre mon envie de rester avec mes amis, même s'ils ne veulent plus de moi, et celle de rentrer à la maison pour barboter dans de la mousse jusqu'à ce que j'aie la peau toute fripée.

— Quelle imagination ! (Manifestement, Claire s'amusait.) Allons, racontez-moi autre chose sur votre famille.

Jusque-là, Claire avait écouté pour son plaisir ; maintenant, elle semblait décidée à obtenir des informations concrètes, dans un but obscur.

— Je ne sais pas quoi vous dire, dit Jody, battant en retraite instinctivement. Avec les gens que j'aime bien, ou à qui je veux plaire, je parle peu. Avec ceux qui m'indiffèrent, je bavarde à tort et à travers.

Puis elle se tut.

— Ça veut dire que vous m'aimez bien ? demanda Claire.

Jody l'observa. L'aimer bien ? Elle ne la connaissait pas assez pour éprouver un quelconque sentiment à son égard. Les psys étaient tous les mêmes : ils affirmaient qu'on les appréciait, qu'on les aimait en secret — mais Jody n'avait jamais rien ressenti de ce genre. C'était peut-être la raison pour laquelle elle en était encore au même stade.

— N'ayez pas peur de me dire ce qui vous passe par la tête, on ne se débarrasse pas de moi comme ça !

— Entendu.

— Je vous promets, dit Claire en souriant, que je peux entendre n'importe quoi.

Jody se permit de croiser son regard pendant une fraction

de seconde. Les yeux verts de Claire étaient bienveillants. Et voilà : elle l'avait regardée, et elle s'était laissé séduire. C'était vrai, que Claire devait pouvoir entendre n'importe quoi. Jody pensait que c'était la femme la plus forte qu'elle ait jamais rencontrée. Elle n'avait qu'une envie : lui dire « Tenez, voilà ma vie » et poser le tout sur les genoux de Claire, comme un collier emmêlé. Vous pensez pouvoir l'arranger, la réparer ?

— Quand on dit quelque chose à quelqu'un, reprit-elle, ce qu'on a dit ne nous appartient plus, ça appartient aussi à la personne qui a écouté. Les gens disent certaines choses parce qu'ils en attendent d'autres en retour.

Jody s'interrompit.

— Si vous avez raison, cela veut dire que vous attendez quelque chose de moi, dit Claire. La question est de savoir quoi.

Jody haussa les épaules et ignora son intervention.

— La plupart des gens donnent ce qui vient le plus facilement.

— Vous ne m'avez pas répondu. Qu'attendez-vous de moi ?

— Rien. Je ne parlais pas de vous. Ça n'avait rien à voir avec vous. Vous êtes un psy, vous n'êtes pas quelqu'un. On ne peut rien attendre d'un psy.

— Hostile, dit Claire. Très agressive !

— Peut-être.

— Les gens attendent toujours quelque chose de leur thérapeute. Approbation, amour, attention.

Elles se turent. Jody contemplait le mur. Comme chaque objet dans le bureau, il était de couleur sable. Un vrai désert, dans lequel on pouvait se perdre.

— Nous parlions de votre famille, reprit Claire.

— Oui. J'allais vous dire un secret. Encore que ce ne soit pas vraiment un secret. C'est quelque chose que tout le monde sait. Sauf vous.

— Je vous écoute.

— J'avais un frère. Il est mort six mois avant ma naissance. Il avait un problème au cœur.

— C'est très triste.

— J'ai été adoptée, dit Jody. Après mon frère, ma mère n'a plus pu avoir d'enfants. Ils m'ont prise pour le remplacer.

Claire leva un sourcil, comme pour demander si elle inventait ou si elle disait la vérité.

— C'est vrai, dit Jody, étonnée que Claire ne le sût pas.

Elle s'était imaginé que, sitôt après son coup de fil pour prendre rendez-vous, Claire avait appelé Barbara, qui lui avait tout raconté. De quoi se parlaient les psys quand ils se rencontraient ? Ça avait l'air d'une blague, mais quelle pouvait bien être la chute ? Ce sera tout pour aujourd'hui ?

— Reprenez, je vous prie, dit Claire en s'emparant de son bloc. Quel âge avait l'enfant ?

— Neuf ans.

— Et à quel âge avez-vous été adoptée ?

— Toute petite.

— Quelques mois ? Quelques semaines ?

— Quelques jours. (Jody s'aperçut que Claire avait les yeux rouges, comme si elle avait pleuré. Jody avait fait pleurer la psy. Pourtant, elle n'avait quasiment rien dit.) Ça n'a pas d'importance, je vous jure, ajouta-t-elle avec un rire nerveux.

— J'aimerais vous revoir demain, dit Claire.

Jody n'en croyait pas ses oreilles. Apparemment, elle avait mis Claire à la torture, et voilà qu'elle en redemandait pour le lendemain. Pourquoi pas ? Déverser tout ce fatras de sentimentalité sans avoir la moindre idée d'où il atterrissait était revigorant, et un peu effrayant. Frissons à bon marché. Enfin, pas si bon marché que ça.

— Trois heures ? dit Claire.

— Parfait, dit Jody sans savoir comment elle s'esquiverait à nouveau.

En général, les gens qui travaillent vont à leur boulot et y

62

restent. Claire n'en était-elle pas consciente ? Devait-elle le lui rappeler ?

Claire prit une carte sur son bureau et griffonna quelque chose dessus avant de la tendre à Jody.

— Je vous donne mon téléphone personnel. N'hésitez pas à m'appeler si vous avez besoin de moi.

— Je ne peux pas, dit Jody en rendant la carte à Claire qui refusa de la prendre.

— Comment cela, vous ne pouvez pas ?

— Je ne peux pas, un point c'est tout. D'accord ? Je ne peux téléphoner à personne. Ce sont toujours mes amis qui m'appellent. D'ailleurs j'ai un téléphone spécial. Il n'y a pas de cadran dessus.

— Si vous ne voulez pas me téléphoner chez moi, vous pouvez laisser un message ici. J'écoute régulièrement mon répondeur.

Barbara avait attendu un an et demi avant de donner à Jody son numéro personnel. Elle s'en était servi une fois en sept ans, et l'avait regretté. Sa mère et elle s'étaient violemment disputées et, quand elle avait appelé, Barbara lui avait répondu par petites phrases sèches. Puis un de ses enfants était entré dans la pièce, et Barbara avait posé sa main sur le récepteur. Jody avait eu l'impression d'être une pestiférée. Elle entendait pourtant le gosse pleurer, preuve que sa psy avait une vie privée. Non, se dit Jody. Pas question. Non merci.

— Puisque je vous le propose, vous pouvez le faire, dit Claire.

— Pas question.

— Pourquoi ? Vous m'avez déjà téléphoné, pour prendre rendez-vous.

— J'étais très perturbée. Maintenant, je vais mieux.

Claire rit et Jody se leva.

— A propos, dit Claire, alors qu'elle avait déjà le dos tourné, vous irez en Californie.

Jody se fit déposer au coin de la 62ᵉ Rue par le taxi et longea le parc à pied jusqu'à la 79ᵉ.

— Ah, te voilà ! s'exclama Harry en agitant son gros doigt du plus loin qu'il la vit.

Il venait à sa rencontre. Jody blêmit.

— Toi ! Viens ici.

Elle se rapprochait.

— Je suis navrée, bafouilla Jody.

Elle allait devoir appeler Claire pour annuler.

— Tu es une petite conne. (Il prit Jody par la main et la guida vers le musée d'Histoire naturelle, le long d'une rue où grouillait un entrelacs de câbles.) Michael m'a appris ce matin que j'allais te perdre, que tu t'étais inscrite à l'UCLA. Ne retourne pas à l'école, petite fille. Ça y est, tu y es allée, c'est fini, maintenant. Je sais de quoi je parle.

— Qu'est-ce que ça peut vous faire ? demanda Jody qui pensait toujours à son rendez-vous avec Claire.

— Je t'aime bien, petite fille. Tu me plais. Tu es solide. Tu as une sorte de supplément d'âme là où la plupart des gens rangent leurs cartes de crédit.

— Dans la poche arrière de mon pantalon, c'est ça ?

— Non, là, dit Harry, en se frappant le cœur. J'ai beaucoup fréquenté les écoles de cinéma, tu sais. Écoute. (Il se lança dans l'imitation d'un étudiant de dernière année.) « Excusez-moi, monsieur Birenbaum, mais dans votre œuvre, comme dans celle de Leonard de Vinci ou de Van Gogh, les nuances de la palette semblent revêtir une importance significative — surtout, à mon avis, dans *L'Ombre d'une chute*, que j'ai personnellement trouvé d'une facture un peu trop insistante : la maison était blanche, la robe rouge et la voiture dans laquelle ils partaient était bleue. Pourriez-vous nous expliquer votre relation à la couleur en tant que déclaration d'intention politique ? » En fait, dit Harry en riant, je suis daltonien ! (Il glissa son bras sous celui de Jody, contre son sein, pour mieux la guider.) Sois plus maligne que ça ! Si tu veux faire des films, fais-en ! Ça ne s'apprend pas avec un diplôme.

— Mais...

— Ma chère petite, rien ne me fera changer d'avis. Les étudiants en cinéma sont des arriérés mentaux.

Jody se tut.

— Et maintenant que je t'ai démoli le moral, je vais te consoler. Demain soir, je suis invité à une soirée, je ne sais plus trop quoi, mais il faut que j'y aille. Tu m'accompagnes ?

Jody continua de se taire.

— Il faudra que tu mettes une robe. Tu en as bien une, non ?

Jody hocha la tête.

— Je passerai te prendre à huit heures.

Harry sortit un gros carnet de sa poche et nota l'adresse et le numéro de téléphone de Jody sur une page pleine de noms et de chiffres.

6

Après le départ de Jody, Claire fit une crise de paranoïa. Elle se persuada que Jody ne craignait rien, ni rayon laser ni tête d'ogive nucléaire. Sa peur de l'avion, ses angoisses, étaient feintes : elles avaient pour but de donner d'elle une image moins dynamique, moins forte, et donc plus normale. Claire s'efforça de visualiser Jody : un visage lisse, ouvert, qui n'avait besoin d'aucun maquillage ; des cheveux châtains ondulés, une coupe sophistiquée ; des yeux bleus de porcelaine, un regard vif qui se détournait aussi vite qu'il vous épinglait, le cou droit, les épaules en arrière, une attitude assurée — le genre de personne qu'on remarque. Bien que Jody prétendît n'avoir aucune confiance en elle, elle avait l'air de quelqu'un qui sait où elle va, et par quel chemin y arriver ; le genre de jeune femme dont on se demande avec curiosité : mais qui est-ce, déjà ?

Jody jouait avec Claire. Elle n'avait jamais eu de frère. Elle n'était pas une enfant adoptée. Elle n'avait qu'un but : détruire Claire, la disloquer. Elle lisait en elle comme dans un livre ouvert et tirait parti de ses faiblesses pour la réduire à néant.

Fébrilement, Claire chercha le numéro de téléphone de Barbara Schwartz et laissa un message sur son répondeur. Puis elle le regretta instantanément. Elle n'avait rien à dire à Barbara. C'était du passé. Claire ne pouvait se manifester ainsi pour lui demander si sa patiente était un démon, le diable incarné.

Deux rendez-vous avaient été annulés ; au lieu de rester pour faire ses comptes et mettre à jour ses polices d'assurance, elle sortit.

Chez Macy, la vendeuse qui l'aida à choisir une peluche pour Adam lui demanda si c'était pour son petit-fils.

— Non, pour mon fils, répondit Claire.

Lorsque Adam aurait vingt-huit ans, Claire en aurait presque soixante-dix. Elle nouerait ses cheveux blancs en chignon, et ses caleçons seraient toujours trop courts, car les couches pour adultes incontinents prendraient trop de place dessous. Adam n'oserait pas se montrer en public avec elle, et il aurait bien raison.

— Je vous fais un paquet-cadeau, madame ? demanda la vendeuse.

Claire crut que la jeune fille l'avait appelée « maman ». Elle lui jeta un regard acéré, lui tendit sa carte de crédit et se replongea dans sa rêverie. Claire avait travaillé dur pour se bâtir cette vie, ce mariage, ces enfants ; elle avait désormais l'impression d'avoir fait tout ça pour mieux dissimuler sa véritable personnalité, pour que personne ne remarque son imposture. Elle vivait dans la terreur d'être démasquée.

Au rayon enfants, au milieu des habits pour le premier âge, Claire pensa à son bébé perdu. Un bébé qui avait aujourd'hui l'âge d'avoir des enfants. C'était si différent, d'avoir des garçons au lieu d'une fille. L'environnement purement masculin dans lequel elle vivait lui pesait. Il n'y avait qu'elle pour s'offusquer s'ils laissaient traîner leurs slips dans le salon, qu'elle pour s'inquiéter de savoir s'ils en portaient ou pas, d'ailleurs. Si elle n'existait pas, elle était persuadée qu'ils feraient pipi dans l'évier, par la fenêtre, dans une tasse sale, bref n'importe où. Il arrivait que Claire se sentît cantonnée dans les rôles de bonne à tout faire, d'arbitre ou d'agent de police, avec pour unique fonction de les empêcher de s'amuser. Si elle les quittait, si elle s'enfuyait, ils seraient ravis ; pour peu qu'on continue à leur livrer des pizzas à domicile.

C'étaient les enfants de Sam, ses doubles. Le lendemain de la naissance de Jake, Sam et elle s'étaient violemment disputés. L'infirmière était entrée dans la chambre et avait innocemment demandé s'il fallait prévoir une circoncision. L'enfer s'était déchaîné. Ils n'en avaient encore jamais parlé. Sam le tenait pour acquis ; à l'inverse de Claire.

— A quoi bon ? dit cette dernière. Tu n'es pas croyant.

— Il ne s'agit pas de religion ! avait explosé Sam. Il s'agit de tradition. Je suis juif. Tous les Juifs le font. D'ailleurs, c'est plus sain.

— C'est surtout complètement inutile. Ce minuscule bébé ! Pourquoi veux-tu commencer par en enlever un morceau ?

— Parce que c'est comme ça ! (Sam hurlait.) On ne sent rien. On ne s'en souvient pas quand on est grand. On ne passe pas sa vie à se lamenter sur le jour funeste où on nous a coupé le zizi !

Ils continuèrent sur le même ton jusqu'à ce qu'une infirmière vienne leur enjoindre de parler moins fort.

Sam eut le dernier mot.

— C'est mon fils. Quand on sera ensemble dans un vestiaire, je ne veux pas avoir l'impression de participer à une conférence sur l'œcuménisme. Je veux qu'il soit comme moi.

Claire pouvait difficilement rétorquer qu'elle voulait qu'il soit comme son père à elle, ou comme le premier garçon avec qui elle avait couché. L'opération eut donc lieu, sans cérémonie, avant que Jake ne sorte de la clinique. La fois suivante, ils étaient prêts. Adam eut droit au *Brith Mila*, avec son parrain qui le tenait dans ses bras, flanqué de Sam et de Claire qui espérait ne pas s'évanouir au moment où le *mohèl* remplirait son office.

Si elle avait une fille ! Elle l'emmènerait chez le coiffeur. Claire déplorait que les femmes n'aillent plus se faire coiffer. Elles se contentaient d'une coupe tous les deux mois. Quand elle était petite, on l'installait sur une pile d'annuaires et on la mettait sous le casque, comme les dames. Parfois, sa mère cédait à son caprice et autorisait la manucure à lui passer du vernis clair sur les ongles.

Sa petite fille, elle ne l'avait prise dans ses bras qu'une seule fois. L'infirmière l'avait mise sur ses genoux au moment où elle quittait l'hôpital, assise dans un fauteuil roulant. Elle n'avait jamais pris de bébé dans ses bras. Ce n'était pas le genre de fille à aider sa mère pendant les grandes vacances, ni à faire du baby-sitting chez les voisins. Claire avait peur des enfants : elle les regardait de loin, et s'angoissait à l'idée qu'elle en aurait un jour. Qu'en ferait-elle ? Quand sa mère langeait sa petite sœur, Laura, elle s'asseyait à l'autre bout de la pièce.

— Ne regarde pas, lui disait sa mère.

En ce jour de 1966 où une infirmière déposa sa fille dans ses bras, Claire se sentit parcourue d'un frisson si intense qu'elle crut qu'elle perdait la raison. Cette petite créature aux yeux bleus sortait de son corps, mais pourtant c'était une inconnue, une étrangère. Et elle l'avait donnée avant de savoir qui elle était.

L'avocat qui représentait le père de Claire suivit l'infirmière qui poussait Claire et sa fille jusque dans le hall d'entrée. Claire accepta le nécessaire de puériculture que lui offrit l'hôpital et signa sa feuille de sortie ; l'infirmière lui dit au revoir et la laissa aux bons soins de l'avocat. Il n'y avait aucune raison pour que Claire soit dans un fauteuil roulant, comme une infirme. C'était simplement la coutume de l'hôpital. Elle pouvait parfaitement marcher. Elle aurait pu se lever et s'enfuir en courant, si le bébé ne s'était pas endormi sur ses genoux. L'avocat, qui portait un pardessus en cashmere noir, s'approcha d'une femme seule enveloppée dans une cape en tweed.

— C'est le bébé ? demanda la femme en désignant Claire de la tête.

— Oui, dit l'avocat.

En les voyant approcher, Claire eut sa première faiblesse depuis l'accouchement. L'avocat souleva le bébé, et elle eut l'impression qu'on lui arrachait un organe vital. Le bébé portait au poignet un petit bracelet rose sans rien écrit dessus. Claire aurait voulu le garder en souvenir, mais elle eut peur que l'enfant pleure et attire l'attention.

L'avocat tendit le bébé à la femme.

— Si vous la rencontrez par hasard, faites celle qui ne la reconnaît pas, lui conseilla-t-il en montrant Claire.

La femme acquiesça et regarda le bébé.

— Comme tu es jolie ! Ton nouveau papa et ta nouvelle maman sont si heureux de t'avoir.

L'avocat roula le fauteuil de Claire derrière la femme et le bébé. Claire contempla son dos et essaya de lire dans ses pensées en se demandant qui était la femme cachée sous cette vaste cape. Une fois dehors, l'avocat passa le sac offert par la clinique à son épaule, et la femme s'éloigna, suivie par les traînées de vapeurs de deux respirations jumelles : la sienne et celle du bébé.

Claire avait fermé les yeux. Elle ne voulait pas voir le bébé s'en aller. Si elle avait été plus forte, elle les aurait rappelés. Elle aurait hurlé : « Mon enfant ! Ils me volent mon enfant ! », et les responsables de la sécurité de l'hôpital auraient pourchassé la femme. L'avocat aurait pensé qu'il valait mieux ne pas être mêlé au scandale : il serait monté dans sa voiture et serait parti. Mais, au lieu de cela, il avait garé son véhicule devant les grilles de l'hôpital et accompagné Claire au jardin public où son père l'attendait. Une enveloppe avait changé de mains et l'avocat avait redémarré, en faisant crisser ses pneus sur le gravier.

Pendant tout le trajet de retour, jusqu'à Baltimore, son père n'avait prononcé qu'une phrase :

— J'ai dû quitter mon travail pour venir ici.

Et, pendant que Claire descendait de voiture, il avait ajouté, en tendant la main pour lui caresser la joue :

— J'espère que ce sera plus facile, maintenant.

Mais Claire avait presque tout le corps dehors, et sa main avait atterri sur son postérieur. En rougissant, il lui avait demandé de vite refermer la portière, pour empêcher l'air froid de rentrer.

Claire rentrait à Baltimore les mains vides. Il ne lui restait que le souvenir d'un petit visage de singe aux épais cheveux bruns en houpette, et de deux yeux bleus qui l'avaient immédiatement percée à jour et la détestaient. Dans son appartement, il n'y avait rien de changé, si ce n'est que le lait avait tourné dans le réfrigérateur.

— Ça vaut mieux comme ça, lui avait dit sa mère au téléphone pendant que son père était au bureau. Crois-moi.

Claire acheta des vêtements, des jouets, des cassettes et des livres pour Jake et Adam. Elle dépensa plus de quatre cents dollars, et eut du mal à tout faire entrer dans un taxi.

Dans son bureau, le téléphone sonnait. Elle décrocha juste avant que le répondeur ne s'enclenche.

— Salut, c'est Barbara Schwartz. Tu es en séance ?

— Non, j'arrive juste. Ne quitte pas. (Elle posa ses multiples paquets, ferma la porte et s'installa sur le divan avec le téléphone.) Comment vas-tu ?

— Bien. Fatiguée, mais ça va. Je suis entre deux patients, je n'ai qu'une minute. Mais je tenais à te rappeler.

— Je vois Jody Goodman. Elle a été admise à l'université, mais elle hésite à y aller.

— L'UCLA ?

— Oui.

— Formidable ! Elle en rêve depuis toujours. Jody est une fille bien, elle est intelligente, elle a de l'imagination. Elle réfléchit. Parfois, elle se sent obligée de frimer un peu, pour compenser. Le plus dur a été de lui faire quitter sa famille. Ils sont lourds à porter, et elle s'est toujours trop impliquée. Elle a besoin qu'on l'aide, qu'on la rassure.

— Des secrets ? demanda Claire.

Il y avait du bruit, Barbara n'avait apparemment pas entendu la question. Claire parcourut son bureau des yeux ; comparé avec celui de Rosenblatt, il était paisible, humble, réconfortant.

— Oh, bon sang ! Voilà mon patient. D'autres questions ? demanda Barbara.

— Est-ce qu'elle aime jouer ?

— Que veux-tu dire ?

— Est-ce qu'elle raconte des histoires ? C'est une manipulatrice ?

— Pas du tout, dit Barbara, étonnée. Pourquoi ?

— Simple curiosité. Comment vont tes enfants ?

— Très bien. Et les tiens ?

— Les miens aussi. Tout va très bien.

— Donne de tes nouvelles. Je suis heureuse que tu voies Jody.

Claire raccrocha. Elle songea qu'elle aimait décidément beaucoup Barbara, peut-être pour la simple raison qu'elle n'avait pas le temps de parler de Jody, ni, d'ailleurs, d'autre chose.

7

— Votre avion ne s'est pas écrasé, fit Claire en souriant, sur le seuil de son cabinet.

— Aux innocents les mains pleines, dit Jody.

— Comment ça s'est passé ?

— J'ai commencé à me disputer avec ma mère sur le chemin de l'aéroport. (Jody se tourna sur sa chaise pour mimer la scène.) Moi : « Je ne veux pas aller à Los Angeles, je n'ai jamais dit que je voulais y aller. Je n'ai même pas envie d'entrer au département cinéma. J'ai menti. Ce que je veux, c'est devenir standardiste chez un dentiste. » Ma mère : « Un dentiste ? Mais tu as horreur des dentistes. Pourquoi irais-tu travailler chez un dentiste ? » (Jody parlait d'une voix blanche.) J'ai fait une crise de nerfs sur la piste. Les moteurs tournaient ; j'avais l'impression que ma culpabilité pesait assez lourd pour faire tomber l'avion. Ma mère ne veut pas que je m'en aille. C'est vrai. Au fond, elle veut que je reste avec elle pour toujours. Et me voilà en train de demander pardon à tout le monde. L'avion décolle, on prend de l'altitude, c'est le moment où on voit les choses comme un astronaute, ma mère me prend la main et dit : « Tu devrais être plus gentille avec moi, je ne suis pas éternelle, tu sais. » On est là-haut, et moi je me répète : « Je ne serai plus jamais méchante avec ma mère, je ne serai plus jamais méchante avec ma mère. » On nous apporte le repas. Ma mère s'obstine à abaisser ma tablette, je m'obstine à la relever. Je n'avais envie de rien. Elle me dit : « On a payé pour, prends-le, au moins. » Moi : « On va le refiler à qui ? Au type qui ronfle de l'autre côté du couloir ? » Ma mère a mangé tout son repas, plus le mien.

Claire rit.

— C'est vrai, dit Jody.

— Aucun bon souvenir ?

— Si, si. L'avion ne s'est pas écrasé. On peut considérer ça comme positif. Enfin, c'est une question de point de vue.

— Et pendant votre séjour là-bas ?

— On a jeté un coup d'œil, on a repris l'avion, puis je suis rentrée à New York en train.

— Je ne vous crois pas.

Jody regarda Claire. Comment pouvait-elle ne pas la croire ?

— D'accord. On n'a pas jeté le moindre coup d'œil et on est rentrées en avion. (Elle marqua une pause.) J'ai obligé ma mère à aller à Forest Lawn ; on a passé deux heures à chercher les tombes de gens célèbres. Et voilà tout ce qu'elle a trouvé à dire : « Comme c'est agréable de se promener par ce beau temps. »

— Je pense que vous vous êtes bien amusée, mais que vous ne voulez pas l'admettre.

— Et vous vous croyez maligne ! s'exclama Jody. C'est plutôt primaire, comme analyse.

— Beaucoup de mères n'y seraient pas allées.

— On ne fait pas une étude comparative, que je sache. C'est ma vie dont il s'agit, d'accord ?

— Pardon, dit Claire. Vous avez raison. Et l'UCLA ? Vous y allez ou pas ?

— Harry dit que c'est stupide. « Les étudiants en cinéma sont des arriérés mentaux. »

Jody l'imitait à la perfection.

— Qui est Harry ?

— Harry Birenbaum, le metteur en scène. C'est lui qui a réalisé *Le Procès de l'amour*, et plein d'autres films.

— C'est vrai ? (Claire s'anima.) C'est mon film préféré.

— C'est le film préféré de la terre entière.

— C'est pour lui que vous travaillez ?

— Non. Je travaille chez un producteur qui m'a expédiée sur le tournage pour espionner Harry. La semaine dernière, avant mon départ, Harry m'a tenu un long discours et m'a emmenée à un dîner de gala au Plaza. Les gens ont passé leur temps à s'étonner qu'il ait une si grande fille.

— Comment est-il ?

— Il avait envie de tirer un coup. Je devrais le présenter à mon amie Ellen. Ils ne parlent que de baiser, tous les deux. Qui ils ont baisé, pourquoi ils baisent, l'envie qu'ils ont de baiser. Toutes les semaines Harry établit son menu : chair fraîche à tous les repas. Goûts éclectiques. Elles cèdent, ou elles se tirent.

— Vous êtes sur la liste ?

— Je ne parle pas de moi. Je ne m'intéresse pas qu'à moi, rétorqua vivement Jody.

Elle regretta aussitôt ses paroles. Elle avait envie de s'excuser, de recommencer la séance depuis le début, d'entrer dans la pièce et de parler du beau soleil de Californie. Elle se tut.

— De quoi avez-vous envie de parler ? demanda Claire.

— Du temps qu'il fait.

Claire sourit. Le silence se prolongea. Plus elles se taisaient, plus Jody s'énervait. Elle jouait avec les extrémités de ses lacets, avec les pièces de monnaie qu'elle avait dans sa poche, avec une petite peau sur l'ongle de son pouce. Elle croisa et décroisa les jambes, en s'efforçant de ne pas regarder Claire, mais de contempler ses chaussures, des mocassins en daim marron. Jolies, ces chaussures. Sans doute de chez Saks. Puis elle regarda le climatiseur. Elle se tortillait, s'agitait, tout en essayant de paraître indifférente. En fait, elle avait une envie folle de dormir. On étouffait, dans cette pièce. Il y avait de l'air, mais il devait être chargé de particules de tranquillisants. Claire avait enclenché un mécanisme secret, qui libérait un nuage de gaz invisible, et Jody s'assoupissait. Elle dodelinait de la tête. Son cou n'avait plus la force de soutenir sa boîte crânienne. Ne pas parler était non seulement épuisant, mais cela empêchait le temps de passer.

— Ça va ? demanda Claire.

— Très bien.

— Bon. Ce sera tout pour aujourd'hui.

Jody, les jambes en plomb, eut du mal à se lever.

— Mercredi même heure ? proposa Claire.

Je travaille, songea Jody. J'ai un boulot. Et j'aime ce boulot, même si je ne comprends pas exactement à quoi je sers. Mais Claire est gentille. Je suis allée jusqu'à Los Angeles pour lui faire plaisir. Je ne peux pas lui dire non.

— Mercredi, alors ?

Jody hocha la tête.

— Nous essaierons d'aller un peu plus loin.

Jody sortit. Mercredi, elle n'aurait peut-être pas envie d'aller bien loin. Ni mercredi ni aucun autre jour de la semaine, de l'année ou de sa vie.

Elle téléphona à Ellen depuis la caravane de Harry, qui était sorti déjeuner avec une journaliste de *Première*.

— Third National, dit Ellen.

— J'ai tout foiré, chez la psy.

Jody regardait par la fenêtre tout en parlant. On tournait en extérieur, dans le quartier de Hell's Kitchen. On avait engagé des agents de sécurité pour l'après-midi, afin d'éloigner les badauds.

— Que puis-je faire pour vous, madame Goodman ?

— J'ai pas dit un mot. Je dois faire une dépression nerveuse.

— Non. Nous n'offrons plus de fellation ni de cunnilingus

76

à nos nouveaux adhérents. Maintenant, ce sont des grille-pain.

Un long silence. Jody ouvrit des placards. Des sachets de pop-corn dans l'un, spécial micro-ondes, des boîtes intactes de pellicules pour l'appareil Polaroïd dans l'autre. Jody glissa une pellicule dans son sac.

— Ma petite cocotte, dit Ellen, ce n'est pas parce que tu es allée trois fois chez un psy que tu chopes une dépression. Ça arrive sans arrêt, que des gens aillent chez leur psy et n'ouvrent pas la bouche.

— Je regardais ses chaussures, ses pieds, et plus je me taisais, plus je me sentais mal. Elle m'a finalement donné rendez-vous mercredi. Avant, elle voulait que je vienne tous les jours. Je crois qu'elle ne m'aime plus.

— Ça ne fait que deux semaines que tu vas chez elle, non ? Qu'est-ce que ça peut te faire, ce qu'elle pense ? Elle n'a peut-être pas le temps demain. Il y a peut-être des soldes chez Bergdorf. Ne te crois pas visée personnellement.

— Mais je me sens visée, justement.

— Soyons clair. Comme psy, elle est nulle. Elle n'avait qu'à te faire parler. Vous ne vous connaissez pas depuis assez longtemps pour vous taire ensemble. Dis donc, j'ai rencontré un mec, je te dis pas — tu veux sortir avec nous, ce soir ?

— Pénis numéro quatre mille quarante-quatre.

— Baiser, j'aime ça, d'accord ? (Ellen parlait fort. Jody s'imagina les autres employés, agglutinés autour d'elle, bouche bée.) J'aime beaucoup ça. Tout le monde essaie de me culpabiliser, comme si c'était une espèce de maladie. J'aime baiser, j'aime me faire baiser — où est le problème ? Si on n'était pas censé aimer ça, on serait bâti différemment.

— Arrête de hurler, dit Jody.

— Je ne hurle pas ! hurla Ellen. Je te parle, et ça ne te plaît pas.

— Tu m'inquiètes, dit Jody. C'est sans doute égoïste, mais s'il t'arrivait quelque chose, je n'aurais plus personne à qui parler. Le sexe, de nos jours, c'est dangereux. Ce n'est pas comme quand on était gosses.

— Il faut que je te quitte. Quelqu'un me fait signe. Salut.

En fin d'après-midi, l'assistant du metteur en scène cria : « Terminé ! », assez fort pour qu'on l'entende dans toute la rue. Quelqu'un accompagna Carol Heberton de sa caravane à une voiture qui l'attendait. Deux types en costume grimpèrent dans une autre roulotte derrière Harry et un stagiaire versa dans le caniveau le fond de café qui stagnait dans le gigantesque percolateur. Les assistants de production branchaient leurs talkies-walkies pour les recharger. L'un d'entre eux s'adressa à Jody.

— On va boire une bière. Tu viens avec nous ?

C'était la première fois qu'ils lui proposaient de se joindre à eux. Chaque soir, elle avait vu s'éloigner la petite troupe des assistants, bavardant et riant sans lui prêter la moindre attention.

— Alors, tu es parente de qui, toi ? lui demanda un assistant sur la Huitième Avenue.

— De personne.

— Tu fais quoi, exactement ? Moi, tous les matins, j'achète des fleurs pour Heberton et un sandwich aux œufs pour son déjeuner, dans une épicerie diététique. Je passe ma journée à me procurer tout ce dont elle a besoin. Avant de partir, je donne tous les tickets de caisse et on me rembourse. Mais toi, tu fais quoi, et pour qui ?

— Je travaille pour Michael Miller. Je l'aide à trouver l'argent pour les productions. Mais pour l'instant, il m'a déléguée auprès de Harry.

En chemin, ils dépassèrent des lieux où Jody avait toujours eu envie d'aller et d'autres où elle était allée et où elle aurait aimé retourner : le Film Center Cafe, le Cupcake Cafe, le Restaurant Bellevues. Elle supposa qu'ils connaissaient de meilleurs coins. Ils devaient savoir où ils allaient. Lorsqu'ils s'engouffrèrent dans un minable bar à pizza éclairé au néon, Jody sentit son estomac se retourner. Elle aurait mieux fait de manger le dernier bagel du buffet. Les assistants de production semblaient se délecter de leurs histoires de colocataires psychotiques, se vautrer dans le mauvais goût et vivre au-dessous du niveau de pauvreté. Délibérément, Jody s'assit le plus loin possible du préposé aux fleurs. Ils commandèrent des bières ; les alcooliques, apparemment assez nombreux, prirent des Coca.

— A la fin du tournage, dit une femme, je serai obligée de prendre un boulot normal, un truc ennuyeux.

— Si tu veux rester dans le cinéma, dit Jody, écris à Michael Miller. Mon poste sera bientôt libre.

— Tu vas où ? demanda le préposé aux fleurs. Tourner ton premier long métrage ou passer l'été à Paris ?

Jody ne répondit pas immédiatement. Comment lui parler du département cinéma, de Claire, d'Ellen, de Harry ou de quoi que ce soit.

— Je retourne dans le Montana, dit-elle enfin. Mon père a un ranch, il a toujours besoin d'un coup de main.

Ils commandèrent cinq pizzas pour sept. Pâte carbonisée, sauce ressemblant à du sang dilué dans de l'eau, fromage caoutchouteux, c'était immangeable. Jody se retrouva sur la Septième Avenue avec une énorme boîte à pizza dans les mains.

— Si, si, prends-la, avait insisté l'un des assistants. C'est toi qui as presque tout payé.

Par culpabilité, se dit Jody.

Elle passa devant un sans-abri installé dans un petit jardin public.

— Vous voulez de la pizza ? lui demanda Jody en lui tendant la boîte.

— Elle est empoisonnée ?

— Non. J'en ai mangé un morceau. Mais elle n'est pas très bonne. Un peu mastoc.

Elle souleva le couvercle de la boîte pour lui montrer.

— Il y a de la sauce tomate dessus ? On dirait bien de la tomate.

— Ben oui ! C'est une pizza, quoi !

— Je peux pas bouffer de tomate. Ça me fait mal à l'estomac. Mais j'aime bien l'autre sorte, pizza blanche, ils appellent ça. Vous en avez pas ?

— Non, je suis désolée, dit Jody.

— Posez-la toujours sur le banc. J'attends des potes. Ils en voudront peut-être.

Jody se débarrassa de la pizza et s'éloigna.

— La prochaine fois, lui lança le type, prenez de l'autre. C'est meilleur pour la santé.

8

Sam était assis au bord du lit, dans le halo du téléviseur, un vieux casque stéréo molletonné sur la tête. Depuis les finales, après avoir retrouvé plusieurs soirs de suite Jake endormi à moitié assis, ils avaient établi un règlement interne : si Sam regardait des retransmissions sportives tard dans la nuit, il devait le faire au casque. Il lui était également interdit de commenter les propos des journalistes. Parfois, cependant, il tapait du pied de rage et Jake, dans sa chambre, s'écriait : « Qu'est-ce qui se passe ? Qu'est-ce qui se passe ? »

Claire enjamba le lit et s'assit au petit bureau coincé entre les fenêtres. Lorsque Adam était né, ils avaient abandonné leur grande chambre à coucher pour y installer les enfants, et ils avaient pris la petite pour eux. C'était ridicule : un grand lit, une double armoire, un bureau, un fauteuil et deux adultes, entassés dans trois mètres sur quatre. Elle regarda l'appartement en face du leur, de l'autre côté de la rue. Il était plus grand : neuf fenêtres en façade, certaines fleuries, et des murs aux couleurs intéressantes, sans doute choisies par un décorateur.

— Tu te rappelles Karen Amstrong ? demanda Claire à Sam. (Il ne répondit pas.) Ils viennent d'acheter un appartement au San Remo ; ils en demandaient huit cent cinquante mille, mais Karen l'a eu pour sept cent quatre-vingts. Sa sœur Susan organise une exposition itinérante au Whitney Museum. Elle ira dans quatre autres villes.

Sam ne se manifestait toujours pas. Claire s'interposa entre lui et l'écran, releva sa chemise, lui brandit ses seins sous le nez. Agacé, il tapa du pied par terre et Claire sortit de la pièce.

Elle appela son amie Naomi.

— Je ne peux pas te parler, dit Naomi. J'essaie de coucher les gosses.

— Il est dix heures. Tu devrais peut-être te procurer un de ces fusils à flèches enduites de somnifère.

— Super. Étape suivante, je les expédie au zoo. Je t'appellerai demain.

Claire raccrocha. Elle avait une belle vie. Une vie parfaite, diraient même certains. Avec ce qu'il fallait de rassurante routine. Mais elle voulait autre chose. Quelque chose qui lui serve de tremplin, qui lui permette de passer au niveau supérieur, qui la passionne.

Elle mit une pizza dans le four à micro-ondes, la posa sur un plateau avec deux verres et une bouteille d'eau gazeuse et retourna dans la chambre. Sam prit sa moitié de pizza, la roula et la termina en moins de sept bouchées. Le sol autour de lui était jonché de miettes. Super, se dit Claire, il ne nous manque plus que ça : une souris, comme l'autre fois, ou pourquoi pas un rat d'égout, histoire de changer.

Elle se recoucha et crocheta l'élastique du slip de Sam avec ses doigts de pied. Elle tirait, et lâchait, tirait et lâchait. L'élastique claquait contre la peau avec un petit bruit sec. Finalement, Sam tendit la main et lui attrapa le pied. Cinq minutes après, la situation n'ayant pas évolué, Claire replia son pied sous elle et prit un livre.

Décidément, cet appartement était trop petit. La nuit, il rétrécissait, comme si, à huit heures du soir, un montreur de marionnettes tirait d'un coup tous les fils des murs pour les rapprocher les uns des autres. Selon Claire, une famille avait tout à gagner à vivre dans un espace restreint : on s'exerçait à la tolérance mutuelle, on apprenait à la fois à se créer sa propre intimité, et à savoir s'en passer. Ni Jake ni personne ne pouvait mener une double vie ou introduire ou emporter subrepticement quoi que ce soit. Mais il subsistait une faille majeure : lorsque Jake ne faisait rien, qu'il regardait le plafond, dans sa chambre, en attendant que sa vie commence, Claire n'avait aucun contrôle sur ses pensées, et ça l'agaçait prodigieusement. Pourtant, elle avait beau redouter de voir ses enfants prendre leur envol, elle n'avait plus aussi envie qu'avant de savoir ce qu'ils avaient en tête. A leur âge, ça risquait de ne plus lui plaire. Sam regardait toujours la télévision. Si au moins ce match se terminait, ils pourraient parler sérieusement.

Claire se blottit sous les couvertures en pensant à ses parents. Comment verraient-ils les choses ? Son père ; par exemple : « Avocat ! Tu parles d'une affaire ! Ils sont tous avocats, c'est comme ça qu'ils gagnent des paquets de fric. Il faut voir comment ils vivent ! Je n'y suis pas allé personnellement, bien entendu, mais mon autre fille m'en a parlé. Les gosses courent dans tout l'appartement en sous-vêtements. Ce sont des hippies, voilà ce que c'est. D'éternels adolescents ! Ils habitent à Greenwich Village, comme des animaux. Ce sont des instables ! C'est répugnant. »

Sa sœur était venue, en effet. « J'adore la Cinquième Avenue. Tu es sûre qu'on est vraiment sur la Cinquième Avenue, ici ? Ça doit être la partie pauvre. Et ce parc Washington Square ? Bizarrement fréquenté. Des types avec des radios portables grandes comme des valises qui font de la gymnastique et qui attendent qu'on leur lance de l'argent. Qu'est-ce que c'est que ces gens ? Qu'est-ce qu'ils font donc en semaine ? Ils ne travaillent pas ? Personne ne travaille, dans ce quartier ? »

Sa mère : « Tu ne devrais pas laisser la bonne t'appeler par ton prénom. Moi, c'est une familiarité que je n'ai jamais autorisée. Il faut que les gens restent à leur place. Comment se fait-il que tu prennes un mois de vacances tous les étés ?

Tu pourrais perdre ton travail. D'accord, j'ai compris que tu es ton propre patron, mais personne ne prend tout son mois d'août, à moins d'être à la retraite. Je me demande vraiment pourquoi tu dois toujours faire le contraire de ce que font les gens normaux. »

Elle pensa à sa nouvelle patiente, Jody Goodman, qui venait d'aller à Los Angeles avec sa mère, une femme qui avait l'air de se conduire merveilleusement, comme une amie. Claire n'avait jamais discuté avec personne de l'adoption en tant que produit de substitution. Elle avait eu des clients adoptés, mais le concept de remplacement d'un enfant perdu n'était jamais apparu. C'était peut-être la solution : materner une étrangère. Claire visait-elle autre chose ? Et ça marchait : cent dollars de l'heure, parfois un peu plus, parfois un peu moins. Pas mal.

A deux heures du matin, debout dans la cuisine, Claire attendait que l'eau boue et parcourait ses notes pour la conférence qu'elle était censée donner la semaine suivante. Sujet : les crises d'angoisse et leurs relations à la perte.

De l'avis de Claire, les crises d'angoisse ressemblaient à des réactions allergiques. Elles symbolisaient l'instinct de conservation du corps et survenaient en réponse à des expériences conscientes ou inconscientes. Confronté à la mort et/ou à la perte — l'équivalent postnatal de la séparation — le patient affrontait l'extinction, la mort redoutée de son moi. Des réactions chimiques s'enchaînaient, une flopée de réponses venait heurter les centres nerveux, ricochait sans fin, et le billard psychique frôlait le tilt. Pouls accéléré, mains moites, pupilles dilatées, hypersensibles à la lumière, souffle court. Ces signaux attirent l'attention de la victime, souvent une femme, et la renseignent sur l'état de son corps et de son esprit.

La peur primitive d'être abandonné déclenchait le mécanisme. Claire imaginait des singes dans la jungle, séparés de leur groupe, souffrant de crises d'angoisse et devenant féroces. L'angoisse irraisonnée est partout, écrivit Claire, mais comme, malheureusement, nous ne la considérons pas d'emblée comme normale, nous n'avons pas appris à l'exprimer de façon satisfaisante. Elle pensait que les gens étaient faits pour vivre en communauté, qu'ils n'étaient pas programmés pour une existence indépendante. Au cours d'un stage d'internat à Hopkins, elle avait pu interroger des transsexuels candidats à une opération chirurgicale définitive. Les hommes qui avaient subi ce genre d'opération développaient souvent des tendances dépressives et suicidaires. Des années après le départ de Claire pour New York, Hopkins avait abandonné ce secteur d'activités. Claire avait toujours subodoré que la dépression était provoquée par l'angoisse d'avoir rejeté sa tribu d'origine. Et, bien que nombreux fussent les hommes qui considéraient que la chirurgie leur avait enfin restitué leur véritable personnalité, ils ne parvenaient pas à se détacher intérieurement de leur histoire passée, et ils aboutissaient au rejet d'eux-mêmes. Et ainsi de suite... Claire passa deux heures et demie à écrire dans la cuisine en buvant café sur café — de l'instantané —, persuadée que chaque tasse était la dernière.

A six heures, Adam grimpa dans leur lit et se glissa entre Claire et Sam. Claire fit semblant de dormir. C'était le tour de Sam ; la vie de famille, le mariage, c'était ça : l'alternance, les tours de garde. Sam se leva enfin, alluma la télévision et se rendormit, laissant un Adam extatique devant des dessins animés au pied de leur lit.

A sept heures, Claire réveilla Jake et prépara le petit déjeuner des enfants. Le temps qu'elle arrive à son cabinet, elle était épuisée. Sa patiente de dix heures sonna à neuf heures cinquante-trois. Claire l'entendit pleurer dans la salle d'attente mais laissa s'écouler les sept minutes, en espérant qu'elle s'arrêterait.

— Entrez, dit Claire en souriant.

Polly ramassa son sac, sa boîte de Kleenex personnelle et sa veste.

— Je suis enceinte, dit-elle avant même d'être assise. Je n'arrive pas à croire qu'il m'ait fait une chose pareille.

— Vous en êtes sûre ? demanda Claire.

Son boulot consistait à rester calme, en toute circonstance. C'était ce qu'on attendait d'elle. La jeune fille pouvait tempêter, hurler ; elle se devait de rester une éponge humaine. Le jeu consistait à ne pas se laisser tremper à cœur.

— Absolument sûre. Il est venu chercher ses affaires lundi soir et hier je me suis sentie bizarre. J'ai acheté un test de grossesse. Il était positif. Je suis allée en acheter un autre, d'une autre marque. Positif aussi. Alors je suis allée chez le gynéco. Même diagnostic.

— Qu'envisagez-vous ?

Polly lui lança un regard noir.

— Manifestement, je ne peux pas compter sur Phil.

Claire écoutait davantage ce qui se cachait derrière le discours de Polly que les mots qu'elle prononçait effectivement.

« Je ne peux pas compter sur Phil. » (Ni sur vous, sous-entendait-elle.)

« Il va falloir que j'assume ça toute seule. » (Et je n'ai aucun besoin de votre aide.)

« Je vais m'en débarrasser. » (Et de moi aussi, par la même occasion.)

« Comme si j'avais du poison dans le corps. J'ai envie de crier. » (Peur et vérité.)

« J'ai envie de crier. » (Que feriez-vous, si je me mettais à crier ? Si je restais assise là, à hurler ? Vous feriez quelque chose, j'en suis sûre. Vous me jeteriez dehors à coups de pied, n'est-ce pas ?)

— Le médecin m'a donné un numéro de téléphone, conclut Polly.

— Comment allez-vous réagir, si vous n'avez pas cet enfant ?

— Ce n'est pas un enfant. Ce n'est rien. (Je suis incapable d'assumer ça, donc j'en dénie l'existence.) Vous trouvez que je ne devrais pas me faire avorter ?

Claire s'imagina disant à Polly la vérité selon Claire. C'est sans fin. C'est un cauchemar perpétuel : le bébé qu'on a tué revient hanter vos nuits ; on n'oublie jamais ; on risque de ne plus pouvoir avoir d'enfants par la suite. La culpabilité. On ignore que renoncer, c'est baisser définitivement les bras. Et si elle voulait un enfant plus tard, et qu'il avait quelque chose d'anormal ? Et s'il mourait ? Ce n'était peut-être pas un enfant pour le moment, mais plus tard ?

— Parfois, dit enfin Claire, ce n'est pas aussi facile que ça en a l'air. On ne prévoit pas toujours ses réactions. Vous risquez un contrecoup, émotionnel ou autre.

— Vous me faites peur, dit Polly.

Claire la regarda et se souvint de sa première visite. Il y avait des patients que Claire se réjouissait de voir et d'autres qui lui semblaient moins importants ; Polly faisait partie du deuxième groupe, celui des mal-aimés. Non que Claire la détestât, mais elle lui en préférait d'autres. Claire estimait qu'elle travaillait plus dur avec ceux qu'elle aimait le moins et qu'elle était sans doute moins efficace avec ses favoris, parce que trop amicale et indulgente.

— Mon but n'est pas de vous effrayer, dit-elle.

— Je ne peux pas avoir cet enfant ! Je ne veux pas d'enfant ! (Polly hurlait, maintenant.) Changez de sujet.

— Vous êtes très en colère.

Le métier de Claire consistait, en partie, à enfoncer des portes ouvertes.

— En effet. Je n'en reviens pas. A vous entendre, c'est moi qui fais quelque chose de mal. Qui prends le risque de gâcher ma vie entière.

— Pourquoi croyez-vous que je vous reproche quoi que ce soit ?

— Vous me posez un tas de questions. Je ne sais pas quoi dire pour vous faire plaisir.

— Il ne s'agit pas de me faire plaisir. Mais de décider de ce que vous voulez.

— Regardez-moi. Vous trouvez que j'ai l'air d'une future mère ?

— Quelqu'un vous accompagnera à la clinique ?

— Vous savez bien que je n'ai plus d'amies. Phil ne les supportait pas. On en a déjà parlé.

— Aucun parent ? Vous avez une cousine, non ?

— Je viens de vous dire que je ne veux en parler à personne. (Polly se remit à pleurer.) Je n'arrive pas à croire qu'il m'arrive une catastrophe pareille. Il y a un mois, j'envisageais de me marier, et regardez où j'en suis. Plus personne dans ma vie, et enceinte !

Regarder les gens pleurer était l'un des moments que Claire redoutait le plus. Elle ressentait souvent le besoin de se lever pour les consoler, les prendre dans ses bras ou leur donner une petite tape dans le dos mais elle savait qu'il fallait les laisser pleurer sans intervenir. Donner aux patients l'occasion de se laisser aller était plus important que de soulager leur souffrance ; elle avait donc appris à rester aussi immobile qu'une statue. Il lui arrivait de tendre un mouchoir au patient, mais c'était pris comme un geste de sympathie. Certains patients — comme Polly — pleuraient tout le temps. Ça l'énervait, mais elle essayait de le cacher. Ils entraient dans son cabinet et hop, ils éclataient en sanglots, à chaque séance, pendant des mois, des années. Quel avantage en retiraient-ils ? Une délivrance ? Un prétexte pour ne pas aborder un sujet ? Le pronostic de Claire sur les pleureurs n'était pas bon.

— Ça vous rendrait service que je vous accompagne ? demanda Claire lorsque Polly eut cessé de renifler.

Elle avait dit ça spontanément, sans réfléchir. C'était ce que ses patients appréciaient le plus chez Claire : ils avaient l'impression qu'elle était un être humain. C'était aussi ce qu'il y avait de dangereux chez elle. Elle avait beau se comporter comme une statue taillée dans le roc, on voyait toujours le sang palpiter sous la pierre.

Polly la regarda, étonnée.

— Si vous le désirez, je vous accompagnerai.

Claire avait déjà fait quelque chose de ce genre une fois. Elle avait accompagné chez le dentiste une patiente pétrifiée, et patienté dans la salle d'attente pendant qu'on lui détartrait les dents et qu'on lui posait deux plombages.

Comment puis-je faire une chose pareille ? se demandait Claire. Mais comment pourrais-je ne pas le faire ? Elles téléphonèrent ensemble à la clinique pour fixer un rendez-vous.

La patiente suivante, Bea, était une femme de cinquante-cinq ans qui n'avait pas de vie. Un mariage malheureux avec un homme adorable, deux enfants, l'un marié, l'autre à l'université. Plus de rendez-vous chez l'orthodontiste, plus de leçons de piano, ni de dîners à préparer pour la maisonnée : Bea n'avait plus rien à faire. Elle avait l'impression de mourir. On l'avait envoyée à Claire après l'avoir soignée pour dépression à Payne Whitney, où elle était restée trois semaines. Les psychiatres lui avaient prescrit des antidépresseurs et des séances chez Claire. A leur sens, si elle s'engageait dans des activités personnelles, son ennuyeux mariage l'obséderait moins.

— J'ai suivi mon premier cours à Marymount, hier soir. Herbert n'était pas content, parce que je suis rentrée tard, mais je crois que ça m'a plu. Je n'en suis pas absolument sûre. Ça fait plus de trente ans que je ne suis plus allée à l'école.

— Vous avez parlé à des gens ?

Bea secoua la tête.

— Essayez, la prochaine fois. Proposez à une des femmes de prendre un café avec vous, pour parler du cours.

— Herbert ne serait pas content.

— Il suffit que vous le préveniez que vous rentrerez tard. Il y a une nouvelle exposition au Guggenheim, allez-y.

— Je n'aime toujours pas sortir seule.

— Il faut s'y habituer. C'est tout près de chez vous, vous devriez y arriver. Et le bénévolat ? Vous vous êtes inscrite ?

— J'ai réfléchi. Je n'ai aucune envie de passer mon temps avec des malades.

— Il n'y a pas que les hôpitaux qui fassent appel à des volontaires. Essayez le Lincoln Center, le Metropolitan, le Whitney [1].

— Je ne veux pas m'engager. Et si Herbert a envie de partir quelques jours en vacances ?

— Dans ce cas, vous les prévenez que vous serez absente pendant quelque temps. Vous leur rendez un service. Vous avez le droit de vous absenter.

Bea était inerte. Vingt ans de passivité absolue avaient eu raison d'elle, et Claire essayait de la réveiller en douceur. Elle avait parfois l'impression qu'on l'avait nommée chef de toutes les femmes du monde. Il lui incombait la tâche de les nourrir avec des provisions cachées, obtenues dans l'autre camp, derrière les lignes ennemies ; de leur donner ce qu'elles n'avaient jamais eu, de leur insuffler de la force et de leur apprendre à tuer.

Il était presque midi lorsque Bea partit. Elles avaient dépassé l'horaire d'une dizaine de minutes, pour préparer le programme d'activités de Bea pendant les quelques jours à venir. Claire consulta son agenda et s'aperçut qu'elle avait une réunion parents/enseignants à midi moins le quart, à l'école de Jake. Elle fourra son carnet dans son sac et dévala les escaliers sans attendre l'ascenseur.

Lang School était l'école la plus chic au sud de la 14ᵉ Rue. Ses bancs étaient fréquentés par les fils et les filles de propriétaires de galeries d'art, d'acteurs, de gros industriels et de stars du rock. Les jumelles de l'idole heavy metal de Jake étaient dans sa classe. Une limousine blanc cocaïne venait chaque jour les chercher pour les raccompagner dans leur

_____

1. Lincoln Center : complexe culturel consacré à la musique, abritant l'opéra et des salles de concerts. Metropolitan et Whitney : musées de New York. (N.d.T.)

triplex insonorisé, tout près de Tower Records. Jake jurait qu'il était amoureux.

Claire donna son nom au gardien, brandit une carte « Parents de Lang » ornée de sa photo et courut jusqu'à la salle de classe. Des tableaux d'affichage recouvraient tous les murs des couloirs. On y avait punaisé des œuvres d'art qui ressemblaient très précisément à celles que produisaient les patients internés à Bellevue [1] du temps où Claire y avait travaillé.

— C'est très agréable. Vous devriez y aller de temps en temps, disait Sam lorsque Claire entra en coup de vent, à bout de souffle.

Elle se faufila derrière un pupitre d'enfant et essaya de reprendre sa respiration.

— Je suis désolée, dit-elle. J'avais quelqu'un. Je n'ai pas pu abréger.

— « Il cantorini », disait Sam. Sur la Dixième, entre University et Broadway. (Il prit la main de Claire et la serra.) C'est notre préféré.

— J'irai ce week-end.

A condition que tu aies une bourse, pensa Claire qui se demandait pourquoi Sam conseillait à l'institutrice un restaurant manifestement trop cher pour elle.

— Sally se marie, expliqua-t-il.

Sally était l'institutrice. Selon les principes d'éducation qui prévalaient à Lang, les élèves appelaient tout le monde, du directeur au concierge, par son prénom. Pour acquérir de la confiance en soi. Claire ne se souvenait jamais du nom de famille de Sally, ce qui l'agaçait prodigieusement.

— Toutes mes félicitations, dit-elle.

C'était l'heure de la sortie. Deux cent cinquante gamins hurlaient en s'ébattant sur les trottoirs protégés de la chaussée par des barrières.

— Au sujet de Jake..., commença Sally.

---

1. Hopital psychiatrique de New York. *(N.d.T.)*

La catastrophe était imminente. Claire eut un vertige. Elle se pencha en avant, la tête de côté, et essaya de ne pas s'évanouir.

— J'ai l'impression qu'il a besoin d'une vie un peu mieux structurée. Il faut qu'il ait une idée plus précise de ce qu'on attend de lui, et des moyens à employer pour y arriver.

Sam et Claire hochèrent vigoureusement la tête. Si Jake était renvoyé de cette école, ils auraient un gros problème. Ce serait difficile, pour ne pas dire impossible, de l'inscrire dans un autre établissement coté ; et même s'ils y parvenaient, il faudrait le conduire tous les matins à l'autre bout de la ville et aller le chercher après les cours. Dans l'hypothèse où ils n'y parviendraient pas, Jake se retrouverait dans une école publique — une chose à éviter à tout prix.

— Que suggérez-vous ? demanda Sam à Sally.

— Que fait-il, l'après-midi ? A-t-il des activités spécifiques ?

Inutile d'essayer de faire passer Frecia pour une personne forte et motivante, ou d'expliquer que son rôle se limitait à éviter tout accident mortel avant le retour de Sam et de Claire. Structure et activités spécifiques étaient inenvisageables.

— Ce que je vous propose, c'est de lui établir un programme extrascolaire. Sports, musique — surtout rien d'académique. Jake a besoin de découvrir le monde. C'est l'âge. Il est loin de réussir aussi bien qu'il le pourrait ; aussi bien que nous l'escomptions.

Elle s'interrompit. Claire savait que l'âge en question était celui où les garçons se déchaînaient, ou faisaient la limace. Jake était une limace. Ce processus était peut-être réversible.

— Nous avons un programme à lui proposer, à l'école. J'ai vérifié, il y a de la place. Il pourrait commencer tout de suite.

Évidemment, qu'ils avaient un programme. Et ce programme, évidemment, coûtait trois mille cinq cents dollars par an, en plus des neuf mille pour l'année scolaire. Claire et

Sam, évidemment, l'inscrivirent. Claire étant persuadée que s'ils refusaient, c'en serait fini des petites conversations amicales avec Sally : celle-ci s'empresserait d'appeler le service d'aide à l'enfance déshéritée. « Elle est psy, il est avocat, et leur gamin est une petite merde. Le père a l'air sympathique. C'est sa faute à elle, manifestement. Arrêtez-la. »

Claire et Sam sortirent bras dessus bras dessous, en souriant et en parlant à voix basse. Dès qu'ils furent sur le trottoir, Claire se dégagea.

— La petite garce ! C'est de l'extorsion de fonds ! Filez-nous trois mille cinq cents dollars, et on garde votre mioche.

— Ça lui fera peut-être du bien.

— La question n'est pas là.

— Tu veux une glace ? dit Sam en haussant les épaules.

Claire ne répondit pas. Ils remontèrent l'avenue un bon moment sans trouver de vendeurs de sorbets. Pas question de manger des glaces à la crème, mauvaises pour la santé et dégoulinantes de sucre. Ils finirent au Cafe Mondadori, au milieu de leurs pairs, devant des cappucinos et des tartes aux trois fruits rouges.

9

Mercredi, à six heures et demie du matin, le téléphone sonna chez Jody.

— J'ai fait un cauchemar horrible, dit Ellen. Tu peux prendre le petit déjeuner avec moi ?

Jody grogna.

— Allez, lève-toi ! Je viens te chercher. Le temps de prendre une douche et de me débarrasser de quelqu'un. J'en ai pour une vingtaine de minutes. Rendez-vous dans le hall.

Jody se leva et ôta sa chemise de nuit en la passant par la tête.

— Aucune loi ne t'oblige à me prévenir chaque fois que tu couches avec un inconnu, se plaignit-elle.

— Ce n'est plus un inconnu.

— Très juste. Amène-le. On prendra le p'tit dej' ensemble.

— Je ne sais pas s'il parle anglais.

— Alors, ce cauchemar ? demanda Jody lorsqu'elles furent installées au café du coin, en pleine possession de leurs moyens.

— La banque faisait faillite ; le sexe devenait ma profession. Mes clients étaient tous des hommes que je connais depuis toujours : des amis de la famille, d'anciens profs, le président de la banque. Et il fallait que je baise toute la journée. (Ellen parlait fort mais personne ne semblait leur prêter la moindre attention.) Je devais leur faire les trucs les plus bizarres, tout ce qu'ils demandaient, sinon je n'étais pas payée. Finalement, je volais le revolver du flic que j'étais en train de sucer et je me tirais un coup de revolver dans la chatte.

— Ce n'est pas nouveau, dit Jody en plongeant un coin de son toast dans le jaune de son œuf à la coque.

— Comment ça, pas nouveau ?

— La balle dans le vagin. C'était dans un film français avec Gérard Depardieu, je ne me rappelle pas le titre, mais je crois qu'il y avait aussi Jeanne Moreau, tu sais, l'actrice française. A la fin, elle se met le revolver dans la chatte et elle tire. Ça éclabousse partout, et elle met un temps fou à mourir. Très symbolique. Cousu de fil blanc, je dirais.

— Tu veux dire que ma vie a déjà existé ? Que mon cauchemar n'a rien d'original ?

— Eh oui ! (Jody fit signe au serveur d'apporter encore du café.) Je peux te poser une question extrêmement intime ?

Ellen hocha la tête.

— Tu portes toujours des lunettes de soleil à sept heures du matin, ou est-ce que ça veut dire quelque chose ?

— J'ai un petit bobo.

— Quel genre ? Tu t'es cognée contre le poing de l'inconnu ?

— Plus épineux que ça, malheureusement.

Ellen enleva ses lunettes une seconde, dévoilant un demi-cercle bleu-noir à Jody.

— Je t'écoute, fit celle-ci.

— Bon. On était, comment dire, dans le feu de l'action. Je me suis redressée, la tête en arrière, et je me suis cognée dans le coin de lit.

— Le truc en métal ?

— Oui. Je suis tombée dans les pommes, mais je ne crois

pas qu'il ait remarqué. Quand je suis revenue à moi, on en était toujours au même point.

— Tu n'as pas dû rester dans les pommes bien longtemps.

— Si je vais travailler comme ça, les gens vont penser que je me suis fait cogner.

— Et ils auront raison. Tu n'as qu'à dire que tu as eu un accident de taxi. Le chauffeur est entré dans un camion, et ta tête a heurté la vitre de séparation. Ça arrive tous les jours.

Ellen posa sa main ouverte sur la table. Un diamant étincelait à l'annuaire de sa main droite.

— Regarde ce que Rob m'a offert hier.

— Rob t'offre une bague de fiançailles et tu ramènes un inconnu chez toi le soir même ?

— Il ne m'a pas dit que c'était une bague de fiançailles. Il ne doit pas être stupide au point de vouloir m'épouser.

— Tu es cinglée.

— Jalousie pure. Tiens, essaie-la. (Ellen enleva sa bague et essaya de la passer au doigt de Jody.) Prends cet anneau, gage de notre amour éternel.

Jody retira sa main.

— Tu devrais te faire aider par quelqu'un dont c'est le métier.

— Chaque fois que je suis allée voir un psy, répondit Ellen en secouant la tête, il a essayé de me baiser.

— Va voir une femme.

— Qu'est-ce qui l'empêcherait de vouloir me baiser ?

— Ellen, aussi dur à entendre que ce soit pour toi, je crois que tu devrais admettre que le monde entier n'a pas envie de baiser avec toi. Et que c'est normal.

— Je ne pourrais pas. Je déteste les bonnes femmes. Répugnant. Je ne vois pas du tout ce que je pourrais dire à une femme.

Le garçon apporta l'addition et Ellen s'en empara.

— A la plus bavarde de payer.

— Merci, dit Jody.

— Tu ne m'as pas parlé de Los Angeles. C'était comment ?

— Bien. Très bien. Ensoleillé. Chaud.

— Les gens sont tous beaux ?

— Je n'ai pas remarqué.

— Tu crois que je pourrais cacher ça sous du fond de teint ? demanda Ellen en se tapotant le visage.

— Tu prends de la gaze, tu te la colles sur le visage avec du sparadrap et tu racontes à tout le monde que tu es restée des heures aux urgences, en attendant qu'on te fasse une radio du crâne.

— Vous pensez beaucoup à votre frère ? demanda Claire.

La séance durait depuis cinq minutes et Jody commençait déjà à penser à autre chose. Il pleuvait à torrents. Elle regardait par la fenêtre. En fait, c'était plus facile d'éviter le regard de Claire que d'affronter son monde intérieur.

— Il vaut peut-être mieux que je tire les rideaux, proposa Claire.

— Non. Excusez-moi.

— Comment décririez-vous votre relation à votre frère ?

— Ma relation ? Mais il est mort avant ma naissance.

— Pensez-vous à lui comme à un ami ? Un ennemi ?

— Comme à un fantôme. Mon fantôme. Il est moi, je suis lui.

— Je ne comprends pas, dit Claire en levant un sourcil.

Jody haussa les épaules. On approchait des zones de turbulence.

— Vos parents voulaient-ils un garçon ou vous ont-ils choisie parce que vous étiez une fille ?

— Ils m'ont adoptée avant ma naissance, dit Jody, agacée. Ils prenaient le bébé, quel que soit son sexe. Le type qui s'est occupé de la négociation a téléphoné à mes parents et leur a annoncé : « Votre colis est arrivé et il est enveloppé d'un ruban rose. » Vous ne trouvez pas ça bizarre ? « Votre colis ! » Ils m'ont achetée par correspondance ? ou quoi ?

— Il y a vingt-cinq ans, on ne parlait pas de l'adoption aussi librement qu'aujourd'hui.

— C'est vous qui le dites.

— Et vous, que dites-vous ? répliqua Claire.

Le silence tomba. La pluie crépitait sur le climatiseur extérieur et, pendant quelques instants, Jody oublia où elle était ; elle voyagea dans le temps et dans l'espace.

— Pendant toute l'année de mes neuf ans, j'ai cru que j'allais mourir. J'attendais, chaque jour. Je ne savais pas comment cela arriverait, si l'attaque serait brutale, ou si ce serait insidieux, si ça prendrait des semaines. Depuis, malgré tout ce qui a pu se passer, je me suis toujours considérée comme une miraculée, une de ces cancéreuses qui survivent en dépit des statistiques.

— Pourquoi étiez-vous si certaine de mourir ?

— Il est mort à neuf ans. Dans ma tête, je m'étais imaginé que tous les enfants mouraient au même âge. Voilà.

— Très déprimant, dit Claire.

— Très.

— Il vous est arrivé de vous amuser ?

— Oh oui ! dit Jody en riant. J'ai joué à la veillée funèbre avec ma voisine. Je l'ai obligée à s'allonger sans bouger et je lui ai mis du talc sur la figure. (Jody s'interrompit.) Vous me regardez d'un drôle d'air.

— Vous avez une telle façon de raconter des choses sinistres ! Elles finissent par sembler amusantes. Et je ne sais jamais si vous plaisantez ou pas.

— Plus ça devient amusant, et moins je plaisante, rétorqua Jody sèchement. Si on changeait de sujet ?

— Vous éprouvez des difficultés à parler de votre famille ?

— Pas du tout. C'est comme Hollywood Chewing-Gum. « La fraîcheur de vivre ! »

— Et maintenant, vous voilà en colère.

— Agacée, pas en colère. Quand je suis en colère, il me sort des petites flammes par les oreilles. On ne peut pas se tromper.

Que voulez-vous de moi ? avait envie de demander Jody.

— Quelque chose m'intrigue, aujourd'hui. Vous n'êtes pas à l'aise. Le voyage à Los Angeles s'est bien passé, vous devriez tirer une certaine satisfaction de ce succès, mais vous n'avez aucune envie d'en parler. Vous voulez peut-être que je comprenne que, malgré vos évidentes aptitudes, vous avez encore besoin de moi pour quelque chose.

Jody haussa les épaules. Épinglée. Elle prit l'air indifférent.

— Je suis là, reprit Claire. Vous pouvez me raconter les pires horreurs ou les choses les plus merveilleuses de la terre. Je serai toujours là.

— Avec ma vie, mon frère, ma famille, je suis devenue quelqu'un de complètement différent de ce que j'étais en naissant. En fait, j'ai la sensation d'être séparée de moi-même. Il ne s'agit pas de cette histoire d'adoption, d'accord ? J'aime mes parents. Je les aime vraiment. Mais il y a quelque chose. Quelque chose d'étrange. C'est peut-être parce que je suis une enfant adoptée, c'est peut-être parce que je suis comme ça, mais le fait est là : je ne m'attache vraiment à personne. A rien. Je ne veux pas m'attacher. Je suis sûre que si ça m'arrivait, je me ferais baiser. On peut appeler ça la peur d'être rejetée. Quand vous êtes bébé, vous regardez le visage de votre mère, et c'est votre visage. Elle vous sourit, et à ce moment-là elle est vous. Quand vous grandissez un peu, vous lui rendez son sourire, et ce sourire sur votre visage c'est en quelque sorte le sien. Vous devenez elle.

Jody s'interrompit pour regarder Claire, qui hochait vigoureusement la tête. D'ordinaire, elle ne se maquillait pas, mais aujourd'hui elle avait mis du rouge à lèvres, et il débordait légèrement de sa lèvre supérieure, ce qui la désaxait un peu. Jody perdit une seconde le fil de son raisonnement.

— Mais quand vous êtes une enfant adoptée, vous regardez votre mère et elle, elle essaie de vous regarder, de vous comprendre ; dans mon cas, en plus, il y avait le fantôme d'un enfant entre nous. Ce n'était pas un miroir que je voyais ; ce n'était ni moi ni ma mère, mais quelque chose de troublant, d'opaque. Et ce qui s'enracine à ce moment-là, c'est une espèce de détachement, d'insécurité.

Jody s'arrêta, les yeux fixés sur Claire.

— Vous ressentez toujours la même insécurité ?

Jody soupira. Elle se demandait si les psys obligeaient leur famille à veiller tard la nuit pour passer en revue le moindre détail de ce qu'ils avaient entendu. Des putains d'obsédés, voilà ce qu'ils étaient. Heureusement qu'ils travaillaient tout seuls dans leurs bureaux. Personne ne supporterait longtemps leur compagnie.

— C'est comme un manque, un manque de quelque chose.

— De quoi ?

Jody darda un regard furieux sur Claire. Même si elle le savait, elle ne le dirait à personne, jamais.

Claire ne réagit pas ; elle consulta sa montre, prit son agenda et le feuilleta. L'heure était-elle passée ? se demanda Jody. On aurait dit qu'elles avaient longtemps nagé sous l'eau et qu'elles avaient soudain resurgi à l'air libre, pour respirer.

— Il y a beaucoup de choses dont nous devrons parler, dit Claire. (Jody hocha la tête.) Vous voulez continuer ?

Jody ne comprit pas bien ce que voulait dire Claire.

— Nous pourrions poursuivre la séance, expliqua Claire. Je n'ai personne avant cinq heures. Qu'en pensez-vous ?

Jody haussa les épaules. Ce qui se passait l'intriguait. Elle n'avait jamais entendu dire qu'une séance pouvait se poursuivre au-delà de l'horaire prévu. Claire n'avait donc rien de mieux à faire ? Jody ne travaillait-elle pas ? N'avait-elle pas sa vie ?

— Vous voulez rester ?

Évidemment, que Jody voulait rester. Tout le monde en aurait fait autant. Pourtant, elle en avait assez. Elle avait parlé en sachant que, l'heure écoulée, Claire la mettrait dehors. Elle ne risquait rien de grave. On n'était pas obligé de supporter les conséquences de ses paroles plus de cinquante minutes. C'était l'avantage de la thérapie, on était toujours à court de temps. On pouvait raconter des choses essentielles pendant les cinq dernières minutes et le psy ne pouvait rien faire d'autre que dire : « Il faudra que nous en reparlions la semaine prochaine », ou « Décidément, vous avez gardé le meilleur pour la fin, c'est intéressant ». Quoi qu'il arrive, on s'en allait quand l'heure était passée. C'était une règle sacro-sainte.

— Alors ? dit Claire.

Jody haussa les épaules.

— Vous me donnez le choix ? poursuivit Claire.

Jody acquiesça.

— Alors, continuons. Mais je dois d'abord aller aux toilettes. Je reviens tout de suite.

Claire sortit en laissant la porte ouverte. Jody n'avait jamais vu un psy aller aux toilettes. Elle avait toujours cru qu'ils étaient comme les profs : ils n'y allaient pas, point à la ligne.

Le sac de Claire était sur son bureau, avec ses notes et ses blocs. Jody aurait pu fouiller partout ; elle aurait pu voler le portefeuille de Claire et prétendre qu'elle l'avait fait inconsciemment ; elle aurait pu parcourir son agenda et dresser la liste de tous ses autres patients, avec leurs numéros de téléphone. Et, au milieu de la nuit, elle aurait pu s'asseoir, un sachet de pop-corn à portée de la main, et faire des blagues au téléphone.

« Bonsoir, je vous appelle de la part de Claire Roth. Elle m'a demandé de vous dire que vous êtes tellement névrosé que ça l'a rendue folle et qu'elle est hospitalisée. Bonsoir, ici la secrétaire de Claire Roth. Elle m'a demandé de vous transmettre un message : trouvez-vous un autre psy... »

Le téléphone sonna au moment où Claire sortait de la salle de bains.

— Ne répondez pas ! s'écria-t-elle.

Elle entra en courant dans le bureau et décrocha juste avant le répondeur.

— Allô, dit-elle, haletante.

Jody entendit une femme qui s'époumonait au téléphone.

— J'ai quelqu'un, dit sèchement Claire. Puis-je vous rappeler un peu plus tard ? Bon, dit Claire après avoir raccroché, en se calant dans son fauteuil. Racontez-moi comment vos parents vous ont adoptée.

L'ambiance avait changé. Elles étaient remontées à la surface et voilà que Claire, après avoir repris son souffle, voulait replonger. Jody n'était pas certaine d'en être capable. Si sa véritable personnalité avait correspondu à ce qu'elle voulait être, un modèle de force et de sagesse, elle aurait expliqué à Claire qu'elle la remerciait de sa proposition, mais qu'elle en avait eu assez pour la journée et devait vraiment retourner au boulot.

— Connaissez-vous le détail de vos origines ?

— Mais oui. Un spermatozoïde s'est cogné la tête dans un ovule, et voilà.

— Quelle vision romantique ! s'exclama Claire. Vos parents sont-ils passés par une agence ou par un orphelinat ?

— Vous voulez vraiment savoir ça ?

Claire hocha la tête.

— Mes parents m'ont dit qu'ils avaient contacté une agence.

— Quel âge aviez-vous lorsqu'ils vous l'ont appris ?

— J'étais nouveau-née. Je suis rentrée à la maison, en revenant de l'hôpital, et ils m'ont dit : Salut, comment vas-tu ? Voilà la maison, la cuisine, l'entrée. On va te montrer ta chambre. A propos, tu es une enfant adoptée, mais ça n'a pas la moindre importance.

— Vous rappelez-vous le moment où ils vous en ont parlé ?

— Ils m'en ont toujours parlé. Ils avaient un bouquin, pas le genre de livre qu'on trouve dans le commerce : un de ceux que vendent les sociétés spécialisées en adoption. En deux volumes reliés sous coffret. *La Famille d'adoption*. Premier volume, un livre pour l'enfant, avec des images. Second volume plus sérieux, pour les parents adoptifs : les problèmes auxquels vous devrez faire face, comment aimer l'enfant d'une inconnue, bla bla bla.

— Cela vous a-t-il traumatisée de découvrir que vous étiez une enfant adoptée ? Auriez-vous préféré l'ignorer ?

— Vous ne comprenez pas. C'est comme de savoir son nom. On ne se rappelle pas le jour où on l'a appris. On l'a toujours su, c'est le vôtre. Je suis une enfant adoptée. A.D.O.P.T.É.E. C'est le premier mot que j'ai su épeler.

Claire fit la grimace.

— Je plaisante, dit Jody.

Claire réagissait à toutes ses paroles. Au début, Jody avait trouvé ça très agréable, ça lui prouvait qu'elle avait un être humain en face d'elle — mais il lui arrivait de souhaiter que tout ce qu'elle disait cesse de paraître aussi important à Claire.

— Ne prenez pas ça comme une catastrophe nationale, dit Jody. Adoptée... Je connais le mot. Mais quel est son sens, au fond ? Je n'en ai pas la moindre idée.

— Vous sentez-vous adoptée ? Tout à l'heure, vous parliez de votre mère, de l'effet de miroir qui vous a manqué.

— C'est vrai. Mais je ne sais pas si c'est parce que j'étais une enfant adoptée ou parce que mon frère était mort.

— Combien de temps avant votre naissance est-il mort ?

— Six mois.

— C'est peu.

— Je sais.

Jody avait envie de conseiller à Claire de prendre un calmant, ou de lui faire remarquer qu'au niveau thérapeutique son extrême sensibilité n'était peut-être pas bénéfique. Si Jody n'était pas Jody, si elle était gravement atteinte et incapable d'accepter la moindre critique, les incessants soupirs de Claire, son insistance auraient pu la faire basculer du mauvais côté. Heureusement, Jody lui racontait une vieille histoire. Il ne s'agissait pas de révélations troublantes ou traumatisantes. Elle parlait de sa vie, objectivement, et sans difficulté.

— Barbara me harcelait pour savoir si je ne trouvais pas bizarre qu'une agence ait donné un nouveau-né à une famille qui venait de perdre un enfant. Elle insistait, comme si elle savait quelque chose que j'ignorais, mais elle n'a jamais craché le morceau. Entre-temps, je persécutais maman avec mes questions, parce que j'avais le sentiment qu'on me cachait des choses. Je profitais de toutes les occasions où je la supposais en situation de faiblesse, par exemple le jour de l'anniversaire de la naissance du gosse, ou celui de sa mort.

— Comment connaissiez-vous ces dates ?

Putain de flic, se dit Jody.

— Ma mère disait : « Aujourd'hui, c'est son anniversaire. » Ou « Ça fait dix ans aujourd'hui qu'il est mort ». Je ne l'ai jamais entendue en parler à quelqu'un d'autre, elle me le disait à moi, à voix basse, sur le ton de la conspiration.

— Un peu injuste, non ? dit Claire, qui s'empressa d'ajouter d'une voix douce : J'aimerais que vous me disiez son prénom.

Jody haussa les épaules, son estomac se révulsa. C'était comme si Claire lui demandait de partager son frère avec elle. Elle était parfaitement consciente d'avoir volontairement omis de prononcer le nom de son frère ; il fallait bien qu'elle garde quelque chose pour elle. Claire ne pouvait pas tout avoir.

— Donc, je la persécutais avec mes questions, et, alors que j'avais environ vingt ans, j'ai découvert qu'ils ne m'avaient pas eue dans une agence officielle mais au marché noir, et que c'était la voisine qui était allée me chercher à l'hôpital parce que maman avait la trouille de voir ma vraie mère. Ils m'ont échangée contre un paquet de fric, sur le siège arrière d'un taxi.

Jody jeta un coup d'œil à Claire, qui semblait sur le point de faire une réaction allergique. Elle avait le nez et les yeux rouges.

— Ce qui me tue, enfin, une des choses qui me tuent, c'est qu'ils ne veuillent pas me dire combien ils m'ont payée. C'est normal, que j'aie envie de le savoir, non ? J'ai demandé à maman et elle m'a répondu : « Peu importe la somme, c'était de toute façon trop cher pour ce que ça valait ! »

Claire prit l'air étonné.

— Elle plaisantait, dit Jody. L'autre chose qui me tue, c'est que je ne sais toujours pas si Barbara était au courant ou non. Si elle l'était, comment a-t-elle pu jouer à ce petit jeu sans rien me dire ?

— Je ne sais pas. Vous devriez lui poser la question.

— On ne me dit jamais rien.

— Avez-vous l'impression que les gens vous trompent délibérément ?

Putain de question-test, se dit Jody. Pensait-elle également qu'on la suivait dans les rues ? Que les gens complotaient pour détruire sa vie ? Elle regarda Claire, comme pour dire : Tu ne te rends pas compte que j'ai compris où tu voulais en venir ? Tu me prends pour une conne, putain de merde ?

— Existe-t-il une raison pour qu'on veuille vous cacher la vérité ? demanda Claire.

Jody haussa les épaules.

— Que savez-vous encore ?

— Pourquoi est-ce qu'on parle de ça ?

— Pourquoi ?

— Oui. Pourquoi ? Quel rapport entre l'adoption et mon inscription au département cinéma ?

— A vous de me le dire.

— Non. A vous de me le dire.

Claire regarda la pendule.

— Nous n'en dirons pas plus aujourd'hui, ni l'une ni l'autre, dit-elle. Parlons un peu de votre emploi du temps. Vous travaillez tous les jours ?

Jody fit signe que oui.

— Continuerez-vous à travailler jusqu'à votre départ en Californie ?

— Je ne pense pas qu'il nous reste assez de temps pour aborder un tel sujet.

— Nous en reparlerons donc plus tard. Que diriez-vous de demain ?

— Parfait, dit Jody, en se demandant comment elle allait se débrouiller pour payer Claire.

Il fallait soudain qu'elle voie Claire tout le temps. Pas une fois par semaine, mais une fois par jour. Elle éprouvait l'envie pressante de tout dire à Claire, y compris ce qu'elle tenait le plus à cacher. Comme si elle avait besoin de se débarrasser d'un fardeau, de se délester de tout ce qui lui pesait sur Claire pour partir en Californie le cœur léger. Plus étrange encore, Jody avait l'impression que Claire avait elle aussi besoin d'elle. La jeune fille se morigéna. Elle délirait. Évidemment que Claire n'avait aucun besoin d'elle. Claire avait sa propre vie : un mari, des enfants, sans doute, et une tripotée de patients, dont celui qui venait de sonner.

— Nous devons nous quitter, maintenant. Neuf heures et demie, ça vous convient ?

— Du matin ?

— C'est trop tôt pour vous ? demanda Claire en riant.

— Non. Ça ira.

Claire ignorait-elle qu'en Amérique on travaillait de neuf à cinq, que les gens avaient besoin d'un emploi du temps fixe ? Neuf heures et demie du matin, c'était prématuré. Rien n'arriverait entre-temps. Jody dînerait, regarderait la télé, dormirait, et se retrouverait devant Claire. Pourquoi se jetait-elle ainsi à la tête de la psy ? Pourquoi Claire la laissait-elle faire ? N'était-elle pas censée tracer des limites, dire un truc du genre : « Je sais que vous avez envie de me revoir très bientôt mais ce ne serait pas sain, ni efficace. Apprenez à résoudre vos problèmes par vous-même, à être indépendante, sinon comment allez-vous vous faire un nom, en Californie ? »

La pluie avait cessé, un vague soleil crépusculaire perçait à travers les nuages. Il devait y avoir un arc-en-ciel quelque part, peut-être dans le Vermont, où Claire possédait sans doute une maison où elle se retirait le week-end. La pluie avait réchauffé l'atmosphère. Jody traversa Houston et remonta jusqu'à Washington Square. Le parc était vide, car les intempéries en avaient provisoirement chassé les drogués. Deux sans-abri poussant des chariots se surveillaient du coin de l'œil pour prendre possession du meilleur banc. Elle prit la direction de Broadway, au hasard. Il était dix-sept heures vingt. Elle avait passé tout ce putain d'après-midi chez la psy.

Le téléphone sonna à vingt-deux heures trente. Ça ne pouvait être qu'un inconnu. Jody avait dit bonne nuit à sa mère quelques minutes plus tôt, Michael n'était pas en ville et n'aurait certainement pas pris la peine d'emporter son numéro, Ellen était sortie et Harry assistait à un vernissage au musée d'Art moderne.

— Allô, dit Jody, prête à raccrocher sans prononcer un mot de plus.

Elle tenait le téléphone d'une main et de l'autre écartait le rideau pour regarder dans la rue, comme si son correspondant l'appelait de la cabine au coin de la rue.

— Je ne pense pas que tu me reconnaîtras, dit une voix masculine.

Jody lutta contre son envie de raccrocher, car il y avait quelque chose de désespéré, de pathétique, dans cette voix. Elle lâcha le rideau.

— Peter Sears. Ann m'a donné ton numéro.

Ann qui ? se demanda Jody.

— Elle m'a dit que tu habitais en ville et que je pouvais t'appeler.

Peter Sears était un ancien de Wesleyan, comme Jody et une cinquantaine de filles répondant au prénom de Ann. Son père était un célèbre producteur de disques et Jody avait à l'époque envisagé de nouer des relations amicales avec lui avant d'y renoncer, car elle s'était aperçue que son penchant pour lui était dû davantage à la réputation de son père qu'à ses qualités intrinsèques. De plus, il était beau garçon. Si beau garçon, en fait, que Jody ne comprenait pas qu'il l'appelle.

— Comment va Ann ? demanda-t-elle, pas très sûre qu'ils parlaient de la même.

— Très bien. Elle m'a dit que tu travaillais dans le cinéma.

— Un peu. J'assiste Harry Birenbaum sur un de ses projets, dit Jody. (Elle s'imaginait que Peter connaîtrait le nom du metteur en scène. Harry et le père de Peter jouaient sans doute ensemble à un sport quelconque.) Mais cet automne, je pars à l'UCLA.

— Super !

Ouais, super, se dit Jody. Chaque fois qu'elle prononçait UCLA, une vague d'angoisse la submergeait. Enfin, ça impressionnait les autres, c'était déjà ça.

— Et toi, qu'est-ce que tu fabriques ? demanda Jody.

— J'écris un peu.

Il n'avait sans doute pas besoin de travailler. Il devait mener une vie de luxe et d'oisiveté, dans la belle maison de son père, lequel n'y passait jamais plus de trois jours à la suite. Il devait se réveiller à dix heures, regarder des dessins animés à la télé jusqu'à onze heures, boire un jus d'orange pressée au lit et se lever vers midi pour que la bonne puisse nettoyer la chambre avant d'aller faire les courses.

— J'ai des billets pour une projection de *Tin Beard*, demain soir. Tu veux venir ?

— Je l'ai vu la semaine dernière. C'est pas génial.

— Après, il y a une soirée à l'Ark. Ça te dit ?

— D'accord, dit Jody comme s'il avait fallu la convaincre d'accepter.

— Je passerai te prendre à dix heures et demie.

Jody raccrocha, étonnée que Peter Sears en soit réduit à déterrer de vieilles copines d'école pour se trouver de la compagnie. Elle essaya de se rappeler avec quelles Ann il était ami. Il y en avait au moins quatre, interchangeables : Ann Weinstein, Ann Salzman, Ann Bankowski et Ann Willers.

Le téléphone sonna de nouveau. C'était soit Peter Sears qui se décommandait — il avait repris ses esprits et ne voyait pas pourquoi il irait où que ce soit avec Jody —, soit le type dans la cabine au coin de la rue qui avait enfin trouvé son numéro de téléphone. Un coup d'œil derrière le rideau la rassura : la cabine était vide.

— Allô ? aboya Jody en branchant le répondeur bien que ce soit trop tard.

— Tout va bien ?

Jody, terrorisée, ne répondit pas.

— Jody, vous êtes là ? C'est Claire Roth.

— Oui, oui, je suis là.

— Je suis désolée de vous appeler chez vous, mais je viens de regarder mon agenda. Je me suis trompée, au sujet de notre rendez-vous de demain. Cinq heures moins le quart, ça serait possible pour vous ?

— Oui, très bien.

— Vous êtes certaine d'aller bien ?

— Certaine, dit Jody en tapant nerveusement du genou contre sa commode.

Demain, elle aurait un bleu et se demanderait si c'était la leucémie ou de l'hémophilie.

— Tant mieux. A demain. Bonne nuit.

La voix de Claire avait la douceur des Kleenex, tant vantée à la télé. Elle flotta un instant sur Jody, qui l'aspira comme un baiser.

10

Claire espérait que Polly annulerait son rendez-vous. Lorsque la sonnette retentit, Claire se sentit obligée de donner à la jeune fille une dernière chance de changer d'avis. Elle ouvrit la porte de son bureau et lui proposa d'entrer.

— On ne pourrait pas y aller tout de suite ?

Claire ferma la porte palière à clé et elles attendirent l'ascenseur en silence. Privée du réconfort que représentaient le bureau, les deux fauteuils et les cinquante minutes, Polly ne savait comment se comporter. Claire n'était pas censée sortir de son contexte, encore moins de son bureau. Elle était censée vivre entre ces quatre murs et attendre ses patients, assise à côté du téléphone vingt-quatre heures sur vingt-quatre, pour répondre à toutes les sollicitations urgentes.

— Il pleut encore ? demanda Claire d'un ton assez naturel pour laisser entendre qu'il ne s'agissait ni d'une séance ni d'une sortie mondaine.

— Je ne sais pas.

Claire héla un taxi et Polly donna l'adresse au chauffeur. Assise sur la banquette arrière avec Polly, Claire laissa ses pensées vagabonder : comment réagissaient les gens qu'elle rencontrait à des soirées en apprenant qu'elle était psy ? Les hommes débitaient toutes les histoires drôles qu'ils connaissaient sur le sujet puis s'éclipsaient pour aller se chercher un autre verre ; ils ne revenaient jamais. Les femmes faisaient semblant de comprendre. Elles souriaient à Claire et finissaient toujours par lui signaler, à voix basse, un problème avec leurs enfants. Claire répondait : « C'est parfaitement normal ; ça passera. » Les femmes prenaient l'air soulagé.

Les réactions étaient inévitablement induites par la façon dont les personnes en question considéraient l'analyse. Les pires étaient ceux qui suivaient une psychothérapie depuis longtemps : ils refusaient de lui adresser la parole, comme si Claire était responsable pour tous les analystes de l'histoire. Si Freud avait tort, c'était sa faute à elle. Voilà pourquoi les analystes se fréquentaient entre eux ou, plutôt, ne fréquentaient personne.

Polly était muette, elle se conduisait comme si elle avait régressé au stade préoral et s'en remettait à Claire pour tout. Polly lui sourit, et Claire eut l'impression que sa patiente attendait qu'elle dise ou fasse quelque chose qui lui prouverait qu'elle assumait volontiers ce rôle maternel.

— Vous vous sentez bien ? demanda Claire.

— Ça va. J'ai pris deux Valium ce matin.

— Était-ce bien raisonnable ?

Polly ne répondit pas.

— N'oubliez pas de les prévenir, conseilla Claire.

Claire s'imaginait déjà les conséquences : la jeune fille ne disait rien, les médecins lui administraient en cours d'intervention un médicament contre-indiqué qui occasionnait une réaction désastreuse. Il fallait appeler une ambulance pour transporter la malheureuse à l'hôpital, dans le coma, le cerveau gravement endommagé et à moitié avortée. Et tout serait de la faute de Claire.

— Je n'ai pas vraiment besoin de vous, vous savez, dit Polly au bout d'un petit moment. Je pourrais très bien me débrouiller toute seule.

Claire hocha la tête. Le taxi s'arrêta au carrefour qu'avait indiqué Polly, qui paya la course et partit d'un bon pas en direction de la clinique.

— Attendez une seconde, l'arrêta Claire. Vous êtes absolument sûre de vous ?

— Mais oui, je suis sûre.

— Je tiens à ce que vous sachiez que vous avez le droit de changer d'avis jusqu'à la dernière minute. Je ne penserais pas une seconde que vous m'avez fait perdre mon temps.

— Entendu, dit Polly en se remettant en marche.

Elles entrèrent dans la clinique et Polly, tout d'un coup, perdit sa superbe. Elle s'assit sur la chaise la plus proche de la porte et regarda Claire d'un air suppliant, afin qu'elle prenne les choses en main.

— Je suppose que vous devez vous inscrire, dit calmement Claire.

Elle s'efforça de ne pas observer Polly, aux prises avec des formulaires et des questionnaires, et qui essayait de cacher sa nervosité. Quand elle la regardait, elle se prenait à la détester. Ce n'était pas productif. Mieux valait se concentrer sur les affiches de paysages scotchées aux murs, sans doute dans le but de rendre la clinique aussi agréable que possible. Claire n'eut aucun mal à imaginer des manifestants anti-avortement en train de les arracher avec fureur. La jeune fille de la réception devait les commander par deux ou trois, peut-être même par six. Les lieux étaient d'une propreté impeccable. On se serait cru chez un pédicure. Il était difficile de croire à ce qui se passait ici. La pièce ne présentait pas le moindre indice, aucun signe, rien.

Claire jeta un coup d'œil à Polly : elle ne l'avait pas entendue mentionner les deux Valium.

— Vous avez pensé à prévenir, pour les Valium ? lança-t-elle à haute voix.

Polly se retourna et la toisa d'un regard agacé.

— Combien de milligrammes ? demanda l'infirmière.

— J'en ai pris deux bleus.

— Dix milligrammes ?

— Oui.

Si Claire avait pris deux Valium bleus, elle aurait été incapable de se tenir debout. La différence de résistance entre un organisme de vingt ans et un de quarante-trois était stupéfiante.

— Asseyez-vous, on vous appellera, dit l'infirmière.

— Pourquoi vous leur en avez parlé ? demanda Polly.

— Parce que vous ne l'avez pas fait.

Cinq minutes plus tard, lorsque l'infirmière quitta son bureau, Claire se demanda si elle devrait lui parler, lui dire qui elle était. Elle avait l'impression d'être un agent secret en mission clandestine.

— Polly ? appela l'infirmière. Vous pouvez entrer.

Polly se leva.

— Votre amie peut vous accompagner, si vous voulez.

— Ce n'est pas mon amie. C'est ma psy.

Claire s'attendit à l'entendre ajouter : « Et une satanée bavarde. »

— Elle peut vous accompagner, si vous voulez, répéta l'infirmière avec indifférence.

Claire était sa psy. Ça ne voulait donc rien dire ? Les psys avaient-ils l'habitude d'accompagner leurs clientes ici ?

Polly se retourna vers Claire.

— Ça va aller. Souhaitez-moi bonne chance.

— Bonne chance, dit Claire.

L'espace d'un instant, elle s'était imaginée dans la salle d'opération, si on appelait ça comme ça, tenant la main d'une Polly bien trop exposée, au sens propre comme au figuré, à son goût. Obligée d'assister à l'aspiration de petits bouts de fœtus dans un bocal en verre.

L'infirmière emmena Polly et Claire fut soulagée de se retrouver seule. Ses cogitations l'avaient tellement agitée que, si elle n'avait pas eu la charge d'une patiente, elle aurait volontiers avalé un Valium en cachette. Elle respira profondément et ferma les yeux. Elle était déjà venue dans cet endroit. Elle le sentait dans ses épaules, dans sa nuque. Une impression de déjà vu. A l'époque, c'était différent. Il n'existait pas de test de grossesse en 1966, et on ne trouvait pas de clinique d'avortement dans les pages Jaunes.

A dix-huit ans et demi, en première année à l'université George-Washington, Claire avait eu une aventure avec Mark Ein, un professeur d'anglais frais émoulu de Yale, qui avait publié un roman. Vigoureux, cheveux bruns bouclés, lèvres sensuelles, yeux bleus, il était différent de tous les gens qu'avait connus Claire. Il prétendait éviter de croiser le regard des autres de peur de les trouer, et se décrivait comme un non-enseignant. « Nous sommes engagés dans une aventure commune, disait-il aux étudiants, dans une exploration ; c'est le commencement d'un processus qui ne devrait jamais connaître de fin. »

En fait d'exploration, il sortit Claire. Il lui fit découvrir des plats exotiques, des films dont elle n'avait jamais entendu parler, des boîtes où ils dansaient sur d'étranges musiques. Et elle se retrouva enceinte. En 1966, une fille de dix-huit ans n'avait qu'un moyen d'en être sûre : compter sur ses doigts. Pas la peine de faire math sup. Si les Anglais ne débarquaient pas, alors le polichinelle était dans le tiroir.

— Je suis enceinte, lui annonça enfin Claire en entrant chez un marchand de glaces.

Sans perdre sa place dans la queue, Mark lui avait murmuré à l'oreille :

— Il faut que je t'avoue quelque chose : je suis marié. Ma femme est en dernière année, à Berkeley.

Il commanda un cône chocolat menthe pour lui et, se tournant vers Claire qui était sur le point de vomir, lui demanda ce qu'elle voulait.

Elle secoua la tête et se mordit les lèvres en serrant les dents.

— Tu n'es pas obligée de l'avoir, dit-il. J'ai une adresse.

Claire ne comprit pas le sens de ses paroles. Quel genre

d'adresse ? Un endroit où elle pourrait se cacher avec le bébé ? Où elle serait sa seconde femme ?

Par une chaude journée de printemps, Mark vint la chercher dans sa petite MG verte et la conduisit dans un quartier de Washington où elle n'avait jamais mis les pieds : des rues entières d'immeubles décrépits ne ressemblant en rien aux élégantes bâtisses en briques de Georgetown. Il y avait quelques enfants, des hommes plus âgés qui erraient sans but apparent, un chien, truffe collée au sol, reniflant les détritus. Claire se sentit en péril. Elle se demanda si Mark l'amenait chez la gouvernante qui l'avait élevé et allait l'y laisser. Elle vivrait dans la maison de la gouvernante, et Mark lui rendrait discrètement visite de temps à autre. Le temps que la vieille gouvernante meure, les voisins seraient tellement habitués à Claire qu'elle pourrait continuer à vivre là jusqu'à la fin de ses jours.

— Entrez. (Une femme noire, debout sur le porche, ouvrit la porte-écran.) Je m'appelle Luane, dit-elle en les guidant jusque dans la cuisine. Allongez-vous.

Elle désigna la table de cuisine, recouverte d'un drap blanc immaculé et repassé. Claire s'allongea sur la table, la table même, se dit-elle, où cette famille devait dîner tous les soirs. Elle n'avait pas la moindre idée de ce qu'elle faisait là. Mark n'avait rien dit. Allait-il lui faire faire quelque chose qu'elle ne voulait pas faire ? Cette femme allait-elle la charcuter, comme ça, sans prévenir ?

— Détendez-vous, dit Luane en ouvrant une bouche partiellement édentée, aux sombres cavités sous les gencives rose vif.

Devant ce sourire bancal, Claire comprit qu'on allait lui faire subir un traitement spécial, qui ferait disparaître le bébé. Luane ferma la porte de la cuisine et s'approcha de Claire. Elle releva sa chemise et posa ses mains sur son ventre.

— Vous êtes enceinte de combien ?

— Deux mois, peut-être un peu plus.

Luane pétrit l'estomac de Claire de ses doigts secs et décharnés.

Mark était debout dans un coin ; il se rongeait les cuticules. Claire, qui s'était souvent émerveillée de son allure, le trouva soudain petit, nerveux, laid.

— Je peux vous arranger ça quand vous reviendrez, dit enfin Luane. Il faudra passer la nuit ici. Réfléchissez. Je ne vous garantis rien. Il y a toujours des risques. Tout ce que je pourrai faire, si ça se passe mal, c'est essayer de vous amener à l'hôpital. Je n'ai pas de voiture, et on ne trouve pas facilement de taxi, par ici. Voilà, vous êtes prévenus.

Claire hocha la tête. Elle avait enfin compris de quoi il s'agissait, encore qu'elle ignorât comment on s'y prenait. Cette femme lui ouvrirait-elle le ventre ? Percerait-elle un trou avec une aiguille à tricoter et raclerait-elle pour enlever ce qu'il y avait en elle ?

— Je vais réfléchir, dit Claire en s'efforçant d'être polie.

Il était hors de question qu'elle remette les pieds ici. Pendant tout le temps où elle était restée allongée sur la table, elle n'avait pensé qu'à une seule chose : le dîner familial. Elle imaginait cette femme prenant son enfant et le mettant à cuire pour le servir rôti. Tout frais, bien tendre, rouge foncé.

— A bientôt, dit Mark d'un ton naturel.

La femme hocha la tête et lui sourit. Claire se demanda s'il était un habitué. Elle ne lui posa pas la question. En fait, elle n'avait aucune envie de le savoir. Le mois suivant, elle évita Mark. Le semestre s'acheva. Claire obtint les meilleures notes de sa vie.

— Je suppose que tu as décidé de le garder, lui dit Mark après le dernier cours.

Jusqu'à ce qu'il ait parlé, Claire n'avait pas réalisé que si elle ne faisait rien, dans six mois elle serait contrainte, ne fût-ce que par la force de gravité et la volonté du bébé, de mettre un enfant au monde. Elle se demanda si ça ferait très mal. Le simple fait d'avoir un homme en elle était plus que suffisant ; elle ne pouvait imaginer qu'un enfant sortît de là. Ça la tuerait, à coup sûr. Parviendrait-elle à le retenir pendant des mois, pendant des années, pendant le restant de ses jours ?

— Tu feras peut-être une fausse couche, dit Mark, plein d'espoir.

Claire haussa les épaules comme si cela lui était égal. Mais elle sentait l'enfant bien enraciné, bien décidé à s'accrocher.

— Je suis désolé, dit-il comme s'il lui avait marché sur le pied. Je t'accompagne à l'arrêt du bus.

Ils sortirent au soleil de mai. Claire vit le bus arriver. Elle n'ajouta pas un mot, partit en courant pour l'attraper et ne revit jamais Mark Ein.

Elle attendit le dernier moment pour annoncer la nouvelle à ses parents. Elle attira sa mère dans sa chambre, la fit asseoir sur son lit et voulut parler. Mais les mots se refusèrent.

— Il y a quelque chose qui ne va pas ? demanda sa mère en faisant mine de se lever. Tu veux sucer une pastille ?

Claire la fit rasseoir, souleva son chemisier, tira sur la ceinture élastique de sa jupe et se tourna pour montrer son profil à sa mère. Le profil ne mentait pas.

— Oh, mon Dieu ! hoqueta sa mère en se couvrant la bouche de la main comme pour étouffer un flot de paroles inutiles, un flot qui se déchaîna en un torrent tumultueux lorsque son père fut mis au courant.

Sa mère sortit de la chambre en courant et se précipita dans la cuisine où elle passa plusieurs coups de téléphone. Puis elle ordonna à Claire de monter en voiture et l'amena chez un médecin. Pas leur médecin de famille habituel, un autre, dans le centre, pour s'assurer que cette protubérance n'avait pas d'autre cause. Claire comprit que sa mère aurait préféré qu'elle souffrît d'une maladie compliquée, voire mortelle, enfin quelque chose dont on pût mourir sans honte. Un cancer aurait fait l'affaire.

— C'est vrai, déclara le médecin, comme s'il avait cru lui aussi que Claire dissimulait une tumeur sous sa jupe.

Sa mère se pencha sur le bureau et murmura, si bas qu'on aurait pu par la suite jurer qu'elle n'avait rien dit :

— Peut-on faire quelque chose ?

Le médecin fit signe que non, se pencha en avant et murmura à son tour :

— Non. C'est beaucoup trop tard.

Le père loua un camion et sonna ostensiblement chez tous ses voisins pour leur annoncer qu'il allait porter de vieux meubles « aux pauvres » et qu'il les débarrasserait volontiers des leurs par la même occasion. Claire se retrouva seule dans un petit appartement, à Baltimore, environnée de tous les meubles dont on ne voulait plus dans sa rue. Rien de plus déprimant. Elle n'avait encore jamais quitté sa famille, sauf pour passer deux semaines dans un camp de Compagnons Chrétiens, à l'âge de treize ans. Les vêtements de grossesse, à l'époque, étaient hideux : gigantesques culottes de coton et robes aux imprimés désastreux. Rien à voir avec ce que portait une jeune fille de dix-neuf ans. Elle ne sortait de l'appartement que lorsque c'était indispensable.

Pour l'unique raison qu'elle aspirait à tout ce qu'elle n'était pas, Claire déclara que, puisque l'enfant serait adopté, elle voulait qu'il le fût par une famille juive. Les Juifs avaient le sens de l'hospitalité. Ils savaient ce que c'était que le chagrin, la souffrance, la perte, et ce que cela signifiait d'être un étranger. Mark lui avait parlé de cette fête où ils recevaient chez eux des inconnus : ils laissaient la porte ouverte et mettaient un couvert de plus pour le mystérieux prophète qui entrerait peut-être, s'assiérait à leur table et boirait leur vin.

— Tu es folle, décréta son père. Tu l'as toujours été. Si ce garçon avait été un bon chrétien, aujourd'hui, tu serais mariée.

Claire ne se donna pas la peine de lui dire que Mark était déjà marié. A quoi bon ?

— Tous pareils ! grommela son père. Des fils de..., qui n'ont que la peau sur les os ! Vas-y, donne-le-leur. Plus loin de nous il sera, mieux ça vaudra.

Les choses faillirent mal se passer. On avait trouvé une famille, mais elle se récusa trois semaines plus tard. Sous prétexte, prétendit l'avocat, qu'elle avait appris par la bande qui était le père.

— Évidemment, qu'ils l'ont su, dit son père. C'est normal. Ils se connaissent tous.

— Cette famille voulait un enfant d'origine inconnue, rétorqua l'avocat.

Un enfant sans passé, se dit Claire. Pourvu qu'il ait un avenir.

On trouva une deuxième famille. Les avocats transmirent des renseignements aseptisés. Personne ne voulait courir le moindre risque : le temps pressait. « Une famille charmante. Un père, une mère, un petit garçon. Ils ne peuvent pas avoir d'autre enfant », déclara l'avocat qui ajouta en clignant de l'œil : « Et ils ne seront pas avares de leur affection. »

Il voulait dire : de leur argent. Claire comprit et se demanda combien l'enfant leur coûterait. « Bon milieu. Universitaires. Juifs. »

Claire était contente que ce ne soit pas leur premier enfant. Ils sauraient s'occuper du bébé, qui aurait un grand frère. Lorsqu'elle imaginait son enfant, Claire voyait une petite fille appelée Rachel qui s'amusait dans l'eau avec ses cousins et ses petits voisins. Elle voyait sa fille partir à l'école avec une robe et des chaussures neuves, la vieille gamelle de son frère aîné à la main, ou assise sur un tapis de corde, écoutant une histoire en jouant avec les boucles de la fillette assise devant elle. Ce serait une grande famille, avec des grands-parents à la retraite en Floride, qui viendraient lui rendre visite les bras chargés d'oranges et de raisins, leurs doigts déformés par l'arthrite encore bons à pincer gentiment des joues. L'enfant ne saurait jamais qu'elle avait commencé sa vie chez d'autres gens.

Claire apprenait à connaître sa fille, elle l'aimait, et caressait les petits pieds qui s'activaient derrière les parois de son corps.

Une femme entra dans la clinique au pas de course et fit halte devant Claire.

— C'est la première fois ? demanda-t-elle.

— J'attends quelqu'un.

— Ah, fit la femme, comme si elle ne la croyait pas. Moi, c'est mon troisième. Ne vous inquiétez surtout pas, ce n'est rien. Votre fille s'en tirera très bien.

— Non, non, ce n'est pas ma fille, dit Claire en secouant la tête.

Ses paroles prirent malgré elle une intensité dramatique. La femme haussa les épaules. Claire alla demander à l'infirmière combien de temps encore cela durerait. La réponse fut : des heures.

— Il faut que j'y aille, dit Claire. Je vais revenir.

Elle se précipita dehors, persuadée que si elle restait là trente secondes de plus elle perdrait conscience, et que des hommes masqués l'emmèneraient de force dans l'arrière-salle. Ils l'avorteraient, sans l'ombre d'une raison. Ils s'empareraient d'elle et aspireraient tout ce qu'ils pourraient trouver dans son corps. Pourquoi ? Parce que.

Cette nuit-là, lorsque Sam tendit la main pour l'attirer contre lui, Claire hurla.

— Je sais que ça fait un petit moment, dit-il. Mais pas si longtemps que ça, quand même ?

Ils firent une nouvelle tentative. Lorsqu'ils furent certains que ni Jake ni Adam ne feraient irruption dans leur chambre, Claire ouvrit le tiroir de sa table de nuit, en sortit son vieux diaphragme et le remplit de gelée tout en se disant qu'elle ferait mieux d'allumer la lumière pour vérifier qu'il n'était pas mité.

— Tu ne prends plus la pilule ? demanda Sam.

— Si, dit Claire en lui tendant le petit disque garni.

Sam disparut sous les couvertures et fit mine de ne pas savoir s'y prendre. Ses lèvres couraient sur les cuisses de Claire, il lui souffla dedans, la taquina du bout des dents et finit par glisser le diaphragme à sa place.

— Qu'est-ce qu'il y a ? s'étonna-t-il en émergeant, tout en la chatouillant et en l'embrassant.

— J'ai l'impression qu'il faut que je fasse attention.

C'était une régression majeure. Lorsque Claire avait rencontré Sam, elle prenait la pilule, mettait un stérilet, rangeait précieusement son diaphragme dans son tiroir après chaque utilisation et essayait une crème qui ressemblait à de la mousse à raser et irritait certains hommes. La plaisanterie préférée des amis de Claire était qu'avec elle il fallait aux hommes une protection divine pour ne pas devenir impuissants.

« Je ne veux pas prendre le risque d'être enceinte. C'est trop demander ? » protestait Claire, nue, debout à côté du lit, et discourant à n'en plus finir sur le sens des responsabilités, la faim dans le monde, la démographie galopante dans le tiers monde, la guerre au Vietnam, tout et n'importe quoi, jusqu'au moment où, à bout de résistance, elle s'écroulait sur le lit et se laissait prendre.

— Tu n'en as pas envie ? demanda Sam vingt minutes plus tard. (Il ne se passait rien, Claire était absente.) Je peux très bien me mettre une cassette et le faire tout seul.

Claire ne répondit pas.

— Bon, je crois que je vais aller prendre une douche, poursuivit Sam en se levant.

Claire passa la main sous les couvertures et le retint par les couilles.

— Je te tuerai, dit-elle.

— Ah, on passe enfin aux choses sérieuses.

121

— J'ai eu une dure journée, ajouta Claire en serrant si fort que Sam eut mal. Ne me complique pas la vie.

Il se dégagea et sortit rapidement de la pièce, son pénis mi-érigé montrant le chemin. Il revint avec une bouteille de Jack Daniel's et quelque chose de caché derrière son dos.

— Je peux te le faire, ou tu peux me le faire, dit-il en exhibant la paire de menottes que Jake avait rapportées la veille de l'école, sans donner d'explication.

— Tu as les clés ?

Sam fit aller et venir les petites clés de façon hypnotique. Il ouvrit la bouteille et but une gorgée.

— Alors, qui est-ce qui s'y colle ?

Claire prit la bouteille, but à son tour, longuement, puis s'allongea et tendit les bras à Sam, qui la menotta au cadre de lit.

— Je voudrais vous poser une question, dit Rosenblatt en se penchant en avant, les mains jointes. Vous arrive-t-il de vous amuser ?

— Pardon ? dit Claire, désemparée.

— On dirait que vous ne vous amusez jamais.

— Je n'avais pas l'impression de vous avoir dit ça.

— Vous ne me l'avez pas dit, mais vous ne parlez jamais de bons moments que vous auriez passés. Avec votre famille, par exemple. (Il se cala dans son fauteuil, les mains croisées derrière la tête.) Qu'est-ce qui vous fait plaisir, dans la vie ?

— Mon métier, répondit Claire. Je travaille beaucoup, ça me fait du bien.

— Oubliez le travail. Qu'est-ce que vous aimez ? Le théâtre, les restaurants, la voile ? Il doit bien y avoir quelque chose.

Claire haussa les épaules, vexée. Lorsqu'il se conduisait comme cela, elle se jurait de ne plus revenir, mais elle reprenait chaque fois rendez-vous. C'était humiliant, cette façon qu'il avait de vous demander si vous désiriez un autre rendez-vous ; on aurait dit qu'il vous obligeait à vous mettre à genoux pour le supplier de vous accorder son aide. Un analyste normal proposerait la semaine prochaine à trois heures, sans qu'il soit nécessaire de revenir sans arrêt sur la dépendance du patient. Rosenblatt agissait ainsi pour satisfaire son ego, elle le savait.

— Pourquoi êtes-vous ici ?

— Vous le savez très bien.

— Redites-le-moi.

Claire était contente de ne pas être obligée de coucher avec lui. Ça devait être infernal, de baiser avec ce type. Il devait faire sa petite affaire, jouir et s'endormir en ronflant avant que sa queue soit sèche.

— J'ai des problèmes avec mes enfants, dit Claire.

— Et si c'était parce que vous ne vous amusez pas ?

La colère monta au nez de Claire.

— Vous arrive-t-il de rire ? poursuivit Rosenblatt.

— Naturellement.

— Quand ?

— A tous les films de Woody Allen, par exemple.

— Vous êtes très agressive. Je pourrais vous conseiller de vous détendre, de prendre du bon temps. Mais le vrai problème est : pourquoi ne profitez-vous pas de la vie ? Je vous soupçonne de ne pas vous y autoriser. Voilà pourquoi vous aimez tant votre travail. Je connais le métier que vous exercez. C'est une torture permanente.

— Pourquoi n'arrêtez-vous pas, alors ? répliqua Claire en s'agitant sur sa chaise.

— Et vous ? Voilà la question. Et la réponse est : parce que vous vous punissez. Parce qu'il faut tout prendre au sérieux. Parce que vous n'avez pas le droit de profiter de quoi que ce soit.

D'accord, se dit Claire en haussant les épaules, il a raison. Et alors ? La belle découverte ! La majorité des gens ne s'amuse pas. Elle n'avait aucun besoin de s'amuser. Elle aimait être malheureuse. C'est ça qui l'amusait.

— J'ai raison, affirma Rosenblatt.

— Peut-être.

— La question, c'est : qu'avez-vous fait de si horrible ? De quoi vous sentez-vous si coupable que vous vous interdisiez tout plaisir ? Quel crime avez-vous commis ?

Claire ne dit rien.

— L'heure est passée. Voulez-vous revenir la semaine prochaine ?

— Je crains d'être très prise pendant quelque temps, dit Claire.

— Vous craignez ? C'est le mot juste. Le 20 ? (Et il enchaîna, sans laisser à Claire le temps de répondre.) Il serait peut-être utile que vous ameniez votre fils avec vous. J'aimerais le connaître. Simple prise de contact. Une seule séance.

Claire se tut. Jake était concerné, certes, mais elle n'avait aucune envie de l'impliquer dans ce processus. Pas encore.

— Ce serait bénéfique, répéta Rosenblatt.

— Je vais y réfléchir.

— J'ai quelques disponibilités le samedi. Prenons rendez-vous. Comme ça, il ne ratera pas l'école, et vous serez libre vous aussi.

Claire griffonna le jour et l'heure sur son carnet et se leva.

— Je vous donne un devoir à faire, dit Rosenblatt. Avant de revenir, faites quelque chose d'amusant.

11

La séance ne se déroulait pas bien. Cela arrivait parfois. Jody se demanda s'il existait un programme informatique qui calculait la moyenne des séances ratées, et la raison des échecs. Les hommes et les femmes en étaient-ils également affectés ? Que disaient les statistiques ?

Elle couvait quelque chose, sans aucun doute. A chaque fois qu'elle déglutissait, elle avait l'impression qu'on lui déchirait la gorge avec des lames de rasoir. Le genre de sensation qui ne rend pas particulièrement bavard.

— Vous semblez fatiguée, dit Claire.

Jody hocha la tête. Elle avait passé la moitié de la nuit à se demander si elle devait prévenir Michael qu'elle ne travaillerait plus qu'à mi-temps jusqu'à son départ pour la Californie. Elle aurait ainsi plus de temps à consacrer à Claire. Mais il y avait quelque chose de dangereux, là-dessous, quelque chose qui la tracassait. Vers douze ou treize ans, elle avait eu une prof de gym qui enseignait aussi l'éducation sexuelle. « La masturbation n'est pas dangereuse, prétendait-elle. Ça ne vous fera aucun mal, à condition que vous n'abandonniez pas vos activités sociales pour vous y livrer. » En d'autres termes, jouer avec son corps n'était qu'une mini-perversion, une mauvaise habitude, comme de prendre un verre avant dîner, parfaitement tolérable tant qu'on ne s'y adonnait pas avec excès.

— Voulez-vous me parler un peu de vos projets ?

— Pas aujourd'hui, dit Jody. J'ai mal à la gorge.

Elle n'arrivait pas à croire qu'elle avait prononcé ces paroles. Claire allait la prendre pour une hypocondriaque. Elle allait répondre : Bon, vous êtes inquiète au sujet de votre départ. Ayez donc mal à la gorge ou, si cela ne suffit pas, pensez aux douleurs dans la poitrine, ou au manque de souffle. Tiens, il me reste en rayon un petit cas de vertige, dont ne s'est pas servi mon dernier débile. Ça vous intéresse ?

— Vous avez de la fièvre ?

Claire se leva et posa une main sur le front de Jody, qui se crispa. Les psys n'étaient pas censés se balader dans la pièce, ni prendre la température de leurs patients. En fait, ils n'étaient même pas censés croire à des malaises physiques. Le premier psy qui se respecte vous le dira : si on attrape le cancer, c'est parce qu'on le veut.

— Vous êtes écarlate, poursuivit Claire.

Maintenant, elle lui touchait la joue.

Jody avait horreur qu'on la touche. Elle détestait que des quasi-inconnus l'embrassent pour lui dire bonjour et au revoir, que ses amies la serrent impétueusement dans leurs bras. Les autres voyaient dans cette répugnance un manque de maturité, mais il s'agissait en fait d'autre chose : un refus de participer à ces parodies d'affection. Elle souhaita ardemment que Claire retire sa main.

Mais Claire, l'air inquiet, ne bougeait pas. Elle laissa sa main sur la joue de Jody une bonne minute.

— Ça va, dit enfin Jody.

— Vous couvez quelque chose. Vous avez mal à la tête ? (Claire fouilla ses tiroirs et en sortit de l'aspirine.) Tenez, prenez ça, dit-elle en revenant de la salle de bains avec un verre d'eau. Allez.

Jody se sentit obligée d'avaler les cachets, alors qu'elle aurait préféré dire « non merci » et les lui rendre.

— Buvez toute votre eau, dit Claire.

Jody obtempéra.

— Vous croyez à la maladie ? demanda-t-elle.

— Si je crois à la maladie ? répéta Claire.

C'était classique, chez les psys. Ils répétaient les questions. Dent pour dent. Question pour question.

— Vous croyez que les gens tombent malades pour de bon, ou qu'ils se rendent malades pour échapper à quelque chose ?

— Évidemment, que les gens tombent malades. Mais ils ont du mal à l'admettre, en général. Il y a eu une époque où l'on pensait que toutes les petites misères étaient psychosomatiques. Mais maintenant, et surtout en milieu urbain, entre la tuberculose, le cancer, le sida et j'en passe, nous avons fini par comprendre que nous ne sommes pas tous cinglés ou dépressifs. On est revenus sur beaucoup d'idées préconçues.

— Quand j'étais petite, j'ai été malade, dit Jody.

Elle n'en avait encore parlé à personne.

— De quoi s'agissait-il ?

Jody se frappa le côté de la tête.

— Mes oreilles, dit-elle. On m'a opérée, on m'a même fait des rayons. Je risque de choper une tumeur n'importe quand, avec toutes ces radiations. Mes plus anciens souvenirs sont médicaux, conclut-elle en souriant.

— Quel était le problème ?

— Je ne sais pas exactement. Selon ma mère, j'entendais de plus en plus mal ; les médecins ont décidé de me faire des rayons pour rétrécir les tissus. Vous voyez mes dents ? (Jody retroussa la lèvre supérieure et exhiba une rangée de dents grises.) Ils ignoraient que si on vous traite à la tétracycline avant qu'on ait des dents définitives, elles poussent comme ça. (Elle les montra de nouveau.) S'il n'y avait pas eu l'autre enfant, mes parents n'auraient sans doute pas réagi aussi mal. Selon Barbara, mon arrivée les avait aidés à surmonter leur chagrin. Mais quand je suis tombée malade à mon tour, ils ont paniqué. C'était trop. Un gamin malade pendant neuf ans, et voilà que la nouvelle a un défaut aussi.

— Vous vous souvenez de leur inquiétude ?

— Pas vraiment, je me rappelle qu'on m'amenait à l'hôpital, je m'allongeais sur une table en métal, sous l'immense appareil de radio. Il y avait une petite lucarne dans la porte, et je voyais mes parents à travers. Tout le monde me disait : Surtout, ne bouge pas.

— Quoi encore ?

— Mes grands-parents sont venus me voir. Ils m'ont apporté un chien en peluche ; je l'ai toujours. Puis maman m'a ramenée à la maison dans leur nouvelle voiture, et j'ai vomi en arrivant. Ma mère m'a fait rentrer, m'a donné du jus de pomme, puis elle est ressortie, pour nettoyer la voiture. Je me suis sentie coupable.

— Quel âge aviez-vous ?

— Trois ans.

— Et vous vous rappelez tout ça ?

— Je me rappelle plein d'autres choses.

— Racontez.

— Ça ne vous suffit pas ?

— Vous deviez avoir très peur ?

— Non. Quand j'y pense, maintenant, je crois que j'étais en colère, parce qu'on ne m'écoutait pas. Un jour, on devait m'opérer l'oreille et maman m'a accompagnée dans la salle d'opération. Elle m'a tenu les pieds pendant qu'on me mettait le masque. Je pleurais, je disais que je ne voulais pas parce que je me rappelais que ça sentait mauvais, que ça avait très mauvais goût. Il y avait plein de types avec des masques verts autour de moi, et le docteur a dit : « Le goût a changé, tu vas aimer ça. » Alors j'ai inspiré, et c'était toujours le même produit. J'étais furieuse, folle de rage, vraiment, mais je ne pouvais rien faire. Je me suis endormie en haïssant la terre entière.

— Qui, par exemple ? demanda Claire, incrédule.

— Ma mère, les médecins. C'était comme ça à l'époque. Ils s'imaginaient qu'on pouvait mentir aux enfants, parce que les enfants oublient. Quand j'en ai parlé à ma mère, bien plus tard, elle a prétendu que ce n'était pas vrai, que ça ne s'était pas passé comme ça. Mais moi, je sais bien que si. Je ne suis pas débile.

— Et maintenant, vous êtes en colère ?

Jody haussa les épaules.

— J'ai les dents grises. Je risque une tumeur au cerveau. Ça ne me fait pas plaisir. Je préférerais mourir plutôt que d'aller chez un médecin. Mais non, je ne suis pas en colère.

— Pourquoi vos parents ne vous ont-ils pas protégée ?

Jody grimaça.

— Ils croyaient tout ce que leur disaient ces crétins de toubibs, parce qu'ils ne savaient pas à quel saint se vouer. Tout ce qu'ils voulaient, c'était un enfant en bonne santé. Ils auraient fait n'importe quoi pour que je guérisse, pour qu'on leur rende leur autre enfant.

— A votre place, je serais furieuse.

Tu n'es pas moi, pensa Jody. Et pourquoi dis-tu une chose pareille ? Tu n'es pas censée me dire comment tu aurais réagi. Il ne s'agit pas de toi, il s'agit de moi.

— Ça servirait à quoi ? demanda-t-elle.

— C'est triste, dit Claire après quelques instants de silence.

— J'ai l'air si malheureuse que ça ? (Et d'ajouter rapidement :) Ne me répondez pas. Je n'ai aucune envie de le savoir.

— Je m'interroge sur vos parents.

— N'en faites rien.

— Vous arrive-t-il de penser non seulement à vos parents adoptifs mais aussi à ceux qui vous ont abandonnée ?

— Ceux qui m'ont abandonnée n'étaient pas des parents. C'étaient deux personnes qui, de toute évidence, ne se connaissaient pas très bien.

Jody ne dit plus rien pendant le dernier quart d'heure de la séance. Elle s'était souvent demandé si sa maladie d'enfant l'avait empêchée de s'épanouir harmonieusement, et ce qui l'avait provoquée. L'angoisse de ne pas avoir de mère biologique ? Le fantôme de l'enfant mort qui planait au-dessus de sa tête ? A moins que cela n'ait aucun rapport, qu'il s'agisse d'une aberration génétique, d'une affection non-héréditaire. Toujours est-il qu'aujourd'hui encore il y avait en elle une faiblesse, dormante, latente.

Tournage de nuit. Très romantique : étoiles filantes, croisière au clair de lune. L'idée de veiller quand le reste du monde dormait était excitante en soi. L'équipe se rassembla entre quatre et cinq heures, en bordure de Central Park. On installa les projecteurs, les rails de la dolly, des kilomètres de câbles et l'éternel buffet. Les syndicats avaient obtenu des producteurs qu'ils fournissent une tonne de nourriture chaude et froide sur tous les lieux de tournage pour que les comédiens et l'équipe technique puissent se sustenter à heures fixes. La veille, le buffet regorgeait de douceurs variées, gâteaux et tartes aux fruits.

— C'est l'anniversaire de quelqu'un ? avait demandé le chef opérateur.

— Le mien, avait répondu Harry en engloutissant un gâteau à la crème.

Les commissures dégoulinantes, il s'était tourné vers Jody.

— Tu as meilleur goût que ça ?

Médusée, elle n'avait pas répondu.

Harry lui en avait tendu un autre.

— Tu en veux ?

Jody avait fait non de la tête, mâchoires bloquées.

— Riche à souhait, avait dit Harry, mais tu ne trouves pas qu'ils sont un peu petits ?

Il avait mordu dans un autre gâteau et jeté le reste à la poubelle.

L'obscurité gagnait peu à peu. Jody sentait le pouls de la ville battre dans son propre corps. Elle avait de plus en plus mal à la gorge. A mesure que la soirée avançait, les badauds

130

changeaient. Au début c'étaient des gens qui rentraient chez eux après une journée de travail. Ils s'arrêtaient un instant devant les barrières, mais se lassaient rapidement de se balancer d'un pied sur l'autre. Quelques jeunes, qui n'allaient nulle part, s'éternisaient en posant des questions sur le film qu'on tournait. Des types qui avaient vaguement travaillé sur un film une fois dans leur vie voulaient savoir qui était le metteur en scène, le nom des techniciens, et s'ils n'avaient pas besoin d'un coup de main. Plus tard, ils eurent les gens qui sortaient des restaurants, des cinémas, puis ce fut l'heure des habitués des boîtes de nuit. Des cinglés, des prostituées, des petits truands et des marginaux de tous bords paradaient sans fin devant les barrières de police interdisant l'accès.

La scène qu'ils allaient tourner était une poursuite s'achevant devant la fontaine, sur fond d'hôtel Plaza illuminé. Carol Heberton tirerait cinq coups de feu sur un méchant, qui se mettrait à fuir de partout et tomberait à la renverse dans la fontaine dont l'eau rosirait. La fontaine était si bien éclairée qu'elle étincelait littéralement. Des calèches passaient sur la place et des assistants engagés pour la soirée suivaient les chevaux avec des balais et de grandes pelles. Sur l'image, ce serait incroyablement romantique. La violence ferait soudain irruption dans un New York de rêve : viser le contraste, séduire, puis choquer.

Bien qu'on fût en été, la nuit était fraîche. Jody buvait tasse de thé sur tasse de thé et lorsque Harry la prit à part, peu après minuit, elle le laissa poser son bras sur ses épaules. Il émanait de son corps une chaleur incroyable. Avec l'éclairage, Harry était presque mignon. Ses fins cheveux argentés étaient coiffés en arrière, il avait relevé ses lunettes à double foyer sur le sommet de sa tête, son costume en lin était chiffonné, et les poils gris de sa poitrine sortaient de sa chemise sur mesure entrouverte. La nuit, son côté mal fringué l'avantageait. Jody l'observa : il dirigeait habilement les acteurs et les techniciens, changeait d'avis à chaque prise. Au milieu de

131

la nuit, il peut arriver de drôles de choses. Mais dès que le soleil apparut à l'horizon et que l'odeur aigre de la ville qui s'éveillait monta des trottoirs, la triste réalité reprit ses droits, aussi vite que l'on s'éveille d'un rêve.

Six heures et demie. Ils ne pouvaient bloquer plus longtemps la circulation. Le chef opérateur avait les yeux tellement rougis qu'il était incapable de faire le point. Ils décidèrent de s'arrêter.

— Prenons le même taxi, proposa Carol Heberton qui n'avait pas le courage d'attendre sa voiture et son chauffeur et qui avait vu Jody faire signe de s'arrêter à tout ce qui bougeait.

— Deux arrêts, dit Jody au chauffeur en suivant Carol dans le taxi.

— Au Carlyle, dit l'actrice qui appartenait à la catégorie de ces vedettes d'un temps révolu, élégantes, racées, éthérées, tout à fait dans le style du Carlyle.

Jody ne pouvait pas l'imaginer au Royalton, où était descendu Harry. C'était un hôtel si branché qu'il n'y avait même pas de réception. Un simple téléphone, qu'il fallait décrocher pour obtenir n'importe quoi, y compris son numéro de chambre, remplaçait désormais le personnel.

— Qui êtes-vous ? Que faites-vous dans la vie ? lui demanda Carol Heberton en se tournant vers elle.

— Je travaille pour Michael Miller.

— Ah ! C'est vous !

C'est vous qui quoi ? aurait volontiers demandé Jody.

— Ne faites pas attention à Harry. Les femmes qui disent non le fascinent. (Heberton examina attentivement Jody.) Vous me rappelez moi quand j'étais jeune. Mais je suppose qu'à mon âge c'est toujours comme ça, dit-elle en poussant un déchirant soupir de star. (Jody remarqua que le chauffeur les regardait dans son rétroviseur.) Ce film me donne des cauchemars, poursuivit Heberton. Il m'effraie. Je n'avais encore jamais joué de personnage appartenant à la classe ouvrière. Je devrais peut-être me faire faire un nouveau lifting. Qu'en pensez-vous ? (Elle regarda Jody, posa sa main incroyablement décharnée sur son genou et serra fort.) On me propose de tourner une publicité pour un détergent. Je n'ai pas fait la lessive depuis l'âge de dix-neuf ans.

Le taxi fit halte devant le Carlyle, dont surgit aussitôt un portier en uniforme. Heberton fouilla dans la poche de sa veste pour trouver de l'argent.

— J'ai ce qu'il faut, dit Jody.

— Vous êtes un amour. Voulez-vous prendre le petit déjeuner avec moi ? (Sans laisser à Jody le temps de répondre, Carol Heberton descendit de voiture et dit :) Non, bien sûr que non. Vous êtes jeune, vous avez votre vie.

Le portier la prit par le bras pour la guider jusqu'à l'hôtel.

— Où on va ? demanda le chauffeur.

Jody compta l'argent qu'il lui restait. Une dizaine de dollars. Deux chèques de salaire l'attendaient au bureau ; elle n'avait pas eu le temps d'aller les chercher.

— Broadway et 44ᵉ Rue, dit-elle.

En arrivant, Jody alluma les néons, prit ses deux chèques, qu'elle fourra dans sa poche de pantalon, et s'assit au bureau de Michael en regardant New York. Puis elle prit son téléphone fantaisie et appela sa mère.

— Salut, m'an. C'est moi.

— Tu as un problème ? Il est huit heures moins le quart.

— Je sais. Mais j'avais une minute de libre, et j'ai pensé à toi.

— Je t'ai appelée hier soir, mais tu n'étais pas chez toi.

— Nous avons travaillé toute la nuit. Je suis au bureau.

— Tu as traîné toute la nuit dans les rues ? Ça ne me plaît pas du tout. Ce n'est vraiment pas une bonne idée.

— Je ne risquais rien. Il y avait une flopée de gens autour de moi. J'ai pris le même taxi que Carol Heberton.

— C'est vrai ? Je l'aime beaucoup. Elle faisait de si bons films.

On ouvrit la porte du bureau. Une voix d'homme appela :

— Il y a quelqu'un ?

133

— Il faut que je te quitte, maman. A plus tard.

— Appelle-moi ce soir, dit sa mère.

Jody raccrocha et sortit dans le couloir. Raymond, un des protégés de Michael, brandissait un gros cintre en bois.

— Je n'ai rien trouvé d'autre, dit-il d'un ton timoré en lançant le cintre dans un placard. Comment se fait-il que tu sois là si tôt ? Tu as une mine épouvantable. Il t'est arrivé quelque chose ?

Jody réalisa qu'elle ne s'était pas vue dans un miroir depuis vingt-quatre heures, ne s'était pas brossé les cheveux, ni lavé le visage, ni changé. Elle devait puer. Et voilà qu'elle avait mal à l'oreille.

— Scènes de nuit, dit-elle d'une voix rauque, son mal à la gorge s'extériorisant enfin de manière concrète.

Raymond hocha la tête.

— Je suis rentrée en taxi avec Carol Heberton.

— Fais attention, dit-il en hochant à nouveau la tête.

— Pourquoi ?

— Elle et Harry, ils aiment tous les deux la chair fraîche.

— C'est vrai ?

— C'est vrai ? l'imita Raymond, moqueur. Je t'en prie ! Réveille-toi, Coco ! Tout est vrai, en ce bas monde.

12

La première fois où Claire s'imagina que Jody était peut-être sa fille, elle vomit. La pensée l'effleura et, instantanément, son estomac se révulsa et elle courut à la salle de bains.

— Ça va ? demanda Sam. Tu as besoin d'aide ?

— Non, dit Claire, qui s'assit sur le bord de la baignoire sans oser bouger.

D'accord, Jody lui rappelait la jeune fille qu'elle avait été au même âge ; cela ne signifiait pas obligatoirement qu'elles étaient parentes. Elles avaient toutes deux grandi à Washington, ce qui expliquait des réactions et des manières de s'exprimer semblables. Leur ressemblance était culturelle, se dit Claire, pas familiale. Son éducation avait été radicalement différente de celle de Jody. Si elles se ressemblaient, c'était par leur volonté commune d'échapper à leur famille, de surmonter un accident, de se construire une vie malgré le manque de certains ingrédients essentiels. Jody posait le problème d'un contre-transfert compliqué d'une expérience commune d'adoption et de la tendance de Claire à materner. Il ne fallait pas prendre cela à la lettre.

Deux semaines plus tard, après que Jody eut mentionné sa curiosité au sujet de son père biologique, Claire rêva de Mark Ein. Ils étaient de retour à l'université, dans le département d'anglais, Mark était assis à son bureau et Claire, trop terrorisée pour s'asseoir, se tenait debout près de la porte, enceinte jusqu'aux dents.

« Je veux que tu me donnes l'enfant, disait Mark. Tu n'es pas apte à l'élever. Donne-la-moi, et quand elle sera grande je lui dirai de te téléphoner. »

Il n'avait pas changé : vigoureux, cheveux et vêtements en désordre. Qu'il ressemblât tant au souvenir qu'elle avait conservé de lui pendant vingt-quatre ans la rassura plutôt, jusqu'au moment où elle plaqua le visage de Jody sur celui de Mark. Ils étaient identiques. Yeux clairs, cheveux ondulés, lèvres douces, et une même quête, qui poussait Claire à s'offrir en sacrifice, comme si elle pouvait les sauver. Dans le rêve, lorsque Jody se matérialisa à côté de Mark, le visage de ce dernier devint celui de Jody. Claire, paniquée, se débattit de toutes ses forces contre Mark, et Jody disparut. Elle le frappa à la poitrine, au visage, à la tête. Il saigna du nez, mais n'offrit pas la moindre résistance. Du sang coulait sur le bureau. Claire, hurlante, vociférante, se précipita dans le hall, où son père et sa mère l'attendaient pour l'emmener.

La chambre était plongée dans l'obscurité. Sam ronflait régulièrement. Elle essuya la sueur qui trempait sa nuque et sa poitrine avec le drap de dessus. Blottie contre Sam, elle s'efforça de rassembler tous ses souvenirs. Mais ils étaient trop fragmentaires, ça ne suffisait pas. Ça ne suffisait jamais. Elle voulait se persuader que Jody n'était pas sa fille mais elle voulait, simultanément, que Jody fût sa fille. Sam bougea dans son sommeil et s'éloigna d'elle. Claire se leva pour se préparer une tasse de thé.

Dans sa cuisine, à trois heures du matin, Claire conclut que Barbara savait que Jody était son enfant. Barbara avait sans doute mené sa propre enquête, lorsqu'elle suivait Jody en analyse. Par curiosité d'une part, et d'autre part parce qu'elle vivait alors une première grossesse difficile et ne travaillait qu'à mi-temps. La question de l'identité psychologique et génétique la passionnait. Et elle avait sans doute pensé que quelques informations l'aideraient à aider Jody. Ceux qui avaient refusé de renseigner Jody n'avaient aucune raison d'agir de même avec Barbara, qui était une professionnelle. De plus, parler les soulageait. Ils se déchargeaient ainsi de leur culpabilité d'avoir conservé pendant si longtemps un secret qui ne leur appartenait pas. Elle décida d'appeler Barbara pendant que sa tasse de thé tournait dans le four à micro-ondes. Mais, en regardant par la fenêtre l'immeuble obscur de l'autre côté de la rue, elle changea d'avis.

Non. Elle n'appellerait pas Barbara, ni ce matin-là ni jamais. Si elle avait tort, si elle inventait toute cette histoire, Barbara penserait qu'elle avait disjoncté. Elle s'inquiéterait, téléphonerait à Sam au bureau. Ils choisiraient ensemble une marche à suivre. Barbara préviendrait Jody qu'elle avait intérêt à prendre le large pendant qu'il était encore temps. Elle lui conseillerait quelqu'un d'autre. Si Claire mettait Barbara au courant, elle lui enlèverait Jody. Elle gâcherait tout.

J.O.D.Y. Claire écrivit son nom en travers d'une feuille de bloc, de la belle écriture qu'elle réservait à sa correspondance avec les professeurs de ses enfants et pour signer les cartes postales de Pâques ou d'Hanoukha qu'elle envoyait à d'anciens patients partis vivre au loin. J.O.D.Y. R.O.T.H.. J.O.D.Y. S.T.E.V.E.N.S., le nom de jeune fille de Claire. J.O.D.Y. E.I.N.. Comment s'appelait-elle vraiment, bon sang ? Jody Goodman. Claire écrivit mille fois son nom, dans toutes les combinaisons possibles.

— Je m'ennuie, si tu savais ! dit Naomi à Claire, qu'elle avait appelée à sept heures et demie. Tu dors ? Moi, je me suis levée à six heures. Je n'en peux plus. Tu n'as pas un moment, aujourd'hui, qu'on fasse quelque chose rien que pour nous ? Aller déjeuner à Soho, se balader, faire des courses.

— Des rendez-vous du matin au soir, répondit Claire. Je pourrai peut-être m'arranger la semaine prochaine.

— Tu es toujours si occupée ! Tu es sûre que tu n'as pas un amant ?

— Simplement occupée.

Claire aurait aimé pouvoir parler de Jody à Naomi, pour qu'une personne au moins soit au courant. Mais la seule fois où elle avait essayé, ça ne s'était pas bien passé. « On dirait que tu es amoureuse, ma parole, avait répondu Naomi. Quand tu parles d'elle, tu es toute chose. — Elle est intéressante, c'est tout, avait rétorqué Claire, agacée, en haussant les épaules. » Puis elle avait abandonné le sujet, pour de bon.

A dix heures moins le quart, Claire fit entrer Polly. Dans le taxi, en quittant la clinique, celle-ci lui avait annoncé qu'elle allait passer quelque temps chez ses parents et ne viendrait pas aux rendez-vous prévus dans les semaines à venir. Claire ne l'avait pas crue. Elle n'aurait sans doute pas dû se mêler de son avortement. Voir son psy hors contexte était une expérience traumatisante. Peut-être était-ce pour cette raison que les psys se cantonnaient dans leurs cabinets. Pourtant, elle avait cru bien faire.

— Comment allez-vous ? demanda Claire.

Polly ne pleurait pas, pour une fois. Elle n'avait pas apporté sa boîte de Kleenex. Il lui arrivait de se mettre à sangloter dès qu'elle entrait dans la salle d'attente. Aujourd'hui, son visage n'exprimait rien. Inquiète, Claire se prit presque à regretter les larmes tout en s'interrogeant sur la signification de leur tarissement. La résignation, une espèce de défaite, ou peut-être un progrès ?

— Ça vous a fait du bien de rentrer chez vous pendant quelque temps ?

Polly ne dit rien. Toutes deux se turent pendant quelques minutes. Claire choisit de ne pas mentionner l'absence de larmes, sa remarque aurait pu passer pour agressive. Parfois, il fallait laisser aller les choses. Si elle montrait qu'elle avait remarqué une différence, la tentation de régresser serait plus forte.

— Avez-vous envie de parler de quelque chose de particulier ?

Polly s'enferma dans un silence qui persista pendant toute la séance. Bien qu'elle trouvât l'exercice difficile, Claire s'y était entraînée. Il fallait s'inventer un comportement. Claire avait appris à se détendre dans son fauteuil, avec une expression calme et encourageante, et à dissimuler sa rêverie sous un masque d'honnête disponibilité.

A la fin de l'heure, elle dit d'une voix douce :

— Est-ce que nous prenons un rendez-vous la semaine prochaine ?

Polly acquiesça. Bon. Elle n'avait pas refusé, elle n'avait pas dit : La semaine prochaine, je serai morte. Claire détestait ça, chez ses patients, surtout en fin de séance. Il ne lui restait qu'à consacrer cinq minutes à les persuader de bien vouloir remettre leur funeste projet d'une semaine, tout en s'interrogeant anxieusement : étaient-ils vraiment sérieux ? Quelles étaient les probabilités ? Serait-elle responsable ?

— Mardi, deux heures, dit Claire.

Polly hocha la tête, se leva et partit.

Jody entra au moment même où Polly sortait. Elle dut s'écarter pour éviter une collision.

— Qu'est-ce que vous lui avez fait, à cette pauvre fille ? Vous lui avez piqué ses bonbons à la menthe ?

Claire sourit sans répondre. Le secret professionnel.

Jody entra dans le bureau et prit un fauteuil.

— Alors ? dit-elle.

Claire leva les yeux sur elle, surprise.

— Vous avez passé un bon week-end ? Vous avez envie d'en parler ? demanda Jody.

Claire ne répondit pas. Plus elle ignorerait la provocation, plus vite Jody changerait de sujet.

— Bon. Parlons des innombrables moyens de se rendre en Californie, dit Jody. Il y a deux routes, celle du sud et celle du nord. C'est l'éternel dilemme. On peut prendre le car, comme mon père il y a quarante ans. On met toujours une semaine. A moins que ce ne soit un mois. Il y a un train direct New York-Chicago, mais ensuite il faut changer, et changer encore un millier de fois avant d'y être, même en plein désert ; et le désert grouille de serpents venimeux qui ne pensent qu'à une chose : mordre les voyageurs qui changent de train. (Elle s'interrompit, comme si elle attendait les éclats de rire enregistrés.) On peut aussi prendre la voiture de sa mère. Elle vient d'en acheter une neuve. On irait ensemble. Une mère et une fille. Elle a même proposé que mon père nous accompagne, mais je ne préfère pas. Je l'aime beaucoup, mais nous trois dans une voiture pendant cinq jours, ça craindrait trop. Papa a proposé de m'y emmener lui-même. Jusqu'à Los Angeles. Mais j'ai réellement besoin de ma mère. D'accord. J'avoue. J'ai besoin de ma mère. Déménager dans un endroit nouveau sans elle, ça me panique. Je suis incapable de défaire mes valises, de ranger les placards. Instinct de femme d'intérieur : zéro pointé.

Claire ne parlait toujours pas, le silence de Polly l'avait contaminée.

— Je pars dans un mois.

— Vous me manquerez, dit Claire en regardant Jody, en pensant à son rêve, en essayant de se souvenir des traits de Mark, de son allure générale.

— Et voilà. Vous croyez que je devrais commencer à me préparer, au niveau du concept, je veux dire ?

— Oui, il va falloir commencer bientôt. (Claire fit une pause.) J'ai réfléchi au fait que vous étiez une enfant adoptée.

— C'est vraiment sympa de votre part, répliqua Jody. Je me suis un peu relâchée, personnellement.

Claire se sentit coupable. Elle agissait égoïstement. Ce n'était pas bon pour Jody.

— Nous ne sommes pas obligées d'en parler si vous ne le souhaitez pas, dit-elle, offrant à Jody une porte de sortie.

— Je n'ai aucune raison de ne pas vouloir en parler.

140

Claire fit semblant d'ignorer que Jody accepterait de faire tout ce qu'elle demanderait.

— Quel est le jour de votre anniversaire ?

— Pourquoi ? Vous voulez me faire un cadeau ? je n'ai pas de lecteur de compact.

— Savez-vous dans quelle clinique vous êtes née ? demanda Claire d'un air parfaitement naturel, tout en contemplant le ciel par la fenêtre.

— Elle n'existe plus.

— Je voudrais que nous parlions sérieusement une minute, dit Claire agacée.

— Je suis navrée, mais c'est la vérité. Ils ont fait faillite, ou il y avait un trafic quelconque, je ne sais plus. Toujours est-il que la clinique a fermé. C'est déprimant, hein ? Le seul endroit qui me relie à ma vraie mère et il ferme !

— Comment s'appelait-il ?

— Je ne sais pas. (Jody avait l'air intriguée.) Mon école primaire, aussi, a fermé. C'est devenu un immeuble de bureaux. Vous pensez que ça signifie quelque chose ?

— Si vous savez que cette clinique a fermé, vous avez dû connaître son nom.

— Oui, mais je l'ai oublié. Clinique de la Forêt, peut-être ? Non, ça, c'est dans un feuilleton télé. Qu'est-ce que ça peut vous faire, d'ailleurs ? Vous êtes branchée hôpitaux ?

Claire connaissait une clinique de la Forêt, dans le centre de Washington. Mais elle avait accouché à la maternité de Columbia.

— Aimeriez-vous savoir qui était votre mère ? demanda Claire.

Jody regardait la reproduction de Rothko sur le mur. Elle haussa les épaules :

— Si on me passait une série de photos en me disant : « Tiens, c'est ta mère », je regarderais, par curiosité. Si on venait me voir pour me dire : « Ta mère s'appelle madame Untel, voilà son adresse et son numéro de téléphone », je remercierais pour les renseignements, mais je ne sais pas ce que j'en ferais. Ça risquerait de tout compliquer.

— Pourquoi ?

— Primo, j'ai déjà une mère et un père. Ça suffit, non ? En tout cas, ça devrait. Deusio, ça me démangerait. Et, dans un moment de faiblesse, je pourrais appeler, et tomber sur un os. Elle m'a abandonnée, ne l'oubliez pas. Il y a toutes les chances pour qu'elle n'ait pas la moindre envie d'entendre parler de moi. Je suis un mauvais souvenir.

— Et si elle aussi vous cherchait ? Y avez-vous songé ?

— Non. Pourquoi dites-vous ça ?

— Je me demandais simplement si vous vous étiez un jour mise à sa place.

— Je ne vois pas pourquoi je le ferais.

— Vous n'entreprendriez donc jamais une enquête, une recherche ?

— Seulement si j'étais certaine que ça n'ait aucune importance. Que rien ne changerait. Si je le faisais, ce serait sans rien en attendre, rien en espérer. Alors, à quoi bon ?

— Vous y avez manifestement réfléchi.

— Je ne suis pas une débile.

— Ça ne fait aucun doute, fit Claire, sans rien ajouter d'autre.

Quelques instants plus tard, elle reprit la parole.

— Bien, parlons de la Californie.

— Enfin ! s'exclama Jody.

13

Peter Sears et Jody étaient nus, couchés dans le lit de Jody, lorsque sa mère téléphona, à onze heures pile. Les lumières étaient éteintes, comme l'avait souhaité Jody qui ne connaissait pas assez bien Peter pour être à la fois nue et éclairée. Dans le noir, elle mit une minute à trouver le téléphone.

— Bonsoir, maman, dit-elle.

— Tu dormais ?

— Non.

— Tu as l'air d'avoir sommeil.

La main de Peter, sans avertissement, s'insinua entre ses jambes.

Jody s'éclaircit la voix.

— Je suis réveillée. Tu as passé une bonne journée ?

Jody se dit qu'elle devrait soit se raser soit se teindre en haut des cuisses avant de prendre un nouvel amant.

— Tu es seule ?

— Mais oui, je suis seule. (Peter lui donna sur la fesse une claque qui résonna dans le silence.) Je regardais la télé.

Il lui lécha le sein.

— Il m'a semblé entendre un bruit.

— C'est mon livre, qui est tombé du lit.

— C'est bien, de lire, ma chérie. Ta journée s'est bien passée ?

— Très bien.

143

Jody se sentit coupable. La présence de Peter était une étrange mais nécessaire trahison de sa relation avec sa mère. Celle-ci avait toujours harcelé Jody pour qu'elle ait un petit ami, mais n'avait jamais envisagé que sa fille pût avoir une vie sexuelle.

— Je suis morte de fatigue, ce soir. Je me suis froissé un muscle, j'ai pris deux Antalvic. Mes yeux se ferment tout seuls. On se rappelle demain, d'accord ?

— Bien sûr, maman. Va te coucher.

— Tout va bien, tu es sûre ?

— Mais oui. Parfaitement bien. Fais de beaux rêves, maman. (Peter lui prit le téléphone des mains et le raccrocha.) Elle m'appelle tous les soirs à onze heures, dit Jody en se levant. (Peter la rattrapa et l'attira sur lui.) Non, dit Jody.

— J'ai encore envie, dit Peter en la léchant de plus belle, le pénis dressé contre son pubis.

Coucher avec Peter était une expérience. Jody voulait savoir si elle pouvait faire l'amour avec quelqu'un qui lui était indifférent. C'était plus facile qu'elle ne l'avait supposé, mais ennuyeux. Elle aurait voulu qu'il s'en aille. De plus, elle était furieuse contre elle-même, car elle avait cédé sur la question du préservatif. Elle faisait sans cesse la leçon à Ellen et à tout le monde, mais quand c'était son tour, elle foirait.

— Non, avait dit Peter, bien décidé à ne pas discuter.

— Si, avait dit Jody.

— Non.

Et il s'était introduit en elle, non protégé.

Et voilà, c'est déjà trop tard ! avait immédiatement pensé Jody. Le premier contact provoqua une sorte de choc électrique, comme si on lui avait injecté un poison, et elle ne bougea plus, paralysée comme elle l'aurait été par une morsure mortelle.

Que les hommes sont chiants, se disait-elle en rêvassant pendant qu'il s'activait au-dessus d'elle. Ce n'était vraiment pas drôle. Pas drôle du tout. Et sans issue, comme d'être

144

embarqué sur des montagnes russes qui vous balancent cul par-dessus tête, sens dessus dessous, jusqu'à vous amener au bord de la nausée ou de la mort. Jody se força à la patience, en se consolant à l'idée que tout avait une fin. Mais elle se posait des questions. Y avait-il quelque chose qui clochait chez elle ? Elle n'avait jamais de plaisir. Ça en devenait pathétique.

Il se retira avant de jouir, saisit la paume de Jody, cracha dedans et la posa sur son pénis. C'était trop : lui cracher dans la main, son pénis gluant d'humeurs intimes. Le poignet de Jody montait et descendait mécaniquement, comme si elle secouait un thermomètre. Peter enfonça ses doigts en elle. Les hommes faisaient toujours ça : ils fourraient le plus de doigts possible le plus profondément possible et fourrageaient à l'aveuglette, comme s'ils essayaient d'attraper le gros lot dans une pêche au trésor. Elle avait subi des examens médicaux autrement moins pénibles. De sa main libre, elle lui prit le poignet en secouant la tête, mais sans résultat. Il mit une minute à comprendre.

A quatre heures du matin, Jody, coincée sous le bras de Peter, ne dormait toujours pas. Le pénis de Peter reposait tranquillement, assoupi, sur sa cuisse. Il était mignon, sympathique, inoffensif. Elle en avait vu de bien plus effrayants : des machins épais, solides, ou au contraire fins comme des crayons, mais celui-là n'était pas mal. Elle le préférait à son propriétaire. Jody souleva doucement le bras de Peter et sortit du lit. Son ventre était collant, elle se sentait répugnante. Tout en se lavant dans la salle de bains, elle essaya de décider ce qui serait le moindre mal : tomber enceinte ou attraper le sida.

14

Claire promit à Jake que s'il l'accompagnait chez Bob Rosenblatt elle passerait l'après-midi avec lui. Ce qui ne lui fit pas la moindre impression. Il avait largement dépassé le stade où passer un après-midi avec sa mère était un plaisir sans mélange. Il avait envie qu'on le laisse tranquille, couché sur son lit, rideaux tirés.

— Lorsque tu passes tout un après-midi avec moi, demanda Claire, il n'arrive rien d'agréable ?

— Que si ! Tu te sens coupable et tu me paies une glace ou un cornet de frites. Un cornet de frites, je peux me le payer tout seul.

— Y a-t-il quelque chose qui te ferait vraiment plaisir ?

Il secoua la tête.

— Eh bien moi, ça me ferait vraiment plaisir que tu viennes chez Bob Rosenblatt avec moi.

— Pourquoi ?

— Parce que je pense que ça nous ferait du bien à tous les deux.

— Tu crois vraiment que j'ai besoin d'aller chez un psy ? *Tu* es psy. Alors, pourquoi tu n'y vas pas franco ? Pourquoi tu ne t'occupes pas de moi toi-même ? (Claire ne répondit pas.) Bon. J'irai. Mais le jour où j'aurai envie d'un truc, tu me l'achèteras. (Claire ne dit toujours rien.) Sinon, j'y vais pas.

— Mets tes chaussures.

Jake bondit de sa mezzanine sur le lit d'Adam, en faisant voltiger les jouets comme autant d'éclats de shrapnel.

— Fais un peu attention, dit Claire.

Ils patientèrent dix minutes et vingt-trois secondes dans la salle d'attente de Rosenblatt. Claire regardait la pendule, certaine qu'il n'avait personne dans son cabinet. C'était de la manipulation, un moyen d'asseoir son autorité : je suis le docteur, vous êtes la patiente.

— J'étais jamais rentré dans un bureau de psy, dit Jake en serrant la main de Bob Rosenblatt. Sauf celui de ma mère.

— Eh bien, voilà, regarde, dit Rosenblatt en désignant d'un geste large le tableau de Pearlstein accroché au mur, le tapis d'Orient qui recouvrait le sol, comme pour prouver sa supériorité. Assieds-toi où tu veux.

Jake s'installa dans le fauteuil Eames qui était manifestement celui de Rosenblatt. Claire s'empourpra de fierté. Rosenblatt fit la grimace. Mais, au lieu de protester, il insinua péniblement son grand corps dans un siège plus petit et beaucoup plus humble, face à Jake. Claire s'assit seule à une extrémité du canapé, contre l'accoudoir.

— Ta mère s'inquiète à ton sujet, dit Rosenblatt.

Claire se hérissa. On ne commençait pas par monter les membres d'une famille les uns contre les autres. Jake n'était pas un junkie qu'il s'agissait de convaincre d'entreprendre une cure de désintoxication. C'était un gosse de onze ans, qui s'ennuyait.

— A-t-elle des raisons de s'inquiéter, Jake ?

— Non, fit ce dernier de la tête.

— Y a-t-il quelque chose dont tu aies envie de parler ?

Jake secoua à nouveau la tête. Il perdait son allure enfantine, la douceur de son visage avait laissé place à quelque chose de plus anguleux, de moins familier, de viril.

— En quelle classe es-tu ?

147

— En sixième. Et si vous avez l'intention de me demander si je me plais à l'école, la réponse est oui. J'aime bien
mes copains, et le reste.

— Tu as beaucoup de copains ?

— Oui, je crois.

— As-tu un ami ?

Jake haussa les épaules.

Jake se refermait comme une huître. Quel con, ce Rosenblatt, se dit Claire, en cherchant un moyen d'intervenir, de
remettre la situation sur ses rails.

— Quelle est ton occupation préférée, avec tes camarades ?

Jake haussa de nouveau les épaules.

— Jake fait partie de l'équipe de base-ball, de l'équipe de
football, et il joue de la trompette, dit Claire.

Jake et Rosenblatt lui lancèrent un regard noir et l'ignorè-
rent.

— Tu aimes le sport ? demanda Rosenblatt.

— Ouais.

— Quel est ton sport préféré ?

Une demi-heure plus tard, Rosenblatt avait déduit des
réponses monosyllabiques de Jake qu'il aimait aller au restaurant et au cinéma, que les filles lui plaisaient mais qu'il
n'avait pas encore de petite amie attitrée, qu'il rougissait
facilement, qu'il trouvait son père sympa, qu'il aurait aimé
que sa famille soit plus nombreuse, qu'il espérait avoir un
jour sa propre chambre et qu'il voulait toujours une batterie
pour son anniversaire, même si ses parents avaient décrété
que c'était hors de question.

De temps à autre, Rosenblatt mêlait Claire à la conversation, toujours à mauvais escient.

— Est-il vrai que Jake prétend qu'il a mal au ventre alors
qu'il n'a rien du tout ?

Ou :

— Avez-vous vraiment jeté l'exemplaire de *Playboy* qu'il
avait emprunté au frère d'un de ses amis ?

Elle restait dans son coin, distante, exclue, abîmée dans la contemplation du tronçon du Chrysler Building qu'on apercevait par la fenêtre de Rosenblatt. Aurait-elle dû demander à Sam de les accompagner ? Claire était convaincue que s'il y avait problème, c'était entre elle et Jake exclusivement : un problème de relation mère/fils.

Elle imagina sa famille en thérapie. Son père s'assiérait aussi loin que possible de tout le monde, genoux serrés, les bras croisés, l'expression maussade, son double menton reposant sur la poitrine. Sa mère se mettrait au milieu et observerait d'un air inquiet son mari, ses filles et le médecin. Sa sœur serait sur une chaise pivotante et ne cesserait de tourner sur elle-même en tripotant tous les objets posés sur le bureau du médecin, sans que personne ne lui dise de s'arrêter. Et Claire serait obligée de rester debout au milieu de la pièce, parce qu'il n'y aurait pas de siège pour elle. « Et voilà, dirait son père. Regardez-la. Toujours à se faire remarquer ! Tout le monde est assis, et elle, il faut qu'elle reste debout. »

Ce fut dans le bureau de Rosenblatt que Claire se rappela soudain que sa sœur souffrait souvent de maux d'oreilles. Lorsqu'ils allaient tous se baigner, Laura devait porter des protège-tympans spéciaux, un bonnet de bain et garder la tête hors de l'eau. Elle nageait la brasse, le cou tendu, comme un oiseau racé, et le vieux bonnet de bain à fleurs jaunes et orange de leur mère claquait au vent. Claire pensa aux oreilles de Jody, aux dents ternies par la pénicilline et tenta de se souvenir de la bouche de sa sœur, mais la vision de la tête coiffée du bonnet de bain et de la ligne rouge qui barrait son front comme une veine pendant des heures quand elle l'ôtait occultait toute autre image.

C'était ça. Sur le canapé de cuir noir de Rosenblatt, pendant que son fils et ce connard pompeux jouaient leur petit jeu de transfert/contre-transfert, entre hommes, les pièces du puzzle se mirent en place. Elle avait enfin compris. Laura avait rencontré Barbara au cours d'une conférence quelcon-

149

que, genre « L'Obstination adolescente » ou « Donner du sens à votre mariage ». Barbara avait aperçu Laura de loin, et cru voir Claire. Les deux sœurs se ressemblaient énormément. Elle était accourue en appelant : « Claire ! » Laura avait souri, en déclarant que c'était le nom de sa sœur, et tout s'était éclairci. Barbara avait compris qu'elle avait une patiente qui était en fait la fille de Claire. Laura et Barbara s'étaient dispensées de leurs diverses occupations de l'après-midi et, en sirotant un café, avaient mijoté leur plan : expédier Jody à Claire. « Je suis ton enfant, revenue des ténèbres profondes. » Laura et Barbara, enchantées d'elles-mêmes, se fréquentaient désormais, échangeaient des informations sur Claire et sur Jody et se demandaient en riant si Claire avait enfin saisi le fin mot de l'histoire. Elles étaient devenues les meilleures amies du monde. Les deux familles partaient en vacances ensemble et pique-niquaient sur la plage. Barbara, Laura et leurs maris respectifs se prélassaient dans des chaises longues tandis que leurs enfants grillaient des marsh-mallows sur le barbecue. Tout était parfaitement logique. Barbara et Laura étaient faites pour s'entendre. Barbara avait épousé un fonctionnaire qui travaillait pour le gouvernement, un analyste ou un espion quelconque, elle vivait à Washington. C'était une grande personne, maintenant, elle ne trouait plus les chandails des autres, ne fumait plus, buvait du vin, adhérait à l'idéologie sécuritaire, aux normes et aux règlements : bref, elle avait adopté le style conservateur de la bonne société de Washington, était devenue une personne radicalement comme il faut, qui non seulement acceptait mais incarnait le système. Elle apprécierait Laura, la trouverait fantastique, comme Claire, mais en moins dépressive, moins bizarre, moins inquiétante. Claire les détesta en bloc.

— Que dirais-tu de venir me voir une fois par semaine ? Pas avec ta mère, tout seul.

Légèrement étourdie, Claire fit un bond temporel pour reprendre pied dans la pièce. Que s'était-il passé ? Qu'avait-elle raté ?

Jake haussa les épaules.

— En serais-tu capable ?

— Je suppose que oui, fit Jake.

Claire enrageait. Le psychiatre et elle n'avaient à aucun moment envisagé que Jake suive une thérapie personnelle. Il avait un sacré culot de le proposer à Jake sans en avoir discuté avec elle et Sam. Qui paierait ? Rosenblatt trichait : il se servait de Jake pour la manipuler.

— Qu'en pensez-vous ? lui demanda enfin Rosenblatt.

Claire le foudroya du regard :

— Il faut que j'en parle avec Sam. Nous vous rappellerons.

Si Jake se retrouvait seul avec Rosenblatt, ils accompliraient ensemble d'étranges rituels virils qui fonctionneraient comme des pôles répulsifs et éloigneraient de plus en plus la figure maternelle. Pour finir, Jake s'installerait dans le Maine et Claire en Floride.

— Gagnons du temps, fixons une date, dit Rosenblatt. Tu sors de l'école à quelle heure, le mercredi ?

— Mieux vaut attendre un peu, dit Claire.

C'était son devoir : privilégier ce qu'elle considérait comme l'intérêt de son enfant. Et s'il avait vraiment besoin d'une thérapie, ce ne serait certainement pas avec ce type.

— A trois heures, répondit Jake en regardant sa mère.

— Il me semble que tu as rendez-vous chez l'orthodontiste, mercredi, intervint Claire en se levant. Nous vérifierons à la maison et nous vous téléphonerons.

Elle attendit que Jake se lève à son tour et sortit de la pièce au pas cadencé.

— Putain de trou du cul ! s'exclama Claire dans l'ascenseur.

— Maman ! protesta Jake.

— Tu as vu ce qu'il a fait ? Tu as vu comment il a essayé de se servir de moi ? De me manipuler pour arriver à ses fins ? Quel salaud !

— Il n'a rien fait de mal.

151

Claire ne répondit pas. Jake avait onze ans, il ne voyait le mal nulle part, c'était bien son problème. Elle lui caressa la tête.

— Tu crois vraiment que tu as besoin de parler à quelqu'un ?

Jake haussa les épaules.

— Tu as ton père, tu m'as moi. Si tu crois que tu as besoin de quelqu'un d'autre, dis-le-moi, et nous te trouverons quelqu'un, quelqu'un de bien.

Ils marchèrent un moment au milieu de la foule du samedi. Il faisait frais. Claire allait d'un bon pas, en espérant qu'elle ne ferait pas demi-tour pour retourner chez Rosenblatt et lui dire sa façon de penser. Elle n'avait été que trop patiente.

— Je l'ai trouvé plutôt sympa, dit Jake après s'être tu quelques instants.

Claire haussa les épaules.

— Il y en a plein d'autres, qui te plairont encore plus. Bon. Où veux-tu aller ?

— Tu n'es pas obligée de passer l'après-midi avec moi, dit Jake. Donne-moi vingt dollars, et dépose-moi chez Matt.

— Mais j'ai envie de passer l'après-midi avec toi, protesta Claire. Si on allait dans un musée ? Ça fait très longtemps qu'on n'est pas allés au musée.

— Tu ne trouves pas que je suis un peu trop grand pour ça ?

— Non, répondit Claire en riant presque. Lequel préfères-tu ?

— Le musée d'Art moderne. Ça fait moins bébé que celui d'Histoire naturelle.

Ils prirent le bus pour remonter la 6ᵉ Avenue jusqu'à la 53ᵉ Rue. Avant de regarder quoi que ce soit, ils mangèrent. Manger rendait toujours Jake heureux. Il dévora un sandwich, un gâteau au chocolat et un granité de yoghourt, en buvant du Coca. Claire prit du fromage blanc et un café. Ils terminèrent leur repas avec la réconfortante sensation du devoir accompli. Plus aucune raison, désormais, d'être de mauvaise humeur.

Jake manifesta pour Picasso et Pollock un intérêt poli et relatif, bien de son âge, mais l'hélicoptère suspendu au plafond du troisième étage déchaîna son enthousiasme, ainsi que la voiture de sport rouge garée à côté de l'engin.

— Incroyable ! s'exclama-t-il en faisant le tour des deux objets exposés.

Ils terminèrent par la boutique de cadeaux.

— Je veux ça, fit Jake en s'emparant d'un camion multicolore destiné à un enfant bien plus jeune que lui.

— Regarde d'abord ce qu'il y a d'autre, lui conseilla sa mère.

Il fit un tour et revint avec le même jouet.

— Je veux ça.

Le camion plairait à Adam, se dit Claire. Jake le démonterait et le remonterait une fois, et n'y jouerait plus jamais. Elle lui prit la boîte des mains et la retourna. Quarante dollars. Si elle l'achetait à Jake, Adam en ferait un drame.

Claire regarda le prix d'un avion : trente-cinq dollars.

— D'accord, dit-elle alors. Je prends le camion pour toi et l'avion pour Adam.

— C'est moi qui suis censé avoir un cadeau, aujourd'hui. Pas lui.

— J'ai deux enfants, Jake. Je ne peux pas acheter quelque chose à l'un et rien à l'autre.

— Pourquoi ?

— Parce que.

— Alors, je veux un plus beau cadeau.

— Que penserais-tu d'un livre ?

— Ça, c'est une superidée, dit Jake.

Il fit le tour de la boutique et désigna enfin une intéressante série de pièces en bois peint qui permettaient de créer des motifs abstraits ou figuratifs. C'était un jouet beaucoup plus de son âge que le camion.

— C'est vraiment ça que tu veux ? demanda Claire. Elle

153

trouvait le jeu très beau et pensait qu'elle aurait elle-même plaisir à jouer avec, mais Jake n'avait jamais rien demandé de ce genre.

— Ça s'appelle un Zollo, dit-il.

Claire se pencha pour regarder le prix.

— Il coûte cent dix dollars.

— Je t'en prie, dit Jake d'un ton sérieux. Achète-le-moi.

Claire ne voulait pas gâcher le bon moment qu'ils passaient. Les bons moments étaient rares et fragiles, ces temps-ci. Un faux pas, et Jake risquait de se mettre à bouder pendant une semaine, ce qui créerait une ambiance détestable dans toute la maison. Trente-cinq dollars pour l'avion, cent dix pour les pièces de bois peintes.

— Ça te ferait plaisir ?

— Vraiment, oui.

Elle tendit sa carte de crédit au caissier. En fin de compte, c'était moins cher qu'une analyse.

15

Bras dessus bras dessous avec Jody et Carol Heberton, Harry sortit de la bibliothèque de la 42ᵉ Rue. Ils avaient passé la matinée à peaufiner la scène : Carol faisait des recherches sur les tueurs en série pendant que l'un d'eux l'observait à la dérobée. En guidant les deux femmes comme si elles étaient aveugles, Harry se pencha à l'oreille de Jody.

— Je t'aurais bien proposé de déjeuner seule avec moi, murmura-t-il, mais je savais que tu refuserais.

Les lèvres charnues de Harry lui chatouillaient le lobe de l'oreille.

Il leur tint la porte du restaurant « Aux Trois Mousquetaires », dans la 45ᵉ Rue, et Jody entra après Carol Heberton.

— J'espère que tu es contente, dit Harry.

Évidemment qu'elle était contente. Déjeuner avec des producteurs, des metteurs en scène célèbres et des vedettes de cinéma, attirer les regards de la salle, c'était en partie pour ça qu'elle était venue à New York, non ?

— C'est ton déjeuner d'adieu, dit Michael, son patron, en l'embrassant sur la joue. Bonjour et au revoir.

Jody avait envie de s'essuyer le visage, de demander au serveur un linge et une bouteille d'eau minérale pour se désinfecter.

Elle savait parfaitement que ce déjeuner n'était pas donné en son honneur. Son départ imminent était juste un prétexte

155

pour remonter le moral des troupes à grand renfort de martinis et d'escargots.

— Ce n'est qu'un début, dit Harry quand le serveur eut pris leurs premières commandes de boisson. Il y en aura beaucoup d'autres.

— Tu as l'air au bord des larmes, dit Raymond à Jody. Les larmes et la morve, ça peut être intéressant, mais ça colle mal avec un bon repas, tu ne trouves pas ?

Jody se mordit les lèvres. Elle ne pleurerait pas.

— Ne t'en fais pas, poursuivit Carol Heberton. On déjeune, à Los Angeles. Il arrive même qu'on déjeune deux ou trois fois par jour.

— Dessinons une fresque pour la petite, fit Harry en passant à chaque convive le pot à crayons qui se trouvait à côté du sucrier.

Chacun en prit un et entreprit laborieusement de griffonner quelque chose sur la nappe en papier blanc qui recouvrait la nappe en tissu.

Deux femmes s'approchèrent de Carol.

— Êtes-vous ?...

Avant qu'elles aient terminé leur phrase, Carol avait pris stylo et papier et signait des autographes, d'une grande écriture fleurie.

Harry leva le nez de son escargot et fit claquer ses lèvres dégoulinantes de beurre.

— Seuls les cinéphiles repèrent les metteurs en scène.

— P.-S., dit Michael à Jody. Pourrais-tu passer au bureau cet après-midi et exercer tes mystérieux talents sur la photocopieuse ? Elle est de nouveau en panne et j'ai des scripts à expédier.

— Prends un cours de maintenance, dit Jody.

— Avant de filer, je tiens à ce que tu montres comment faire à ta remplaçante.

— Ma remplaçante ? Tu veux dire que tu ne fais pas couler ma chaise dans le bronze ?

Les plats de résistance furent présentés sur d'immenses

chauffe-plats ; il y eut un instant de silence quasi religieux puis tous s'emparèrent de leurs couverts et s'attaquèrent au festin avec force cris admiratifs. Lorsqu'ils eurent satisfait leurs besoins les plus pressants, ils firent circuler les assiettes pour goûter à tout. Le repas s'acheva sur une tournée d'expressos et une farandole de desserts : tartes aux fruits, crèmes brûlées et une portion de profiteroles qui fut posée devant Jody dans une mare de chocolat chaud, couronnée d'une allumette japonaise enflammée. Jody s'attendait presque à ce qu'une armée de garçons surgisse à côté de la table en chantant « Joyeux Anniversaire », ou « Ce n'est qu'un au revoir ». Ce qui ne se produisit heureusement pas.

Harry lorgnait sur les profiteroles de Jody ; il y enfonça la pointe de son couteau.

— Probablement pas très différent de ce qui te pousse sur la poitrine, dit-il, tant en taille qu'en densité.

Jody saisit avec précaution l'allumette japonaise et l'offrit à Harry.

— Permettez-moi de vous retourner le compliment, dit-elle.

Harry sourit, prit l'allumette japonaise et l'éteignit dans son verre.

— Touché, dit-il en brandissant le bâtonnet encore incandescent.

— Qu'est-ce qu'on s'amuse ! s'exclama Carol Heberton. Ça fait un temps fou que je ne me suis pas amusée comme ça.

Lorsqu'ils eurent terminé leur repas, et que Michael eut tendu sa carte Platine, qu'il appelait sa carte Plutonium, Harry insista pour qu'ils attendent que les garçons aient fini de débarrasser la table et refit circuler les crayons. Chacun mit la dernière touche à son dessin : ils tracèrent de larges cercles de couleur autour des taches de vin ou de nourriture qui souillaient la nappe en se livrant à des commentaires obscènes. Harry leur fit signer leur œuvre et roula la nappe avant de l'offrir, tel un diplôme, à Jody.

— Bon vent, lui dit-il en lui ouvrant la porte du restaurant.

Jody sortit. Il faisait chaud et humide, elle se sentait nauséeuse et rêvait de faire un somme.

— Au charbon ! s'écria Michael.

Harry rota, se frotta le ventre, et rota encore.

— Délicieux, ce déjeuner. Merci Michael. Je ne l'oublierai pas.

— Et toi, n'oublie pas la photocopieuse, dit Michael à Jody.

— Merci, dit Jody.

Et tous se dirigèrent vers les deux gigantesques lions de granit entre lesquels se déroulerait la dernière scène du film.

Peter Sears téléphona à Jody vers vingt-trois heures trente de la cabine téléphonique en bas de chez elle.

— Il faut que je monte, dit-il. C'est urgent.

Jody n'était pas contente. Elle venait de rentrer, abrutie par le mélange d'excès de travail, de nourriture et d'alcool avant la tombée de la nuit, et par la perspective de renoncer à la vie qu'elle avait toujours désiré mener pour bondir dans l'inconnu. Elle avait fait une lessive, pour la première fois depuis un mois, et n'était absolument pas présentable.

— Qu'est-ce qui t'arrive ? demanda-t-elle en ouvrant la porte.

— Salut, fit Peter en l'embrassant.

Jody ne lui rendit pas son baiser. Il y avait des gens qu'elle n'avait tout simplement pas envie d'embrasser, et Peter avait rapidement rejoint cette cohorte. Il embrassait trop fort. Sa langue lui fouillait la bouche comme s'il avait perdu un bijou précieux entre ses molaires. Il jetait tout son poids dans chaque baiser, avec une passion trop envahissante à son goût.

Il ignora son manque de répondant, souleva son chemisier et se mit à lui embrasser le ventre.

Plus son visage est loin mieux je me porte, se dit Jody.

— Alors, qu'est-ce qu'il y a ? insista-t-elle.

Sa langue fouinait dans son nombril, ça commençait à faire mal. Jody s'imagina que quand il s'arrêterait enfin, ses intestins jailliraient en une longue ligne sinueuse, tel un serpent charmé.

— Le voilà, le problème, dit Peter.

Il recula d'un pas et ouvrit sa braguette pour exhiber son membre érigé.

— Je ne comprends pas, fit Jody, indifférente.

— J'ai passé la journée dans cet état. C'est malsain, tu sais. On peut attraper une maladie.

— Je suis certaine que ce n'est pas la première fois que tu es confronté à ce genre de phénomène, dit Jody en s'asseyant sur le divan.

— Touche-le, dit Peter.

— Touche-le toi-même.

Il secoua la tête et avança vers elle.

— C'est une obligation ? demanda Jody.

— Je l'ai apporté pour toi.

— Si je le fais, tu t'en iras tout de suite après. Je ne peux pas passer la nuit avec toi. J'ai ma vie.

— Parfait, dit Peter en se positionnant devant elle.

Elle eut envie de le prendre dans sa bouche. Côté pénis, le sien était mignon. Ce qu'elle aurait préféré, c'était le sucer ; mais Peter ne le méritait pas. Il prit la main de Jody, cracha dedans et la posa sur sa verge. Elle n'en croyait pas ses yeux : il lui crachait dessus de nouveau ; personne ne lui avait jamais fait ça. Il gardait sa main sur la sienne, la guidant, et Jody craignit de périr d'ennui. S'il savait si bien y faire, qu'il se débrouille donc tout seul.

— Viens, allons dans ta chambre, dit Peter de cette voix épaisse de tueur en série que prennent les hommes quand ils sont excités au-delà du raisonnable.

Jody obtempéra, pour l'unique raison qu'elle n'avait rien d'autre à faire. Son linge ne serait pas sec avant une demi-heure et le divan était tout sauf confortable. Plus vite elle irait, plus vite elle serait débarrassée de lui ; et qui sait, elle y trouverait peut-être son compte.

Avant de s'allonger, Peter enleva soigneusement tous ses vêtements, chaussettes comprises, qu'il plia sur le dossier d'une chaise.

Jody, tout habillée, était couchée sur le lit. Qu'était-elle censée faire ? Se déshabiller, comme chez le médecin ? Dans ce cas, où était sa chemise ? Si elle avait pu passer un de ces peignoirs en papier tissé bleu, ça serait peut-être devenu amu-sant : il y aurait eu matière à fantasme. La mince ceinture en plastique aurait pu servir à l'attacher ; et le peignoir s'ouvrait par-devant et par-derrière, au choix. Pas grand-chose, mais enfin...

Peter, nu comme un ver, s'assit à califourchon sur Jody. Il lui releva sa chemise, pour découvrir ses seins et son ventre. Piégée sous lui, pubis à moitié écrasé, poumons en capilo-tade, elle ne put que lever la main et la poser à nouveau sur son membre. Elle s'y prit avec fureur, ressentant une certaine culpabilité à soumettre un pénis si mignon à un traitement aussi brutal, mais persuadée que le plus puni des deux serait Peter, non son pénis. Il se mit instantanément à émettre des sons qu'elle trouva déplaisants. Elle n'aimait pas les bruits que faisaient les gens. Qu'ils s'éclatent, mais sans vocaliser, bordel ! Gémir, c'était réservé aux malheureux écrasés entre deux voitures, dans des films. Il jouit sans prévenir, sur la poitrine et le ventre de Jody que la surprise rendit muette.

— Je t'ai joui dessus, fit Peter en se redressant.

Jody redressa la tête du mieux qu'elle put, pour voir ce qu'il en était, sans se soucier de faire apparaître un double ou un triple menton. Peter étalait le sperme sur elle, lui en frot-tait les seins. Jody reposa la tête sur l'oreiller et ferma les yeux ; le mieux, dans ce genre de situation, c'était de faire le mort.

Dès que Peter fut parti, Jody prit une longue douche brûlante. La peau rougie par l'eau chaude, elle passa son peignoir et prit l'ascenseur pour descendre dans le local-lingerie. Ce n'était pas très malin. Dans les films, les idiots qui s'y risquaient se faisaient violer et/ou étrangler, et fourrer dans un sèche-linge, chaleur au maximum. Mais Jody n'était pas une petite nature, elle était courageuse, elle était téméraire. Elle y alla, armée de son couteau de cuisine. Un inconnu avait retiré son linge à elle du séchoir et l'avait plié, en prenant soin d'assortir les chaussettes par paires.

Elle ramassait ses affaires lorsque Ellen entra avec Rob. Ellen ayant maintes fois exprimé son désir d'expérimenter au moins une fois tous les endroits possibles et imaginables, Jody supposa qu'ils étaient venus baiser sur la table de repassage.

— Qu'est-ce qui t'est arrivé ? lui demanda Ellen en avisant son cou rouge écarlate. Tu es restée trop longtemps sur une table de bronzage ?

Jody secoua la tête. Si elle parlait de Peter à Ellen, elle gâcherait sa chaste image, et Ellen ne la lâcherait plus. D'ailleurs, Jody était la première surprise de s'être ainsi laissée aller.

Rob toisa Jody. Un jour, il y avait bien longtemps, Jody avait répondu au téléphone chez Ellen, à deux heures du matin. Depuis lors, Rob se figurait qu'elles couchaient ensemble en cachette. Comment peut-on être si bête ? se demanda Jody.

— Je file, dit-elle en finissant de ramasser son linge.

Elle avait hâte de rentrer chez elle, de changer les draps, de retaper les coussins du divan, de poursuivre sa nuit.

— Bonne nuit, ma chérie, dit Ellen en l'embrassant sur la joue. Appelle-moi demain au bureau. Et mets-toi un peu de crème sur la peau.

Jody souleva la main d'Ellen et la désigna à Rob.

— Superbe, cette bague, dit-elle. Je suis sûre que vous serez très heureux.

Ellen lui lança un regard noir vaudou et Jody éclata de rire. Impossible de se retenir. Rob devait être furieux. Elle continua à rire comme une folle dans l'ascenseur, un rire incoercible, susceptible de se transformer en hurlement d'une seconde à l'autre.

16

Gloria Owens arriva la première. Elles commencèrent la séance sans son mari.

— Parfois, je le hais.

— Qui ? demanda Claire.

— Jim. Parfois, je hais Jim. Vraiment.

Claire hocha la tête. Les patients trouvaient toujours choquant de parler de haine. On aurait dit qu'ils révélaient un terrible secret. Et leur soulagement, en s'apercevant que leur aveu ne provoquait pas de catastrophe, était en soi un résultat appréciable. Je déteste. Je méprise. Lorsqu'elle entendait ces mots, Claire ne répondait pas, intentionnellement : le patient devait aller plus loin, au-delà de la haine, dans la fureur indicible.

— Désolé d'être en retard, dit Jim Owens en faisant irruption dans le bureau sans frapper vingt minutes après le début de la séance.

Quelqu'un, sortant d'un autre bureau, avait dû l'introduire dans la salle d'attente.

Claire s'étonna : d'habitude, les gens n'entraient pas avec cette désinvolture. Et si le rendez-vous avait été changé, et qu'elle eût été avec un autre patient ? Et si elle avait été seule, entre deux séances, à somnoler ou à faire toute autre chose ?

— J'étais en train d'expliquer que nous finirions peut-être par divorcer, dit sa femme.

Il sourit à Claire, comme pour lui demander si c'était une idée à elle.

Claire avait quelques années de plus que les Owens, mais, par rapport à eux, elle se sentait jeune, vibrante, dynamique. C'était un couple d'âge mûr, bien installé dans la vie, il suffisait de les regarder pour s'en convaincre. Ils pesaient une dizaine de kilos de trop chacun, des kilos accumulés par indifférence envers l'autre, qu'il n'était plus nécessaire d'impressionner ni de séduire. Ils se permettaient, sans le moindre remords, de grignoter des biscuits l'après-midi, de déguster des glaces en regardant le dernier journal télévisé, et de faire chaque soir un dîner copieux. Ils étaient habitués l'un à l'autre. S'ils divorçaient, ce ne serait pas facile pour eux : ils ne pourraient pas continuer à vivre de la même façon ; une fois libres, il faudrait qu'ils changent, qu'ils suivent des régimes, que leurs carrières évoluent, qu'ils s'achètent une nouvelle garde-robe, qu'ils se trouvent de nouveaux amis.

— Pas de mot commençant par D, je t'en prie, fit Jim.

D comme Décès, se dit Claire en s'étonnant que Jim pense à D comme Divorce. Il disait sans doute M comme Mariage et non pas, comme la plupart des gens, M comme Mort.

— Pourquoi ? En quoi ça te gêne ?

La séance se poursuivit en combat de coqs, monsieur et madame se déchirant à coups de bec sous l'œil vigilant de Claire pendant tout le reste de l'heure.

— Bon, dit enfin Claire en tapant dans ses mains, à la semaine prochaine.

Ils sortirent, et Claire fit un clin d'œil à Jody qui faisait semblant de lire un magazine dans la salle d'attente.

— Je vous vois dans une minute, dit-elle en fermant la porte de son bureau pour écouter ses messages et remonter son collant.

Avec Jody, elle allait pouvoir se détendre, se dit-elle, satisfaite.

« Eric Silverman à l'appareil, disait le répondeur. J'ai reçu une nouvelle patiente, aujourd'hui. Un cas intéressant, mais je crois qu'elle aurait besoin de voir une femme. Rappelez-moi. »

Voilà qui était agréable pour l'ego, la reconnaissance de ses pairs ; mais Claire ne voulait pas de nouveaux patients pour le moment. C'était difficile de commencer une thérapie en plein été. D'ailleurs, elle allait bientôt partir en vacances. A l'automne, peut-être. Quand Jody serait à Los Angeles, par exemple.

Ce matin-là, en se maquillant, Claire s'était imaginé qu'elle avait donné un nom à sa petite fille. Avant de l'abandonner, elle lui aurait murmuré à l'oreille : « Hilary. » Maintenant, après tant d'années, il lui suffirait de murmurer ce même nom, et si c'était son enfant, les joues de la jeune fille s'empourpreraient, ses yeux brilleraient et, sans hésiter une seconde, elle s'écrierait : « Maman ! »

— C'est la première fois de ma vie que ça m'arrive, dit Claire en souriant à Jody, mais je meurs de faim. Ça vous ennuie si je me commande une bricole à manger ?

Jody haussa les épaules.

— Vous voulez quelque chose ?

— Non, merci.

Claire téléphona au restaurant du coin pour qu'on lui livre un croque fromage-tomate et une tasse de café, puis elle se cala dans son fauteuil.

— Bon. Parlons de ce que vous allez faire avant de partir en Californie.

Fromage-tomate. Elle se demanda si ça ne faisait pas un peu bizarre, très goy. C'était ce que sa mère commandait toujours. Elle aurait peut-être mieux fait de choisir quelque chose de plus banal, un bagel, par exemple. Son estomac grondait.

— Quand partez-vous ?

— Je dois y être le 17 août. Nous nous mettrons en route vers le 8, je suppose.

Claire sortit un instant pour payer son repas au livreur qui sonnait à la porte. Hilary ? Pourquoi Hilary ? Hilare. Hilarant. Marrant. Roux. Claire ne connaissait pas de roux. Elle n'en avait jamais connu.

Elle se rassit, le sandwich sur ses genoux, en espérant que le spectacle ne distrairait pas trop Jody.

— Quel est votre second prénom ? demanda-t-elle à Jody entre deux bouchées.

— Beth, pourquoi ?

Jody Beth. Pas Hilary.

— J'aimerais que nous nous voyions souvent avant votre départ, dit Claire. Cela vous semble possible ? (Elle leva les yeux et Jody rougit. Claire mâcha et avala.) Je pars en vacances à la fin du mois, et je ne reviendrai pas avant début septembre. Nous n'avons pas beaucoup de temps. Deux semaines.

Claire était stupéfaite d'avoir attendu jusque-là pour parler du départ de Jody. Pourtant, depuis le début, il ne s'était pas agi d'autre chose. C'était la raison pour laquelle Jody était venue la voir. Mais cela sonnait faux. Elle termina son sandwich en surveillant du coin de l'œil Jody qui gardait les yeux obstinément fixés sur ses pieds. Manifestement, le sujet leur posait problème à toutes deux.

— Nos conversations vous manqueront-elles ? demanda Claire.

Jody haussa de nouveau les épaules. On dirait Jake, pensa Claire. Dès que quelque chose lui déplaisait, ou le gênait, il haussait les épaules.

— Si vous voulez, je peux vous indiquer un thérapeute à Los Angeles, soit privé, soit par l'UCLA, proposa Claire qui finit son café et vérifia qu'elle n'en avait pas laissé tomber une goutte sur sa blouse en soie.

Si elle était un homme, une petite tache de café sur sa chemise n'aurait pas la moindre importance ; cela dénoterait même une séduisante indifférence aux contingences. Mais, chez une femme, ce genre de négligence ne révélait qu'une chose : l'incompétence et l'inaptitude à prendre soin d'elle-même, donc des autres.

— Non, merci, dit Jody.

— Vous vous sentiriez peut-être plus en sécurité si vous aviez l'adresse de quelqu'un.

Jody haussa les épaules.

— Réfléchissez, poursuivit Claire en froissant le papier qui avait enveloppé son sandwich. Je passerai volontiers quelques coups de fil pour vous. Et lorsque vous reviendrez pour les vacances, vous pourriez venir me voir, ou m'écrire si vous préférez.

— A propos, dit Jody, ce n'est pas que je veuille changer de sujet, mais j'ai peur d'oublier. J'ai parlé à ma mère. Elle m'a dit que je n'étais pas née à la clinique de la Forêt.

— A-t-elle dit où vous étiez née ?

— Elle m'a dit qu'une cigogne m'avait déposée.

Claire avait envie de l'étrangler. Jody était-elle possédée par un démon spécialement programmé pour l'amener au bord de la crise de nerfs ?

— Allons, qu'a-t-elle dit, vraiment ?

— Ce que je vous ai répété. Et elle trouvait ça drôle. Très drôle. Si drôle que j'ai oublié de rire.

— Elle n'a rien dit d'autre ?

— Presque rien. Je suis arrivée un beau jour, point à la ligne. L'avocat a téléphoné pour prévenir de ma naissance puis il a rappelé deux jours après pour organiser la livraison. Ma mère a attendu une demi-heure dans la voiture, au coin de L Street et de la 21e à Washington. Et leur voisine, à qui ils avaient demandé de faire le sale boulot à leur place, a surgi du néant avec le colis. Moi. Puis il s'est mis à neiger. Fin de l'histoire.

Un enfant de l'hiver. Comme l'enfant de Claire. Elle en était sûre. Elle en était sûre depuis le début. Le coin de rue en question n'était qu'à quelques pas de la maternité de

Columbia. Le jour où Claire avait quitté l'hôpital, il neigeait. Il avait neigé tout l'après-midi et toute la soirée. Elle avait dix-neuf ans, et elle avait considéré la neige comme les larmes qu'elle ne pleurait pas. Cette blancheur qui tombait du ciel, douce et propre, l'avait sauvée.

— Quelle est votre date de naissance ? demanda Claire.

— Pourquoi me posez-vous encore cette question ? Je ne vous le dirai pas.

— Pourquoi tant de mystères ?

— Pourquoi tant de curiosité ? On peut changer de sujet ?

— Il me semble que vous trouvez pénible de parler d'un certain nombre de choses : votre date de naissance, notre relation. Que se passe-t-il ?

Claire commençait à s'en vouloir ; elle se conduisait imprudemment. Mais savoir était devenu le plus important. Il faudrait qu'elle se décide à téléphoner à Barbara, pour lui extorquer des détails. Elle pouvait aussi demander à Jody de quel signe elle était. Et prétendre que l'astrologie pouvait être un outil thérapeutique.

— Je ne trouve pas ça pénible du tout, dit Jody. Ce que je trouve pénible, c'est de partir pour Los Angeles. J'ai l'horrible pressentiment qu'il va se passer quelque chose à la dernière minute, et que je ne pourrai pas y aller.

— Qu'il va se passer quoi ?

— Rien du tout, en fait. Je ne vois pas pourquoi j'aurais la chance que le monde s'écroule au moment où je mettrai ma valise dans la voiture de ma mère. Non. Ce sera plus subtil. Par exemple, nous montons en voiture et avant même d'arriver sur la nationale je m'aperçois que je ne sais plus conduire. Ou bien, le matin de notre départ, je prends froid, je tombe malade et je suis clouée au lit.

— Que pourriez-vous faire pour que cela n'arrive pas ?

— Je ne sais pas. Me bourrer d'antigel ?

— Pendant les deux semaines qui nous restent, avez-vous une idée de ce que nous pourrions entreprendre pour faciliter la transition ?

Claire s'était barricadée derrière une attitude hyperprofessionnelle, elle s'interdisait désormais toute dérive en espérant que ses gestes et ses paroles ne trahiraient pas ses pensées.

— Je ne sais pas comment m'y prendre. Comment me transporter, moi et toutes mes affaires, à l'autre bout du pays. C'est absurde, au fond. Pourquoi ferais-je une chose pareille ?

— Parce que c'est nécessaire pour obtenir ce que vous voulez.

— Peut-être bien que non. Ce n'est peut-être pas du tout ça que je veux. Je ferais peut-être mieux de rester à New York, ou de retourner à Washington, et d'y passer le restant de mes jours.

— Vous avez trop de personnalité pour Washington, dit Claire.

Jody leva un regard interrogateur sur Claire, comme pour dire : Comment le savez-vous ? Claire sourit. Il émanait de Jody quelque chose qui l'empêchait de jouer franc jeu avec la jeune fille. Elle ne le pouvait pas, ne le voulait pas. Elle la scruta un instant et essaya de s'imaginer qui était vraiment Jody, hors de ce bureau, avec ses amies, avec les hommes.

La relation qui s'établit entre une patiente et une thérapeute est censée refléter fidèlement le rapport au monde de la patiente. La thérapeute symbolise l'autorité, la bonne mère, la meilleure des amies, celle qui écoute et ne parle pas d'elle. L'investissement en signifiant potentiel était si lourd qu'il était impossible que cette relation reflète autre chose qu'elle-même.

— Bon, se contraignit-elle à dire. Nous avons deux semaines devant nous. Maintenant que vous ne travaillez plus autant, nous pouvons nous y mettre sérieusement.

Jody la regarda sans comprendre.

— Votre emploi du temps est plus souple, cela nous facilitera la tâche.

— Sans doute, dit Jody.

Mais elle ne débordait pas d'enthousiasme. Que craignait-elle ? Le processus, la dépendance, ce qu'elle pourrait révéler ? Ou Claire ? Elle fuyait le regard de Claire, qui sentait monter dans sa gorge l'écœurante douceur du fromage fondu américain. Non. Jody n'avait aucune raison d'avoir peur d'elle. Elle l'aimait. J'aime Jody. Je l'aime, se répéta Claire *in petto*. Comme si une partie d'elle-même résistait, et qu'il fallût la convaincre.

— Je ne vous l'ai pas encore dit, reprit-elle à haute voix, mais je suis très heureuse de vous avoir rencontrée.

Effarée, Jody la contempla comme si elle devenait folle.

— Vous me plaisez beaucoup. Je vous trouve délicieuse.

Jody haussa les épaules.

Elles se turent.

— Demain à dix heures trente, ça vous va ? Comme ça, vous pourrez faire la grasse matinée.

— Bon, fit Jody en se levant.

Elle n'aurait peut-être pas dû faire ça. Elle aurait peut-être mieux fait de ne pas ouvrir la bouche. Elle allait au-devant des ennuis.

— A demain, alors, murmura Claire gentiment, d'une voix douce.

— Ouais, d'accord, fit Jody en refermant la porte derrière elle.

17

— La bague. Où est ta bague ? s'exclama Jody en voyant la main nue aux ongles soignés d'Ellen.

Elles faisaient la queue dehors, pour gagner le privilège d'entrer dans le minuscule bistrot branché de Soho, surpeuplé et moyennement bon par ailleurs, où elles allaient prendre ce qui serait vraisemblablement leur dernier brunch ensemble.

— Quelle explication préfères-tu ? La première : je l'ai rendue à Rob, avec une lettre où je lui dis qu'il est trop bien pour moi et que j'ai été idiote. La deuxième : je l'ai vendue pour me payer une superbarboteuse chez Bébébonheur.

— Peut-on connaître la troisième explication ?

— Je l'ai échangée contre quelques verres et un joint ou deux dans un bar dont j'ai oublié le nom. J'ai essayé de la passer autour d'une bite, comme un anneau, mais elle a éclaté en mille morceaux.

Devant elle, un type vêtu d'un short en cuir noir se retourna, les regarda une seconde puis fit semblant de scruter le bout de la rue.

— Le choix est ardu ! Je prends la solution numéro deux.

— C'est ça que tu penses de moi ! Tu me fais de la peine, vraiment.

— Des personnes seules ? interrogea le maître d'hôtel à la cantonade. Des personnes seules ?

— Comment peut-on être seul au pluriel ? fit Ellen.

— Allez, raconte, la pressa Jody.

— On s'est disputés. On était censés faire une balade romantique sur le bord du fleuve. Il a dit qu'il était temps que j'arrête de me conduire comme une pute, et que je me range. J'ai enlevé la bague, et je l'ai fichue à l'eau. (Ellen sourit.) Enfin, c'est ce qu'il croit. (Elle tapota son sac.) Il m'a traitée de salope et il a essayé de me frapper. J'ai esquivé. Et voilà.

— Je suis désolée pour toi, vraiment.

Ellen haussa les épaules et s'essuya le coin de la paupière pour effacer une trace de maquillage.

— Et toi ? Comment tu vas ? Comment est ta psy ?

— Elle m'a dit qu'elle était heureuse de me connaître. Je vous trouve délicieuse, fit Jody en imitant le ton de Claire.

— Tu sais, on a autant de chances de tomber sur un bon psy que d'avoir une enfance heureuse. Il y a quelque chose qui cloche. Ou chez toi, ou chez elle.

— Oh, chez les deux, je suppose, répondit Jody.

Elle ne voulait rien dire qui mît trop en avant l'étrangeté de son rapport avec Claire, mais ne pouvait pas s'en empêcher. C'était à la fois trop intéressant et trop troublant pour qu'elle garde ça pour elle.

Soudain, elle saisit le bras d'Ellen et l'attira sous l'auvent du restaurant.

— Regarde dans la vitrine, fit-elle en montrant le bout de la rue, je crois que c'est elle. (Jody se cacha derrière Ellen pour jeter un coup d'œil subreptice.) Je te jure, c'est elle !

— Laquelle ? demanda Ellen aussi excitée que si elle s'apprêtait à se précipiter pour lui demander un autographe.

— La grande blonde, les cheveux relevés, avec des lunettes de soleil. Je n'ose pas regarder.

— Par ici, mesdames, dit le maître d'hôtel en leur tenant la porte.

Jody, encore hésitante, jeta un dernier coup d'œil dans la rue en entrant.

— Je ne suis pas sûre.

— Tu aurais dû aller lui dire bonjour, protesta Ellen lorsqu'elles furent assises à leur table minuscule, collée à la cuisine.

— On aurait perdu notre tour. En plus, c'est pas vraiment le genre cool. Elle est plutôt rigide, pas mal rigide, en fait.

— A mon avis, c'est une fausse blonde, dit Ellen.

— D'habitude, elle se fait un chignon.

— Un chignon ! Comme Mamie Nova ! Avec un soupçon de cannelle ? Ce sera tout pour aujourd'hui, vous m'excuserez, il faut que je sorte mes cheveux du four. A la semaine prochaine, nous ferons des bretzels tressés.

Ellen partit d'un éclat de rire hystérique, qui attira l'attention des gens assis aux tables voisines. Jody avait peur que le serveur s'approche d'elles pour leur demander de se calmer ou de s'en aller.

— Parfois, murmura-t-elle, elle me garde après l'heure.

— Séquestration, dit Ellen. Ils n'ont pas le droit. A la fin de l'heure, ils sont censés te mettre à la porte illico.

Le serveur posa une corbeille de pain sur la table et leur tendit le menu.

— Super, dit Ellen. Vous prenez les cartes de crédit ?

— Nous les acceptons toutes.

— Pas Claire, poursuivit Jody. Si on est au beau milieu d'un truc intéressant et que la victime suivante n'est pas encore là, elle te laisse rester. Cinq minutes, dix minutes. Voire une séance entière.

— Oh, mon Dieu, dit doucement Ellen en fixant Jody. Tu te rends compte qu'elle te lave le cerveau ? C'est sûrement ça. Elle t'endoctrine, elle veut te faire entrer dans une secte. Un de ces jours, elle va te garder tout l'après-midi, et t'emmener boire une tasse de thé. Et t'empoisonner. Ma pauvre petite chérie ! (Ellen se renversa sur sa chaise en éclatant d'un rire sardonique de méchante sorcière sous les yeux effarés de Jody.) On ne peut plus rien faire pour toi. C'est trop tard.

— Écoute-moi une minute. Je sais que c'est bizarre, mais

ça ne veut pas dire que ce soit mal. Elle me fait du bien, tu sais, je vais mieux depuis que je la vois. Elle m'aime bien, ça doit être pour ça.

— Et quand tu t'en iras ? Tu vas te retrouver le bec dans l'eau, ma cocotte.

— Je ne crois pas. On se parlera, je viendrai la voir.

— C'est ta psy, pas ton amant.

— Tu es jalouse, conclut Jody en se concentrant sur le menu.

Plus tard, après avoir traîné dans les galeries d'art, soulevé et reposé d'authentiques objets primitifs de l'Idaho, hors de prix, léché les vitrines de soldeurs divers et de brocanteurs aux prix délirants, Ellen prit les deux mains de Jody dans les siennes et lui demanda à haute voix :

— Tu m'aimes ?

Jody ne répondit pas.

— Tu l'aimes, elle ? Tu parles d'elle comme si tu l'aimais.

— Ce n'est pas pareil.

— Tu ne m'aimes pas. Tu n'agis pas comme si tu m'aimais. Moi qui suis si gentille avec toi. Tu es ma meilleure amie. Dès que je t'ai vue, j'ai su que je t'aimerais. Tu me faisais un peu peur, pourtant. Je ne te l'avais jamais dit ? Tu voudrais baiser avec moi ?

— Non, dit Jody qui traversa le magasin pour sortir sur le trottoir.

— Tu me trouves jolie ?

— Je ne me suis jamais posé la question, mentit Jody.

En fait, elle se l'était posée. Le jour où elle avait rencontré Ellen, dans un ascenseur, elle avait senti quelque chose. Jody avait eu l'impression d'être séduite. Mais Ellen avait un petit ami — dix petits amis — et Jody en voulait un aussi. Jamais il ne lui était passé par la tête de vouloir autre chose qu'un petit ami. Le fossé entre les hommes et les femmes, ce fossé dont les gens se plaignaient tant, la rassurait. Les hommes ne la comprenaient pas, ne faisaient même pas semblant de la comprendre. Ils n'étaient pas elle. Elle pouvait baiser avec eux sans avoir l'impression d'abandonner en partie son intégrité. Elle pouvait baiser avec eux sans rien ressentir de plus que leur poids, leur dureté, et leur souffle sur son corps.

— Je me trouve sexy, dit Ellen en entrant à sa suite dans un nouveau magasin. Les hommes me trouvent excitante. Et je suis un bon coup. C'est peut-être la seule chose que je sais faire, baiser.

La vendeuse dévisagea Ellen.

— C'est bien, dit Jody.

— Je vais te manquer, quand tu seras à Los Angeles ?

— Oui, dit Jody en prenant un T-shirt à cinquante dollars, qu'elle déplia et replia.

Elle était sincère. A Los Angeles, elle serait très seule. L'immeuble serait peuplé de rejetons de la tribu Manson, de déclencheurs de tremblements de terre, d'affreuses actrices sur le retour et d'aveugles, tous absorbés dans l'écriture d'un scénario fondé sur l'histoire de leur vie.

— Moi, tu me manqueras énormément, dit Ellen. Tu devrais peut-être m'emmener dans tes bagages. J'habiterais chez toi, et je passerais mes journées allongée au bord de la piscine. Tu auras une piscine, j'espère ?

Elles sortirent du magasin.

— Tout le monde en a, dit Jody. Tu viendras me voir. Sans toi, aller à la banque n'aura plus le moindre charme.

— Tu parles ! Je suis la seule à avoir des nichons convenables !

— Tu veux qu'on aille au ciné ?

— Je ne peux pas, dit Ellen en consultant sa montre. J'ai rendez-vous.

Jody et Ellen se séparèrent à Washington Square. Elles se reverraient sans doute dans quelques heures mais Ellen serra Jody dans ses bras et Jody, prise d'une émotion qu'elle ne sut pas nommer, lui rendit son étreinte. Ellen l'embrassa sur les deux joues et Jody sourit. Elle ne rendit pas les baisers. Elle traversa ensuite le parc en pensant que c'était la dernière fois qu'elle voyait tout ça.

En arrivant chez elle, Jody appela sa mère.

— Comment se fait-il que tu m'appelles ? Tu ne téléphones jamais. Tu as un problème ?

— Non, maman. Tu me manques, c'est tout.

— Tu me manques aussi. Mais là, je suis très occupée. Dans deux semaines, nous allons en Californie ensemble. Nous aurons tout le temps de parler dans la voiture.

Allongée sur son futon, Jody fit une liste de ce qu'elle voulait emporter en Californie. Elle téléphona à la fille à qui elle avait sous-loué son appartement pour la prévenir qu'elle prenait le grille-pain, le four à micro-ondes et la cafetière électrique. Puis elle se rendit chez le marchand de spiritueux du coin de la rue pour se procurer des cartons ; elle fit trois voyages et remplit son appartement de cartons vides de vodka, de scotch et de vin. L'appartement n'avait rien d'extraordinaire, mais c'était le premier et le seul foyer qu'elle se fût personnellement construit. Il était la preuve qu'elle pouvait se débrouiller de façon indépendante dans la vie réelle, qu'elle était une vraie personne. Et voilà qu'au bout de deux ans seulement elle l'abandonnait à une étudiante en médecine qui rangerait probablement des morceaux de cadavre dans le frigo et remplirait ses tasses à café de formol. Elle décida de ne lui laisser que les horribles assiettes de sa tante Sylvia.

Peter Sears était sur Jody. La pièce était plongée dans l'obscurité. Les yeux fermés, elle se concentrait sur son corps, s'efforçant une fois de plus d'avoir du plaisir.

— Baise-moi, salope ! grogna-t-il.

Jody, interloquée, ouvrit un œil pour s'assurer qu'il ne plaisantait pas. Le corps contracté, crispé, Peter était blême de colère, malgré l'afflux de sang provoqué par le désir.

— Baise-moi, salope ! répéta-t-il.

Son vocabulaire était limité, ce qui rassura Jody. Elle ne pouvait pas perdre la partie contre un individu qui éprouvait le besoin de dire deux fois la même chose.

— Lèche-moi, dit Jody.

Et Peter s'exécuta.

Jody se promit néanmoins de ne plus jamais l'inviter chez elle ; si par hasard il venait sonner à sa porte, elle lui ferait comprendre qu'il était indésirable.

La tête de Peter était enfouie dans son entrejambe, il lui pinçait trop fort les mamelons. On aurait dit qu'il s'exerçait à la brasse papillon. En tout cas, il s'exerçait manifestement à quelque chose. Jody ferma les yeux et s'efforça de se concentrer. Elle voulait jouir au moins une fois avant de partir pour Los Angeles.

Elle ne comprit pas tout de suite ce qu'il lui arrivait : une douleur cuisante, sur la joue. Elle crut que quelque chose lui était tombé dessus ; que quelque chose avait pris son envol, du haut de l'armoire, et s'était laissé tomber sur elle. Elle ouvrit les yeux et ne vit que Peter, le visage tordu par la rage, la main levée. Jody hurla et la main s'abattit sur sa joue.

— Baise-moi, salope !

On ne l'avait jamais frappée. Pas comme ça. Jamais. Épouvantée, elle ouvrit la bouche pour crier mais n'émit qu'un grognement étouffé. Il s'enfonça plus profondément en elle. Elle le sentit.

— Connard, dit enfin Jody. Sale connard ! Tire-toi.

Elle gigotait sous lui, pour se libérer. Il trouva ça plaisant, la maintint couchée et s'enfonça d'un coup de reins. Il jura. Elle ferma les yeux. Ce n'était plus le moment de lutter, cela ne ferait qu'aggraver la situation. On ne criait pas au secours, ou au viol, pendant qu'on était en train de baiser. Ça ne se faisait pas. Il cracha sur sa poitrine, et elle lui vomit à la figure.

31 juillet. La dernière séance. Jody et Claire luttaient toutes les deux contre des images de fin du monde. Trop seules. Trop exclusivement obsédées l'une par l'autre.

— C'est allé trop vite, dit enfin Claire.

— C'est comme si on venait juste de commencer, chantonna Jody. Et déjà il est l'heure de se quitter.

— Voilà, le rideau va tomber, ajouta Claire.

Elles éclatèrent de rire au même moment.

On entendit grincer les vitesses d'un camion. Une voiture de police rugit, un agent cria : « Serrez à droite, serrez à droite ! » dans son mégaphone.

Dans une heure, Claire s'appartiendrait à nouveau. Elle partait avec son mari et ses fils. Pendant un mois, elle ferait des sandwichs au beurre de cacahuètes, verserait du jus de pomme dans des bouteilles Thermos et tartinerait des litres de crème solaire sur des poitrines, des épaules, des nez, des jambes.

Elle tendit une mince enveloppe à Jody.

— J'ai pensé que vous pourriez avoir besoin de ceci.

— Avez-vous planté un arbre en Israël pour moi ?

— Vous n'êtes pas morte. Vous déménagez, c'est tout, répondit Claire qui savait qu'elle passerait les quatre jours qui la séparaient de son départ pour la mer dans une atmosphère de deuil. Elle ferait leurs bagages à tous, et remplir des valises renforcerait son funeste sentiment d'être abandonnée au bord d'une route solitaire, pour de bon.

— Je sais, je sais, je déménage, dit Jody en ouvrant l'enveloppe dont elle sortit une carte des États-Unis.

— Vous allez vous en sortir ? demanda Claire.

— Il faudra bien.

— Vous le pouvez.

Jody haussa les épaules.

— Vous le pouvez, je vous le garantis. J'ai confiance en vous.

Jody haussa les épaules une fois encore.

— De toute façon, ça ne sert plus à rien d'en parler.

— J'espère que ça vous a aidée un peu.

— C'était amusant. Et intéressant.

Claire sourit.

— Écrivez-moi, si vous voulez. Et appelez-moi quand vous reviendrez.

— Promis.

Elles se turent, goûtant l'une et l'autre cette étrange sensation d'être en compagnie de la seule et unique personne au monde susceptible de vous donner un supplément d'âme. Elles passèrent presque toute l'heure dans un silence prudent, soucieuses de ne pas gâcher ces ultimes moments par des paroles maladroites.

Puis Claire dit :

— Vous me manquerez.

— Merci, dit Jody en se levant et en lui tendant la main, une de ses habitudes. Au revoir. Ravie d'avoir fait votre connaissance.

Elle fit demi-tour, et Claire lui pressa l'épaule.

— Vous y arriverez. Amusez-vous bien.

— Vous aussi. Bonnes vacances.

Et Jody se retrouva dehors, seule sur le palier. Elle inspira profondément et appela l'ascenseur, heureuse de s'en aller, heureuse de quitter Claire.

Claire, assise sur le fauteuil encore **chaud** de la chaleur du corps de Jody, feuilletait son agenda. C'était fini.

LIVRE II

LIVRE II

19

Telle une gisante, Jody était allongée sur son lit d'enfant. Trop étroit, trop court, trop petit, le lit tenait du cercueil, ou du berceau. Par la fenêtre, elle voyait son père et sa mère remplir la voiture. Elle se les imagina, la chargeant à son tour au-dessus de tous les vieux meubles qu'ils avaient sortis de leur cave : en trop bon état pour les jeter, trop moches pour s'en servir, parfaits pour le nouvel appartement de Jody. Tout ne rentrerait pas ; ils devraient donc choisir quoi fixer sur la galerie : la grande table de cuisine ou Jody.

« Elle est parfaite, avait dit sa mère. Dans deux ans, quand tu auras terminé, tu pourras la laisser là-bas. Inutile de la rapporter. Qu'est-ce qu'on peut demander de plus ? »

Jody voyait très bien quoi demander de plus. Tant qu'à vivre dans une pièce meublée avec les rebuts de ses parents, autant s'installer dans leur cave. Pourquoi faire quatre mille cent soixante-huit kilomètres ? Quatre mille cent soixante-huit exactement, selon le plan-carte posé sur la table du salon. Un plan-carte épais comme un livre, avec des pages qui se dépliaient, un bout d'Amérique après l'autre, et sur lequel la route de Jody était tracée au feutre vert. Ce qui ne la réjouissait pas du tout.

Son père monta dans la voiture et klaxonna.

— Jody ! appela-t-il. Jody ! Viens !

Assourdie par la carrosserie de la voiture, les fenêtres, la maison, la porte de sa chambre, sa voix était faible, fatiguée, comme s'il était trop vieux pour accomplir un tel effort.

Jody ne se leva pas. Elle n'était pas prête.

Sa mère entra dans la chambre.

— Papa vérifie les pneus, dit-elle. Je prendrai le volant la première, pour que tu puisses te reposer. Tiens, j'ai quelque chose pour toi.

Elle tendit la main qu'elle tenait jusqu'à présent dans son dos et exhiba fièrement un sachet de M & M.

Que voulaient-ils faire ? La soudoyer ? Tracer un chemin de bonbons de son lit à la voiture, pour qu'elle ne se perde pas ?

— J'ai fait un plein sac de sandwichs. Et il y a six Coca dans la glacière. On va bien s'amuser. Ça fait des années que je n'ai pas fait de grand voyage en voiture. (Elle montra enfin son autre main.) Tes biscuits préférés, dit-elle en balançant un sac d'avant en arrière, hypnotiquement.

Jody n'avait pas faim.

— Tu n'as pas envie d'y aller, dit sa mère.

Réconfortée par ses paroles, Jody se contenta de hocher la tête.

— Allez, viens, va te laver la figure. (Elle poussa Jody dans la salle de bains et referma la porte.) Je sais que ce n'est pas facile pour toi, dit-elle à travers la porte, mais c'est ce que tu voulais. Tu parles de l'UCLA depuis des années, depuis que tu t'es entichée de Steven Silberberg.

— Spielberg, corrigea Jody. Ça m'a passé. On dirait un camionneur, maintenant : barbu, casquette de base-ball vissée sur le crâne. Des camionneurs, il y en a partout. Je n'ai pas besoin de me taper tout le trajet jusqu'en Californie.

— Moi non plus, dit sa mère, et pourtant je le fais. Tu n'as jamais aimé le changement. La première fois que je t'ai amenée à la maternelle, tu n'as pas voulu y rester. Mais j'ai tenu bon, je t'ai laissée, et ça s'est très bien passé.

Et depuis ce jour-là, je meurs de trouille qu'on m'abandonne, se dit Jody.

— Tu n'as jamais aimé la nouveauté. Ni les expériences. Quand tu seras là-bas, tu devrais t'exercer, essayer des choses nouvelles.

— Maman, si tu n'arrêtes pas de parler, je ne pars pas avec toi.

— Je t'attends dans la voiture.

Cela ne faisait qu'une semaine que Jody avait quitté New York, mais tout lui manquait déjà. Travailler sur un film, regarder les gens qui regardaient Carol Heberton, observer le tremblement du double menton de Harry quand il riait, les plaisanteries, les mots d'esprit, Ellen et Claire.

— Tiens, dit son père en l'attirant à l'écart et en lui glissant une poignée de billets dans la main. Amusez-vous bien. Ne roulez pas trop vite, descendez dans des motels convenables. Ne mangez pas en conduisant, arrêtez-vous et faites de vrais repas.

— Papa ! dit Jody.

— Bon voyage, et bonne chance.

Il la serra dans ses bras et lui tapota le dos. Sa main était plus petite, plus fragile que dans son souvenir. De petites araignées rouge sang se cachaient sous la peau de son visage.

— Merci, dit Jody en embrassant son père sur une joue qu'elle trouva rugueuse comme du papier de verre.

Sa mère sortit la vieille Saab en marche arrière de l'allée et se mit à pleurer.

— Donne-moi un Kleenex, dit-elle, ils sont dans la boîte à gants.

— Arrête de pleurer, dit Jody.

— Je suis si fière de toi !

Jody soupira ; elle avait l'impression de se rendre à son propre enterrement, bien réveillée et de mauvaise humeur.

Le bout de l'allée, le stop au bas de la pente, la bretelle d'autoroute, tout indiquait le début de la fin : on la conduisait à l'abattoir.

Tout au long du périphérique, sa mère ne cessa de se moucher, de s'essuyer les yeux et de tendre ses mouchoirs trempés et roulés en boule à Jody qui les fourrait entre les sièges.

Malgré les reniflements de sa mère, les cartes routières et son pressentiment d'un désastre imminent, Jody avait réussi à se persuader qu'ils partaient simplement en balade, par une belle journée ensoleillée, rien de plus grave que ça. Une promenade dominicale aux grottes de Luray. Elle se souvenait d'une stalagmite dont la forme évoquait un œuf au plat. Elle l'avait vue une fois par an, en général à l'automne, jusqu'à l'âge de quatorze ans ; puis elle avait arrêté de sortir avec ses parents.

— Vous êtes retournés à Luray sans moi ? demanda Jody.

— Non. Nous y allions pour te faire plaisir. Tu ne te rappelles pas ? Tous les dimanches, nous t'emmenions quelque part.

Paysages de montagne, jardins potagers, ramassage de pommes, sites historiques, demeures de célébrités disparues, champs de bataille, prétextes à échappées campagnardes.

— Si, je me rappelle, dit Jody. Mais après mon départ pour l'université, qu'est-ce que vous avez fait ?

— Nous sommes allés voir ta défunte Mamie.

La défunte Mamie, par opposition à la vivante Mamie. La défunte mamie, la mère de son père, avait longtemps vécu dans une sorte d'asile où Jody, pétrifiée de peur, n'osait pas entrer. Elle avait essayé une fois, mais, prise de vertiges dès le hall, elle avait attendu sans aller plus loin que ses parents reviennent. Elle était restée une heure assise devant un immense panneau où il était écrit : AUJOURD'HUI : Dimanche 15 mars 1984. MENU DU SOIR : rôti de porc et tarte aux pommes. MÉTÉO DU JOUR : soleil.

Jody, tout d'un coup, ne sut plus où elle était.

— Où sommes-nous ?

— Sur la route de Mandalay[1]. Tu prends le volant ?

Où peut bien être Mandalay ? se demanda Jody. Sa mère

---

1. Célèbre chanson populaire. *(N.d.T.)*

freina et se gara au bord de la route ; elles changèrent de place.

Portes verrouillées, fenêtres fermées, air conditionné à fond, leur contact avec l'extérieur se résumait aux haltes dans les stations-service, lorsque l'air chaud et épais inondait la voiture en silence. « Le plein », disaient-elles au pompiste, avant de se rendre l'une après l'autre dans d'obscures toilettes malpropres, où elles s'efforçaient de ne rien toucher de trop près.

« Tu t'es lavé les mains ? » demandait sa mère à Jody chaque fois qu'elle remontait en voiture.

Nashville, Tennessee. Nuit noire. Pas tout à fait l'autre bout du monde, mais presque. L'Holiday Inn, une douche chaude, un croque-monsieur, un verre de lait. Un coup de fil à papa, un message sur le répondeur d'Ellen. Tout est bien qui finit bien. La télé. Et enfin, le sommeil.

« *I'm going to Graceland, Graceland* », chantait Paul Simon.

— Maman, s'il te plaît, j'ai toujours eu envie d'aller à Graceland.

— Pourquoi ?

— Pour voir les gens qui y vont, pour acheter éventuellement une tête d'Elvis dans un de ces trucs que tu secoues et il tombe de la neige. Tu sais ? Un Elvis avec des pellicules.

— D'accord, à condition de ne pas nous attarder.

Graceland : le paradis des pleureuses avec des choucroutes sur la tête et des pantalons en polyester. Jody et sa mère adorèrent. Elles dépensèrent soixante-quinze dollars en babioles.

— Ne raconte jamais ça à ton père, dit la mère de Jody en tendant sa carte Visa... Ne le raconte à personne.

Profitant d'un moment d'inattention de sa mère, Jody acheta une chaîne en métal doré avec un médaillon contenant, grâce aux miracles de la technologie moderne et du Polaroïd, une photo d'elle avec Elvis. Elle donna le tout à sa

187

mère le soir même dans leur chambre d'hôtel de Little Rock, dans l'Arkansas.

— Je t'aime, maman, dit Jody. Vraiment.

— Moi aussi je t'aime, ma chérie. Mais je n'aurais jamais cru que j'irais un jour en Arkansas.

Dans leur chambre tapissée de faux bois, couchées dans des lits jumeaux, elles essayaient de trouver le sommeil en évitant que les couvertures qui avaient touché des millions d'inconnus les touchent elles aussi.

— J'espère que tu réalises qu'il n'y a pas beaucoup de mères qui feraient ça.

Jody ne répondit pas. Elle se releva pour vérifier que la chaîne de sûreté était bien mise.

— Apporte-moi deux Advil, s'il te plaît. Ça me tue, tout ça.

Le lendemain, elles traversèrent l'Oklahoma. La mère de Jody s'obstina à chanter les mélodies de Woodie Guthrie d'un bout de l'État à l'autre. Six heures. Six heures de cours d'histoire par sa mère, qui lui expliqua la Grande Dépression, l'exode et la grande misère des fermiers, et les bonnes raisons qu'elle avait eues de refuser d'acheter du raisin quand Jody était petite. Le temps qu'elles franchissent la frontière du Texas, Jody connaissait son Steinbeck par cœur et avait l'impression d'avoir fait partie, puis été exclue de tous les mouvements politiques de gauche depuis le début du siècle.

Ce fut à Amarillo, Texas, qu'elles passèrent leur plus mauvaise nuit. Dans la salle de bains carrelée de vert d'un motel, Jody rendit tout : chips de maïs grillées, root beer et une sorte de sandwich aux lambeaux de viande que sa mère l'avait forcée à avaler. Souffrant, délirant, Jody confondait Amarillo avec armadillo, l'iguane de la pièce de Tennessee Williams, avec Richard Burton à Mexico. Un iguane, est-ce que c'était un armadillo ? Qu'est-ce que c'était, d'ailleurs, un armadillo ? Pourquoi on avait appelé une ville comme ça ?

— J'ai du bicarbonate dans ma trousse de toilette, dit sa

mère. En cachets, tu n'as plus besoin de le boire, tu l'avales juste.

L'idée d'ingurgiter quoi que ce soit rendit Jody encore plus malade. Elle frissonnait, de grosses plaques rouges apparurent sur ses bras et ses jambes. Elle ne bougea pas des toilettes où elle était assise.

— Ça va ? cria sa mère. Si ça ne s'arrange pas, il va falloir faire quelque chose.

— Si ça ne s'arrête pas, c'est qu'il y a une raison, dit Jody. Une heure plus tard, elle émergea, maigre et blême, le carrelage vert imprimé à jamais dans ses rétines.

— Je suis en train de mourir, dit-elle.

— Tu veux dire que je peux rentrer à la maison, maintenant ?

— A condition d'organiser mon enterrement avant de partir.

— Va dans le couloir, et prends-toi un ginger ale bien frais au distributeur. Ça te calmera. Rapporte-m'en un aussi, sans sucre. (La mère de Jody fouilla dans sa valise et en sortit une chemise de nuit.) Je vais prendre un bain.

— Attention, dit Jody en désignant la salle de bains. Tu ferais peut-être mieux d'attendre un peu.

Sa mère prit sa chemise de nuit et s'arma de son Airwick personnel avant d'entrer dans la salle de bains. Jody entendit un long feulement, ferma les yeux et inspira une généreuse bouffée de bactéricide.

Au milieu de la nuit, elle fut réveillée par les bruits d'un couple qui baisait dans la chambre voisine : onomatopées incontrôlées, grognements, ressorts qui grinçaient, injures texanes. Pourvu que maman n'entende pas ça, se dit-elle.

— Santa Fe, fit sa mère en lisant le panneau à haute voix. Je ne pensais pas qu'on passait si près. On y va ?

Et elle prit la bretelle sans attendre la réponse de Jody.

Pendant que sa mère achetait des souvenirs, directement

inspirés de Georgia O'Keeffe, Jody se procura des cartes postales. Depuis leur départ, elle se demandait comment Claire se serait comportée dans la voiture, sur la route. Elle essayait sans arrêt de comparer Claire et sa mère ; maintenant, elle s'efforçait de s'imaginer dans la voiture avec elles deux, ensemble, mais ça ne marchait pas.

Jody téléphona à Ellen d'une cabine, en PCV.

— Où es-tu ? Comment tu trouves L.A. ?

— On n'y est pas encore. (Jody entendit un bruit bizarre.) Je te dérange ? Tu es occupée ?

Ellen ne répondit pas.

— C'est un nouveau ? Je le connais ?

— Ni l'un ni l'autre, dit Ellen.

Jody entendit un grognement. Elle ne put décider s'il exprimait le plaisir ou le dégoût.

— Bon. Je te laisse. Je t'appellerai de L.A.

La dernière fois que Jody avait consulté la carte, elles approchaient de la forêt Pétrifiée et du désert Peint. Elle se prenait à regretter d'avoir oublié son Valium.

— Demain, repos, dit sa mère en ouvrant la porte de leur chambre. Nous allons au Grand Canyon. On crachera dessus.

— Dedans, dit Jody.

— Comme tu voudras. Tu fais ce qui te chante, je fais ce qui me chante.

Le Grand Canyon. Si seulement Freud avait connu ça, songea Jody, la vie serait différente. Les limites de tolérance qui ceignent le monde de l'analyse seraient plus vastes, on y célébrerait le grandiose. L'importance de la taille de toute chose, des assiettes aux pénis, serait reconnue.

Le lendemain de leur jour de repos, la voiture tomba en panne. Pas de vrai voyage en voiture sans panne.

— Pourquoi ralentis-tu ? demanda Jody à sa mère.

— Je ne ralentis pas, répondit-elle en pompant sur la pédale de l'accélérateur.

Elle passa au point mort et essaya de redémarrer avant de s'arrêter sur le bord de la route.

— Merde, dit Jody en consultant la carte.

Le fuseau horaire avait encore changé. Il était de plus en plus tôt. Pourquoi Jody avait-elle l'impression qu'il était de plus en plus tard ? En feuilletant le plan-carte, elle dénicha le numéro d'un dépanneur local. Très utile, quand on dispose d'une cabine téléphonique. Malheureusement, elles étaient au beau milieu du satané désert. Et s'il prenait à sa mère la fantaisie de l'envoyer chercher de l'aide à pied ? Elle marcherait des heures, se déshydraterait complètement, regarderait les vautours décrire de grands cercles dans le ciel au-dessus de sa tête, en attendant la curée.

Jody ne proposa pas de sortir de la voiture, ni de regarder sous le capot. Elle se contenta de dire :

— On ne devrait pas garder la climatisation allumée si le moteur ne tourne pas.

Un couple en break s'arrêta enfin et proposa de pousser Jody et sa mère jusqu'à la prochaine station-essence.

— Il ne manquait plus que ça, dit sa mère.

— Tu n'es pas très réconfortante, dit Jody.

— Tu crois qu'il faudra les payer ?

— Non, je ne pense pas. Tu peux leur proposer quelque chose, mais ils refuseront, à mon avis. Ils le font pour nous rendre service, et pour se prouver qu'ils sont des gens bien.

— Comment tu le sais ?

Jody haussa les épaules. A la station-service, sa mère offrit vingt dollars au couple, qui les empocha sans tergiverser.

— Des bagnoles japonaises, par ici, j'en vois pas beaucoup, dit le pompiste.

— C'est une Saab, dit Jody. Une scandinave.

— Même topo ! (Le type se révéla incapable d'ouvrir le capot.) Quelle bande de cons ! dit-il en riant. (Jody sortit de la voiture pour l'aider.) Il devrait y avoir une loi qui interdit des trucs aussi compliqués, ça ne sert qu'à emmerder les gens ! (Il souleva enfin le capot.) L'huile, ça va, fit-il en remettant la jauge à sa place. Elle s'est juste arrêtée, sans crier gare ?

Jody hocha la tête.

— C'est p't'êt' bien l'alternateur. Fragile, l'alternateur, sur les Volvo.

— C'est une Saab, le corrigea Jody, fière pour la première fois de sa vie de la voiture qui lui appartiendrait dès qu'elle serait à Los Angeles.

— Bon. A moi de jouer, elle ne me résistera pas long-temps.

Jody et sa mère entrèrent dans la station-service et s'assirent. Pendant que le mécanicien s'affairait sur la voiture, faisant tomber ses outils, se penchant et resurgissant, Jody s'abîma dans ses pensées jusqu'à ce qu'elles deviennent trop lourdes pour qu'elle les porte seule.

— T'est-il jamais arrivé de regretter de m'avoir eue ? demanda-t-elle à sa mère.

Elle employa exprès le passé, pour qu'il soit plus facile d'acquiescer. Et évita le mot adoptée, bien qu'elle sût que sa mère n'aimait pas qu'elle parle d'elle comme d'un achat quelconque, fait dans un moment de distraction, par un dimanche après-midi désœuvré. Du genre : « propos, donnez-moi un de ces enfants que vous avez là. J'en ai perdu un il y a quelques mois. Le moment est venu de le remplacer. »

— Il ne t'arrive pas de souhaiter...

Sa mère l'interrompit.

— Je me demande vraiment pourquoi tu me poses cette question maintenant.

Jody savait pourquoi, en gros, mais elle n'avait pas l'intention de le reconnaître.

— Tu réponds à ma question par une question, dit-elle.

— Ce n'est pas l'endroit idéal pour avoir ce genre de conversation.

— Mais si, fit Jody en regardant les étagères où trônaient des bidons d'huile.

— Tu es ma fille, dit sa mère en détachant les mots avec une véhémence qui surprit Jody. Tu n'es la fille de personne d'autre. Qu'est-ce que ça peut te faire, de ne pas être sortie de mon ventre ? Je ne pouvais pas. Un point c'est tout. Tu ne me le pardonneras donc jamais ?

Jody se tut. D'habitude, sa mère n'était pas aussi passionnée. Le voyage avait peut-être été trop long, elles avaient sans doute passé trop de temps ensemble, elles étaient trop loin de chez elles, et épuisées. Jody éprouva des remords. Sa mère avait cinquante-cinq ans, un certain âge, donc, et pourtant Jody, sans relâche, revenait sur le même sujet. Abandonnerait-elle un jour ? Ou était-ce un rituel ? Leur rituel ? Leur mode de relation ?

— Je ne peux pas le remplacer, fit Jody en parlant de son frère mort, dont elle ne pouvait se résoudre à prononcer le nom à haute voix au beau milieu de l'Arizona.

— Personne ne te l'a jamais demandé, sois toi-même, ça suffit.

Jody savait que ce n'était pas vrai, mais c'était trop compliqué à expliquer dans une station-service. Sa mère avait raison, finalement, ce n'était pas l'endroit idéal. Ce genre de conversation, il fallait l'avoir dans un lieu familier, un lieu sûr, qui vous protégerait quand vous étiez incapable de vous protéger toute seule.

Elle insista pourtant.

— S'il n'était pas mort, vous ne m'auriez pas adoptée.

— Nous avions toujours désiré d'autres enfants.

La rengaine habituelle. Lors de la naissance de son frère, il s'était passé quelque chose, genre rupture de l'utérus, Jody ne s'en souvenait pas exactement. Résultat : plus d'enfants. Sa mère avait toujours utilisé cet argument pour lui prouver qu'elle et son frère étaient des problèmes distincts.

— Tu ne comprends pas. J'ai toujours eu envie d'avoir une fille.

— Je sais.

Elles n'allaient jamais au bout du sujet, comme il l'aurait fallu pour parvenir à l'apaisement définitif. En fait, elles ne disaient jamais rien. Des mots en l'air, des lieux communs, de peur de prononcer des paroles qui leur feraient mal, à l'une ou à l'autre.

La panne fut plus facile à réparer que le gâchis provoqué par leur demi-conversation. Une heure plus tard, elles reprenaient la route, plus songeuses qu'avant. C'est parce que nous approchons de Los Angeles, pensa Jody ; du moment où sa mère la quitterait. Mais avant de la laisser partir, elles devraient tout reprendre depuis le début, une fois de plus, comme pour se rafraîchir la mémoire, affirmer leur entente, et troubler un peu la surface des choses, pour la énième fois. C'était un rituel. A partir de la mort du frère, elles avanceraient ; peu après, elles en seraient au dégoût de Jody pour l'école primaire, puis à ses premières séances de thérapie, et en viendraient à la chance qu'elle avait d'entrer à l'université pour devenir ce qu'elle avait toujours rêvé d'être. Un être humain ? Non, un metteur en scène de cinéma.

Environ trois cent cinquante kilomètres plus tard, elles pénétrèrent en Californie. Jody eut l'impression qu'elle retenait son souffle depuis son départ de la maison. Une fois en Californie, elle se détendit, respira profondément et se demanda pourquoi. La Californie, ce n'était rien, ce n'était nulle part. C'était le bout du pays, une faille prête à s'enfoncer dans l'océan, l'épicentre d'un tremblement de terre. Sa poitrine se resserra, elle eut l'impression étrange de rétrécir. Pour se calmer, elle se concentra sur les panneaux routiers. Les distances kilométriques, les grands H indiquant les hôpitaux, les sorties et les noms des villes étaient ceux qu'elle préférait.

— Il faut qu'on se décide, dit sa mère. Il nous reste deux cent cinquante kilomètres à faire. On se crève et on y va, ou on s'arrête quelque part et on continue demain ?

— M'est égal. Choisis.

— J'ai envie de me reposer.

Jody s'en réjouit. Tout d'un coup, elle n'était plus si impatiente d'arriver. Plus ça prendrait de temps, mieux ce serait.

— Je vais prendre de l'Advil. J'ai une horrible crampe dans le dos et le long de la jambe.

— Je trouve qu'on devrait se flinguer, dit Jody. Se trouver un garage, s'enfermer dedans, et s'asphyxier.

— Trop tard, répliqua sa mère. Tu m'aurais proposé ça il y a quelque temps, du côté de Little Rock, par exemple, je n'aurais peut-être pas dit non. Mais maintenant, c'est presque fini.

— Eh oui. C'est exactement ça. C'est fini.

Paralysée par les mêmes idées que celles qui l'avaient glacée cinq jours auparavant, Jody était allongée sur son lit, pour leur dernière nuit dans un motel :

— Tu sais, disait sa mère depuis la salle de bains, on ne pourra plus se téléphoner aussi souvent. C'est cher, les appels en Californie. On va essayer de passer à un jour sur deux, dorénavant.

Seule dans la chambre, Jody se mit à pleurer. Elle n'en avait pas l'intention. Les larmes, ce n'était pas son genre. Pourtant, elle les laissait couler sur ses joues, désemparée. Sa mère l'abandonnait. Elle l'accompagnait jusqu'à Los Angeles, ultime faveur, et elle allait la laisser là. Inutile d'appeler, nous vous contacterons.

— Qu'est-ce que tu as ? lui demanda sa mère en sortant de la salle de bains, deux serviettes de toilette nouées autour du corps, l'une en haut, l'autre en bas, ses pieds mouillés marquant d'humidité le tapis marron.

Jody renifla.

— Ce n'était pas la peine de faire quatre mille kilomètres pour être si méchante.

— Méchante ?

— Tu m'as amenée jusqu'ici. Tu sais que j'ai la trouille, et tu me dis : A propos, ne téléphone plus à la maison. Qui tu veux que j'appelle ? la garde nationale ?

— Ça suffit.

Jody se leva et alla dans la salle de bains dont elle claqua la porte derrière elle. Deux verres tombèrent d'une étagère et se fracassèrent sur le carrelage.

— Qu'est-ce que tu fabriques ?

— Rien, dit Jody en ramassant les éclats de verre.

— Allez, viens. On va se trouver un endroit agréable pour dîner.

— Pas faim.

— Arrête, Jody. J'essaie de t'aider. Je ne t'oblige pas à aller à Los Angeles. C'est toi qui l'as voulu. Ce n'est pas moi qui ai posé ma candidature. Tu as la frousse, c'est tout. contrôle-toi.

Quelques minutes plus tard, elle ajouta :

— J'ai faim.

— Mange. Qu'est-ce qui t'en empêche ?

— Sois gentille avec moi, je suis ta mère. Allons, viens, allons dîner quelque part.

— MacDo, fit Jody.

— C'est ce qui te fait envie ?

— MacDo, c'est la sécurité. C'est la normalité. Tu sais à quoi t'attendre. Ils fabriquent toute la nourriture dans un seul endroit et l'expédient dans tout le pays. Où que tu ailles, tu auras exactement la même chose dans ton assiette.

— Tu es sûre que c'est là ? Je n'arrive pas à croire que j'ai choisi un endroit pareil !

Jody était en arrêt devant un vieil immeuble de trois étages perché sur une motte de terre que certains se risqueraient peut-être à appeler colline, doté à l'arrière d'une piscine délabrée. Ça, un foyer ?

— C'est toi qui as choisi, répondit sa mère en ouvrant le coffre pour décharger leurs bagages.

— C'est minable, fit Jody. Un rez-de-chaussée, et pas de grilles aux fenêtres !

Comment avait-elle pu se montrer si insouciante ?

196

— C'est plus grand que ton appartement de New York. Au moins trois fois plus grand.

— Super. Je passerai mes nuits à patrouiller dans les locaux, accrochée à mon fusil.

— C'est ce qui t'a plu, à l'époque. Tu as même prononcé le mot charme.

— Oh ! dit Jody en ouvrant la porte coulissante qui donnait sur la piscine.

Quelque chose avait dû lui plaire, alors. Mais maintenant, elle avait l'impression de contempler un mauvais tableau de David Hockney.

— On le rendra confortable, reprit sa mère en transportant des affaires. On mettra des rideaux aux fenêtres, on achètera quelques petites choses jolies. Ce sera très bien. Et tu as une piscine, et une vue. C'est toujours agréable, d'avoir une vue.

Pendant toute la semaine, sa mère l'aida à trouver une foule de choses : une banque, un supermarché convenable, un grand magasin, une teinturerie, un marchand de beignets, l'UCLA. Des heures durant, elles arpentèrent en voiture Westwood, Beverly Hills, en essayant de comprendre par où on allait d'un quartier à l'autre. Cette ville était un vrai bazar : Miami y croisait Mexico, le tout revu par un décorateur de plateau et une équipe d'effets spéciaux, un film d'horreur. Une végétation luxuriante envahissait tout, avec ses menaçants feuillages pointus, ses buissons à moitié morts. Le soleil brûlait les yeux de Jody. Elle céda, et s'offrit une paire de Ray-Ban, des vrais.

Elles briquèrent l'appartement de fond en comble, le frottant et le désinfectant comme si le précédent locataire avait été un tueur en série. Jody n'avait pas spécialement envie de commencer à ranger ses affaires. Cela aurait signifié qu'elle restait là et, au fond d'elle-même, elle n'en était pas encore sûre. Le jour du départ de sa mère approchait, et Jody ne savait toujours pas où était l'aéroport, comment y aller ni comment en revenir.

— Ne m'accompagne pas, proposa sa mère. On se dira au revoir ici, et je prendrai le bus, ou une navette.

Jody savait que sa mère avait peur qu'elle craque. A la porte d'embarquement, Jody était capable de vouloir monter dans l'avion, pour rentrer à la maison.

Les aménagements étaient presque finis.

— Il ne te manque que quelques bricoles, dit sa mère. Si on se dépêche, j'ai le temps de t'acheter une plante verte avant de partir pour l'aéroport.

Elles se rendirent en voiture chez un fleuriste en gros que sa mère avait repéré la veille, et en rapportèrent un ficus géant pour le salon.

Sa mère fermait sa valise. Jody ouvrit la porte pour être sûre de voir arriver la limousine de l'aéroport.

— Il vaut mieux se faire nos adieux ici, dit sa mère en se recoiffant.

A quoi rimait de se faire des adieux déchirants maintenant si elles devaient passer une heure côte à côte ? On klaxonna dans la rue.

Elles sortirent ensemble et Jody aida le chauffeur à charger les bagages de sa mère. Limousine aller et retour : la solution la moins angoissante et la plus chère. La rampe d'accès, le retrait du billet au comptoir, l'enregistrement des bagages, l'attribution d'une place dans l'appareil.

Jody reverrait-elle jamais sa mère ? L'avion la ramènerait-il à la maison saine et sauve ?

— Merci, dit Jody en embrassant sa mère.

— De rien. Sois sage, je t'appellerai en arrivant. Je t'aime.

— Moi aussi, je t'aime.

— Je te téléphonerai. Dis à papa que j'ai embarqué comme prévu.

— D'accord.

— Au revoir.

Un dernier baiser devant la dernière porte. Le dos de la mère, s'éloignant. Le dos de la mère. La tristesse qui monte. Le dos de la mère, disparaissant. Une foule de gens gravissant la rampe où la mère se trouvait il n'y a qu'un instant. A quel moment quitter l'aéroport ? Attendre que la porte de l'avion soit refermée, le dernier appel pour les retardataires, la mise en route des moteurs, le feu vert que donne sur la piste l'homme aux raquettes orange ? Ou se précipiter à la tour de contrôle pour repérer l'avion ? Regarder décoller tous les avions ? Patienter jusqu'à ce que celui de sa mère ait atterri à Washington ? A quel moment était-elle censée baisser les bras, tourner les talons et retourner d'où elle venait, dans cette ville bizarre qui était son nouveau foyer ?

— L'UCLA, indiqua-t-elle au chauffeur.

20

En se débrouillant pour utiliser chaque centimètre carré disponible, Sam et Claire entassèrent tout ce qu'ils possédaient dans la voiture, y compris certaines choses qu'ils avaient apparemment achetées dans la seule intention de se compliquer la vie, comme des articles d'épicerie faciles à trouver dans le supermarché d'Easthampton mais qui, bizarrement, auraient meilleur goût s'ils venaient de chez eux. Au moment où le contenu entier de leur appartement gisait sur le trottoir, le ciel s'assombrit.

— Dépêchons-nous, dit Sam.

— Les ennuis commencent, dit Jake.

En remontant chercher les derniers paquets, Claire trouva Adam debout dans le salon, en pleurs. La précipitation le rendait nerveux, or, quand il était énervé, il pleurait. Claire lui donna un biscuit et l'envoya rejoindre Jake dans l'entrée.

L'appartement était silencieux. Il avait meilleure allure, débarrassé de tout ce qui l'encombrait. Il ressemblait au genre d'endroit où Claire aurait aimé vivre. Elle n'avait qu'une envie : descendre leur dire de partir sans elle.

En vérifiant qu'ils n'avaient rien oublié, Claire s'aperçut qu'elle avait opéré un vrai déménagement, comme si elle quittait l'appartement pour de bon et non pour de simples vacances. Lorsqu'on part en voyage, on emporte ce dont on a besoin, les trucs les plus pratiques et les plus moches, qu'on se moque de perdre ou d'abîmer. Mais elle avait mis dans ses valises des chemisiers de soie et des chaussures qui coûtaient deux cent cinquante dollars la paire. Il n'y avait aucune raison de les enlever de la valise, ni de sortir la valise du coffre, si ce n'est qu'ils risquaient moins d'être volés au fond d'un placard que dans un coffre de voiture.

Ils remontaient la Troisième Avenue en direction du Midtown Bridge lorsqu'il se mit à pleuvoir à verse.

— Va-t'en, madame la pluie, chanta Adam, va-t'en et reviens une autre fois.

C'était son premier long voyage en voiture sans siège d'enfant. Ceinturé, assis sur deux oreillers, il pouvait regarder par la fenêtre.

Si le coffre prenait l'eau, se dit Claire, ses plus beaux vêtements seraient bons à jeter.

Sur la voie express de Long Island, ils doublèrent une voiture encerclée par les eaux, comme enfermée dans une inondation miniature. Les véhicules la contournaient soigneusement, sans approcher de la mare aux contours incertains. L'eau arrivait jusqu'aux poignées des portières. Claire eut le temps de voir l'air étonné de l'homme et de la femme qui étaient à l'intérieur. S'ils ouvraient leurs portières, l'eau se précipiterait dans l'habitacle, et ils ignoraient combien il y en avait. Un autre genre de couple, dans un autre genre de voiture, aurait sans doute grimpé sur le toit, se serait assis sur ses valises en agitant les bras jusqu'à ce que quelqu'un, plein de compassion, s'arrête pour les tirer de là. Sam les dépassa sans même faire mine de les remarquer.

— C'est cool, fit Jake.

A Queens, ils longèrent les vestiges de l'Exposition universelle de 1964. La voiture rebondit dans des ornières avant de rejoindre enfin la voie express, où des complexes de salles de cinéma, des garages et des prairies de hautes herbes remplacèrent les hauts immeubles des lotissements. Claire ouvrit un paquet de bonbons et en donna aux enfants. Les voitures roulaient à quatre-vingts kilomètres à l'heure. Un bouchon d'un kilomètre les retint au feu rouge de Southampton, puis le long et sinueux serpent reprit sa progression, traversant Watermill, Bridgehampton, Easthampton et Amagansett.

Ils tournèrent à droite dans Simon's Lane. Depuis janvier dernier, lorsqu'ils avaient décidé de louer cette maison, Claire se récitait inlassablement l'adresse : Simon's Lane, Amagansett, comme si elle détenait un pouvoir magique, une promesse de salut.

— C'est laquelle ? demanda Sam.

Claire tira une photo de son sac et la compara avec les maisons qu'ils dépassaient.

— La voilà, dit-elle en avisant une maison à un étage. Regarde la véranda.

Sur la photo comme dans la réalité, il y avait une véranda à droite de la maison, quatre fenêtres en façade, des volets verts et une haie de houx bien taillée. Sam s'engagea dans l'allée.

La maison était plus grande et plus délabrée que dans le souvenir de Claire. Comme elle portait une valise au premier étage, elle crut apercevoir quelque chose détaler dans l'entrée. Elle préféra ne pas se demander ce que c'était.

Bien qu'il y eût trois chambres à coucher, elle installa Jake et Adam dans la même, une belle pièce aux murs d'un bleu viril. Celle qui resta inoccupée était rouge vif. Jake l'aurait voulue pour lui, mais Claire refusa : le rouge risquait de le rendre psychotique, pas tout de suite mais plus tard, et quand il atteindrait l'âge de vingt-cinq ans, il se mettrait à massacrer des gens. Le rouge était une couleur de naissance ou de mort, indifféremment, et ni l'une ni l'autre des deux notions n'étaient particulièrement apaisantes.

— Ce sera la chambre d'ami, décréta Claire. D'ailleurs, Adam a besoin de toi. S'il se retrouve seul dans sa chambre dans une maison qu'il ne connaît pas, il ne nous laissera pas dormir de la nuit. Sois chic.

— Tu me le revaudras, dit Jake.

La chambre des parents était d'un vert foncé rassurant, qui protégerait leur sommeil.

Deux heures plus tard, elle s'installa dans un fauteuil de la véranda pour reposer son dos en compote. Une queue lui frôla la jambe. Elle hurla. Un chat détala et se réfugia sous le canapé. Claire se précipita sur le téléphone pour appeler l'agence immobilière. Un deuxième chat descendit l'escalier et entra dans la cuisine.

— Il y a des chats dans la maison, protesta-t-elle.

— Un instant, dit l'agent immobilier, je vérifie.

— L'un d'eux vient de me passer entre les jambes, il n'y a rien à vérifier.

— Voyons. Simon's Lane, n'est-ce pas ? Il n'y a rien sur ma fiche. Vous êtes allergique aux chats ?

— Non. Mais je ne les aime pas beaucoup.

— Je m'en occuperai, si vous le souhaitez, dit l'agent immobilier.

A sa voix, on devinait le malheureux sort qui attendait les chats. Elle n'aimait pas particulièrement les chats, mais ne voulait pas non plus être responsable de l'euthanasie des deux animaux. Mieux valait faire contre mauvaise fortune bon cœur, ouvrir une boîte ou deux, et se débrouiller.

— Laissez tomber, dit-elle.

— Je veillerai à ce qu'on vous rembourse vos frais de litière et de nourriture. Gardez les notes.

De la litière ? Et quoi encore, se dit Claire ; puis elle l'inscrivit immédiatement en tête de sa liste de courses.

Le premier matin de ses vacances, Claire se réveilla agrippée au bord de son matelas, sans savoir où elle était. Elle jeta un coup d'œil par la fenêtre, sur la cour sablonneuse. Elle détestait le sable. A l'insu de Sam et des garçons, il s'infiltrerait dans la maison, se déposerait sur le canapé, boucherait la baignoire, grimperait les marches de l'escalier pour s'insinuer dans leur lit, et ce serait à elle de s'en débarrasser. Elle n'avait pas envie de vacances. Elle avait envie d'être au calme dans son bureau, à écouter une pauvre âme déverser sur elle les torrents de son malheur. On lui en demandait trop.

On s'attendait qu'elle soit au courant de tout. Comme si on pouvait transbahuter une mère, n'importe laquelle, de maison en maison et supposer qu'elle saurait d'office où étaient les fourchettes, comment on allumait le four et où était rangé le papier-toilettes. Elle ne savait rien du tout, et n'avait aucune envie d'être là.

Elle resta au lit, à regarder par la fenêtre. Lorsque Sam se leva enfin, elle fit semblant de dormir. Elle entendit les enfants s'agiter en traînant les semelles de leurs sandales en plastique sur le plancher de bois, allumer la télé, changer de chaînes, monter le son. Elle entendit le siège des toilettes se rabattre, le couvercle cogner contre la cuvette, quelqu'un uriner, puis le silence.

— Tirez la chasse, bon Dieu de bon Dieu ! hurla-t-elle en tapant des pieds sur le bord du lit.

Leur paresse l'exaspérait. Ils traînaient en pyjama, comme incapables de se nourrir ou de s'habiller tout seuls. Une famille de débiles. La colère la fit sauter du lit en aboyant des ordres :

— Habillez-vous : pantalons, chaussures, chaussettes, pas de shorts, il fait trop froid.

Elle mit rageusement le lait, les céréales et les jus de fruits sur la table de la cuisine en les foudroyant du regard. Ils la contemplaient, bouche bée :

— Trop froid, trop de vent, trop de nuages pour la plage, ajouta-t-elle, trop épuisée déjà pour formuler des phrases entières. Papa va vous emmener au cinéma.

Lorsqu'ils s'en allèrent enfin, après que Claire eut téléphoné pour demander l'horaire des séances, l'eut inscrit pour Sam avec le nom d'un endroit où il pourrait emmener les enfants déjeuner et l'adresse d'une salle de jeux vidéo où ils pourraient se retrancher si tout le reste ratait, après qu'elle leur eut expliqué l'itinéraire à suivre, elle versa le reste de lait des enfants dans un bol pour les chats et se remit au lit. Il fallait qu'elle s'habitue à l'idée de vacances.

Le lendemain matin, il faisait un temps radieux. Ils se préparèrent rapidement et descendirent Simon's Lane vers Old Town Road. La mer étincelait dans la lumière matinale. A cause de la circulation, Claire ne lâchait pas la main d'Adam. Des inconnus les dépassaient en vélo en les saluant joyeusement. Au bord de la mer, Claire céda la direction des opérations à Sam. Plus les garçons grandissaient, moins ils lui appartenaient ; plus s'accentuait la différence entre mâle et femelle, plus ils devenaient les fils de Sam.

Pendant qu'elle installait le camp de base, Adam, perché sur les épaules de son père, apprivoisait les grosses vagues dans lesquelles Jake se jetait, tête la première, en criant : « Papa, regarde ! » Elle était une étrangère parmi les siens. Assise sur le sable, elle les surveillait ; ils se pourchassaient sur les hautes dunes et se jetaient à l'eau en riant. Claire songea à deux choses : ils allaient attraper des champignons ; ils avaient un besoin urgent d'une maison avec un jardin.

Claire ferma les yeux, se cala dans sa chaise et se laissa submerger par le doux murmure de la brise et des vagues, comme si le vent, les grains de sable dans l'air et l'écume salée pouvaient effacer toute une année consacrée à se pencher sur les problèmes des autres.

Cette nuit-là, elle se blottit contre la peau chaude et rougie de Sam et frotta sa jambe contre son pénis.

— Que dirais-tu d'un autre enfant ?

— Tu dis ça pour me faire peur ?

— Pour *me* faire peur.

Elle lécha son cou du bout de la langue, effleura ses oreilles, chatouilla la racine grise des poils de sa poitrine.

— Une fille, évidemment, ajouta-t-elle une minute après, tandis qu'il l'enfourchait.

— Je ferai de mon mieux.

Deux jours plus tard, elle avait ses règles. En retard, ou en avance ? se demanda-t-elle. Quelle importance, d'ailleurs ? Cela expliquait sa fatigue de la veille, sa mauvaise humeur de la semaine précédente et sa morosité permanente alors que Sam et les garçons, même s'ils n'étaient pas toujours franchement joyeux, débordaient d'énergie et ne semblaient pas animés d'idées de meurtre.

Sam lui proposa d'aller dîner dehors.

— Pour fêter ça ?

— C'était juste une idée comme ça.

Quoi ? se demanda Claire. Lui proposer d'aller au restaurant ou avoir fait l'amour sans protection ?

La dernière fois qu'elle avait vu son gynécologue, elle lui avait demandé si elle pouvait avoir d'autres enfants. Allongée, les chevilles repliées à hauteur des oreilles, Claire écouta le cours de statistique qui montait de son entrejambe, comme si le médecin s'adressait directement à son utérus, à ses ovaires, à son sexe. Quand ce fut terminé, il réapparut : « Si vous désirez vraiment un autre enfant, faites vite », dit-il. Elle eut droit à une petite tape sur la jambe, récupéra son diaphragme, empocha une brochure sur la maternité passé quarante ans et s'en alla.

Sur la plage, dans la chaleur du mois d'août, en proie à des crampes douloureuses, Claire se voyait comme une serpillière s'efforçant d'expulser ses dernières gouttes de vie en attendant d'être mise au rebut. Sam la quitterait pour une femme plus jeune, plus excitante, plus fertile. Les garçons, incapables de supporter l'idée de vivre sans leur héros, le suivraient. La nouvelle épouse leur ménagerait une vie de rêve et ils téléphoneraient à Claire une fois par an, pour son anniversaire, en prenant trois appareils à la fois pour chanter en chœur et lui demander ensuite : Et ça te fait quel âge ? avant de raccrocher.

Allongée sur le sable, les entrailles en capilotade, elle vit Sam sortir de l'eau et se pencher sur elle, éclaboussant son ventre d'eau froide et salée. Elle se redressa et tout s'obscurcit.

— Il faut que je retourne à la maison une minute, dit-elle.

— Tu nous rapportes à déjeuner ?

Elle secoua la tête.

— Votre déjeuner est là, dit-elle en montrant le bistrot de la plage, à une centaine de mètres.

— Tu as de l'argent ?

Elle lui tendit un billet de dix dollars.

— On est à Easthampton, tu sais, dit Sam.

— C'est tout ce que j'ai, dit Claire en ajoutant un billet de dix.

Puis elle tendit la main à Sam pour qu'il l'aide à se relever et rentra lentement à la maison, ses pieds brûlés par le sable chaud, étourdie et à moitié aveuglée, concentrée sur la douleur lancinante qui lui labourait le bas-ventre. Elle remonta la rue, convaincue que du sang coulait le long de ses cuisses jusqu'à par terre, où il laissait une traînée qui attirait les chiens et le regard de gens étonnés de voir qu'une femme d'âge mûr était encore incapable, après plus de trente ans d'expérience, de maîtriser ce problème inhérent à son sexe. Une femme qui courait chez elle comme une truie prise au piège.

Enfin à l'abri dans l'ombre fraîche de la maison, elle promena ses doigts entre ses jambes, vérifia, et ne vit rien. Rien d'autre que le cordon blanc du Tampax. Claire passa le reste de l'après-midi seule, dans une torpeur fraîche, sous les draps.

Si elle avait une fille, si sa fille était là, elle serait revenue à la maison avec Claire. Elle se serait glissée dans le lit de sa mère et y aurait passé l'après-midi, à lire des magazines et à boire des granités de yoghourt. Si sa fille était là, elles prendraient la voiture et iraient courir les magasins, les antiquaires et les brocantes de Sag Harbor. Elles sortiraient déjeuner et laisseraient Sam et les garçons se débrouiller seuls.

A la fin de la semaine, Sam et les garçons s'étaient fait des copains. Ils appelaient par leur prénom tous les estivants de la rue et sautaient régulièrement dans d'étincelantes voitures pour se rendre en ville avec des inconnus qu'ils considéraient comme leurs meilleurs amis sous prétexte qu'ils avaient loué des maisons dans le même quartier. Claire avait l'impression d'être constamment obligée de sourire, de dire bonjour, de bavasser. Elle s'isolait autant que possible. Quand Sam lui demandait ce qu'elle avait, elle répondait :

— Toute l'année, j'écoute parler des gens. Les vacances, pour moi, c'est le silence, celui des autres et le mien.

— Tu pourrais te montrer plus courtoise.

Elle ne répondit pas.

Elle allait à la plage et en revenait à pas vifs, les larges bords de son chapeau baissés sur ses lunettes de soleil.

Pour faire plaisir à Sam, elle décida d'accepter une invitation :

— Une seule, dit-elle, tu n'as qu'à choisir.

Il proposa un apéritif chez un avocat qu'il avait connu à Columbia.

— Sa femme est riche, murmura Sam tandis que, sur la terrasse, ils regardaient la piscine, la lagune, l'étroite bande de plage et l'océan.

Trois eaux différentes ; trois couleurs qui se détachaient sur le crépuscule.

— Belle vue, hein, s'exclama l'ami avocat de Sam. Qu'est-ce que je vous offre ?

Il frappa des mains avec tant d'enthousiasme que le bruit ressembla à une explosion.

— Un scotch, dit Sam.

— Vodka-tonic, dit Claire.

— C'est ce que je bois, moi aussi. Avec un trait de jus de citron. Je vous apporte ça tout de suite.

Claire s'attarda sur la terrasse, laissant Sam à ses mondanités. Elle sirota son verre en écoutant bruisser les roseaux de la lagune et en regardant s'obscurcir le ciel. Peu à peu l'océan disparut.

Lorsque son verre fut vide, elle entra dans la maison pour

se resservir. Le lecteur de compacts diffusait du jazz, toutes les lumières étaient allumées, les invités criaient pour se faire entendre. Claire traversa rapidement la pièce, se versa un verre et ressortit en toute hâte ; la femme d'un copain de Sam l'arrêta au passage.

— Claire ! Bonsoir ! Comment allez-vous ?

— Très bien, et vous ?

— Superbien.

Bien, très bien, superbien ! Pas de limites au bien-être, décidément. Claire fila sur la terrasse où des bribes de conversation lui parvenaient comme des éclats de verre.

— Bref, elle lui a dit de prendre ses cliques et ses claques. Et d'emmener les mômes. Mais il n'en voulait pas.

— Vendez. Ce sera l'unique conseil que je vous donnerai. Vendez. Vous m'entendez ?

— Tu devrais te remettre au Valium. Je sais, il y a eu de mauvais articles dans les journaux, et ce film avec Jill Clayburgh, il y a longtemps, mais c'est le seul médicament efficace. Un demi-bleu, et tout s'arrange. J'en ai pris avant de venir. Je me demande comment tu peux vivre sans.

Son verre à la main, Claire s'allongea sur une chaise longue et céda à la rêverie.

En feuilletant le journal local, dans l'après-midi, elle avait vu les photos d'une « réception chez le marchand d'art de Soho Christopher William, dans sa propriété de Watermill, pour fêter la fin du tournage du dernier film de Harry Birenbaum ». Étaient présents trois jeunes Kennedy, George Plimpton, l'actrice Carol Heberton, plusieurs stars du rock accompagnées de leurs top-modèles d'épouses, une poignée de jeunes artistes célèbres, et Birenbaum lui-même, plus « baleine échouée » que jamais — pour reprendre la description de Jody.

Si Jody était restée à New York au lieu de partir pour Los Angeles, il y aurait eu sa photo dans le journal, Claire en était sûre. Et si Jody avait été là, elle aurait invité Claire à la réception. Jody aurait pris sa main pour lui faire faire le tour des invités, et la présenter à tous les gens importants, quitte à interrompre de passionnantes conversations.

Claire regarda autour d'elle. Près de la piscine, un homme corpulent, tout de blanc vêtu, pérorait. Claire s'imagina que c'était Harry Birenbaum. Entouré d'une petite cour d'hommes et de femmes avides de l'écouter pontifier, il gesticulait avec emphase. Claire l'observa jusqu'au moment où elle s'aperçut que la foule s'était clairsemée et qu'il se retrouvait seul, à lui rendre son regard. Elle rougit, vida son verre et le posa par terre.

— On se connaît ? lui demanda l'homme en s'installant sur la chaise longue voisine dans un doux bruissement de tissu blanc.

— Non, dit Claire.

— J'ai bien l'impression que si, dit-il en lui tendant la main et en gardant celle de Claire dans la sienne un rien trop longtemps.

Claire sourit.

— Vous connaissez peut-être ma fille, Jody Goodman.

Il secoua la tête.

— Ce nom ne me rappelle rien. Mais vous, je suis sûre de vous avoir vue quelque part. Vous êtes chez Paul Weiss ?

— Non, répondit Claire qui repéra Sam, s'excusa et s'éloigna d'un pas incertain.

Lorsqu'elle glissa la main dans le creux du coude de Sam, il s'arrêta de parler et posa sa main sur la sienne.

— Tu es gelée, dit-il.

Elle hocha la tête.

— Tu te sens bien ? Tu veux rentrer ?

Claire se laissa guider par Sam à travers la maison et le long de l'allée, jusqu'à leur voiture.

— Tout va bien ? demanda-t-il en enlevant sa veste et en la posant sur ses épaules.

— Très bien.

Un peu plus tard, après avoir payé la baby-sitter, éteint les lumières du porche et rangé sa robe dans l'armoire, Claire inspira profondément, et soupira.

— Alors, c'était si terrible que ça ? demanda Sam.

Claire se glissa entre les draps frais et éteignit sa lampe de chevet.

— N'oublie pas de suspendre ton blazer. Il n'y a pas de teinturerie, par ici.

Le deuxième lundi, Sam prit le train de six heures du matin. Claire eut l'impression d'être une veuve de banlieue, une femme sans mari jusqu'au week-end.

Le mardi suivant, il plut. En fin de journée, Claire se réfugia à la bibliothèque municipale. Adam était assis par terre avec une dizaine d'enfants qui écoutaient une histoire et Jake fouillait dans les biographies de sportifs. Claire résolut d'entreprendre quelques recherches.

— Où pourrais-je trouver des ouvrages sur l'adoption ? demanda-t-elle à la bibliothécaire.

— Pour connaître les modalités ?

— Non. Les démarches des parents et des enfants pour se retrouver.

On aurait dit une gamine de douze ans, s'intéressant subrepticement au problème de la menstruation.

La bibliothécaire guida Claire jusqu'aux rayonnages concernés, l'index parcourant les étagères, l'ongle claquant contre le dos de chaque livre. Elle sortit plusieurs ouvrages, qu'elle remit Claire.

— Vous pourriez aussi consulter *La Revue des livres* et *Le Guide des lecteurs*, ajouta-t-elle, et vous rendre dans une bibliothèque mieux fournie que la nôtre.

— Merci, dit Claire, ça ira très bien.

Elle prit place près d'une fenêtre en frissonnant. Dehors, l'orage se déchaînait, alors qu'à l'intérieur la climatisation était au maximum : on grelottait. Pourvu que les enfants n'attrapent pas mal à la gorge, se dit-elle.

Dans l'un des livres que lui avait confiés la bibliothécaire, elle trouva une liste de noms et d'adresses d'organisations spécialisées. Claire retourna ses poches pour trouver des pièces.

— Tu as de la monnaie ? demanda-t-elle à Jake. Je te l'achète.

— Soixante cents pour un dollar, offrit Jake.

— C'est d'accord.

Claire photocopia les pages du guide et les roula pour en faire comme un tube qu'elle glissa sous son imperméable. Elle fit un saut dans une papeterie pour acheter un bloc de feuilles, des enveloppes et un jeu de Monopoly.

Pendant que Jake et Adam se disputaient Park Avenue et la 42e Rue, Claire, assise à la table de la cuisine, rédigea un brouillon de lettre.

> Je vous prie de bien vouloir me faire parvenir votre documentation, la liste de vos publications, vos programmes d'activités ainsi que toutes les informations dont vous disposez et qui pourraient aider à retrouver un enfant abandonné à Washington en 1966. Veuillez trouver ci-joint un chèque de quinze dollars pour les frais d'expédition en express. Avec mes remerciements.

Elle recopia dix fois son texte, remplit dix chèques identiques, fourra le tout dans des enveloppes et se mit sans plus tarder à attendre.

Sans Sam, elle restait sur le sable à surveiller Jake et Adam qui jouaient au bord de l'eau, et pensait à Jody. Selon elle, Jody était sa fille. Les recherches qu'elle entreprenait étaient destinées à le lui confirmer. Pour la première fois de sa vie, elle se sentait mère de trois enfants. Elle se sentait complète. Toutes les pièces du puzzle étaient en place. Elle pensait qu'elle avait accompli une grande œuvre en libérant Jody, en lui permettant de commencer une nouvelle vie. Claire était cette fameuse mère idéale ; ses enfants allaient et venaient sans conflits, sans difficulté. En Jody s'incarnait sa propre réussite. Et Jody, qui n'avait pas à endurer la litanie des récriminations maternelles, avait offert à Claire ce qu'elle désirait depuis vingt-quatre ans : le retour de son enfant.

Tout comme la Samantha de *Ma sorcière bien-aimée*, Claire était intervenue, mais à l'insu des autres. Personne ne savait le rôle qu'elle avait joué, personne ne la soupçonnerait jamais. Elle avait, de loin, marqué un but. Il ne lui restait qu'à attendre, avec la certitude que tout irait à merveille. Heureusement qu'elle avait réussi à se contrôler pendant les séances avec Jody : incapable de se concentrer sur les propos de la jeune fille, elle n'avait eu qu'une envie : se lever et s'écrier : « Mais, ma chérie, je suis ta mère ! »

Claire observa ses voisins de plage. C'était le mois de vacances des psys. Des hommes aux épaisses barbes noires, aux jambes maigres et blanches surmontées de gros derrières, se cachaient sous d'énormes parasols, un livre ouvert sur le visage en guise de protection solaire. C'était leur mois de détente. Il n'y avait que des psys. En août, les locations étaient si chères qu'ils étaient à peu près les seuls à pouvoir se les payer. Deux cents enfants pâles et inquiétants. Cent cinquante parents inquiétants. Des pères et des mères psys, grondant et ignorant leurs enfants à tour de rôle. Un vrai congrès de psys.

Claire allait tous les jours à la poste ; les premiers envois ne tardèrent pas à arriver. D'abord, une longue bibliographie avec un Post-it collé dessus et un message écrit au travers : « Pour toute recherche dans l'État de Washington, contactez l'Organisation d'aide en toute sécurité », suivi d'une adresse et d'un numéro de téléphone. Le lendemain, elle reçut un exemplaire du code d'adoption du District de Columbia, quinze pages en tout petits caractères.

Claire le lut en entier, puis appela la fille des voisins pour qu'elle s'occupe des enfants pendant qu'elle se reposait dans sa chambre, rideaux tirés.

L'envoi suivant provenait du Nevada. Il y avait un formulaire estampillé *Confidentiel* à remplir : Inscription gratuite. Nom actuel... Identité de la personne demandant une recherche...

A remplir aussi complètement que possible, était-il précisé en bas de la feuille, notamment en ce qui concerne l'adopté et les circonstances à l'époque de la séparation.

Claire ne put s'y résoudre. Tout ce qu'elle désirait, c'était une justification, une notification officielle. C'était aussi simple et aussi compliqué que ça. Elle considéra le formulaire, prit son stylo, et fut incapable d'écrire son nom. Jody avait déclaré qu'elle n'avait jamais fait la moindre enquête, que ça n'avait pas grande importance pour elle. Mentait-elle ? Ne voulait-elle pas que Claire fût sa mère ? Jody donnait parfois à Claire l'impression qu'elle n'avait pas vraiment besoin d'elle, pas autant, en tout cas, que Claire avait besoin de la jeune fille.

Elle remplit la première ligne. Nom, prénom : Roth Claire, et s'arrêta. Et si elle remplissait effectivement le formulaire, l'expédiait, et qu'on lui envoyait le nom et le numéro de téléphone d'une terne serveuse de chez Burger King ?

Il n'y avait rien à faire. Les jours et les nuits s'écoulaient bêtement, seuls les ponctuaient les revendications des garçons : une partie de golf miniature, une séance de jeux vidéo, une glace. Claire ne pensait qu'aux informations qu'elle recevait, aux formulaires à remplir. Elle se rendait tous les matins à la poste, fourrait le courrier dans son sac de plage et le lisait au bord de la mer, assise sur sa couverture, face au soleil. A chaque nouvelle enveloppe qu'elle ouvrait, son estomac se nouait et se retournait. Elle emportait ses précieux documents partout. A la fin de la semaine, elle les rangea pour de bon dans le tiroir de sa table de nuit. Jody était sa fille, point à la ligne. Sa conviction était acquise, elle n'avait besoin d'aucune confirmation.

Un jour de la semaine, après avoir passé huit heures au soleil, mangé deux glaces et bu un grand Coca pendant que les enfants jouaient avec leurs copains, Claire sombra dans un sommeil profond et rêva de Jody. Elles étaient toutes les deux dans un lit, nues. La bouche de Jody sur son sein, sa langue sur son téton. Claire se couchait sur Jody et, toujours endormie, ressentait une onde de plaisir.

Des vagissements la réveillèrent. Tout près d'elle, une femme tentait de consoler son enfant. Claire rougit sous son regard. Elle n'arrivait pas à garder les yeux ouverts. Elle avait peur, elle avait honte. Plus elle pensait à son rêve, plus il l'effrayait. Elle se tourna sur le ventre et enfouit son visage dans la couverture.

Tout avait semblé si normal, dans le rêve, comme si les choses étaient censées se passer ainsi. Malgré le congrès de psys réuni sur la plage, Claire ne savait à qui s'adresser. Elle prit un bloc de papier et tenta de résoudre le problème par ses propres moyens. Mère, enfant, Œdipe, Freud. Ce rêve n'appartenait pas à un vieux psychanalyste mort depuis longtemps, il ne correspondait à aucune théorie en particulier. C'était le sien.

Les enfantillages de l'UCLA. Tout le monde connaissait « quelqu'un », avait vendu « quelque chose ». Chaque individu se croyait unique. Avec qui se lier d'amitié, et comment ? Raconter qu'elle avait couché avec le fils d'un célèbre producteur de disques ? Dire la vérité, affabuler ? Ou faire bande à part avec les silencieux, les moches, qui, n'ayant rien à exhiber pour se faire valoir, devaient sans doute à leurs seuls talents d'avoir été admis ? Le jour de la rentrée. Dix-huit jours de rentrée en dix-huit ans de scolarité, et tous identiques, aussi horribles que le premier, quand sa mère l'avait abandonnée à la maternelle, sanglotante, éperdue, pour remonter dans sa voiture et disparaître. *Je m'appelle Jody, je suis de New York.* Serre la main, regarde tes pieds.

New York, ça vous posait. C'était mieux que Bethesda ou Washington. L'État de Washington ? Non, la ville. Ah ! Ton père est sénateur ?

— Quel quartier ?

— Le centre, le Village.

Un bon point, Jody.

Inscription, cours, réunions. Main tendue à des gens dont elle aurait oublié le nom dans l'heure ou le mois.

— Je m'appelle Bob. Je ne suis pas alcoolique. (C'était un gag ?) Je suis de Minneapolis.

— Qu'est-ce qu'on est censé faire ?

Comparer les informations dont on disposait, ses plans de l'université, tourner en rond, faire tamponner sa carte d'étudiant, se faire tirer le portrait. Affreux. Puis, à la librairie, se procurer les livres qu'on avait toujours voulu lire, les magazines, des bricoles pour l'appartement, un tableau noir, tout ce dont on a besoin pour s'organiser.

— T'as pas envie d'une glace ? lui demanda Bob.

Prosaïque, sans prétention, pur produit du Middle West.

— Bonne idée !

En chemin, ils ramassèrent une certaine Ilene, l'air désemparé, fraîche émoulue de l'East Village, les racines de ses cheveux teints en noir roussies par le soleil de Californie.

— Dites donc, vous voulez pas jeter un coup d'œil sur mes cheveux ?

— C'est fait, répondit Jody.

On ne pouvait pas les rater.

— Toi qui es de Minneapolis, dit Ilene à Bob, tu connais Prince ?

Un autre gag ? Une blague en passant, à cause du trac ?

Ils se lièrent. Devinrent inséparables. Trois, c'était un bon chiffre. Ils allaient parfois jusqu'à quatre, cinq, ou se retrouvaient à deux s'il y en avait un d'occupé, de fatigué ou de déprimé. Tant de nouveauté avait de quoi vous déboussoler : on avait besoin, de temps à autre, de se retrouver seul pour faire le point, décompresser, appeler ses parents, se rappeler qui on était et pourquoi on était là.

— Bonsoir, ma petite chérie, tu as **passé une** bonne journée ? demandait chaque soir sa mère à Jody, à huit heures, heure locale. Tu te plais dans ton nouvel appartement ? Tu penses à arroser le ficus ? Pas souvent, je suppose. Tu as rencontré des gens intéressants ? Tu te trouveras bien un petit ami. Tu sais, on devrait vraiment s'appeler moins souvent. Ces conversations vont nous coûter les yeux de la tête.

Jody était médiocrement logée, comme la plupart de ses camarades ; seuls les gosses de riches vivaient sur un grand pied, grâce à l'argent de papa. Quelques couples avaient loué de petites maisons. Sans les envier, Jody n'arrivait pas à considérer son appartement comme un foyer. Elle n'avait encore jamais eu de vue sur un palmier, ni profité d'une piscine dans son jardin. Hors de la cave de ses parents, ses affreux meubles avaient meilleure allure ; les souvenirs qui y étaient attachés se dissolvaient dans l'air chaud, et Jody se prenait d'une certaine tendresse pour ces vestiges d'une époque révolue.

Elle songeait parfois à Claire en vacances, dans sa maison du bord de mer : sans doute une grosse chaumière de douze pièces, dans la famille depuis des lustres. Claire passait probablement ses matinées dans la cuisine, à préparer de gigantesques pique-niques qu'elle apportait à la plage dans sa petite fourgonnette rouge. Tout le monde passait l'après-midi à la plage, avec des amis et plein d'enfants, à se régaler de sandwichs aux œufs qui crissaient sous les dents, en se demandant si les miettes croustillantes étaient de la coquille d'œuf ou du sable. Les cheveux blonds de Claire se décoloraient jusqu'à devenir translucides, elle bronzait. Chaque soir on se réunissait pour boire un verre à une terrasse qui dominait l'océan. Jody regrettait un peu d'avoir perdu Claire, éprouvait une vague envie de lui parler, de lui raconter ce qui se passait, et de lui dépeindre avec un humour féroce les gens, les professeurs et la ville.

— Harry B. descendra bientôt du ciel ! Attache ta ceinture, ça va secouer...

Le répondeur de Jody vibrait de la jovialité tonitruante du metteur en scène, qui débarqua cinq jours plus tard dans une Bentley avec chauffeur pour emmener Jody dîner. La jeune fille n'avait pas hésité à sécher deux cours pour l'occasion.

— Salut, ma belle, dit-il en l'embrassant à pleine bouche au moment où elle montait en voiture. (Jody s'essuya discrètement les lèvres du revers de la main.) Excuse-moi pour le chauffeur, mais je suis incapable de conduire dans cette ville. Mets-moi au volant dans les Alpes ou dans les rues de Paris, tant que tu veux, mais ici !

D'un geste large, il engloba la ville de Los Angeles tout entière dans son dédain.

— J'aurais pu conduire, dit Jody.

Harry se récria, puis indiqua la destination au chauffeur.

— Alors, raconte, dit-il à Jody.

— Ça ne fait qu'un mois que je suis là !

— Et tu regrettes déjà de m'avoir abandonné ?

— Non.

— Ça viendra, fit Harry en regardant par la fenêtre les collines de Hollywood.

Ils dînèrent au Chasins. Harry avait beau venir rarement à Los Angeles, il connaissait tout le monde. On se bousculait à sa table. On s'empressait autour de lui. A gauche comme à droite, de l'apéritif au café, des gens s'arrêtèrent pour bavarder ou jacasser, selon Jody.

— Je suis vice-président de la Paramount, disait l'un. Déjeunons un de ces jours.

— Volontiers, répondait Harry. Tu connais mon amie Jody Goodman ?

Le vice-président tendait la main.

— Je ne crois pas, non.

— Mrs. Goodman est une jeune réalisatrice exceptionnelle. Exceptionnelle.

— Oh ! Enchanté, disait le vice-président en sortant de sa poche ses cartes de visite.

Il en posait une devant Harry et une autre devant Jody qui, rouge de honte, laissait tomber son couteau par terre.

A la fin du dîner, Jody avait fait la connaissance d'une vingtaine de personnages importants, possédait seize cartes de visite, s'était fait inviter à déjeuner trois fois, avait renversé un verre d'eau, perdu deux couteaux et mourait de faim : pour participer convenablement aux conversations, elle n'avait rien mangé.

— Productif, hein ? fit Harry alors qu'ils attendaient la Bentley sous l'auvent du restaurant.

— Sans doute, dit Jody.

— C'est comme ça que les choses se font. Bon. Et maintenant, passons aux choses sérieuses. Tu as faim ?

— Je mangerais bien quelque chose.

Harry murmura des instructions au chauffeur, qui les conduisit au McDonald le plus proche, et ils se régalèrent de Big Macs, de frites et de milk-shakes, tout en roulant lentement le long des avenues de Beverly Hills. Plus gras que jamais et sous l'emprise du sucre, Harry voulut peloter Jody. Elle mordit de toutes ses forces la main qu'il avait posée sur sa poitrine, imprimant dans sa chair spongieuse la marque rose foncé de ses dents.

Jody avait réussi : elle était à Los Angeles, tout allait bien, elle rencontrait des gens, assistait à des réceptions, de mini-événements où un auteur ou un metteur en scène racontait ou montrait quelque chose. Elle dut rapidement sélectionner ses relations et mémoriser des numéros de téléphone.

Michael téléphona un beau matin.

— Un flash d'informations, dit-il dès que Jody eut décroché. Un gros poisson a été ferré. Pour toi, rien que pour toi, parce que je t'aime. (Michael s'amusait à ses dépens, comme d'habitude à Los Angeles.) Déjeunons par téléphone, tu veux ? C'est comme l'amour au téléphone, mais en plus amusant. On commande chacun une salade, on se cale le récepteur sous le menton, et tu fais le plus de bruit possible en croquant et en mâchant.

— Qu'est-ce qui se passe ? demanda Jody. Ce n'est pas ton genre de te ruiner en téléphone pour rien.

— Un vieux pote m'a appelé. Il veut monter un projet et il aurait bien besoin d'une assistante astucieuse. Tu as du temps à perdre ?

— Peut-être. Qui est-ce ?

— Gary Marc.

— Tu parles sérieusement ?

— Me ruinerais-je en notes de téléphone pour m'amuser ? Appelle-le au studio, il attend ton coup de fil. A propos, ne lui dis pas que tu as baisé avec le fils du producteur de disques. Ils se détestent cordialement depuis la nuit des temps.

— Comment sais-tu que j'ai couché avec lui ?

— Ça se voyait sur ton visage.

— Quel bonheur de ne plus travailler avec toi !

— C'est réciproque. Bon, je te rappellerai. Harry m'a dit que vous aviez dîné ensemble, et que tu avais de plus gros nichons qu'il ne croyait.

Jody rit.

— On visionne le premier montage demain. Je te raconterai.

— Merci, dit Jody. Merci beaucoup.

Elle avait fait mouche la première et se gagna le respect jaloux de ses camarades étudiants.

— Comment as-tu décroché ce job génial ? s'enquirent-ils.

— Très simplement, dit Jody. Le téléphone a sonné un beau matin, comme dans les films.

Deux cents heures par semaine, en gros.

Gary Marc. Le roi des producteurs, le roi de Hollywood. Il avait un terrain de tennis climatisé dans sa maison de Bel Air et des glaçons d'eau Perrier-citron.

— Appelez Brando, j'ai oublié de lui dire un truc... Bon sang ! C'est l'anniversaire de Shirley McLaine, envoyez des fleurs, avec quelque chose de gentil sur la carte...

Les habitudes de Gary Marc n'eurent bientôt plus de secrets pour elle : où, quand et comment il aimait déjeuner, sous quel genre d'éclairage, et selon quelle orientation.

— J'auditionne deux actrices aujourd'hui. Soyez là, je voudrais avoir votre avis.

Jody, l'arbitre du bon goût, la New-Yorkaise incorruptible, logique, critique, précise.

— Vous êtes drôle. Très drôle.

Censé être un compliment. Mais pourquoi tout le monde lui disait-il la même chose ? Elle ne se trouvait pas si drôle que ça. Enfin, un compliment du grand homme, c'était toujours bon à prendre.

— Merci, disait-elle, ravie.

Il faisait agréablement chaud. Sans y prendre garde, Jody bronza, mais elle se demandait parfois si ce n'était pas à cause des radiations qu'émettait l'écran de son ordinateur.

Les cours, les inévitables mondanités et son boulot pour Gary terminés, Jody s'asseyait devant l'équivalent d'un écran éteint de télé noir et blanc et s'efforçait de traduire des mots en images. Plan moyen. Poursuite en voiture. Intérieur de fast-food. Extérieur jour. Coup de téléphone. Noir. Scène de cul. C'était une comédie. Tant que ça l'intéressa, elle trouva ça bien. Jusque-là, c'était un film qu'elle avait envie de voir. Jody s'amusait ; elle se débrouillait bien. Une, deux ou trois fois par jour, elle se le rappelait — je te l'avais bien dit.

Un certain Simon, de San Diego, l'invita à deux reprises à sortir avec lui. Lorsque Jody crut que le grand soir était arrivé, elle cacha un préservatif dans sa chaussure — sa jupe n'avait pas de poche, et il n'était pas question de prendre un sac. L'heure venue, elle le rejoignit à côté des boîtes aux lettres du département cinéma. Ils écoutèrent une conférence de Mel Brooks puis allèrent chez Simon. Son colocataire, Steve, s'installa dans l'autre pièce, et Jody et Simon regardèrent la vidéo qu'avait envoyée Simon au département cinéma, avec sa candidature. Un film animalier.

— Mignon, dit Jody. Très mignon.

— Il faut que je te parle, dit Simon, le souffle court. De Steve. Je lui plais. Hier soir, on s'est défoncé, on a discuté et... bref, je crois qu'il me plaît aussi. Je ne sais pas vraiment. Tu n'es pas trop furieuse ?

— Non. Furieuse n'est pas le mot.

Jody se leva, et sortit dignement de l'appartement.

— A demain ! lui cria Simon.

C'était le début de l'automne. Normalement, il se mettait à faire froid, la nuit tombait plus tôt et, avec un peu de chance, il neigerait sous peu. Mais pas à Los Angeles. Pas dans la ville de tous les rêves. Au mieux, il pleuvrait et il ferait humide et froid. Jody était fatiguée. Elle s'amusait énormément, mais cette vie l'épuisait ; s'amuser n'était pas si intéressant que ça, finalement, et ça demandait trop d'efforts. Ça n'avait pas de sens. Jody était heureuse ; elle se pinçait pour y croire et ressassait *in petto* : Je suis heureuse, d'accord ?

Un soir où Jody écrivait, elle entendit hurler des sirènes et grincer des pneus. Elle n'y accorda pas plus d'attention qu'à New York. Puis sans avertissement, on entendit une explosion ; l'ampoule de sa lampe éclata pendant qu'une voiture se fracassait contre le mur de l'appartement. Son ordinateur perdit sa mémoire ; un phare et un morceau de calandre transpercèrent le mur où avait trôné le ficus. Des voitures de police déboulèrent et braquèrent des projecteurs qui dessinèrent de grands cercles rouges et bleus sur les murs vides. Les radios grésillaient. On sonna à sa porte.

— Vous n'avez rien ? demanda un flic.

Jody secoua la tête.

— On fait évacuer l'immeuble, pour vérifier que les conduites de gaz n'ont pas été endommagées.

— Il y a une voiture dans mon appartement.

— Il faut qu'on appelle l'inspecteur. Votre téléphone marche ?

Jody haussa les épaules et désigna l'appareil. Le flic décrocha et composa un numéro. Elle éteignit son ordinateur.

— Vous êtes sûre de ne rien avoir ?

Jody prit ses clés, son portefeuille et son carnet et sortit derrière l'agent.

A l'aide de ce qu'ils appelaient « les mâchoires de vie », les pompiers découpèrent le toit de la voiture qu'ils ouvrirent comme une boîte de sardines. Il y avait du sang et du métal partout. Des secouristes se penchèrent sur les deux passagers avant même qu'on les ait sortis de la carcasse du véhicule. Photographes et cameramen envahirent les lieux. Jody s'éloigna. Elle dut marcher longtemps avant de trouver une cabine téléphonique.

— Un connard m'a décommandée à la dernière minute, dit Ellen. Voilà pourquoi tu me trouves à la maison. Tu sais que je déteste ça.

— Une voiture s'est encastrée dans mon appartement, dit très calmement Jody. Pendant que j'y étais.

— Ta voiture est foutue ?

— Non, mon appartement. Un crétin l'a bousillé. On est en train de le sortir de sa bagnole, par petits bouts.

— Mort ?

— Presque.

— Bon. Tu sais, tu as bien fait de quitter New York, je suis transférée à Dallas.

— Au Texas ?

— Je suis plutôt contente, les cow-boys, les rodéos...

— Le pays des vrais hommes !

— Exactement, des vrais hommes avec des manières, j'espère, si ce n'est pas trop contradictoire.

— Tu pars quand ?

— Dans un mois. Tu pourras venir t'asseoir sur mon cactus.

— Je me réjouis d'avance.

Une ambulance passa dans la rue, sirène hurlante.

— Je crois qu'il faut que je rentre, dit-elle, l'immeuble va peut-être s'écrouler quand ils enlèveront la voiture.

— Mais non. Tous les bâtiments sont brevetés anti-séisme.

224

Ellen avait raison. Quelques briques se détachèrent et le ciment s'effrita, mais les câbles d'acier qui armaient le béton résistèrent et les murs tinrent bon.

— Votre mère a téléphoné, lui dit le flic. Il y a un message sur le répondeur. Elle voudrait que vous la rappeliez.

— Merci.

— C'est la moindre des choses.

Le gardien combla le trou avec quelques planches de contreplaqué et promit de revenir le lendemain matin. Jody s'allongea sur le canapé et somnola, en s'attendant vaguement à ce que quelqu'un ou quelque chose s'introduise chez elle en rampant au travers des planches disjointes.

22

— Qu'est-ce que c'est que ça ? demanda Sam, nu, debout devant la table de nuit de Claire.

— Ça, quoi ?

Claire était en train d'enfiler un chemisier propre.

Elle avait fini par trouver une teinturerie à Easthampton. Ils s'habillaient pour dîner, avec un peu de retard.

Sam se retourna. Le tiroir de la table de nuit était ouvert. Il tenait les formulaires en main.

— Ne me dis pas que tu as ce genre d'idées ?

Claire se sentit blêmir sous son hâle. Elle frissonna.

— Qu'est-ce qui te prend de fouiller dans mes tiroirs ?

— Je cherchais la pommade à l'hydrocortisone. Je me suis fait piquer.

Il lui montra son mollet, orné d'un bouton rouge et enflé de la taille d'un demi-dollar. De sa main libre, Sam feuilletait les documents.

— Moi qui croyais que tu allais bien, dit-il. Que tu avais réglé ce problème.

— Je vais très bien, dit Claire. C'est une patiente qui veut se lancer dans des recherches. Fais voir ta piqûre, c'est peut-être une tique.

Elle s'approcha de Sam, mais il se détourna.

— Tu as écrit ton nom sur la première ligne, dit Sam en agitant la feuille.

Claire posa ses mains froides sur les hanches de son mari. Sa peau était chaude, presque brûlante. Elle s'agenouilla, lui caressa les jambes et se pencha sur la piqûre. Puis elle leva les yeux. Sam l'observait. Elle frotta ses lèvres à l'intérieur de ses cuisses, et remonta.

— Ce n'est pas le moment, dit Sam en reculant. (Il laissa tomber les papiers sur le lit, passa un slip et un pantalon, enfila ses chaussures, décrocha une chemise d'un cintre et sortit de la pièce.) On est en retard.

Claire sortit de l'armoire la grosse valise où elle rangeait ses biens les plus précieux, y fourra les papiers et finit de s'habiller.

— Je suis désolée, déclara-t-elle plus tard lorsqu'ils furent couchés, chacun à un bout du lit, aussi loin que possible l'un de l'autre.

— On s'est fait une belle vie, dit Sam. Pourquoi cela ne te suffit-il pas ? Pourquoi en veux-tu toujours plus ? Tu es une éternelle insatisfaite.

Claire ne dit rien.

— Ça me fout en l'air, poursuivit Sam.

— Tu n'as rien à voir là-dedans.

Tout en attendant vainement que l'autre ajoute quelque chose, ils sombrèrent dans un sommeil agité.

— Et si on restait ici ? proposa Claire le lendemain soir.

Sam et elle étaient allongés sur des chaises longues, dans le jardin.

— Pour toujours ?

Les doigts de Claire jouaient dans l'herbe.

— Pour cet hiver au moins. Hors saison, la location est très bon marché. Ça nous ferait une maison de week-end.

— Je croyais qu'on devait aller à la montagne ? Du côté de Woodstock ?

— On est là, on est installés.

227

Elle contempla les lumières qui brillaient à la fenêtre de la chambre à coucher du premier étage.

— Ça risque d'être lugubre.

— Mais non, ça sera romantique, protesta Claire. Les garçons adorent être dehors, et ici ils ne risquent rien. Jake pourra sortir tout seul. Il en a besoin.

— Tu en as besoin.

— On en a tous besoin.

Loin de la ville, les garçons semblaient plus vifs, plus agiles, plus curieux. Jake était moins mollasson. On pouvait parler avec lui. Il avait envie de raconter à Claire ses exploits sur les vagues, ce que ses copains avaient dit. Ce serait peut-être arrivé de toute façon, mais dans l'esprit de Claire cette évolution était due au changement de décor.

— Tu crois qu'on aura envie de passer tous nos week-ends ici ? demanda Sam.

— De longs week-ends, oui.

Elle prit la main de Sam et la posa sur sa poitrine. Sa chaise longue bascula, et il se retrouva dans l'herbe.

— Et notre travail ? L'école ? Notre vie ? dit-il en rejoignant Claire sur son transat. Ils étaient couchés sur le côté, nez à nez.

Claire haussa les épaules.

— La vie continuera.

Elle comprenait maintenant que, depuis qu'elle avait fait ses adieux à Jody, elle n'avait plus vraiment envie de retourner travailler. Ça n'avait plus la même importance. Elle adapterait ses horaires, et ses patients n'y verraient que du feu. Elle avait droit à une vie à elle, après tout. D'ailleurs, pour les aider à se fabriquer la leur, il fallait bien qu'elle s'exerce.

En semaine, Sam restait dormir en ville. Claire et les garçons rentraient de la plage à cinq heures, lorsque le maître nageur qui surveillait la baignade quittait son poste. Ils prenaient une douche rapide, Claire à l'intérieur, les garçons dehors, et sortaient dîner. Pizza, travers de porc, poulet frit, selon une alternance quasi religieuse. Sur le chemin du retour, ils s'arrêtaient au vidéo-club et Jake insistait pour louer un film d'action, sous prétexte qu'« il l'avait déjà vu » et qu'« il y avait très peu de meurtres ». Adam, Jake et un ou deux de leurs copains se vautraient alors sur le canapé après avoir mis la cassette dans le magnétoscope et un sachet de pop-corn dans le four à micro-ondes ; Claire montait dans sa chambre et lisait de vieux numéros du *New Yorker*.

Le vendredi soir, ils allaient tous ensemble chercher Sam à la gare puis partaient déguster une glace à Snowflake. Les week-ends étaient magnifiques. Claire était en congé. Ce n'était plus à elle de leur sauver la vie, de leur arracher les tiques et de laver les bouteilles vides. Ils restaient tard à la plage, nageaient, lançaient des cerfs-volants, jouaient au ballon. Au crépuscule, Claire, sa famille autour d'elle, ressentait une douce chaleur. Tout en regardant Jake et Adam renvoyer le ballon à Sam, elle tirait les ficelles des cerfs-volants et écoutait leurs ailes en plastique palpiter dans l'air, recroquevillée sur elle-même pour se protéger de la brise et du sable humide.

Au retour de la plage, le père et ses fils prenaient une douche dehors, sous la pluie chaude, et Claire attendait dans la maison. Elle ne pouvait pas ôter son maillot de bain, le lancer en direction de la corde à linge et jouer au sandwich humain au milieu d'eux trois. Pas plus qu'elle ne pouvait se mettre en ligne dans le jardin, et participer à leur concours : à qui pisserait le plus loin, le plus vite, le plus longtemps. Mais lorsque les enfants étaient invités chez leurs copains, Sam et elle rentraient de la plage seuls, se déshabillaient mutuellement et, nus dans les vestiges de lumière du jour, s'embrassaient debout, appuyés à la table de pique-nique, puis ils prenaient une douche et faisaient l'amour sur place, au risque d'être vus, ou du moins entendus par les voisins. Ils se douchaient et baisaient, se douchaient encore et se drapaient dans des serviettes humides de transpiration et parfumées à la crème à bronzer.

Avec l'aide des garçons, Sam allumait le barbecue et y faisait griller quelque chose qui avait mariné toute la journée. De la cuisine, où elle mettait la table et faisait bouillir de l'eau pour le maïs, Claire entendait grésiller la viande. Après dîner, Sam sortait dans la cour avec les enfants et ils se rôtissaient des marshmallows, des biscuits au sésame enrobés de chocolat ou ce qui leur tombait sous la main. Ils rentraient la peau plus sombre encore, le visage rougi par la chaleur des braises, les mains et la bouche collante, les yeux injectés de sang à force de soleil, de sel et d'épuisement. Claire leur passait un linge chaud et mouillé sur le visage, garnissait leurs brosses à dents de pâte dentifrice et ne quittait pas la salle de bains avant de s'être assurée qu'ils accomplissaient leur devoir. Quand il avait fini sa toilette, Adam levait les bras et Claire lui ôtait son T-shirt, lui enfilait son pyjama, le fourrait au lit et le regardait sombrer presque sur-le-champ dans un profond sommeil.

A la fin de la quatrième semaine, ils sortirent faire une balade digestive après dîner et rencontrèrent leurs voisins, qui leur demandèrent quand ils partaient.

— On ne part pas, répondit Sam en regardant Claire. Je ne te l'avais pas dit ?

Elle secoua la tête.

— J'ai tellement de boulot ! J'ai dû oublier, la taquina-t-il. On garde la maison jusqu'au mois de mai. C'est signé.

Elle se serra contre lui, l'embrassa. Au bord de la route, sous l'œil des voisins, elle glissa sa langue dans sa bouche et lui caressa le palais, le fond de la gorge, sa dent couronnée.

— Merci, murmura-t-elle. Merci beaucoup.

— Je meurs de jalousie, dit la femme du voisin. Quelle chance vous avez ! C'est incroyable. Nous partons lundi.

— Je pourrais passer ma vie entière ici, renchérit son mari.

— Sortons dîner un de ces soirs, en ville, proposa la femme en s'engageant dans son allée.

— Bonne nuit, dit Sam.

— Je t'aime tant, lui dit Claire.

— Prouve-le.

— Suis-moi, répliqua Claire en prenant le chemin de la plage.

Le 2 septembre, Claire sortit sa grosse valise de l'armoire et la porta dans la voiture. Elle passa en revue les affaires de tout le monde, fourra l'essentiel dans deux petites valises, confia les chats au maraîcher et débrancha la cafetière électrique.

Ils firent marche arrière dans l'allée, à peine chargés, à la limite du déséquilibre. Sam descendit jusqu'à la plage, et Adam sortit de la voiture pour dire adieu aux vagues.

— A quoi ça sert, tout ce cinéma, si on revient la semaine prochaine ? demanda Jake.

Personne ne répondit. Sam sortit son appareil et termina sa pellicule sur trois photos d'Adam mimant un baiser au ciel, au sable et au stand de boissons fraîches.

Une carte postale portant en technicolor l'inscription : MEILLEURS SOUVENIRS DE L.A. l'attendait à son cabinet. Au dos, Jody avait écrit, à la machine : « Ai survécu au voyage. Vais demain au Frederick's de Hollywood pour m'acheter des fringues adéquates. J'espère que vous avez passé de bonnes vacances. A bientôt, plus longuement. » La carte postale avait gardé la forme du rouleau de la machine à écrire.

Claire répondit immédiatement, sur une carte postale du musée d'Easthampton : « Vacances formidables. Détente, soleil. Je pense à vous. »

Après la clarté éblouissante de la plage et les couleurs vives des fleurs du jardin, le bureau de Claire semblait morne. Elle acheta quatre coussins recouverts de kilim : rouge foncé, orange et pourpre, des couleurs de chair, pleines de substance. Terminé, le minimalisme.

La plupart de ses patients rentrèrent de vacances dans un

état d'esprit encourageant. Ils étaient déterminés à changer, comme si, à la longue lumière du mois d'août, ils s'étaient vus plus clairement. Comme toujours, il y avait des irrécupérables, mais c'était plutôt rassurant que certaines choses soient immuables en dépit des circonstances. Ça donnait à Claire des perspectives, et une sorte de liberté.

Polly, la patiente que Claire avait accompagnée à la clinique, annonça en entrant :

— Je suis de nouveau enceinte.

Comme pour dire : et maintenant, qu'est-ce que vous allez faire ? me stériliser ?

— Mon petit ami est revenu.

Claire ne pouvait lui donner aucune réponse. Elle s'efforça de ne rien manifester, de rester le plus neutre possible.

— Et on va se marier, surenchérit la jeune fille, comme une obèse qui commanderait un banana split.

Claire se tut.

— Je vous déçois, hein ? Vous me considérez comme incapable d'être une épouse et une mère convenable. Vous me trouvez trop instable. Avouez.

Qui suis-je pour lui répondre ? songea Claire.

— Et pas la peine de me sortir vos âneries condescendantes, poursuivit la jeune fille. Ma mère est ravie que je me marie. Elle organise tout, et on ne vous invitera pas.

Polly parlait comme une gamine de six ans.

— Vous êtes heureuse ? demanda Claire.

— Ça vous embête, hein ? C'est meilleur pour vos affaires, quand je me traîne misérablement.

— On dirait que vous êtes en colère contre moi.

Polly se tut.

— Vous ne me devez rien du tout, dit-elle finalement.

Bizarre. Personne n'avait parlé de dettes.

Rends-toi service, songea Claire, va faire une grande promenade.

— Bon, ce sera tout pour aujourd'hui. Peut-être pourrons-nous en discuter plus avant la semaine prochaine.

— Au diable la semaine prochaine !

Au diable toi-même, songea Claire.

— Mercredi trois heures, dit-elle.

Elle changeait. Jusqu'à présent, Claire s'était toujours pié-gée elle-même dans mille et une façons de se punir, de se rendre la vie pénible. Désormais, et c'était la première fois, elle avait la sensation que sa vie était belle, qu'elle pouvait même être extraordinaire. Il lui suffisait de le vouloir.

Dès leur retour à New York, Claire consulta attentivement les petites annonces immobilières du *New York Times*, pour trouver une maison. Au début, elle se contenta de tracer des cercles imaginaires. Il lui fallut deux semaines pour prendre un crayon, et plus encore pour s'armer d'un stylo rouge ; fin octobre, elle se décida enfin à en visiter.

A Amagansett, la plupart des propriétaires ne restaient chez eux que l'hiver. L'été, ils poussaient plus au nord où la vie était meilleur marché, et louaient leurs maisons abomi-nablement cher ; en trois mois, ils gagnaient de quoi rem-bourser leur crédit pendant l'année entière. Ils revenaient en septembre et consacraient l'automne à divers travaux d'amé-nagement. C'est en les observant que Claire se mit à penser à une maison bien à eux. L'idée de posséder quelque chose la séduisait.

Elle éprouvait toujours un certain sentiment de culpabilité du fait d'abandonner la ville et son cabinet pour le week-end. Elle ne protesta pas quand Sam fit installer un téléphone dans sa voiture — il voulait qu'on puisse le joindre à tout moment, où qu'il soit, et elle-même interrogeait constam-ment son répondeur, pour vérifier que ses patients n'y avaient pas laissé de messages de détresse. Elle s'inquiétait : n'inhibait-elle pas ses patients en les obligeant à garder leurs problèmes pour eux entre les séances ? Vous êtes seul, le cauchemar est vrai, personne ne viendra à votre secours avant mardi prochain trois heures.

Claire restait à la maison, se reposait, regardait tomber les feuilles, et Sam emmenait les garçons, équipés de combinaisons étanches, à la plage. Ils chevauchèrent les vagues jusqu'à la première gelée.

Pour la première fois depuis la naissance de ses enfants, Claire ramassa les feuilles mortes. Tous les quatre passèrent un bel après-midi autour de la maison, à balayer et à entasser les feuilles rouges et orangées. Claire se promenait avec les femmes de la rue, s'installait sur l'herbe avec elles, sans se soucier d'abîmer ses jupes coûteuses. Elle se retrouvait, regagnait son authenticité, pour la première fois depuis qu'elle avait épousé Sam. Sa vie devenait belle, et ça ne l'effrayait pas.

Début octobre, Claire reçut une longue lettre de Jody : plein de détails sur sa vie à Los Angeles, sur la fac, ses nouveaux amis et son travail pour un producteur qui s'appelait Gary Marc — pourquoi ce type portait-il deux prénoms en guise de nom ?

La lettre lue, Claire téléphona aussitôt à Jody. Elles eurent une longue conversation, rirent beaucoup. Jody lui appartenait, même si elle était à Los Angeles. Elle lui appartiendrait toujours.

Claire prit l'habitude de téléphoner à Jody une ou deux fois par semaine, entre les séances, pour se détendre et se remonter le moral. Jody disait des choses dont elle n'aurait sans doute jamais parlé si Claire n'avait pas été à quatre mille kilomètres de distance. Rien d'essentiel, du matériau de base : ce qu'elle pensait d'elle, de sa famille, de son isolement à Los Angeles, de l'ignorance où elle était de son avenir, et du fait que l'incertitude la rattachait à son passé. Claire donna à Jody le numéro de téléphone de la maison au bord de la mer. Sans bien comprendre pourquoi, il lui semblait important et parfaitement naturel d'être toujours disponible.

A la mi-octobre, Claire commença activement à chercher une maison de campagne. Elle ne se l'avoua pas tout de suite. Mais, dès qu'elle avait deux heures devant elle, elle prenait sa voiture, filait dans le Connecticut ou le New Jersey et ralentissait devant tous les panneaux « A Vendre », le cœur battant, son pouls s'accélérant si la maison avait bonne allure. Cela devint une drogue. Elle réorganisa son emploi du temps pour se libérer le jeudi matin. Il lui suffit de quelques semaines pour entrer en relation avec des tas d'agents immobiliers, qu'elle suivait dans des maisons appartenant à des inconnus, dont elle parcourait toutes les pièces, et tirait les chasses d'eau.

Dans certaines maisons, les cuisines étaient dignes d'un restaurant. Sur un mur, elle vit un jour vingt-cinq ustensiles divers, accrochés au-dessus d'un robot industriel, et un assortiment complet de couteaux à découper et autres outils culinaires.

— C'est la maison de l'ogre ? demanda Claire.

L'agent immobilier partit d'un grand rire.

— Très drôle. Elle appartient à une femme qui est critique gastronomique au *New York Times*.

Claire craignit qu'il ne fût d'usage en banlieue de manger une cuisine mijotée, sophistiquée, et bonne. Un esclavage, en somme. Elle n'était pas persuadée que sa famille survivrait sans un Chinois qui livrait en dix minutes, vingt-quatre heures sur vingt-quatre.

— On trouve des traiteurs, dans le coin ? demanda-t-elle.

— Je n'en ai pas la moindre idée, répondit l'autre d'un ton froid en la toisant.

Dans ces maisons, les réfrigérateurs et les congélateurs étaient gigantesques, spacieux comme des placards. Tout était à trop grande échelle. Il leur faudrait une deuxième voiture, une pour Sam et une pour elle, et peut-être une fourgonnette pour les provisions. Sam ne rentrerait jamais avant huit heures, sept heures avec de la chance, et ils ne se donneraient plus jamais rendez-vous pour déjeuner en ville.

Plus Claire y réfléchissait, plus elle se persuadait qu'elle détenait une solution d'avenir pour ceux de ses patients qui envisageaient de divorcer. « Allez plutôt vous installer à la campagne, leur conseillerait-elle. Vous ne vous verrez presque plus jamais. Vous mènerez des vies indépendantes. » Elle imaginait déjà les heureux couples venant la remercier. « C'est parfait, diraient-ils, nous sortons ensemble le samedi soir, comme lorsque nous étions jeunes. Nous adorons cette vie, faite de week-ends. Les enfants aussi. On ne les voit pas, ils ne nous voient pas. On se laisse des messages sur la table de la cuisine. Merci, mille fois merci. »

— Qu'est-ce qu'on fait pour Thanksgiving ? lui demanda Sam un matin.

Il vérifiait ses rendez-vous sur son agenda avant de partir au travail.

— Allons à la mer, dit Claire. On pourrait s'arranger pour rester quatre ou cinq jours.

— C'est la seule fête où nous pouvons inviter ma famille.

— Quelle importance si, pour une fois, ta sœur ne vient pas chez nous pour Thanksgiving ? On peut lui dire qu'on part en voyage. D'ailleurs, elle préfère sans doute dîner dehors.

— Et la parade ? Je voulais y emmener les garçons.

— Partons le lendemain matin.

— C'est trop fatigant, la route, et la cuisine.

— Depuis quand fais-tu la cuisine ? Je peux presque tout préparer d'avance.

— Il fera froid. Il n'y aura personne.

Dans l'esprit de Claire, le froid et la solitude revêtaient un caractère magique et romantique. Sam, elle et les garçons, emmitouflés dans d'épais chandails, se baladant sur une plage déserte, paressant au coin du feu après s'être rempli l'estomac de dinde rôtie, de tarte au potiron et de vin, dans la maison éclairée par les seuls reflets des flammes sur les visages des enfants. Une bonne partie de Monopoly, et au lit. La paix.

Une alarme de voiture interrompit sa rêverie.

— Je ne veux pas rester ici, dit-elle.

— Ici, c'est chez toi. Pas Amagansett. Nous vivons ici.

— Alors, déménageons, répliqua Claire qui s'étonna.

Sam ne répondit pas.

— Parfait. Tu souhaites donc que je reste à la maison, dans ma saleté de cuisine minuscule, pour préparer à dîner à ta famille, qui, une seule et satanée fois par an, ose s'asseoir à ma table. Et encore, il n'y en a pas un qui touche à la farce, tellement ils ont peur que je les empoisonne avec ma bouffe de goy.

— Si tu n'as pas envie de faire la cuisine, on commandera le dîner. (Sam lança son agenda dans sa serviette qu'il referma sèchement.) Pour toutes les autres fêtes...

— Les fêtes juives, l'interrompit Claire.

— Pour toutes les fêtes juives, poursuivit Sam, ma sœur prépare un bon dîner et nous invite. C'est si compliqué de lui rendre la politesse une fois par an ?

— Et, chaque fois, ta sœur et sa famille en viennent quasiment aux mains. Exactement comme nous maintenant. C'est ça que tu veux ? Qu'on leur ressemble ?

— Je ne veux rien du tout. Tout ce que j'ai dit, c'est que j'avais envie de passer Thanksgiving à la maison.

Claire se tut, les bras croisés sur la poitrine. Sam garda le silence, lui aussi.

— J'ai à faire, dit enfin Claire en prenant son sac et en sortant.

23

Assise sur un canapé, Jody regardait par la baie vitrée coulissante. Au loin se détachaient les collines de Hollywood et des palmiers. Ses bras et ses jambes lui faisaient horriblement mal, comme si on y avait introduit un quelconque objet long et fin, genre aiguille à tricoter, et qu'on s'amusait à le faire tourner — une vraie torture. En début d'après-midi, elle avait téléphoné à sa mère, à son travail.

— Je vais mourir ! s'était-elle exclamée, détruisant ainsi d'un seul coup sa crédibilité.

— Je te rappellerai, avait dit sa mère.

Cela faisait des semaines que Jody se sentait patraque, mal dans sa peau. Et ça empirait sans cesse. Quinze jours auparavant, elle était allée au dispensaire.

— Vous avez des parasites, lui avait déclaré le jeune et charmant médecin. Il faut que nous fassions une analyse de selles.

— Maintenant ? avait demandé Jody.

— Oui. Si vous n'y arrivez pas, nous nous débrouillerons pour nous procurer ce qu'il nous faut.

Comment ? s'était demandé Jody.

— Je n'ai pas de parasites, avait-elle rétorqué.

Puis elle était rentrée chez elle. Trois jours après, elle revenait et demandait à voir un autre médecin.

— Hépatite, diagnostiqua-t-il. Lavez-vous souvent les mains, si vous ne voulez pas la passer à d'autres.

Elle téléphona à sa mère.

— Tu n'as pas d'hépatite, décréta cette dernière.

Bien que d'accord avec elle, Jody se lava les mains plus souvent qu'à l'ordinaire.

Elle était allée voir un de ses professeurs, qui lui avait appris que chaque année, au cours du premier semestre, particulièrement éprouvant, quelques étudiants, des jeunes filles surtout, craquaient et disparaissaient pour ne jamais revenir.

— Ce n'est pas ça, avança timidement Jody.

— Avez-vous jamais suivi une thérapie ? avait-il questionné.

Immobile, toujours assise sur son canapé, Jody se demandait depuis combien de temps elle n'avait pas bougé. Si le téléphone sonnait, elle espérait qu'elle trouverait l'énergie de répondre.

— Il y a vraiment quelque chose qui cloche, dit-elle à sa mère lorsqu'elle rappela enfin.

— Tu es surexcitée, surmenée. Repose-toi. Passe-toi un linge humide sur la figure.

— Je suis malade, dit Jody. Combien de fois faudra-t-il que je te le répète ? Tu crois que je te mens, quand je te dis que j'ai l'impression que je vais mourir ?

— Je ne peux pas venir pour le moment.

— Personne ne te l'a demandé.

Jody téléphona à l'aéroport. Un vol à tarif normal coûterait une fortune. Si elle réservait pour dans trois jours, ce serait moins cher. Et moins cher encore si elle attendait une semaine. D'ailleurs, il lui suffisait de patienter jusqu'à Noël pour que ce soit gratuit, ses parents lui ayant acheté son billet trois mois plus tôt.

Elle alla en cours, malgré sa migraine, et sa nuque raide. Une demi-heure ne s'était pas écoulée qu'elle tremblait de façon incoercible : il fallut l'aider à sortir de la classe.

— Tu veux qu'on t'amène à l'hôpital ? proposa quelqu'un.

— Non. Qu'on me ramène chez moi, après ça ira.

On la déposa devant son immeuble et Jody demanda à l'un des garçons d'entrer une minute.

— Rends-moi service, fais un numéro pour moi, je tremble tellement !

C'était la première fois qu'elle appelait Claire chez elle, à l'improviste. Elle avait peur de le faire elle-même, de tomber sur son mari ou ses enfants, de découvrir quelque chose qu'elle ne voulait pas savoir. Jody ne dit pas à son copain qu'il s'agissait de sa psy. Elle parla vaguement d'une amie.

Il composa le numéro, demanda à parler à Claire et passa le combiné à Jody. « Soigne-toi bien », dit-il en se retirant.

Jody voulait parler à Claire, pas à sa mère. Elle voulait qu'on lui réponde objectivement, sans angoisse.

— Allô, dit Claire. Allô ?

— Je suis allée en cours, je me suis mise à trembler des pieds à la tête, il a fallu me ramener à la maison. Je me sens affreusement mal. J'ai peur. (Après avoir dit tout cela, elle se rendit compte qu'elle ne s'était pas présentée.) C'est Jody.

— Je sais, dit doucement Claire. On dirait que vous avez une bonne grippe. Vous avez de la température ?

— Ce n'est pas la grippe. J'ai déjà eu la grippe, ça ne fait pas le même effet.

— Le virus change chaque année.

Jody ne répondit pas, elle cherchait son thermomètre.

— Qu'est-ce que c'est, à votre avis ? poursuivit Claire.

Jody entendit des voix d'enfants dans le lointain.

— Je suis désolée de vous avoir dérangée, dit-elle.

— Mais non, pas du tout. Prenez de l'aspirine, buvez un jus de fruits, mettez-vous au lit, branchez la télé et ne bougez plus. Vous allez vous endormir, et demain tout sera différent, je vous appellerai dans la matinée.

— Merci.

— Dormez bien, dit Claire.

240

Le lendemain, il faisait froid et il pleuvait : une de ces journées de novembre dont ne se vante pas la Californie. Jody, la gorge douloureuse, couverte de plaques rouges qui ressemblaient à des pustules, ne tenait pas debout. Une sorte d'éruption écarlate était apparue sur ses jambes et son ventre, elle avait mal à la poitrine et sa température avait grimpé à quarante.

Elle appela le bureau de Gary Marc pour prévenir qu'elle serait absente. La standardiste refusa de prendre le message et passa Jody à Gary, dans sa voiture. Pendant que Jody lui décrivait ses symptômes, Gary, pris dans un embouteillage, resta coincé sous un tunnel. La communication fut coupée. La dernière chose que Jody l'entendit dire fut : « Suce des pastilles de menthe. »

Elle téléphona au dispensaire, où le médecin lui annonça qu'elle avait sans doute une mononucléose, et qu'il n'y avait rien à faire. Assommée, tantôt tremblant tantôt transpirant, Jody resta au lit. Elle avait l'impression d'avoir perdu sept kilos en deux jours.

Claire lui téléphona.

— Je voulais avoir de vos nouvelles, dit-elle.

— Vous voulez que je vous raconte un truc bizarre ? lui demanda Jody d'une voix rauque.

— Bien sûr.

— J'ai toujours eu une bille jaune, comme un enfant, à l'intérieur de mon corps. Je n'en ai jamais parlé à personne au monde. Mais je la protège. Je m'arrange pour que personne ne fasse de mal à ma bille jaune. Aujourd'hui, elle est sortie. Elle est dans l'appartement, elle se balade dans le salon, en liberté. Vous croyez que je suis folle ?

— Non. Les gens ont tous un moi caché. Ils le décrivent à leur façon. Vous avez beaucoup de fièvre, donc votre moi prend une forme particulière. C'est tout. Je tiens à ce que vous preniez rendez-vous avec un médecin, cet après-midi si possible.

— Je l'aime, ma bille, dit Jody. (De loin, elle entendit qu'on sonnait chez Claire.) Allez ouvrir, dit-elle.

— Je vous rappelle dès que j'ai une minute.

A une heure du matin, Jody téléphona chez elle.

— Maman, croassa-t-elle.

— Tu m'as fait peur, dit sa mère en haletant. Quelle heure est-il ?

Jody ne répondit pas. La douleur dans sa poitrine était de plus en plus aiguë, elle ne pouvait plus respirer, ni parler. La dernière fois qu'elle avait pris sa température, elle n'avait pas loin de quarante et un.

— On est en pleine nuit, protesta sa mère.

— Je ne me sens vraiment pas bien, dit Jody, tu ferais mieux de te dépêcher.

— Tu veux dire qu'il faut que quelqu'un, en l'occurrence moi, vienne chez toi ?

Jody ne dit rien.

— Je te rappelle.

— Dépêche-toi, murmura Jody.

Une demi-heure plus tard, le téléphone sonnait. L'appareil était à portée de main, mais Jody ne décrocha qu'à la quatrième sonnerie. Elle essaya de dire allô, mais aucun son ne sortit de sa gorge.

— Tu es là ? demanda sa mère.

— Mmmm.

— J'ai pris mon billet. Je décolle à six heures du matin. Je serai chez toi vers trois heures. Prends de l'aspirine, bois quelque chose de chaud. Appelle le médecin à neuf heures, et prends rendez-vous. Je ne vais plus tarder.

Jody attendit, rêvassa, s'assoupit, regarda le soleil se lever, suivit vaguement les émissions du matin à la télé. Elle se sentait étrangement apaisée, comme si mourir n'était pas une si mauvaise idée.

— Ça fait combien de temps que tu es dans cet état ? lui demanda sa mère lorsqu'elle arriva enfin.

— J'ai essayé de te dire comment je me sentais.

— Et je suis là, non ?

Sa main fraîche se posa sur la joue de Jody.

La pièce semblait rétrécir et s'obscurcir.

— Il faut que je m'allonge, dit Jody en se dirigeant vers sa chambre à coucher.

— Depuis quand fais-tu un régime ?

Jody ne nia pas. Elle aurait bien voulu que cela fût vrai, mais ça ne l'était pas. Elle s'évanouit avant d'atteindre son lit, tomba contre le mur, renversa une lampe. Sa mère vint la secourir.

Elles allèrent à l'hôpital. La fièvre, l'éruption, le mal de gorge. Depuis combien de temps ? Dans quelles proportions ? Jody avait du mal à parler, à tenir sa tête droite, et ils la harcelaient. Ils l'installèrent dans une chambre, au bout d'un couloir. Il lui fallut une éternité pour y arriver. Elle croyait reconnaître tous les gens qu'elle croisait : sa tante Sally, une voisine, une amie d'enfance. Quatre médecins entourèrent la table d'examen où on l'installa, et s'entretinrent dans un coin à voix basse. Une infirmière essayait de lui prendre la tension. Il y avait un problème. L'infirmière serra le garrot, pressa plus fort sur sa petite poire en caoutchouc et demanda enfin :

— Y a-t-il une raison pour que je ne puisse pas vous prendre la tension ?

— Je ne me sens vraiment pas bien, articula Jody, péniblement.

Les médecins se retournèrent comme un seul homme et une seconde plus tard elle se retrouvait allongée les pieds surélevés par rapport à la tête.

On lui ordonna de respirer, de ne plus respirer, un bourdonnement de rayons X, puis détendez-vous, asseyez-vous, tendez le bras, tampon d'alcool, prise de sang, un filet rouge qui court dans un étroit tube transparent, remplit une seringue.

— Il m'arrive quelque chose, murmura Jody.

— Mais non, voyons, marmonna un médecin qui surveillait sa veine.

— Je vous dis qu'il m'arrive quelque chose, insista Jody. Puis elle s'évanouit et tomba par terre.

— Appelez ma mère, dit-elle en s'éveillant, mais ils refusèrent.

On l'allongea par terre, sur le carrelage, la tête sur un oreiller. On n'appela pas sa mère, parce que cela aurait fait mauvais effet, de la voir couchée par terre, entourée de sommités qui ne savaient pas quoi faire en attendant qu'elle se réveille. On lui apporta un soda avec une paille, un fauteuil roulant, et on la mit dans une chambre, un bracelet en plastique autour du poignet.

Des hommes masqués entrèrent dans la pièce, posèrent mille et une questions ; sa mère attendait dehors.

— Vous êtes-vous jamais piquée ? demandèrent-ils.

— Pitié, fit Jody.

Profitant de l'absence de sa mère, Jody attira l'attention du plus mignon des internes et lui parla de Peter Sears et des autres.

— Qui sait avec qui ils traînaient, ou dans qui, murmura-t-elle.

L'interne enfila une paire de gants et la piqua à nouveau. Ensemble ils regardèrent le sang remplir la seringue. Si seulement ça se voyait à l'œil nu, pensèrent-ils. L'interne ôta l'aiguille, la jeta dans une corbeille où il était écrit « déchets divers » et glissa la pipette dans sa poche de poitrine.

— On va pas tarder à savoir, dit-il en tapotant sur sa poche.

24

— Il y a un problème ? s'enquit Sam.

Claire surgit de la salle de bains, le téléphone à la main, les yeux rouges et gonflés, traînant les pieds dans ses pantoufles.

— Je suis censé m'inquiéter ? demanda-t-il encore.

Vingt minutes auparavant, quand le téléphone avait sonné, Claire s'était calé le récepteur sous le menton et, profitant de toute la longueur de fil disponible, s'était enfermée dans la salle de bains.

— Une de mes patientes est très malade.

— Qu'est-ce qu'elle a ?

— On ne sait pas. (Claire considéra le Post-it collé dans la paume de sa main : elle y avait écrit le nom du médecin de Jody.) Il faut que je passe un coup de fil.

— Je vais dans le salon, dit Sam en prenant les journaux qui étaient posés sur le lit.

— Le docteur Brandt, je vous prie, fit Claire après avoir composé un numéro de Los Angeles.

— Ne quittez pas.

Le silence s'éternisait, Claire avait l'impression d'entendre passer le temps, rythmé par les bips réguliers des appels lointains. Et ce silence se payait au prix fort. Elle s'efforça de respirer calmement.

— Je vais essayer de le joindre, et lui demander de vous rappeler, dit enfin l'opératrice.

Claire laissa son numéro et raccrocha en pensant qu'il était temps de faire quelque chose. Si Jody mourait sans savoir qui était Claire, ce serait sa faute. Elle farfouilla dans son placard et en sortit une vieille valise. Elle ferait ses bagages, puis avertirait Sam qu'elle partait ; il ne lui resterait qu'à retirer de l'argent au guichet automatique, et à prendre un taxi pour La Guardia.

Sam frappa à la porte.

— Ça va ?

— J'attends que le médecin me rappelle, dit Claire sans ouvrir.

— Cette fille n'a pas de famille ?

La sonnerie retentit, et Claire bondit pour répondre. Elle informa son interlocuteur qu'elle était la psychanalyste de Jody.

— Il m'est impossible de parler de l'état d'une de mes patientes avec une inconnue.

— Mais je vous ai dit qui j'étais.

— Raison de plus pour que vous n'insistiez pas ! s'exclama le docteur Brandt, comme s'il venait juste de lire une circulaire sur le secret médical.

— Elle est aussi ma patiente, insista Claire, qui avait failli ajouter : avant d'être la vôtre, mais s'était reprise, de peur de se montrer trop possessive.

— Je tiens à ce que vous me mettiez au courant de son état, dit-elle fermement. A-t-elle quelque chose de grave ?

— Ce pourrait être un virus, et passer tout seul, en quelques jours. Mais nous ne sommes à l'abri d'aucune mauvaise surprise. Je ne sais pas encore. Elle est entrée dans le service aujourd'hui.

— Vous lui avez fait faire des examens ?

— Pas beaucoup de globules blancs, le foie fatigué ; hémogramme négatif à douze heures.

— Qu'est-ce que vous lui donnez ?

— Êtes-vous psychiatre ou simplement psychologue ?

— Qu'est-ce qu'elle prend ?

— De l'aspirine, par voie buccale.

— Et c'est tout ? s'écria Claire, horrifiée.

— Une perfusion pour éviter la déshydratation. Un spécialiste des maladies infectieuses doit la voir demain matin. Selon toute probabilité, elle sortira dans l'après-midi. Les virus ont souvent ce genre d'effets, et la plupart des cas ne présentent aucune gravité.

— Vous avez mon numéro, dit Claire. S'il y a du nouveau, je tiens à être informée. Je peux être là en vingt-quatre heures.

— Parfait.

— Merci. (Claire raccrocha violemment.) Bande de cons ! dit-elle à haute voix en regardant la valise vide d'un air perplexe.

Elle ne pouvait pas boucler son sac et filer, elle s'attirerait des ennuis. Au moment où Sam entra dans la salle de bains, elle poussa du pied la valise dans le placard et fit mine de ranger un vêtement.

— Jake s'est réveillé. Le téléphone, je suppose. Il est dans la cuisine, il se fait un chocolat chaud dans le four à micro-ondes.

A la plage, ils buvaient des litres de chocolat chaud, à l'ancienne. Claire versait du lait et du cacao pur, conservé dans une boîte en fer-blanc hermétique, dans une casserole, ajoutait du sucre et remuait. Répugnant aux mixtures préfabriquées que l'on mettait à chauffer une minute et demie dans une machine à rayons X portable, elle préférait s'escrimer dix minutes, parfois douze, au-dessus d'une cuisinière.

Claire bouscula Sam au passage et se rendit dans la cuisine.

— Retourne te coucher, ordonna-t-elle à Jake.

— Je me fais un chocolat chaud.

— Il n'en est pas question.

Le bol tournait dans le four à micro-ondes. Le sachet de

poudre était vide, une traînée de poussière marron sinuait du four à la cuiller posée sur le plan de travail.

— Retourne te coucher, j'ai dit.

— Maman, protesta Jake.

— Et sans discuter. On ne boit pas de chocolat chaud à minuit. Sers-toi un verre d'eau, si tu as soif.

Le four à micro-ondes sonna. Si Claire avait été dans son état normal, elle aurait laissé son fils boire son chocolat, et l'aurait expédié au lit sur un « et que je ne t'y reprenne plus ! ». Mais, furieuse, elle saisit le bol et le vida dans l'évier sous les yeux de Sam qui était venu à la rescousse de Jake. A défaut de le fracasser comme elle en éprouvait l'irrésistible envie.

— Tu n'aurais pas dû, dit Sam.

Claire se tourna vers Jake, qui ne la quittait pas des yeux. Il avait grandi. Dans un an ou deux, il serait aussi grand qu'elle. Puis ce serait fini, il s'en irait.

— Je te déteste, dit Jake en sortant.

— C'est réciproque, marmonna Claire.

Sam brandit un doigt menaçant, en bon avocat.

— Il s'est réveillé à cause du téléphone. C'est ton problème, ne rejette pas la faute sur lui.

— Il se drogue au sucre, dit Claire en fixant la flaque de chocolat dans l'évier.

Le bol était à côté. Elle avait toujours envie de le briser en mille morceaux.

— Tu parles d'un crime ! dit Sam.

— Exactement ! aboya Claire en retour.

Le voisin du dessus se couchait ; elle l'entendit balancer une chaussure après l'autre et se laisser tomber sur son lit qui grinça lamentablement. L'éléphant en peluche d'Adam traînait sous la table de la cuisine, un vrai nid à poussière et à miettes. Elle le ramassa, le secoua vigoureusement et le lança sur une chaise. Il était minuit.

Claire passa la nuit à faire des vœux, dans un demi-sommeil. Si Jody guérissait, Claire consacrerait plus de temps aux autres, travaillerait dur pour devenir une meilleure épouse et une meilleure mère pour Jake, Adam et Jody. Elle se dévouerait pour Jody comme elle ne l'avait jamais fait pour personne. Elle compenserait tout le mal qu'elle lui avait fait. Si Jody vivait...

A neuf heures, elle était dans son cabinet, à son bureau, et s'apprêtait à transcrire les messages enregistrés sur son répondeur.

« Bonjour Claire, ici Janet Fishman, de l'agence immobilière de Stamford. Nous devions visiter des maisons demain, je sais, mais je ne pourrai pas me libérer cette semaine. Ma vie est un cauchemar. Vous comprendrez, j'espère. Appelez-moi, nous reprendrons rendez-vous. »

« Ici Randy Hill, je dois partir en voyage d'affaires, à la semaine prochaine. »

« Elle me rend folle. Je l'ai renvoyée à l'appartement. Je n'avais aucune envie de rester seule ici mais elle m'exaspère. Elle me fait peur. » La voix de Jody était lointaine, voilée par la fièvre. « Je me sens tellement bizarre... On est au milieu de la nuit. Ma mère me rend cinglée. Ma chambre est orange — pas orange optimiste, comme le soleil, ou le jus de fruits, mais orange comme la rouille, comme les rôtisseries de l'enfer. » Jody s'interrompit, déglutit. « L'orange, ce n'est pas la couleur de la folie ? Il me semble que j'ai lu ça quelque part. Il y a une voix dans le mur. Parfois, elle me parle, tout d'un coup. Il y a une minute, elle m'a dit : "Maria, Maria, où es-tu ?" Je me suis crue dans *West Side Story*. » Jody s'arrêta une fois encore. « Pardon de monopoliser votre répondeur. »

Claire appela l'hôpital. En Californie, il était six heures du matin. L'infirmière de service se montra gentille, presque trop gentille.

— La nuit a été calme. Elle n'a pas beaucoup dormi, elle a encore de la fièvre, mais on dirait que l'exanthème diminue.

Quel exanthème ? Personne ne lui avait parlé d'un exanthème.

Toute la journée, Claire reçut des patients qui s'assirent à leur place habituelle et reprirent là où ils en étaient restés. A la fin de l'heure, elle les raccompagnait à la porte ; elle n'avait pas entendu un mot de ce qu'ils avaient dit. Elle n'était simplement pas là. Pendant la nuit, le fossé entre Claire et le reste du monde s'était creusé jusqu'à former un abîme si large et si profond qu'il était infranchissable.

A deux heures, pendant la demi-heure qu'elle s'accordait pour déjeuner et rappeler les gens, le téléphone sonna.

— Bonjour, nous ne nous connaissons pas, dit une voix de femme. Je vous appelle de la part de Jody Goodman. Je suis sa mère.

— Claire Roth à l'appareil.

— Jody a insisté pour que je vous appelle, je ne sais pas pourquoi. Et elle refuse de composer elle-même le numéro.

Claire sourit, attendrie par la manie de Jody. Comment s'y était-elle pris la nuit dernière ? Avait-elle demandé à l'infirmière de faire le numéro à sa place, s'était-elle adressée à un autre malade ?

— Je ne sais pas quoi faire, poursuivit la mère de Jody.

— A quel sujet ?

— Jody est si anxieuse. Elle veut que je trouve un avion et que je la ramène à la maison.

— Est-ce possible ?

— Possible ? Mais je viens juste d'arriver. On ne fait ce genre de choses que pour les gens qui vont subir une transplantation d'organe, qui doivent traverser la moitié du pays pour trouver un rein manquant. Jody a tellement d'imagination. Quand elle ira mieux, nous rentrerons ensemble.

Claire avait du mal à coucher par écrit tout ce que disait la femme. Ses mains tremblaient. Elle parlait à la mère, la mère qu'elle n'avait pu jusqu'à présent qu'imaginer, la femme qui lui avait volé son enfant, qu'elle s'efforçait d'exorciser depuis vingt-quatre ans. Elle se la représentait trapue, lourde, symbole de maternité. Elle la voyait, seule à Los Angeles, mourant de peur à l'idée de perdre son deuxième enfant, sa deuxième chance. Il fallait que Claire capte la confiance de cette femme sans outrepasser ses limites. Pour se protéger, protéger Jody et faire bonne impression.

— Puis-je vous aider en quoi que ce soit ? demanda-t-elle enfin.

— M'aider moi ? Non.

— Bon. S'il se passe quelque chose, si vous avez simplement besoin de parler à quelqu'un, n'hésitez pas à me rappeler. Je vais vous donner mon numéro personnel.

— Je n'ai pas de stylo, dit la mère. Mais je vous remercie quand même.

Claire raccrocha, frustrée.

25

— Vous vous rappelez la bille jaune ? s'enquit Jody lors de sa conversation suivante avec Claire. Elle est partie. Évaporée.

La bille manquante, un concept bizarre en soi, était la preuve que quelque chose n'allait vraiment pas, et peut-être de manière irrévocable. Jody s'était révélée incapable de protéger la pièce la plus fragile de son être, et celle-ci avait disparu. Sans une sentinelle vigilante, la vraie Jody n'était pas apte à survivre. A l'instar de sa mère biologique, incapable de prendre soin de son nouveau-né, et de sa mère adoptive, démunie des compétences nécessaires pour soigner un enfant malade, Jody ne savait pas prendre soin d'elle. Elles étaient toutes trois incapables de se porter secours mutuellement. Telle était la vérité de son enfance, de sa vie, la vérité non dite qu'elle avait redoutée jusque-là. Elle avait toujours su ce qui arriverait ; c'était parfaitement logique. Une seule chose l'étonnait : que cela ait mis si longtemps à se produire.

— Je veux rentrer chez moi, déclara Jody au spécialiste des maladies infectieuses.

L'homme était à son chevet, sa blouse blanche protégée par une autre blouse en papier, chaussures sous cloches de plastique, un masque sur le visage, des gants en latex sur ses mains fines. A travers le latex, on apercevait des poils sur ses phalanges.

— Vous préférez guérir ou rentrer chez vous ? demanda le médecin.

— Je ne savais pas qu'une de ces propositions annulait l'autre, dit Jody.

Personne n'avait l'air de l'écouter.

Gary Marc lui fit porter une caisse d'eau minérale provenant de sa source personnelle, en Suisse, en lui recommandant de ne boire sous aucun prétexte l'eau que lui fournirait l'hôpital dans une carafe en plastique, sans doute infestée de bactéries mortelles.

Interflora lui livra, de la part d'Ellen, un bouquet d'œillets écarlates, avec une petite carte où une main inconnue et maladroite avait écrit : Meilleurs vœux de prompte guérison.

— Je ne veux pas mourir à Los Angeles, dit Jody à sa mère.

Ilene, Bob et d'autres étudiants de l'UCLA envahirent sa chambre, se vautrèrent sur son lit. La mère de Jody se cantonna sur une chaise, près de la fenêtre, et fit des mots croisés. Jody ne l'avait encore jamais remarqué, mais sa mère avait quelque chose d'intouchable. Maintenant elle comprenait : son cœur était scellé dans une boîte translucide, mais impénétrable.

— Tu nous joues le remake de *Tendres Passions* ? demanda une de ses amies en jouant avec sa perfusion.

— On avait le choix entre toi et *La Ménagerie de verre*, dit Ilene. On s'est dit que ça se valait : déprimant, ennuyeux, classique.

— Tu es affreuse à voir, dit une fille.

— Merci.

— Mais non, voyons. Je veux dire... La semaine dernière, tu étais très bien.

— C'est l'éclairage, fit Jody.

Ils levèrent tous les yeux sur le tube au néon fixé au-dessus de sa tête et hochèrent la tête.

Une infirmière entra enfin et jeta tout le monde dehors.

— Vous venez voir votre amie ou vous essayez de

253

l'étouffer ? protesta-t-elle en les obligeant à se lever du lit. Allez, laissez-la se reposer, maintenant.

— C'est vrai, dit sa mère après leur départ, ils n'auraient pas dû rester aussi longtemps.

— Tu n'avais qu'à leur dire.

— Je n'ai pas voulu m'en mêler. Ce sont tes amis.

La mère de Jody prit un linge humide et se le passa sur le visage et le cou.

— Tu te plains toujours que je n'aime pas tes amis. Je n'ai pas voulu intervenir.

— Maman, je suis à l'hôpital. Je suis malade à crever. L'intervention a déjà commencé.

— Tu sais, reprit sa mère en se versant un verre de l'eau de Gary Marc, je ne peux pas venir ici deux fois par an. Papa a besoin de moi à la maison. Il n'a pas l'habitude de vivre seul. Ça ne lui réussit pas.

— Je ne peux pas te croire.

— Je suis là, non ? Je ne serais pas venue si je n'avais pas eu l'impression que c'était important. Et je reste assise sur cette chaise à longueur de journée, à me faire du mauvais sang.

— Tu te fais du mauvais sang pour qui, maman ? Pour moi, ou pour toi ?

— Tu es de mauvaise humeur parce que tu ne te sens pas bien, c'est tout, poursuivit sa mère en remplissant son verre une deuxième fois.

— Va-t'en, dit Jody. Sors de la chambre. Je n'ai pas la force de me disputer avec toi.

Sa mère se rassit et reprit ses mots croisés. De temps en temps elle posait à Jody une question comme : « Une actrice qui s'appelle Somers, ça te dit quelque chose ? »

Jody remonta le temps. Elle se rappelait avoir levé le doigt, en huitième, et dit à la maîtresse qu'elle avait mal au cœur. La secrétaire de l'école lui avait pris la température dans son bureau et avait téléphoné à sa mère. « Elle dit qu'elle a envie de vomir, mais elle n'a pas de fièvre... Si, bien sûr, je peux la garder avec moi un petit moment, en attendant qu'elle se sente mieux. »

Dix minutes plus tard, Jody vomissait tripes et boyaux, et personne ne répondit quand la secrétaire rappela sa mère. Finalement ce fut une voisine, professeur de dessin bénévole, qui la prit en charge. Jody passa l'après-midi allongée sur un canapé, avec le sentiment d'être à des millions de kilomètres de chez elle. Pourtant, par la fenêtre de la chambre de la voisine, on voyait sa maison, distante d'une centaine de mètres.

Pendant la nuit, il y eut un décès dans le service de Jody. Elle entendit une sorte de tocsin, puis des roues métalliques et des semelles de crêpe sur le carrelage du couloir. Il y avait des malades du sida, à son étage. Elle le savait, elle les avait vus passer devant sa porte, et sa mère lui racontait ce qui se passait dans les couloirs.

— Comme c'est triste, dit-elle à Jody.

Jody ne répondit pas. Elle ne voulait pas le savoir. Elle était du mauvais côté du lit. Les yeux fermés, elle s'imagina qu'elle mourait sans savoir qui elle était ni d'où elle venait. Drôle de moment pour réaliser l'importance qu'elle accordait à son histoire, se dit-elle.

Lorsque la fièvre tomba, Jody se sentit encore plus mal, épuisée, moulue. Sa voix n'avait plus rien d'humain, on aurait dit qu'on frottait du papier de verre sur une surface quelconque. Sous l'œil de sa mère, une infirmière l'aida à se lever et aller jusqu'à la salle de bains. Jody s'appuya au lavabo et se vit dans le miroir pour la première fois : une inconnue, blême et maigre. L'infirmière l'aida à se recoucher. Elle dormit.

Dans la nuit, l'interne qui avait glissé son test sanguin dans sa poche entra furtivement dans la chambre, lui prit la main et murmura :

— Négatif.

Jody le regarda, cligna des yeux. Elle n'était pas sûre

d'être réveillée. Elle n'était pas sûre que cette vision ne sortait pas de son imagination.

— Négatif, répéta-t-il en lui serrant la main si fort qu'il lui fit mal. Un virus. Une saleté de virus, point à la ligne.

Le matin venu, elle faillit le dire à sa mère, puis se ravisa. A quoi bon ?

Deux jours après, un des médecins l'ausculta.

— C'est fini, dit-il. Vous êtes libre. Je vous relâche. Rentrez chez vous.

Il mima un avion en agitant les bras de bas en haut.

— Mais je ne peux pas marcher, je peux à peine parler. Je ne me souviens de rien. J'ai toujours l'impression que je suis en train de mourir.

— C'est un virus. Ça arrive. Voyez votre médecin de famille la semaine prochaine. On va vous faire d'autres analyses et vérifier quelques points.

— C'est tout ?

— A ma connaissance, oui.

Sa mère mit ses affaires dans un sac-poubelle en plastique et Jody se traîna jusqu'à la sortie.

— Ils ont l'air de connaître leur affaire, dit sa mère. Il faut bien faire confiance à quelqu'un.

— Non, il ne faut pas, répliqua Jody.

Chez elle, Jody se mit au lit et réserva des billets d'avion pendant que sa mère faisait le ménage, dégivrait le réfrigérateur, et égrenait son chapelet de lamentations. Une amie accepta de s'occuper de sa voiture et de son appartement en son absence. Jody s'arrangea pour qu'on fasse suivre son courrier, annula son abonnement au journal, et chargea quelqu'un de prévenir ses professeurs. Elle se sentait de plus en plus mal.

— Tu as récupéré de l'énergie, dit sa mère en lui apportant un jus de fruits.

— Ce n'est pas de l'énergie, dit Jody, c'est de l'hystérie.

Il lui semblait qu'il fallait qu'elle se dépêche de rentrer chez elle, que l'occasion qui se présentait maintenant était sa dernière chance, et qu'elle ne durerait pas. Elle était bien décidée, au moins, à partir vivante.

— L'avion ne va pas s'écraser, hein ? demanda-t-elle à Claire.

— Vous êtes trop malade pour ça, dit Claire, et, bizarrement, ce fut réconfortant.

Un fauteuil roulant et un préposé attendaient Jody à l'entrée de l'aéroport. Il conduisait comme s'il était aux commandes d'un chasse-neige. Sa mère suivait à quelques pas, comme une étrangère. Après les formalités d'enregistrement, Jody s'installa elle-même dans un autre fauteuil, plus étroit, qui tenait du chariot à bagages. Deux hommes en salopette d'American Airlines la hissèrent sur la rampe d'accès. Là, elle eut l'impression d'être une malle-cabine remplie de porcelaine. En haut des marches, elle mit pied à terre et longea lentement le couloir jusqu'à sa place. Il faisait chaud, mais elle portait un col roulé, un chandail, des chaussettes et un bonnet de laine, ce qui ne l'empêchait pas de grelotter. Sa mère s'assit de l'autre côté du couloir et se plongea dans la lecture du magazine de bord. Lorsque Jody la pria de demander une couverture à l'hôtesse, elle la regarda, bouche bée. Jody la détesta. Elle détestait cette mère, car elle se révélait incompétente, et ne pouvait ou ne voulait l'aider en rien.

26

— Vous avez des projets pour Thanksgiving ? demanda Claire à Jody.

Elle profitait d'un court instant de liberté entre ses patients et les innombrables emplettes qui l'obligeaient à arpenter Manhattan du nord au sud.

— Eh bien, j'ai eu un instant l'intention de me retourner du côté gauche, mais j'ai dû renoncer à cette idée. Dès que je remue la tête, la pièce bascule.

Depuis près de trois semaines, Jody était prisonnière dans la maison de ses parents, clouée au lit, confinée dans son enfance.

— Je n'en peux plus, d'être ici, dit-elle.

— Vendredi, quand vous irez chez le médecin, je tiens à ce que vous lui disiez que je vais l'appeler. Il faut que je lui parle.

Claire ne comprenait pas que personne ne fasse rien. Pourquoi ne soignait-on pas Jody ?

— Vous avez mon numéro à Long Island, n'est-ce pas ? J'y passerai le week-end.

— Super. Amusez-vous bien.

— Je vous téléphonerai demain, à un moment ou à un autre.

— Rien ne vous y oblige.

— Je sais ce que j'ai à faire.

La veille de Thanksgiving, les Roth au grand complet, emmitouflés dans leurs manteaux d'hiver — Adam avait enfilé le sien par-dessus sa combinaison de Spiderman —, se lancèrent à l'assaut de la nuit. Il était dix heures du soir.

— Vous allez à la parade ? demanda le portier à l'accent espagnol très prononcé.

— Je suis Spiderman, déclara fièrement Adam en jetant les bras en l'air comme pour s'envoler.

Claire redoutait ce bain de foule : des masses de gens bien décidés à s'amuser à bon compte, lâchés dans les rues de la ville. Pour regarder les autres. Pour regarder les autres regarder les autres. Elle était certaine qu'ils ne pourraient pas s'approcher assez pour voir quoi que ce soit.

La circulation était si intense qu'ils descendirent de leur taxi à la hauteur de la 72e Rue et continuèrent à pied. Les trottoirs grouillaient d'individus en parkas de couleurs vives, avec bonnets de laine, écharpes bariolées, un manteau de fourrure de temps en temps, ils tenaient entre leurs mains protégées par des gants épais des tasses de chocolat bouillant achetées à des marchands ambulants.

— J'en veux, gémit Jake.

— Non. Tu attraperais le choléra, répondit Claire.

Sam rit, mais ne la contredit pas.

— Quelle colère ?

La 78e Rue était interdite à la circulation entre Central Park West et Columbus Avenue. De gigantesques projecteurs mobiles diffusaient un éclairage d'un autre monde et des camions-citernes blancs, remplis d'hélium, étaient garés le long de Central Park. Les ballons — Spiderman, Tortues Ninja, Snoopy, Betty Boop, etc. — prenaient lentement vie et ampleur au bout de leurs tuyaux d'hélium. Des centaines de petits enfants, juchés sur les épaules paternelles, écarquillaient les yeux. Des étudiants, ivres de bière et d'amphétamines, escaladaient les grilles en fer du musée d'Histoire naturelle.

— Partons à la plage ce soir, souffla Sam à l'oreille de

Claire une heure et demie plus tard, dans le taxi qui les ramenait chez eux ; Adam dormait contre son épaule. Ce sera plus simple. Il n'y aura pas d'embouteillages. On y sera dans moins de deux heures. Je vais chercher la voiture, ajouta-t-il en sortant de sa poche des billets froissés de un dollar pour régler le chauffeur quand le taxi fit halte devant le numéro deux de la Cinquième Avenue. Retrouve-moi en bas dans dix minutes.

Claire hocha la tête et le regarda s'éloigner, Adam jeté sur son épaule comme un vieux chandail. Jake et elle montèrent chercher les provisions qu'elle avait accumulées pendant toute la semaine. Pour manifester sa bonne volonté, Claire avait accepté d'inviter la détestable sœur de Sam, son mari et leurs deux cinglés d'enfants : l'une était anorexique et l'autre hyperactif. En échange, Sam avait consenti à accueillir Naomi, son mari et leurs enfants. Et Claire l'avait convaincu que tout ce petit monde serait beaucoup mieux à l'auberge d'Easthampton. Elle avait demandé à chacun d'apporter quelque chose et la sœur de Sam avait proposé une cassolette de patates douces, en précisant : « Et je ferai la farce. »

Les enfants dormaient sur le siège arrière. Claire et Sam bavardaient à voix basse. Pendant les silences, Claire pensait à Jody. Elle aurait voulu parler d'elle à Sam mais ne savait pas comment s'y prendre.

— On est sur la bonne route ? s'enquit-elle.

Dans le noir, elle ne reconnaissait pas le chemin, pourtant familier.

— La même que d'habitude, dit Sam en négociant un virage. Tiens, voilà l'étang d'Easthampton, ajouta-t-il en désignant une flaque d'un noir gras sur sa droite.

Simon's Lane était désert. Aucune lumière nulle part, ni dans les maisons ni sur les terrasses. La lune était cachée derrière les nuages. Claire n'avait jamais vu de nuit aussi obscure.

— Laisse les phares allumés, qu'on voie la porte, demanda-t-elle à Sam.

Sam porta Adam dans la maison. Claire suivit avec les sacs de nourriture, qu'elle posa dans l'entrée, puis elle retourna chercher Jake.

— On est arrivés, dit-elle en le secouant par les épaules. Rentre vite, et file au lit.

— Je reste ici, marmonna Jake.

Claire s'empara de la dinde et la cala contre sa hanche, comme un bébé. De sa main libre, elle attira son fils à elle.

— Allez, viens, je vais te porter.

Quelques minutes plus tard, Sam sortit de la cuisine pour éteindre les phares, mais il fit immédiatement volte-face et saisit la main de Claire, qui sursauta. L'horloge indiquait deux heures trente-neuf.

— Viens, murmura-t-il, en l'entraînant vers la porte. Chut.

Il ouvrit la porte-écran et désigna quelque chose à Claire, au fond de la cour. Un cerf se dressait dans la lumière des phares.

— Si j'étais un pionnier, souffla-t-il tout contre sa nuque, demain, on mangerait Bambi.

Le matin venu, Claire fit du chocolat chaud. Elle remplit la tasse de Jake du breuvage fumant et lui permit de manger autant de marshmallows qu'il voulait. Elle avait posé le sac sur la table et le regardait se servir, tremper la sucrerie dans sa tasse et l'enfourner bruyamment. Lorsqu'il en fut à huit, elle cessa de compter et tourna le dos.

Après s'être débarrassée de Sam et des garçons, qu'elle avait expédiés tuer le temps à Montauk, Claire s'attaqua au ménage, qu'elle fit à fond, puis aux carottes et aux asperges. Elle ne pouvait se défaire de l'impression qu'elle rendait un service à quelqu'un. Ce n'était pas vraiment sa maison ; les invités ne faisaient pas vraiment partie de sa famille. Elle apprêta la dinde, afin qu'elle rôtisse lentement et longtemps, mélangea la purée de pommes de terre avec les petits pois et les oignons blancs, mijota une ventrée de sauce aux canne-berges — qu'elle sucra trop avant d'y ajouter trop de citron — pour compenser. Elle éplucha les pommes pour les tartes et, à midi, la bête dans le four, le visage et les mains blanchis par la farine, elle se pencha sur son billot de boucher et entreprit de pétrir une pâte à tarte, en se fiant à quelques réminiscences des cours d'économie domestique qu'elle avait suivis à l'école. Au moment où elle allait glisser les tartes dans le four, on frappa lourdement à la porte principale. Claire ne trouva pas la clé du verrou.

— J'arrive ! s'exclama-t-elle en fouillant dans la boîte à clés posée sur le manteau de la cheminée.

Puis elle abandonna, écarta ses cheveux de son visage et ouvrit la porte de la cuisine :

— Je suis là ! Venez par ici ! cria-t-elle.

— Par où ? demanda la sœur de Sam. Je ne te vois pas.

Claire sortit et avança pieds nus sur le gravier.

Nora était au beau milieu du jardin, juchée sur de hauts talons qui s'enfonçaient dans la terre meuble.

— Ah ! te voilà ! On est arrivés. Je parie que tu pensais qu'on ne trouverait pas.

Je l'ai espéré, j'ai prié pour, s'avoua Claire *in petto*.

— Eh bien, entrez donc, puisque vous êtes là.

Nora se retourna et aboya :

— Apporte la glacière !

L'injonction s'adressait à son mari, Manny. Debout dans l'allée, il grattait les déjections d'oiseaux qui souillaient le capot de leur Cadillac noire. Nora entreprit de traverser le jardin. A chaque pas, ses talons s'enfonçaient dans la terre, comme d'interminables échasses. Elle finit par y laisser une chaussure. C'est en équilibre précaire, perchée sur un pied, qu'elle se pencha pour arracher à la boue son escarpin de chez Ferragamo.

— Elles sont fichues, dit-elle en atterrissant enfin sur l'allée.

Manny arriva, une glacière de taille moyenne à la main.

— Ce sont les patates douces et la farce, dit Nora en montrant la glacière. Je les ai gardées au frais.

Claire la regarda, perplexe.

— Pour qu'elles ne s'abîment pas, expliqua Nora.

— Entrez donc, dit Claire en se retournant vers la maison.

— Oh ! Tu ne portes pas de chaussures ! s'étonna Nora. C'est la mode, ici ?

— Vous êtes passés à l'auberge ? leur demanda Claire au moment où ils entraient.

— Non. On est venus ici directement, dit Manny en donnant de petites tapes protectrices sur la glacière, comme si elle courait un danger immédiat.

— On ferait peut-être mieux de les appeler pour les prévenir que vous êtes dans les parages. Où sont les enfants ?

— Dans la voiture, répondit Manny. Ils ne veulent pas sortir.

— Ils ont du mal à s'adapter, dit Nora. Ils sont timides.

Claire hocha la tête, comme si elle comprenait.

— Sam et les garçons ne vont pas tarder. Installez-vous, mettez-vous à l'aise. J'ai encore un truc ou deux à faire à la cuisine. Je vous sers quelque chose ?

— Je me suis apporté du Coca Light. Il est dans la glacière. Donne-moi juste un verre. Manny, apporte-moi un de mes Coca.

Manny s'exécuta. Claire s'empressa d'aller chercher un verre pour sa belle-sœur. Elle le prit dans l'égouttoir, encore chaud, et le tendit à Nora qui sortit un mouchoir de sa poche et en essuya l'intérieur.

— La poussière, expliqua-t-elle.

Claire marmonna une excuse et se réfugia dans la cuisine, où elle se servit un verre de vin plein à ras bord. Puis, elle arrosa la dinde, remua la sauce, jeta un coup d'œil à ses tartes et se posa sur une chaise en espérant qu'ils ne remarqueraient pas son absence.

— Pourquoi Melanie et Jonathan regardent-ils la télévision dans la voiture ? demanda Sam en revenant.

— Tu es en retard, ils sont là depuis une demi-heure.

Les tartes de Claire, parfaites, refroidissaient sur le plan de travail. Sam se pencha pour en respirer l'odeur.

— Tu n'en as fait que deux ? s'étonna-t-il.

Naomi et Roger arrivèrent avec leurs trois fils. La maison se remplit du vacarme de cinq garçons jouant à la guerre.

— La pile de mon Watchman est morte, geignit Jonathan, le fils de Nora, lorsque sa sœur et lui se décidèrent enfin à les rejoindre.

Au moment de passer à table, Claire était ivre morte. Elle avait passé l'après-midi à s'esquiver dans la cuisine sous le premier prétexte venu et, à chaque occasion, s'était servi un verre de vin qu'elle buvait en vitesse. Un peu vaseuse, elle présidait la tablée en picorant dans son assiette, et laissait couler sur elle le flot des compliments.

— Où as-tu acheté tes tartes ? demanda Nora.

— Je ne les ai pas achetées, dit Claire d'une voix un peu indistincte. Je les ai faites.

— Vraiment ? La pâte est délicieuse. Tu l'as trouvée en surgelée ?

— Mais non, mais non. (Claire se leva pour débarrasser.) Fée maison.

Sam et Jake rirent. Chez le marchand de glaces, il y avait un panneau qui annonçait : CHILI FÉE MAISON.

— Qu'est-ce qu'il y a de si drôle ? s'enquit Nora.

— Toi, marmonna Claire entre ses dents, en s'éloignant.

Elle trébucha sur l'unique marche de la cuisine. Les assiettes s'envolèrent, éparpillant dans toute la pièce les vestiges multicolores du repas de Thanksgiving.

— Merde ! dit Claire. (Puis elle lança à la cantonade :) Qui veut un peu de verre pilé dans son café ?

Sam entra dans la cuisine, évalua les dégâts, et lui conseilla en souriant de monter se reposer.

— Ça vaudrait peut-être mieux, dit Claire. Tu t'occuperas de tout ça ?

Sam hocha la tête et, sans prendre congé de ses invités, Claire monta dans sa chambre sur la pointe des pieds.

Quelques instants plus tard, Naomi la rejoignit et s'allongeait à côté d'elle sur l'immense lit.

— Nora fait sa mijaurée avec Sam. « Je ne savais pas que Claire était alcoolique », fit-elle en imitant la voix de Nora. « Mais j'aurais dû m'en douter. Tous les non-Juifs le sont. »

Claire éclata de rire. Plus elle y pensait, plus elle riait. Puis elle se leva d'un bond, courut à la salle de bains et vomit.

— Ça va aller mieux, maintenant, dit Naomi, de la chambre. Tu n'as jamais tenu l'alcool.

Claire réapparut, une serviette mouillée sur le visage et les lèvres.

— Oh, que je me sens mal !

— Ça se voit ! Tu as une de ces têtes ! Mais ton dîner était super, sans blague. Et les tartes ! Quatre étoiles.

Claire s'allongea.

— Surgelées, bien entendu ? Elles sont si bonnes qu'elles doivent l'être ! fit-elle en imitant à son tour Nora.

— Je vais donner un coup de main à Sam. Tu n'as besoin de rien ?

— Non, merci. Passe pour le petit déjeuner, d'accord ? Je ferai des toasts et on ira se balader.

— D'accord. Dors bien.

Claire se redressa.

— Surtout vérifie bien qu'elle n'oublie pas sa glacière.

— Ni ses chieurs de mômes, ajouta Naomi en refermant la porte derrière elle.

Claire se cala sur les oreillers et téléphona à Jody.

— Bonsoir, dit-elle doucement lorsqu'elle entendit la voix de Jody.

— C'est pour qui ? fit une voix aiguë, de loin.

— C'est pour moi, tante Sylvia, dit Jody.

— Quelqu'un que tu connais ?

— Ferme la porte, s'il te plaît, demanda Jody à sa tante. Pardon, dit-elle en revenant à Claire, toute la famille est là mais la seule personne qui ait daigné me rendre une petite visite, c'est une vieille tante de quatre-vingt-huit ans. Avant qu'ils n'arrivent, ma mère avait fermé la porte de ma chambre, comme si elle avait honte de montrer un placard en désordre.

— Vous me manquez, dit Claire. Ça vous plairait, ici. C'est beau, et les gosses peuvent jouer dehors, faire du vélo, et plein de choses impossibles en ville.

C'était la première fois qu'elle mentionnait ses enfants. Elle l'avait fait consciemment : à quoi bon continuer à prétendre qu'ils vivaient, Jody et eux, dans deux mondes séparés ? Ils n'allaient pas tarder à se connaître pour de vrai.

Jody garda le silence quelques instants.

— Ne devriez-vous pas être superoccupée ? A empaqueter les restes, à bourrer les... gosses d'Alka Seltzer.

— J'ai préféré bavarder un moment avec vous, dit Claire en remontant son oreiller, inquiète à l'idée de vomir à nouveau. Il faut que vous reveniez à New York.

— Je ne peux pas.

— N'en discutons pas maintenant. Mais il le faut. Je vais vous trouver un médecin. Nous nous débarrasserons de votre sous-locataire, et nous trouverons quelqu'un pour vous faire vos courses. Il est nécessaire que vous soyez ici.

— Ce n'est pas à moi qu'il faut le dire, c'est à ma mère.

— Je le ferai.

Si Jody avait été là, Claire ne se serait pas saoulée. Elles se seraient toutes les deux réfugiées dans la cuisine et elles auraient dit des horreurs sur tout le monde. Elle imagina Jody, se reposant dans la véranda, sous une épaisse couverture, ou allongée sur le canapé devant un bon feu de bois ; Claire lisait *Winnie l'ourson* tout haut, pour elle, Jake et Adam. Ou concoctait pour Jody des soupes fumantes, à base de légumes frais. « C'est du surgelé ? » Elle entendait encore la voix de Nora. Claire allait ramener Jody dans son orbite, et la guérir une fois pour toutes.

Le lundi matin, en arrivant à son cabinet, Claire commença de dresser la liste des choses dont Jody aurait besoin : des gants, des écharpes, un appartement clair et confortable, un abonnement au câble, des fleurs, un masseur, un nutritionniste. Elle relut sa liste et la déchira, puis recommença. Cette fois, elle inscrivit le nom de tous les médecins qu'elle connaissait, dont elle avait entendu parler, ou au sujet desquels elle avait lu des articles. Ensuite, elle coucha par écrit tout ce qu'elle savait de l'histoire médicale de Jody et décida qu'elle appellerait Mme Goodman pour lui demander de plus amples renseignements. Dans l'esprit de Claire, Mme Goodman et elle étaient responsables à parts égales de ce que Claire considérait comme une série d'erreurs malencontreuses ayant provoqué l'état actuel de Jody. Elle pensait que si Jody était malade, c'était parce qu'on l'avait abandonnée et remise entre les mains d'un couple accablé par le chagrin qui avait vampirisé le nouveau-né comme s'il était leur sauveur, celui qui leur rendrait la paix de l'âme. Il était fort possible que ces vingt-quatre années passées sans savoir qui elle était vraiment eussent subtilement, subrepticement, détérioré son organisme et que le déclenchement de la maladie fût l'apogée du processus.

Entre deux patients, dès le début de la matinée, Claire se démena au téléphone.

— Ce n'est pas psychosomatique, ce n'est pas le sida, et nous n'avons aucun moyen de lutter, déclara l'immunologiste qui avait suivi Jody à Georgetown.

— Alors, qu'est-ce que c'est ? Comment appelez-vous ça ?

— Un virus.

— Génétique ?

— J'en doute fort.

— Et comment traitez-vous ?

— On ne traite pas.

Claire appelait Jody au moins une fois par jour.

— Ma vie est un pur cauchemar devenu réalité, conclut

un soir cette dernière. C'est là pour de bon, ça ne s'améliore pas. A quarante ans, je vivrai toujours chez mes parents.

— Je vais me débrouiller pour vous faire revenir. Très bientôt.

Marilyn Esterhaus. C'était le nom qu'un de ses amis avait laissé sur son répondeur. Marilyn Esterhaus, hôpital de New York.

Il ne fallut pas moins de cinq messages pour que le médecin la rappelât enfin. Le téléphone sonna au moment précis où un patient s'en allait. La machine cliqueta. Claire monta le volume.

— Ici Marilyn Esterhaus. Navrée d'avoir mis si longtemps à vous joindre, mais je...

Claire prit le téléphone.

— Bonjour, je suis là.

Elle prit ses notes et relata point par point l'histoire médicale de Jody.

— Lui a-t-on fait une ponction de moelle épinière ?

— Non.

— Un scanner du cerveau ?

— Non.

— A-t-elle encore de la fièvre ?

— Toute la journée, ça monte et ça descend.

Le docteur Esterhaus réfléchit un instant.

— Voilà tout ce que je peux vous dire pour le moment. Ça fait un an que je travaille sur des cas similaires. Il nous est arrivé plusieurs fois d'isoler un soi-disant virus, mais sans aucun résultat. Je ne suis pas certaine à cent pour cent qu'il s'agisse d'un épisode viral. Cet état pourrait avoir plusieurs autres causes : une réaction du système à une altération chimique naturelle, ou une allergie. J'ajouterai bien entendu que la malade dont vous me parlez souffre peut-être de tout autre chose. Il faut que je la voie.

— Je vous ai trouvé un médecin, annonça Claire. Une femme très concrète, et très calée. Ce soir, j'appelle votre mère.

— Bonne chance, dit Jody.

Il est impératif que Jody revienne à New York. Si vous ne l'y autorisez pas, je viendrai chez vous, et je l'emmènerai de force. Ne m'obligez pas à me battre contre vous. Pensez à son bien. Jody le souhaite, elle est assez grande pour faire ce qu'elle veut. Elle ne vous appartient pas. Ce n'est même pas votre vraie fille, si vous voulez vraiment que j'aille jusquelà. Les phrases se bousculaient dans l'esprit de Claire, qui pensait à ce qu'elle dirait à Mme Goodman pour la convaincre : fallait-il proposer, exiger, suggérer ? Par quelle méthode persuaderait-elle cette femme de ramener Jody à New York en plein milieu du mois de décembre ?

— Rentrer à New York ferait du bien à Jody, à mon avis.

Elle avait choisi de démarrer doucement, quitte à hausser le ton par la suite. Sa voix, plaintive, pathétique, résonnait dans la nuit ; l'écho qui lui en revenait lui faisait l'effet d'une gifle en pleine figure.

— Ce n'est pas possible. Elle est incapable de se prendre en charge. Et je ne peux pas venir à New York à tout bout de champ.

— Il faut qu'elle retrouve son autonomie.

— La vie est très chère, chez vous, comme vous ne l'ignorez certainement pas. Elle ne travaille pas. Quand elle ira mieux, elle rentrera. Ce n'est pas moi qui l'en empêcherai.

— J'ai trouvé un médecin qui a entrepris des recherches sur le genre de maladie dont souffre Jody, poursuivit Claire, d'un ton ferme. Je comprends parfaitement que ce soit un sacrifice financier, mais toute personne a droit à son libre arbitre. La présence de Jody ici est essentielle. Je suis prête à vous aider de la manière que vous voudrez.

Chacun à un bout de la corde, la plus forte gagne Jody. Claire insistait, mettait tout son poids dans la balance. Sans s'en apercevoir, elle était engagée dans une compétition : la meilleure mère remporterait la victoire.

— J'ai pris rendez-vous pour elle mardi prochain. (Claire mentait. Elle n'avait pas encore fixé de date, mais elle avait l'intention de le faire.) Vous pourriez peut-être la ramener ce week-end. (Elle s'arrêta un instant, puis reprit.) Nous n'avons pas beaucoup parlé de vous, mais il me semble que si Jody était ailleurs, vous vous sentiriez plus légère. Ça doit être très dur, pour vous.

— Oui. Au début, je croyais que c'était une grippe !

— Moi aussi.

— Quand elle m'a appelée, de la fac, je l'ai envoyée paître. Elle prétendait qu'elle était malade depuis des semaines, et je ne l'ai pas écoutée. Vous n'imaginez pas dans quel état je suis.

— Si, si, je l'imagine.

— J'ai du mal à vous croire. Chaque fois que je vais dans ma chambre, je passe devant sa porte. Elle est couchée, comme si elle attendait quelque chose. Elle me regarde, et je ne sais pas quoi faire. J'en pleurerais !

— Ramenez-la, dit Claire. Je vous promets de bien m'occuper d'elle.

LIVRE III

LIVRE III

27

M. et Mme Goodman raccompagnèrent Jody à New York en voiture. Calée au creux de moelleux oreillers, enveloppée dans une couverture, Jody se prélassait telle une reine sur la banquette arrière ; sur son ventre était posée la caméra vidéo que ses parents lui avaient offerte pour son anniversaire, pour Hanoukka, et en guise de vœux de guérison. Ce cadeau lui donnait le sentiment d'avoir raté le gros lot, mais remporté néanmoins un superprix de consolation.

Sitôt la voiture garée devant l'immeuble, Mme Goodman ouvrit le coffre, s'empara du sac où elle avait rangé les produits ménagers et se précipita dans l'appartement en vaporisant tout ce qui passait à sa portée au désinfectant industriel, recréant ainsi une espèce de brouillard chimique propre à simuler la pureté absolue d'un environnement stérile. Jody s'attendait que sa mère lui demande d'ouvrir la bouche et de dire AHHHH, pour lui en pulvériser une bonne giclée dans la gorge.

Son père transporta les sacs pleins de bons petits plats faits à la maison. Lorsqu'il voulut s'asseoir dans un fauteuil, sa femme lui tapota l'épaule en lui montrant la porte.

— La voiture, dit-elle, va la garer. Ils volent n'importe quoi, dans cette ville !

Jody trouva l'appartement plus petit et plus glauque que dans son souvenir. Bien qu'on fût au début de l'après-midi, il y faisait déjà sombre. Un courant d'air s'infiltrait par la fenêtre. Les tuyaux clapotaient. Et si elle avait eu tort de vouloir rentrer ? Mais les dés étaient jetés. Elle était là, et elle y resterait. D'ailleurs, Claire allait l'emmener chez un médecin.

— J'ai pris rendez-vous pour la semaine prochaine, lui avait-elle annoncé. Je vous accompagnerai.

— Et vos patients ?

— Je me suis débrouillée. A moins que vous ne préfériez y aller seule ?

— Non, pas spécialement.

— J'ai demandé à vos parents de passer au cabinet après vous avoir déposée. Il m'a semblé utile que nous ayons une petite conversation, tous les trois. Ça vous ennuie ? Souhaitez-vous y assister ?

— Non.

— Bien. Je les verrai donc à quatre heures.

Sa mère fit le lit avec des draps qui sentaient le chlore. Elle accrocha des serviettes propres dans la salle de bains, remplit le réfrigérateur de jus de fruits et de plats congelés, et prit congé.

Jody porta la caméra vidéo à ses yeux et filma sa mère s'en allant.

— Nous t'appellerons ce soir, de la maison, lui dit sa mère en lui envoyant des baisers inoffensifs du bout des doigts tout en reculant vers la porte.

— Pourquoi ne passez-vous pas la nuit ici ? Descendez dans un hôtel, allez au théâtre, amusez-vous. L'aller et retour dans la journée, ça fait une trotte.

— Le théâtre, c'est toujours la même chose. De plus, ton père aime dormir dans son propre lit. Allez, je t'appelle.

Jody ferma la porte et mit la chaîne de sécurité, étonnée que ses parents n'aient pas mentionné leur rendez-vous avec Claire. S'imaginaient-ils, par hasard, que c'était un secret ?

Le téléphone sonna. Jody décrocha, s'attendant à entendre la voix d'Ellen.

— Salut ! Bienvenue ! Peter Sears, à l'appareil.

Le garçon qui vous jouit sur le ventre, faillit ajouter Jody, qui se retint.

— Je ne peux pas te parler maintenant, dit-elle.

— Je suis au courant. Un pote de mon père est pote avec quelqu'un de chez Gary Marc. Il dit que tu as failli mourir. J'ai pensé que tu aurais peut-être envie d'aller au cinéma, ou... — il marqua un temps — qu'on pourrait rester à la maison, et jouer.

Jouer à quoi ? se demanda Jody. Toc toc toc, qui est là ? Il n'y a personne pour le moment, mais je reviendrai dès que tu auras le dos tourné.

— Je suis malade. Je ne peux pas te voir.

— Tu n'es pas genre enceinte, au moins ?

— Je ne suis genre rien du tout !

Jody raccrocha violemment.

— Alors, te voilà de retour parmi les vivants ? lui demanda Michael qui lui téléphona un peu plus tard.

— On peut dire ça comme ça.

— J'ai bavardé avec Harry, la semaine dernière. Il pense que soit tu t'es suicidée, soit tu es entrée au couvent. Tu devrais lui passer un coup de fil. Bon. Écoute. Tu veux bosser à mi-temps pour moi ? Deux jours par semaine, tu gérerais mon linge sale, comme avant ?

Jody aurait volontiers accepté. Elle voulait s'occuper. Mais elle ne pouvait savoir ni où ni quand elle serait à nouveau obligée de s'allonger pour ne pas tomber, en proie à un accès de cette fièvre énigmatique qui lui résonnait dans la tête comme un ténébreux tam-tam tribal. Elle ne voulait pas qu'on la voie vaciller sur le chemin de la photocopieuse et s'effondrer dessus. Elle ne voulait pas que le premier venu demande à Michael pourquoi il avait engagé une handicapée.

— J'aimerais, mais je ne peux pas. Pas encore.

— Bon. Fais signe, le jour où tu voudras.

— Merci.

Michael était plutôt gentil, pour un connard.

28

— Parlez-moi de Jody, dit Claire. Comment s'est passé le voyage ? Comment se débrouille-t-elle ?

— Elle s'installe, dit Mme Goodman.

— Parfait, parfait. Je voudrais que vous me donniez un certain nombre de renseignements la concernant. Nous avons discuté, Jody et moi, de son adoption. J'aimerais en savoir un peu plus sur le sujet.

Claire croisa les jambes, saisit son bloc et se prépara à prendre des notes tout en regardant les Goodman. Petits et rondouillards, ils avaient l'allure de gens qui ont été grands, autrefois, et qu'un événement quelconque, un accident, peut-être, a légèrement tassés.

— A la naissance de notre fils, il y a eu des complications, répondit la mère de Jody. Après, on ne pouvait plus avoir d'enfants.

— Ben avait un problème au cœur, ajouta M. Goodman.

Ben — un nom qu'elle ignorait jusque-là. Sam et Claire avaient envisagé d'appeler Adam Benjamin, avant d'opter en fin de compte pour un prénom plus court.

— Du temps de Ben, ce n'était pas comme maintenant, poursuivit-il. Il n'y avait pas tous ces spécialistes, toutes ces machines, on ne faisait pas de miracles. On s'est débrouillés tout seuls. Il a vécu neuf ans. Parce qu'on a pris soin de lui. Sa mère a pris soin de lui, et grâce à elle il a vécu neuf ans.

— Avez-vous adopté Jody avant ou après la mort de votre fils ?

— Ben, la reprit M. Goodman. On lui avait donné le nom de mon père, qui est mort à cent un ans. Quand on s'est mariés, on voulait avoir quatre ou cinq enfants. Le plus possible.

— Bien après, dit Mme Goodman. Un avocat que nous connaissions nous a téléphoné un beau jour, pour nous dire qu'il avait entendu parler d'un bébé à adopter.

— Que vous a-t-il dit exactement, s'enquit Claire, un peu trop fort.

Elle avait l'impression de s'entendre raconter le côté pile de l'histoire de sa vie.

— Il faisait des mystères, répondit Mme Goodman qui tortillait les doigts comme si elle pouvait en faire des nattes. Ce n'est pas facile de perdre un enfant. Nous avions toujours voulu que Ben ait une sœur. Et nous nous retrouvions avec cette belle petite fille, mais lui, il n'était plus là. Il l'aurait tellement aimée. Chaque fois que je confiais Jody à quelqu'un j'étais morte d'inquiétude. Si nous sortions le soir, j'étais persuadée qu'on viendrait me la voler dans son berceau.

— Votre couple a dû en souffrir.

Les Goodman ne répondirent pas.

— Je l'aime autant que toi, dit M. Goodman à sa femme d'une voix douce. Tu le sais. Je ne le montre peut-être pas assez, mais il n'empêche.

Il remonta sa montre et la porta à son oreille pour écouter pendant quelques secondes le tic-tac régulier.

— Vos angoisses étaient peut-être provoquées par la mort de votre fils plus que par l'arrivée de Jody, suggéra Claire.

Les Goodman décevaient Claire. Pendant vingt-quatre ans, elle s'était complue à imaginer pour son enfant une famille brillante et raffinée, aux manières européennes : bibliothèque aux livres reliés cuir, tapis d'Orient, vacances en France. Et elle avait en face d'elle une femme habillée d'un ensemble en jersey, aux cheveux laqués, une épaisse chaîne en or en sautoir, sans aucun des signes révélateurs de quelqu'un qui se serait vu confier une mission aussi délicate. Cette femme aurait pu être la mère de n'importe qui. Claire respira à fond et décida de donner une dernière chance aux Goodman.

— Vous savez, quand elle était petite, toute petite, elle a été très malade, poursuivit Mme Goodman. Elle avait de terribles otites. J'ai cru devenir folle ! Dans ces salles d'attente, avec elle sur mes genoux, je me disais que j'allais en mourir ! Ça faisait trop ! Mais elle a guéri, Dieu merci. Et voilà que ça recommence. Vous n'imaginez pas à quel point on se sent coupables. On ne voulait pas qu'elle aille à Los Angeles. Je n'ai jamais voulu qu'elle quitte la maison.

— Mais c'était le souhait de Jody. Il était normal qu'elle fasse tout pour réussir.

— La voir dans cet état, ça fait tout remonter à la surface, dit Mme Goodman.

— Et les parents naturels de Jody ? Vous a-t-on renseignés à leur sujet ?

— Des gens très sains. La santé, c'était très important, pour nous. La mère était une fille de très bonne famille, pas mariée. On n'a rien su de plus.

— Et vous vous êtes contentés de ça ?

— On n'avait pas le choix. On voulait un enfant.

— Comment s'appelait cet avocat ?

M. Goodman se frotta le menton pensivement.

— Ça fait si longtemps ! Je ne me rappelle pas. Il est mort il y a une quinzaine d'années, c'est tout ce que je sais.

— A l'époque, c'était différent, ajouta Mme Goodman. Quand on adoptait un enfant, on ne déjeunait pas avec la mère naturelle.

— Bien, dit Claire. Quel genre d'enfant était Jody ?

Mme Goodman joignit les mains, renversa la tête en arrière et ferma les yeux, comme si elle se préparait à entrer en transe.

— Toutes les petites filles du quartier venaient à la maison avec leurs animaux en peluche. Jody adorait les peluches et les fêtes d'anniversaire. Elles mettaient la table, asseyaient leurs peluches tout autour et posaient un biscuit ou un bonbon à chaque place. Puis elles mangeaient toutes les friandises. Quelle quantité de biscuits j'ai pu faire !

Mme Goodman rouvrit les yeux, elle riait.

Claire sourit.

— Quoi d'autre ?

L'évocation des moments agréables de cette vie de famille l'écœurait, comme si elle avait mangé trop de sucreries. Mais elle en voulait encore, elle en voulait autant qu'elle pourrait en avaler.

— Le jour de sa première rentrée à l'école primaire, dit Mme Goodman, je lui ai mis une robe à smocks, et je l'ai accompagnée, à pied. Je suis restée là. Toute la journée. Derrière la porte, avec d'autres mères. On était incapables de s'en aller.

— Et ensuite ?

— Tout le monde l'aimait. Elle avait plein d'amis. Il y avait toujours une foule de gosses à la maison, ils se sentaient bien chez nous. On était très tolérants.

Quand Jody avait treize ans, à l'époque de sa première surprise-partie chaperonnée par les Goodman, Claire en avait trente-deux. Sam et elle étaient mariés, ils vivaient dans la 83e Rue. Claire travaillait encore dans un centre d'urgences, elle rentrait chez elle à cinq heures du matin, fumait de l'herbe avec Sam, sortait manger deux œufs au coin de la rue, et dormait jusqu'à ce qu'il soit l'heure de recommencer.

On sonna à l'interphone.

— Tolérants ? demanda Claire.

— On ne les obligeait pas à baisser la musique, dit Mme Goodman. Il y avait du Coca et des chips dans le placard.

— Nous avons tant de choses à discuter, dit Claire. Pourriez-vous revenir demain matin ?

— Nous n'avions pas l'intention de passer la nuit ici, dit Mme Goodman en regardant son mari.

— Le pourriez-vous néanmoins ?

— Je crois vraiment que ça suffit pour le moment, insista la mère de Jody. Il faut que nous rentrions chez nous.

— Bon. S'il vous revient quelque chose, téléphonez-moi. Et si vous avez besoin de quoi que ce soit, je suis à votre disposition.

Ils hochèrent la tête.

— Oh, j'allais oublier. Une dernière question, dit Claire en reprenant son bloc. Quelle est la date de naissance de Jody ?

— Le 10 décembre 1966, répondit Mme Goodman qui s'était levée et que son mari aidait à mettre son manteau.

— C'est le jour où on vous a remis l'enfant ?

— Non. C'est sa date de naissance. A quelle heure, je ne sais pas, mais je suis certaine du jour.

Comment diable pourriez-vous le savoir, vous ? faillit demander Claire.

— Est-il possible qu'elle soit née quelques jours plus tôt ? Le 6 par exemple ?

Mme Goodman, plongée dans ses souvenirs, répondit sans attendre :

— L'avocat a téléphoné ; il nous a dit : Votre colis est arrivé, emballé dans du ruban rose. Jamais je n'oublierai ce moment. Nous avons envoyé notre pédiatre examiner le bébé à l'hôpital.

— Quel hôpital ? demanda Claire, presque menaçante.

Mme Goodman boutonnait son manteau, une espèce de hideux sac de couchage qui lui descendait jusqu'aux chevilles.

— Où est-elle née ? insista Claire.

Maussade, Mme Goodman se tourna vers son mari.

— En ville, dit-elle. Nous n'y sommes pas allés nous-mêmes.

— Columbia ? Capitol ? Doctors ?

— Oui. Un de ceux-là, répondit-elle.

— Lequel ?

Mme Goodman haussa les épaules en tirant sur ses gants.

— Je ne me rappelle pas.

Le patient qui attendait dans la salle d'attente frappa à la porte.

— Une minute ! s'écria Claire.

— Au revoir, dit M. Goodman en lui serrant la main. Et merci de vous intéresser à Jody.

— Nous aurons l'occasion de nous revoir, dit Claire.

Et les Goodman s'en allèrent.

Claire avait le vertige. La séance avait duré quinze minutes de trop. Bea était dans la salle d'attente. Claire avait du retard. La date ne correspondait pas. Tout clochait. Non. C'était une erreur, voilà tout. Une négligence dans la paperasserie. On avait vu pire : il était arrivé que des gens se trompent carrément de bébé.

Mme Goodman haussa les épaules en tirant sur ses gants.

— Je ne me rappelle pas.

29

Mardi matin, Jody prit un taxi. En sueur, elle était collée au dossier de la banquette comme si elle faisait un tour dans un de ces manèges basés sur la force centrifuge, et où l'on se retrouve plaqué contre la paroi, au mépris de la gravité.

La perspective de revoir Claire l'angoissait. Ce qui s'était passé entre elles avait été roboratif, mais la fin de leur relation l'avait soulagée. La passion dont Claire s'était prise pour son cas était presque inquiétante. Mais elle se conduisait d'une façon si naturelle que Jody se trouvait mesquine et se reprochait son sentiment de malaise : elle l'attribua à son perpétuel manque de confiance en elle.

— Je m'épanouis dans l'échec ! s'écria soudain Jody alors qu'elles étaient en chemin vers le New York Hospital.

— Ça n'arrive qu'aux nouveau-nés, répliqua Claire.

Elle avait changé : plus humaine, vulnérable, moins déesse sur son piédestal.

— Je suis un nouveau-né. Je savais que ça arriverait. Ce n'est pas parce que je ne vous en ai jamais parlé que je ne le savais pas. Je suis mon frère. Je suis ma mère. En plein processus de réalisation.

— D'actualisation, rectifia Claire.

— Comme vous voudrez.

— J'ai été très contente de faire la connaissance de vos parents.

Jody haussa les épaules.

— Vous comptez beaucoup, pour eux.

— Ce n'est pas moi, qui compte. C'est l'enfant. Les enfants comptent toujours beaucoup trop.

— Quand vous serez mère, vous comprendrez.

Le taxi s'arrêta devant l'hôpital. Jody donna un trop gros pourboire au chauffeur et trébucha en sortant de la voiture.

Jody se disait que Claire, qui avait de jeunes enfants, était habituée à emmener des gens chez des médecins et à leur expliquer ce qui n'allait pas. C'était l'unique raison pour laquelle elle avait accepté que Claire l'accompagne, mis à part le fait qu'elle était trop fatiguée pour aller où que ce soit toute seule, et parfaitement incapable, désormais, d'expliquer quoi que ce soit à qui que ce soit.

Une infirmière guida Claire et Jody le long d'un couloir où des portes fermées portaient de mystérieuses inscriptions : ATTENTION, RADIATIONS BIO, DANGER, OXYGÈNE. Puis elle tendit à Jody une fiche d'admission et les abandonna devant une porte où il était écrit : consultation n° 1.

Jody, prise de nausée, contempla les formulaires.

— Vous avez besoin d'aide ? lui demanda Claire en lui prenant le dossier des mains. Je vais vous poser les questions, répondez et j'écrirai.

Se lever et s'habiller lui avaient davantage coûté qu'une journée de travail. L'hôpital, c'était trop.

— Voulez-vous que j'entre avec vous ? proposa Claire lorsque l'infirmière vint chercher Jody.

— Non, merci.

Appuyée contre le mur blanc et froid de la salle d'examens, Jody avait l'impression de se noyer dans un épais brouillard.

Le docteur Marilyn Esterhaus entra, lui posa les mêmes et sempiternelles questions, enfila des gants de caoutchouc et lui tâta le ventre, le foie et la rate. Puis elle posa l'oreille sur sa poitrine et lui demanda de respirer profondément. Ça dura si longtemps que Jody se sentit partir, et dut se redresser et mettre sa tête entre ses genoux.

— Il est écrit ici, dit le docteur Esterhaus en désignant le formulaire, qu'on vous a fait des rayons dans les oreilles. Combien de fois ?

— Cinq ou six fois. Je ne me rappelle plus.

— On essaiera de le savoir précisément. (Le docteur Esterhaus enleva ses gants avec un petit bruit sec, un bruit de gifle ou de succion.) On va vous faire une prise de sang. Vous pouvez vous rhabiller, puis vous viendrez dans mon bureau. A propos, vous avez fait le test du sida ?

— Négatif.

— Négatif signifiant que vous n'en avez jamais fait ?

— Négatif parce qu'il a été négatif.

— Aucune raison de recommencer ?

— Pas à ma connaissance.

Le médecin sortit de la pièce. Une seconde après, Claire frappait.

— Puis-je entrer ?

— Faites.

Jody s'était rhabillée. Elle était toujours assise sur la table d'examen et n'avait pas remis ses chaussures.

— On attend quelque chose ? demanda Claire.

— Les suceurs de sang.

Le bureau de Marilyn Esterhaus était sombre et encombré de livres, de revues, de vieux numéros de *Immunology Today* ainsi que de bocaux étiquetés : PÉRISSABLE, FRAGILE, PRÉLÈVEMENTS HUMAINS.

— Vous avez toujours eu des palpitations cardiaques ?

— Mon cœur ne palpite pas, dit Jody.

— Ça arrive, avec les maladies virales. Inutile de vous inquiéter. (Elle s'interrompit un instant, pour griffonner quelques mots.) « On va vous faire un scanner du cerveau. A

284

défaut d'autre chose, ça nous servira de point de départ. Et les images sont très intéressantes.

— Les Polaroïd ne sont pas mal non plus, et j'ai le droit de les emporter chez moi.

— Est-ce nécessaire ? demanda Claire.

— Suis-je une malade imaginaire ? demanda Jody.

— Non. La maladie est bien réelle.

— Ça va s'aggraver ?

— Il faut vous détendre, c'est important. Le stress renforce les virus et affaiblit le système immunitaire.

— Que peut-on faire ? demanda Claire.

— Rien pour le moment. On aura les résultats sanguins d'ici à quinze jours. Passez le scanner et on comparera les résultats. Il existe quelques traitements expérimentaux contre les maladies immunodépressives, mais j'hésite à les prescrire. Ils peuvent être toxiques. Dans votre cas, le temps ne presse pas, alors utilisons cet avantage.

— Est-ce que je peux tomber enceinte ? demanda Jody à la surprise générale, la sienne y compris. C'est-à-dire, qu'arriverait-il si j'étais enceinte ?

— Vous ne pourriez pas mener une grossesse à terme, répondit le docteur Esterhaus.

Elle n'avait pas pu s'empêcher de poser la question. Non qu'elle envisageât la chose, mais c'était censé vous enraciner dans le monde. Quand on n'a pas de lignage, il ne reste qu'à s'en fabriquer un pour l'avenir.

— Il a un nom ? demanda Jody.

— Quoi donc ?

— Le virus.

— Attendons le résultat des examens, dit le médecin en se levant pour leur signifier leur congé.

— Vous êtes triste ? lui demanda Claire dans le taxi.

— Je n'ai rien appris de nouveau. Jody regardait les immeubles défiler ; le mouvement lui donnait la nausée.

— Nous n'avons jamais parlé de votre désir d'enfant. C'est important ?

Jody avait l'impression que Claire essayait de s'insinuer au plus profond d'elle-même, que ses questions l'envahissaient, lentement mais sûrement.

— Vous savez, poursuivit Claire, ils n'y connaissent pas grand-chose.

Jody hocha la tête. Le taxi descendait la Deuxième Avenue.

— Je vous accompagnerai au scanner.

— Rien ne vous y oblige.

— Ce n'est pas à vous de me dire ce que j'ai à faire, ma chérie, dit Claire en tapotant le genou de Jody. Je suis assez grande pour décider par moi-même.

— Elle va m'emmener passer un scanner, annonça Jody à sa mère. C'est une espèce d'aimant qui photographie le cerveau par tranches. Je ne sais pas pourquoi, mais ça me fait penser à ces omelettes, tu sais : une couche d'épinards, une couche de jambon.

— Tant mieux, dit sa mère, sans s'arrêter aux évocations gastronomiques de Jody. Si elle veut te prendre en main, qu'elle le fasse. Mais crois-moi, ce ne sera pas gratis. On recevra la note, et elle sera salée.

— Pourquoi tu ne fais jamais rien, toi ? Tu es ma mère.

— Comment oses-tu dire que je ne fais rien pour toi ? Qui t'a amenée à Los Angeles en voiture ?

— Toi.

— Et on s'est bien amusées, non ?

Jody ne répondit pas. Oui, elles s'étaient bien amusées. Pour la dernière fois. Elle ne regrettait rien, mais cela n'avait rien à voir avec ce qui était en train de se passer.

— On est comme deux amies, non ?

— Des amies, j'en ai, dit Jody. Sois ma mère.

Le centre d'imagerie par résonnance magnétique était situé

au sous-sol d'une superbe bâtisse de l'Upper East Side. Bien éclairé, décoré avec goût, il n'en évoquait pas moins le laboratoire de Frankenstein, enterré, dissimulé parmi les fondations dans une rue tranquille et élégante. Sans vouloir l'admettre, Jody était contente que Claire l'eût accompagnée. C'était le genre de lieu où l'on entrait facilement, mais dont on n'était pas certain de ressortir.

— Mode de paiement ?

Telle fut la première question que leur adressa la réceptionniste.

— Envoyez-moi la facture, dit Jody.

La femme secoua la tête.

— On paie d'avance. MasterCard ou Visa si vous voulez.

— Visa, dit Jody.

— Neuf cent cinquante dollars, je vous prie.

Jody se retint de demander s'ils faisaient une remise en cas de paiement en liquide. Elle paya puis suivit la réceptionniste dans l'escalier. Les hauts talons de Claire cliquetaient derrière elle sur les marches de marbre.

Le sous-sol immaculé était blanc et brillant, sans joints apparents, postmoderne, postindustriel, et évoquait irrésistiblement l'intérieur d'un vaisseau spatial flambant neuf, qui n'aurait encore jamais navigué.

— Ça prend combien de temps ? demanda Jody.

— Vous demanderez au manipulateur, répondit la réceptionniste en leur ouvrant la porte d'une antichambre glaciale. Déposez ici vos sacs, cartes de crédit, appareils dentaires amovibles et tout ce que vous portez de métallique ou de magnétique.

Elle leur désigna un grand panier en matière plastique.

Claire tendit son sac et elles vidèrent leurs poches. Jody avait l'impression qu'on la détroussait. Elle lâcha un rouleau de billets dans le panier.

— Le papier ne provoque aucune interférence, dit la femme en lui rendant son argent.

— Cet engin émet-il des radiations ? demanda Claire.

— Vous demanderez au manipulateur. Bon, faisons le point : pas d'épingles de nourrice ni, je vous le rappelle, d'appareils dentaires amovibles ?

— J'ignorais qu'on fabriquait encore des épingles de nourrice, fit Jody.

— Signez ici.

La femme tendit à Jody un formulaire de consentement préalable.

— En gros, dit Jody à Claire après avoir parcouru le document, ils me demandent de renoncer à toutes poursuites au cas où ils me tueraient.

— Mon mari est avocat, dit Claire à la réceptionniste. Je ne pense pas que ce papier ait la moindre valeur juridique.

La femme ne cilla pas.

— Signez, répéta-t-elle.

Jody signa.

— Le manipulateur sera là dans un instant. Vous ne devez en aucun cas ouvrir cette porte.

La femme montrait une porte en face d'elles.

— Qu'est-ce qui arriverait ? Barbe-Bleue s'évaderait ?

La femme prit le formulaire des mains de Jody et sortit sans un mot. Elles prirent place sur des chaises. Claire croisait et décroisait nerveusement les jambes.

Le manipulateur entra par la porte qu'elles n'étaient pas censées ouvrir.

— Goodman ? aboya-t-il.

Jody leva la main.

— Où sont les toilettes ?

— Cet appareil émet-il des radiations ? demanda Claire.

— Ça prend combien de temps ? s'enquit Jody. Elle peut entrer avec moi ?

— Portez-vous des épingles de nourrice, des appareils dentaires amovibles ou quoi que ce soit de métallique dans la tête ?

— Du métal dans ma tête ?

— Plaques d'acier, barrettes, et cætera ?

Claire regarda Jody.

— Je ne pense pas, fit Jody.

— Les toilettes sont là, dit le manipulateur en désignant quelque chose qui se mit à ressembler à une porte lorsque Jody l'eut examinée avec assez d'attention.

Elle pissa en deux secondes, puis se regarda dans la glace pendant cinq bonnes minutes. Y avait-il du métal enfoncé dans sa tête ? Sans qu'elle le sût ? Des clous. Des pépites d'or. Un truc quelconque, qui lui percerait le crâne et jaillirait à l'air libre en un douloureux éclair ? Claire n'avait encore jamais mentionné son mari. Un avocat ? Jody visualisa aussitôt une sorte de Raymond Burr[1].

L'engin avait la taille d'un petit réacteur nucléaire. Il y avait un trou au milieu, comme l'œil d'un cyclone. Le manipulateur fit allonger Jody sur une étroite couchette en fer qui émergeait du trou, et la recouvrit d'un drap.

— Ne bougez pas, dit-il en appuyant sur un bouton.

La couchette s'enfonça au cœur de l'engin. Jody eut l'impression qu'on la chargeait dans un canon, qu'on la réinsérait dans la matrice originelle, qu'on l'abaissait dans son cercueil. Les parois intérieures étaient à quelques centimètres de son nez.

— Même mon appartement est plus grand que ça ! s'exclama Jody.

— Tout va bien se passer, dit le manipulateur.

— Pour vous peut-être.

— Il faut que vous vous teniez tranquille.

— Combien de temps ?

— Trois quarts d'heure.

— Je ne crois pas que je pourrai.

— Vous pouvez vous installer là, et lui parler, dit le manipulateur à Claire.

---

1. Célèbre interprète du rôle de l'avocat Perry Mason dans la série télévisée du même nom *(NdT)*.

— Vous êtes certain que je ne serai pas exposée à des rayonnements nocifs ?

C'est bientôt fini, ce putain d'égocentrisme ! eut envie de hurler Jody du fond de la machine.

— Absolument certain, répondit le manipulateur à Claire. (Il prit sa main et la posa sur la cuisse de Jody.) Tenez-lui la jambe.

— Vous voulez que je vous fasse la lecture ? proposa Claire.

— Qu'est-ce qu'il y a à lire ?

— *Famille magazine*, répondit Claire en s'emparant de l'unique revue qui traînait.

— C'est parti, annonça le manipulateur au micro de l'obscure cabine qu'il avait rejointe. On se retrouve dans quarante-cinq minutes.

— « Gâteau aux pommes et aux raisins. Un dessert sain et délicieux, à déguster à l'heure du goûter ou à emporter à l'école. Trois tasses de farine, une tasse de raisins secs... »

30

Juste après le premier de l'an, Claire se mit sérieusement en quête d'une maison. Elle compressa ses horaires pour se ménager des heures de liberté ; et, avec l'impression de rêver, ou de faire une fugue, elle quittait son cabinet sans rien dire à personne, traversait le garage froid et humide et se lançait en voiture à la découverte des environs. A peine avait-elle traversé la Harlem River qu'elle avait le sentiment de glisser dans une sorte de transe inédite. Seule dans sa voiture, elle échappait à la réalité et la vraie Claire se manifestait enfin.

Elle parcourait des rues aux noms pittoresques, maraudant parmi de vastes demeures, s'attardant sur des détails comme une haie parfaitement taillée, ou une clôture peinte. Les maisons se ressemblaient assez pour que rien ne lui parût incongru ou déplacé. Il ne s'agissait heureusement pas de lotissements, ces cauchemars prémédités, estampillés et collés les uns aux autres. Ces maisons avaient poussé spontanément, mais toutes respectaient les mêmes critères de confort et de normalité. Ce qui, en soit, était rassurant.

Claire désirait la sérénité et la conformité. Une forteresse privée, une retraite imprenable. Un endroit où personne ne saurait rien, ne s'occuperait de rien, tant que les apparences étaient sauves ; un endroit qui garantirait sa sécurité.

Elle sillonnait le quartier, projetant ses fantasmes sur des maisons apparemment désertes, qui s'élevaient dans des rues vides, tout en pensant à sa famille — Sam et les garçons. Jody.

Pourquoi ne comprenaient-ils pas à quel point les disputes la détruisaient, anéantissaient tous ses efforts ?

Elle fréquentait les agences immobilières, où elle rencontrait des femmes installées derrière des bureaux gris métallisé, armées de carnets d'adresses, de cartes et de photos. Elle garait sa voiture dans les parcs de stationnement du centre de petites villes de banlieue, baissait le rétroviseur, se remettait du rouge à lèvres, se repoudrait parfois, pour avoir l'air le plus convenable possible et bien jouer le rôle qu'elle s'était attribué. Puis elle entrait et s'asseyait.

Dans les maisons de ces inconnus, Claire rêvait. Tout était exactement comme elle l'avait toujours désiré. Elle était une autre personne, dans une autre vie. Elle les essayait, comme si elle pouvait se passer les fondations sur les épaules, nouer les murs autour de son cou, boutonner, et se pavaner devant un miroir. Elle se coulait dans les maisons, et s'enveloppait dans les chambres successives comme s'il s'agissait de couches de vêtements superposées. Les salles de bains évoquaient le linge de corps : fonctionnel, simple ; les chambres à coucher étaient des jeans et des T-shirts, pour les loisirs ; salons et salles à manger, tels des chemisiers en soie et des jupes bien coupées, devaient avoir de l'allure, être assortis, et donner une idée cohérente de l'ensemble. La cuisine, c'étaient les chaussures : essentiel.

« Trop grand » ou « trop petit », « vraiment pas fait pour moi », concluait toujours Claire avant de poursuivre sa route. Quelques kilomètres plus loin, il y avait une autre ville, d'autres agences immobilières, et des employées avec des albums de photos et les clés de toutes les maisons du monde.

Ces derniers temps, Claire avait le sentiment que la plupart de ses patients allaient mieux qu'elle. En janvier, elle reçut une grande enveloppe de Polly, une ancienne habituée, et certes pas l'une de ses préférées. Elle contenait deux agrandissements de photos de mariage, soigneusement protégés par deux feuilles de carton, et un petit mot : « J'ai pensé que ces photos vous feraient plaisir, ne serait-ce que pour mettre vos dossiers à jour. La cérémonie a été magnifique, la plus belle journée de ma vie. Pour le moment, mon mari, Phil, travaille avec mon père, mais il continue à chercher quelque chose de plus indépendant. Entre-temps, je tenais à m'excuser pour mon attitude envers vous. J'ai compris depuis que vous aviez simplement essayé de m'aider. J'étais en colère contre moi, et je me suis retournée contre vous. J'espère que vous serez contente de savoir que maintenant je vais bien. Je vous remercie pour tout ce que vous avez fait. »

Claire regarda les photos : typiques. Le mari, le regard mouillé, se tenait debout derrière sa femme, qu'il entourait de ses bras d'un air de propriétaire, comme si affirmer sa propriété devant l'appareil authentifiait le contrat. Elle les déchira en deux, pour qu'elles tiennent dans la corbeille à papier.

En attendant son patient de deux heures et quart, Claire feuilleta des catalogues de vente par correspondance. Elle avait eu envie d'offrir un petit cadeau à Jody pour Noël ou le nouvel an, mais n'avait pas su comment s'y prendre. Elle avait finalement décidé de lui faire livrer quelque chose, sans même joindre une petite carte. Anonymat et discrétion garantis. Elle dénicha un garage pour les voitures d'Adam, et des chopes à monogramme pour elle, Sam, les garçons et Jody — en rédigeant un formulaire séparé pour Jody, afin qu'elle reçoive son cadeau directement. Le patient ne se présenta pas, et Claire passa une heure entière à faire des emplettes à distance : de la lingerie, un tailleur, une boussole de voiture.

Lorsqu'elle ouvrit enfin sa porte, à trois heures, elle avait dépensé cinq cents dollars et les Owens se bagarraient déjà dans la salle d'attente.

— J'ai bossé comme un nègre, toute ma vie, pour que toi et ton fils vous puissiez vous payer tous vos caprices ! disait Jim Owens.

— Entrez, je vous prie.

Les Owens n'étaient pas de son ressort. Ce n'était pas de Claire qu'ils avaient besoin, mais d'un arbitre, et d'un ring.

— On parlait de son fils, maugréa Jim.

— Ton fils. Il te ressemble comme deux gouttes d'eau.

— Tu n'as pas la moindre idée de l'enfance que j'ai eue ! Si je voulais quelque chose, il fallait que je le demande.

— Personne ne m'a jamais rien donné, à moi, gémit plaintivement Gloria, imitant le ton de son mari.

— Garce !

— Peut-être devrions-nous centrer un peu mieux cette conversation, suggéra Claire.

— Tout ce que je veux, c'est que ce gosse apprenne la vie. Tu l'as dit toi-même, les enfants doivent connaître les limites.

— Il s'est passé quelque chose ? demanda Claire.

Gloria leva la main.

— Je lui ai acheté une paire de baskets.

— Cent dix dollars. Pour des baskets !

— C'étaient celles qu'il voulait. Elles lui vont bien, et tous ses copains ont les mêmes. Je ne veux pas que mon fils soit considéré comme un paria. Les enfants sont très sensibles à ce genre de choses.

— Comme je l'ai expliqué à ma femme, ce n'est pas une question d'argent. Ce qui me met en rage, c'est que deux jours après il a fallu lui payer le taxi pour aller à l'école, parce qu'un de ses copains s'est fait agresser dans le bus, et qu'est-ce qu'on lui a piqué ? Ses baskets.

Gloria secoua la tête.

— Tu fais des problèmes avec n'importe quoi !

— Ces cochonneries de baskets me reviennent à quinze

dollars par jour. C'est ridicule. Achète-lui des vraies chaussures.

— Achète-les-lui toi-même. Pourquoi tu les lui achètes pas toi-même ?

— Parce que je trime toute la sainte journée pour gagner ton putain de fric.

Après quarante minutes d'amères récriminations, Claire les interrompit.

— Il faut que vous arriviez, tous les deux, à prendre des décisions ensemble plutôt que de faire des choix chacun de votre côté, et de reprocher ensuite à l'autre de ne s'occuper de rien.

Les Owens hochèrent la tête, reprirent leur souffle, et entamèrent *illico* le deuxième round.

Claire consulta sa montre.

— La semaine prochaine, nous parlerons des méthodes de négociations. Se disputer sans fin n'a aucun sens.

— Merci, dit Gloria en se levant.

— Ouais, merci, fit Jim d'un ton grognon, en relevant son pantalon sur sa bedaine. Tu sais, ajouta-t-il à l'intention de sa femme, la semaine prochaine, on ferait aussi bien de rester chez nous, se chamailler en paix et se payer un bon dîner avec le pognon qu'on aura économisé.

Claire prit quelques notes sur la séance et établit des factures. Dix séances : mille deux cent cinquante dollars, huit cent cinquante pour vous. A la tête du client : une histoire intéressante, un joli visage ? Elle sortit alors les photos de mariage de Polly de sa corbeille à papier, prit une de ses cartes de visite gravées, et écrivit, de sa plus belle écriture : « Félicitations. Les photos sont superbes. Ravie que tout se termine bien. Meilleurs vœux de bonheur. Claire Roth. » L'enveloppe collée et timbrée, elle laissa retomber les photos dans la corbeille. On gère sa culpabilité comme on peut.

Jody fit son entrée à cinq heures dix. Elle était en retard, et marchait tout doucement comme une vieille dame dont les muscles auraient fondu.

— Je vous ai dit que je ne retournais pas à l'UCLA ? C'est fini. Terminé. Fichu. (Jody, les yeux obstinément baissés, attendit un instant.) Une copine me renverra mes affaires. Je laisse tous mes meubles à mon propriétaire ; en échange, il accepte de résilier mon bail. Et une agence fera ramener la vieille bagnole de ma mère à Bethesda, pour la modique somme de cinq cents dollars. (Elle s'interrompit à nouveau.) J'essaie de savoir s'il y a autre chose à faire quand on résilie une vie. J'ai l'impression que j'oublie quelque chose. Moi, peut-être. Mais c'est bien le problème : moi, je suis toujours là.

Claire avait envie de prendre Jody dans ses bras, de lui promettre que tout irait bien, que c'était un sale moment à passer, une mauvaise journée. Elle avait envie de tresser les cheveux de Jody en petites nattes. Mais elle contint son élan, croisa les bras sur sa poitrine et resta assise.

— Apparemment, dit-elle, vous vous êtes très bien débrouillée. Vous avez tout organisé, comme une grande.

— Je voulais être réalisatrice, vous vous rappelez ? Quelqu'un qui réalise, qui contrôle.

— Je devrais vous confier ma propre vie, pour que vous y mettiez un peu d'ordre.

— J'ai pris ma retraite, dit Jody, qui n'ajouta plus un mot.

Jody était agaçante ; elle se montrait parfois sarcastique, hors d'atteinte ; ce n'était pas la Jody qu'aimait Claire.

— Je veux vous présenter à mon mari, Sam, et aux enfants.

Jody lança à Claire un regard interrogateur.

— Je veux vous aider, m'occuper de vous. Je n'ai jamais proposé ça à personne. (La voix de Claire se brisa.) Mes autres enfants mis à part, vous êtes la personne que j'aime le plus au monde.

Et voilà, la gaffe : pourquoi avait-elle dit « mes *autres*

enfants » ? Elle risquait de tout gâcher. Jody aurait parfaitement pu se lever, lui cracher à la figure et s'en aller pour de bon. Et Claire l'aurait peut-être admirée d'en avoir eu le cran.

Mais elle se contenta de hausser les épaules. Et il fut bientôt six heures.

— Ce sera tout pour aujourd'hui. Mais nous devrions peut-être faire un tour chez Bloomingdale, un de ces jours. Ça pourrait s'intégrer au traitement. Je vous appelle ce soir.

Après le départ de Jody, Claire s'aperçut que celle-ci avait oublié un chandail au pied de sa chaise. Elle alla le ramasser, s'en caressa le visage et l'enfila.

Il tombait d'épais flocons de neige, Claire téléphona à son agent immobilier de New York, lui demanda à quelle heure elle faisait visiter son appartement et partit en toute hâte. Si elle voulait que ça marche, il fallait qu'elle s'en occupe. Épuisée, toujours vêtue du chandail de Jody, elle resta debout dans l'entrée, en jetant un coup d'œil détaché sur son appartement ; elle était curieuse de connaître les réactions des deux jeunes architectes intéressés : décevant, petit, banal ? Ils ne pourraient que le détester et s'étonner qu'un endroit aussi bien situé manque à ce point d'intérêt. Jody le détesterait sans doute, elle aussi.

On sonna à la porte et Claire fit entrer l'agent immobilier et les deux jeunes gens.

— Bonjour, entrez. Je suis Claire Roth.

Les architectes se présentèrent — Tom, Bill — et lui serrèrent la main. Ils portaient tous les deux de coûteux costumes, élégants et bien coupés.

La jupe de Claire était nulle. Et, avec le chandail de Jody par-dessus son chemisier, elle se sentait habillée comme l'as de pique. Aucune chance que l'appartement leur plaise.

La négociatrice les guidait de pièce en pièce, et Claire suivait, répondait à des questions qu'on ne lui posait pas, sur l'appartement, l'immeuble et la copropriété, attirait l'attention sur des détails susceptibles de séduire, moulures, cadres de fenêtres, éléments de salle de bains. Frecia et les garçons rentrèrent pendant qu'ils étaient dans la grande chambre à coucher.

— Regarde ce que j'ai fait ! cria Adam en se précipitant sur Claire, une boule de neige dans sa main gantée.

Avant de remarquer son air joyeux, Claire avisa une tache rouge sur le blanc de la neige. Du sang ? Elle arracha la boule de neige des mains d'Adam et gratta le rouge de l'ongle.

— Un brin de laine de mon gant, dit-il. Lui fais pas de mal.

Claire l'examina attentivement et le réenfonça dans la boule de neige.

— Pardon, mon amour. Et si nous mettions cette boule de neige dans le congélo, pour qu'elle ne fonde pas ? Bonne idée ?

Claire accompagna Adam et la boule de neige dans la cuisine. La négociatrice et les architectes sortirent de la chambre à coucher.

— Merci beaucoup, dit Tom en se dirigeant vers la porte.

Claire se précipita pour leur ouvrir.

— Alors, premières impressions ?

— Je suis sûr que l'appartement vous convient parfaitement, mais pour nous, ça n'irait pas du tout, dit Bill.

— Pourquoi ? demanda Claire comme si cet homme pouvait diagnostiquer ce qui clochait chez elle en analysant son appartement.

— Les pièces sont bizarrement distribuées, dit-il en contournant Claire pour sortir.

— Je vous appelle demain, dit la négociatrice.

— Qui c'était, ces gens ? demanda Jake.

— Des abrutis, dit Claire. Des abrutis prétentieux.

Après dîner, quand Claire eut baigné et couché Adam, Sam et elle s'allongèrent sur leur lit, porte fermée. Sam suivit du doigt le contour de la poitrine de Claire.

— C'est un pull à moi ? demanda-t-il.

Claire secoua la tête.

— Il faut que je téléphone, dit-elle sans bouger.

— C'est grotesque.

— Quoi donc ?

— Tu passes plus de temps à parler avec cette fille qu'avec moi.

— C'est ma patiente.

Sam éclata de rire.

— Je t'ai entendue, tu sais. Vous piquez des fous rires, et vous échangez des potins sur des vedettes de cinéma. Drôle de thérapie !

— J'ai envie de l'inviter à la maison.

— C'est ta cliente.

— Je la considère comme faisant partie de la famille.

— Sauf que je ne la connais pas.

— Je ne te demande pas de commentaire, dit Claire, fuyante. Tout ce que je veux savoir, c'est si tu serais d'accord pour que je l'invite.

— La psy, c'est toi. Moi, je ne suis qu'avocat, répliqua Sam en se grattant. Si elle engage des poursuites, passe-moi un coup de fil.

— Ce que tu peux être con !

Il lui tourna le dos et tendit la main vers la télécommande.

— Enflure !

— Merdeux. Sale merdeux.

Jake entra sans frapper.

— Arrêtez de vous bagarrer. C'est gênant, à la fin.

Il sortit sans fermer la porte.

— Un de ces jours, murmura Claire, je vais le tuer. Cette vie ne peut pas durer. Nous n'avons aucune intimité, dans cette baraque.

— A ce propos, je sais que tu fais visiter l'appartement.

Claire ne répondit pas.

— As-tu l'intention de m'en parler à un moment quelconque ? A moins que tu n'envisages de faire tes bagages et de filer à l'anglaise, en me laissant à la rue ?

— J'y pense, dit Claire.

— Ce sont des décisions qui se prennent à deux, Claire. Je ne suis pas certain d'avoir envie de déménager.

— Très bien. Divorçons, alors. Tu gardes l'appartement, et tu achètes une maison pour les enfants et moi.

— Ça ne se passerait pas forcément comme ça.

— Pourquoi tout est toujours aussi compliqué, bordel ? (Claire se leva, se mit à plier des vêtements et à les ranger dans les tiroirs de la commode, qu'elle referma rageusement.) Pourquoi faut-il se battre pour tout ? Pourquoi ne pas...

— Pourquoi ne pas te passer tous tes caprices ? Parce que je suis un être humain, Claire. Parce que j'ai mes propres idées, qui ne correspondent pas forcément aux tiennes. Je t'ai épousée, je n'ai pas fait serment d'allégeance !

— Allô ?

— Madame Roth ?

— Oui ?

— C'est Bea. (La patiente qui fuyait ses enfants, son mari grognon et son appartement.) Vous m'avez dit que je pouvais vous appeler chez vous.

— Mais oui. Ça va ?

— Quand je suis rentrée de mon cours, ce soir, il y avait une lettre qui m'attendait sur la table de la cuisine, contre le moulin à sel.

— Et alors ?

— C'était de Herbert. Il est parti. Il dit qu'il en a marre de rentrer dans un appartement désert, d'avoir une femme qui ne fait pas la cuisine, qui ne s'occupe pas de lui. Donc il s'en va. Au bout de trente-six ans. Je rentre de mon cours d'histoire de l'art, et voilà ce qui me tombe dessus. Il a cinquante-sept ans. Qu'est-ce qu'il s'imagine ? Qu'il peut filer tranquillement et se mettre en ménage avec une autre vieille bonne femme qui lui fera la bouffe et le ménage ?

Claire ne répondit pas tout de suite. Elle regardait Sam qui boudait, allongé sur le lit, la télécommande à la main.

— Voulez-vous passer à mon cabinet demain matin ?

— Je suis censée aller à l'opéra avec une fille de mon cours. Pas question que j'annule pour les beaux yeux de Herbert. Ça lui ferait trop plaisir, où qu'il soit.

— Bon. Appelez-moi, si vous avez envie de parler.

— Merci. Pardon de vous avoir dérangée chez vous. Mais je voulais vous prévenir.

— Vous avez bien fait.

Bea éclata de rire.

— Le plus drôle, c'est que je vous ai appelée, mais que je ne sais vraiment pas quoi dire !

— Rappelez-moi, si vous en ressentez le besoin. Vous allez vous en tirer ?

— Je n'en sais rien. Bon, eh bien bonne nuit !

Claire contempla le téléphone pendant une bonne minute, puis se décida à raccrocher. Elle sortit de la pièce en refermant la porte derrière elle.

31

— Tu déconnes, ma vieille.

Telle fut la réaction d'Ellen lorsque Jody lui annonça qu'elle allait faire connaissance avec la famille de Claire.

— Tu ne sais même pas patiner !

— Claire est gentille. Elle, au moins, elle a envie de me voir ! Ça me fait plaisir.

— Tu entends ce que tu dis ?

— C'est épouvantable, Ellen. Je n'aurais jamais imaginé que ça m'arriverait. J'ai envie qu'on m'aime ! J'en ai besoin ! C'est moche.

— A ta place, je lui en voudrais de m'infantiliser à ce point ! Tu n'as aucune confiance en toi. C'est ça, ton problème. Il y a des tonnes de livres là-dessus. J'en ai même lu un.

— Castration virale, dit Jody. Sans douleur, incolore, inodore et définitif.

Que Claire l'appréciât la flattait. Quand quelqu'un nous aime, on a, d'instinct, envie de lui rendre la pareille. Leurs rapports étaient très inhabituels, beaucoup plus intenses que Jody ne l'avait prévu, mais c'était comme ça. En allant voir Claire, Jody ne s'était jamais imaginé qu'elle prendrait une telle place dans sa vie. Au début, c'était simple, mais la situation avait évolué et Jody avait compris qu'il fallait se méfier des apparences. Elle avait cru à sa famille, et ce n'était qu'une illusion. Elle avait construit sa personnalité sur ce mythe : elle était leur enfant. Seulement voilà, elle n'était pas à eux, elle n'était à personne. Le sens de tout cela n'était pas encore limpide, mais, pendant qu'elle cherchait à l'élucider, Claire l'aidait, la protégeait. Jody avait l'habitude de ne pas être traitée comme tout le monde. Tous ses professeurs l'avaient adorée. Idem pour Michael et Harry. En général, les gens l'appréciaient, et elle en retirait des privilèges, sans l'avoir cherché.

Après avoir raccroché, Jody mit son manteau, prit l'ascenseur et héla un taxi qui maraudait dans Hudson Street. Il lui restait une heure et demie avant d'aller voir Claire et sa famille.

— Au musée d'Histoire naturelle, dit-elle au chauffeur.

L'endroit le plus rassurant du monde, un lieu immuable, qui lui rappelait son enfance, lorsqu'elle passait ses dimanches après-midi à la Smithsonian Institution : le mammouth dans la grande salle, les dioramas d'esquimaux mâchant leur blanc de baleine.

On fait n'importe quoi pour survivre. Ça s'appelle l'instinct de conservation. Jody allait au musée parce qu'elle savait que si elle arrivait à passer une heure sans penser à rien, ni à l'échec, ni à Claire, ni à Ellen, si elle parvenait à s'immerger dans cet océan d'éternité, paisible et obscur comme un tombeau, elle se ressourcerait.

A l'entrée de la salle des grands mammifères, elle fit une halte pour reprendre son souffle. Puis elle s'identifia au caribou, à l'ours brun, au wapiti.

— Ils peuvent pas sortir, hein maman ? demanda un gamin à sa mère, juste derrière elle.

Jody avait la même crainte ; tout pouvait, un jour ou l'autre, surgir, s'évader. Claire avait commencé par mentionner distraitement des noms, Sam a fait ceci, Jake et Adam ont dit cela, et Jody avait fait comme s'ils n'existaient pas. Les psys n'étaient pas censés avoir de famille hormis leurs patients, auxquels ils étaient supposés se consacrer corps et âme, comme s'ils ne vivaient, eux aussi, que pour ces fameuses cinquante minutes. C'était la règle du jeu. Et voilà que Claire lui proposait de les rencontrer, et insistait. Un an plus tôt, ça ne l'aurait pas dérangée, mais maintenant que tout ce qui lui avait semblé proche, familier, amical, avait viré au cauchemar, Jody avait l'impression que Claire la narguait en exhibant sa réussite, son mari, ses enfants.

Jody regarda autour d'elle. L'ours brun d'Alaska debout sur ses pattes arrière, haut comme une maison. Le wapiti mâle, gueule béante, yeux noirs exorbités. Tous les animaux semblaient avoir vu le fantôme de quelque chose de terrible. Le silence était menaçant, anéantissant. Chaque être humain avait une famille, chaque être humain appartenait à un clan dont il imitait inconsciemment les comportements. Jody avait simplement fait son apparition, on l'avait livrée chez ses parents, comme un repas commandé chez un traiteur. Que se passerait-il si elle posait un lapin à la famille de Claire ? Si elle prenait un taxi et rentrait chez elle ? Passerait-elle tout l'après-midi à ruminer son échec, sa manie de rater toutes les occasions qui se présentaient, et à se demander comment elle en était arrivée à ce stade affligeant ?

L'écureuil volant était parfait : dans sa case, noire comme le plus sinistre des rêves, il se détachait sur de grands arbres, le clair de lune, la forêt et les sommets montagneux couverts de neige. Membranes déployées, l'écureuil du nord, suspendu dans les airs, bondissait de-ci de-là.

Jody allait se ressaisir. Elle irait à son rendez-vous. Il n'y avait pas l'ombre d'un risque. Elle se hâta vers la sortie en regrettant que personne ne lui tienne la main, car elle aurait alors fermé les yeux. Elle marchait d'un bon pas, s'efforçant de ne prêter attention à rien, mais elle ne put s'empêcher de remarquer au dernier moment la silhouette d'un dodo.

A trois heures et demie, ponctuelle, elle était sur la pelouse qui dominait le Wollman Rink. La lumière déclinait, la fraîcheur de la nuit imprégnait lentement l'air. A contre-jour, surplombant les jardins, se dressaient les hauts immeubles de

Central Park South. Les épaisses lettres rouges de l'enseigne d'Essex House se détachaient sur l'horizon comme celles du « Hollywood » sur la colline de Los Angeles. La tiédeur de cette journée de fin janvier était trompeuse. Visages rosis, les gens avaient enlevé leurs manteaux, se contentant de cols roulés. Un après-midi prometteur. Jody ferait la connaissance de la famille de Claire, échangerait avec chacun des propos polis et filerait le plus vite possible.

Une longue file de patineurs sinuait dans l'allée menant à la patinoire. Vue d'en haut, la glace paraissait recouverte de monde, comme si tout New York avait eu envie de patiner le même dimanche après-midi. Jody grimpa sur un rocher et chercha Claire, en scrutant la queue à partir de la fin. Elle était là, à mi-chemin, et cherchait elle aussi. Aucune raison de se précipiter. Il y avait au moins trente personnes devant elle. Lorsqu'il n'y en aurait plus qu'une quinzaine, Jody se fraierait un chemin à travers la foule : « Excusez-moi, il faut que je passe... Je suis avec quelqu'un qui est devant, pardon, merci. »

Claire l'aperçut et se mit à lui faire des signes frénétiques. Jody répondit machinalement et avança.

— Je vous croyais devant nous, dit Claire.

— J'étais un peu en retard, répondit Jody en cherchant à reconnaître les Roth parmi les inconnus qui l'entouraient.

Claire tapa sur le dos d'un homme et de deux petits garçons. Jody s'attendait à une présentation dans les règles : « J'aimerais vous présenter la récalcitrante, l'obstinée, la très névrosée mademoiselle Goodman. » Mais, au lieu de cela, Claire caressa les cheveux du plus petit de ses fils et déclara d'une voix joyeuse :

— Les enfants, voilà Jody !

Sam se retourna vers elle — ni vampire, ni gorille, un homme.

— Ravi de vous connaître, dit-il.

— Salut, fit l'aîné des garçons.

Adam, le benjamin, regardait ses pieds.

— Je veux pas mettre des patins. Je veux garder mes chaussures.

Devant eux, la queue diminuait. Ils furent bientôt au guichet. Jody sortit son portefeuille mais Claire l'arrêta et Sam paya pour tout le monde.

— Vous êtes mon invitée, dit-elle, pour toute la journée.

Les vestiaires étaient bruyants : des enfants criaient, un haut-parleur diffusait de la pop-music démodée, on se bousculait. Jody se concentra sur le laçage de ses patins.

— Serrez bien, conseilla Claire.

Jody lui lança un regard interrogateur.

— Serrez bien les lacets, répéta Claire. Ça maintient les chevilles.

Sam, Claire, Jake et Adam. Des gens normaux, un peu supérieurs à la moyenne, une vraie famille comme on en voit dans les publicités télévisées. Élégants et décontractés, surtout comparés aux Goodman, qui s'apprêtaient à faire valoir leurs droits à la retraite. Claire avait troqué ses tenues de ville pour un vieux jean délavé et un pull à col roulé ; ses longs cheveux blonds étaient retenus par une grosse barrette. Sam portait un pantalon de velours côtelé, un pull tricoté main ; ses cheveux, un peu trop longs, grisonnaient sur les tempes. A côté d'eux, Jody se sentit terne et déplacée. Ce n'était pas leur faute. Aucun des membres de la famille de Claire ne la regardait d'un air bizarre, ne la traitait comme une grande malade. Rien dans leur attitude ne hurlait : « Oh mon Dieu ! C'est une patiente, faites attention ! »

— Je ne suis pas sûre d'y arriver, dit Jody qui se rappelait qu'une fois, pour Hanoukka, sa mère avait acheté trois paires de patins à glace, préparé des sandwichs à la viande hachée et des Thermos de chocolat chaud, et les avait emmenés, son père et elle, sur le canal. La première heure avait été merveilleuse, on aurait juré un tableau de Norman Rockwell : maman, papa et Jody, avec leurs moufles et leurs longues écharpes, allant et venant gracieusement sur la glace. Puis le père de Jody était tombé, avait atterri sur le coccyx. Il avait été contraint de faire tout le voyage du retour à plat ventre sur la banquette arrière. A la suite de quoi il avait passé un mois assis sur des sortes de pneus gonflables, comme on en donne aux enfants dans les piscines.

— Mais si ! Vous allez voir ! s'exclama Claire en la poussant vers la piste. Quand vous serez fatiguée, dites-le-moi, nous nous reposerons.

Jody et Claire sortirent du vestiaire en vacillant sur leurs lames comme des canards boiteux. Les patineurs tournoyaient à toute vitesse sur la glace. L'unique façon de monter sur la piste était de s'élancer et de suivre le mouvement. Une hésitation, et on se faisait écrabouiller.

— Vous avez déjà sauté à la corde ? demanda Claire.

— Pas récemment, non.

— C'est pareil. Il faut bondir dedans.

Jody regardait les patineurs pour évaluer l'élan qu'elle devrait prendre lorsque Claire la prit par la main et la jeta sur la glace. Jody résista. Trois personnes tombèrent.

— Patinez, ordonna Claire.

Et Jody obtempéra. Maladroitement d'abord, puis plus régulièrement, en s'aidant des bras pour prendre de l'élan.

— Odie, dit Adam. Odie, fais-moi faire un tour, doucement. Moi, j'aime quand c'est doucement.

Un don Juan haut comme trois pommes, aux cheveux châtains et aux yeux bleus. Jody lui fit faire quelques tours, puis il dit :

— A maman, maintenant.

Claire l'avait accueillie, et elle était à présent de la tribu. Ils ne se gênaient pas pour elle, ne se mettaient pas en frais pour être gentils. C'était presque le contraire, en fait ; elle était là, ils l'acceptaient.

Jody remit Adam à Claire et fit une pause contre le bord de la piste, en les regardant patiner en famille, Claire avec Adam, Sam avec Jake. Tout concordait : la musique, la fin d'après-midi hivernale, la famille idéale. Ils semblaient tout faire sans effort. Ils agissaient, simplement, et ça marchait.

Comme Jody aurait aimé que la vie lui fût aussi clémente. Elle désirait être comme eux, et si cela s'avérait impossible, elle espérait qu'au moins ils déteindraient un peu sur elle. Pour la première fois, elle était disposée à accepter tout ce que Claire lui offrait, et même un peu plus.

— Allez, faites un tour avec Sam. (Claire la poussa vers son mari, debout à quelques pas, le bras tendu vers elle.) Allez.

Jody glissa sa main dans celle de Sam et ils décollèrent. Ils patinaient, ils naviguaient, balançant les bras et les jambes pour se diriger. Jody suivait le mouvement, lancée sur la glisse de ses patins, attentive aux branches dénudées qui se détachaient dans le ciel, au bruit des calèches qu'on entendait passer au loin, au crépuscule qui tombait sur la ville. Le mouvement, la ronde, lui insufflaient la vie. Patiner tout autour de la grande piste circulaire, au même rythme, d'un même pas. Ils dépassèrent Claire et Adam, leur firent signe, les appelèrent et reprirent de la vitesse. Jody pensa que ceux qui les regardaient devaient les prendre pour un couple. Elle enfonça un peu sa main dans celle de Sam, à la paume large, un peu rêche. Il avait une façon agréable, rassurante, de nouer ses doigts autour des siens, sans serrer, sans faire mal.

— Je peux vous confier un secret ? demanda-t-elle à Sam tout en patinant. Je ne voulais pas venir. Ça me faisait peur.

— Pourquoi ?

— L'idée de vous rencontrer.

Sam sourit.

— Alors, je suis aussi terrible que vous le redoutiez, ou pire encore ?

— Je ne sais pas trop. Est-ce que vous avez douze orteils, la peau hérissée de bosses de crapaud, des lunettes à monture d'écaille et une lèpre hideuse sur la moitié du corps ?

— Vous n'avez aucun moyen de le savoir, répliqua Sam.

— WWouah ! s'exclama Claire lorsqu'ils firent enfin halte, pour l'unique raison que les gardes évacuaient la piste pour nettoyer la glace. Vous êtes fantastiques, tous les deux !

Jody rougit.

Jake renifla.

— Ça sent le hot dog, dit-il.

— Pas ici, dit Claire. On va s'offrir quelque chose de meilleur.

Ils ôtèrent leurs patins, remirent leurs chaussures et prirent le sentier qui menait vers la Cinquième Avenue, à travers collines et forêts. Jody arrivait à peine à marcher. Elle allait payer cette excentricité, et cher. Le virus se rappelait douloureusement à son souvenir. Elle voyait trouble, son cœur battait la chamade ; mais elle aurait préféré mourir plutôt que de quitter les Roth.

— Pourquoi les canards sont-ils tous rassemblés de ce côté ? demanda Jake alors qu'ils longeaient le lac.

Il faisait presque nuit. Ça aurait été terrifiant, s'ils n'avaient pas été tous ensemble.

— L'autre côté du lac est gelé, dit Claire.

— Pourquoi ils ne partent pas passer l'hiver ailleurs, comme tante Shirley ?

— Parce qu'ils préfèrent rester chez eux.

Les réverbères à la lumière orangée éclairaient la Cinquième Avenue. Jody se rappela le tournage de nuit avec Harry, à ce même carrefour. Carol Heberton était entrée quinze fois dans la fontaine. C'était dans une autre vie. Sam héla un taxi.

— J'adore ça, dit Claire en passant son bras autour de Jody. Ce n'est pas magnifique ?

Ça l'était. La douleur qui irradiait du bas du crâne de Jody jusqu'à l'ampoule à vif dans son orteil droit, en passant par le cœur et les poumons, était bien réelle. Elle était positive, saine, physique, et Jody l'en appréciait d'autant qu'elle lui rappelait les joies de la famille et l'enthousiasme communicatif des enfants.

Ils allèrent chez Serendipity, burent des litres de chocolat chaud. Et lorsque la serveuse lui demanda ce qu'elle désirait manger, Jody désigna Claire et déclara : « La même chose qu'elle. » On lui apporta du chili con carne, un plat qu'elle n'aimait pas. Elle regarda Claire, qui rajoutait de la crème fraîche et des oignons dans le sien. Jody prit sa fourchette et attaqua. Pour du chili, c'était plutôt bon. Elle n'avait plus à prendre de décisions seule, la tension s'était relâchée, elle jouissait d'une intense et délicieuse fatigue physique... Mais ce bonheur, ce dynamisme, l'effrayèrent bientôt. On aurait dit qu'elle s'était contrainte à s'asseoir au bord d'une piscine, sans oser y tremper le bout du pied, et que tout d'un coup elle se retrouvait à grimper quatre à quatre les marches du plus haut plongeoir, à courir sur le tremplin et à s'élancer dans le vide.

— Ça va ? lui demanda Claire.

Jody hocha la tête.

— A quoi pensez-vous ?

— A rien, dit Jody en haussant les épaules.

— Vous souriez, pourtant.

Jody haussa de nouveau les épaules. Le soulagement la terrassait. Le pire était passé.

— Qu'avez-vous fait à vos cheveux ? demanda Claire en passant les doigts dans la chevelure de Jody.

— Je me suis coiffée.

— Ça vous irait bien, des boucles d'oreilles. Vous avez les oreilles percées ?

— Depuis l'âge de douze ans. Les Galeries Spencer. Ils m'ont tiré dans les lobes à coup de fusil.

— Je n'avais pas remarqué. Il faudra qu'on vous en trouve des jolies.

Jody haussa les épaules. Adam chipotait sur ses rondelles d'oignons ; Sam et Jake engloutissaient de gigantesques hamburgers sans dire un mot.

Dans le taxi, serrée entre la chaleur d'Adam et celle de Claire, Jody faillit s'endormir.

— Montez à la maison, murmura Claire. Vous pouvez dormir là, si vous voulez.

— Non. Il faut que je rentre. Je suis tellement fatiguée,

vous ne pouvez pas imaginer. Où est ma clé ? ajouta Jody en fouillant ses poches. Pourvu que je ne l'aie pas perdue.

— Vous devriez m'en donner un double, dit Claire. Au cas où.

— La voilà !

— Bon. Passez demain, si vous voulez.

Le taxi se rangea contre le trottoir et des coups de klaxon furieux retentirent tandis que les Roth s'extrayaient lentement de la voiture et lui faisaient leurs adieux. Sam tendit un billet de dix dollars à Jody qui refusa de le prendre et ferma la portière.

— Au coin de Perry et de la Quatrième Ouest, indiqua-t-elle au chauffeur.

Elle respira profondément. Elle était crevée, vidée, incapable de penser à autre chose qu'à la gentillesse des Roth, une douche brûlante, sa couette et ses oreillers douillets.

32

Au mois de mars, en milieu de semaine, une chaleur précoce fit éclore les fleurs et râler les gens contre l'été qui s'annonçait et l'hiver qui n'avait pas été au rendez-vous. Et Claire dénicha la maison de ses rêves.

A dix heures du matin, sanglée sur le siège d'un break à côté d'un agent immobilier qui l'emmenait voir une maison qu'elle était incapable de décrire, dont elle n'avait pas de photo, mais dont elle était convaincue que sa cliente l'adorerait, Claire vit enfin ce qu'elle cherchait depuis toujours. Une grande pelouse devant une petite maison de ferme toute simple, avec des volets verts et une terrasse couverte qui en faisait presque le tour. Il y avait un écriteau : A VENDRE.

— Arrêtez, s'écria Claire. On vient de passer devant.

— Mais non ! Ce n'est pas ça. D'ailleurs, il y a déjà une option sur celle-ci. Il faut que je leur demande d'enlever le panneau.

— Arrêtez, insista Claire.

L'agent immobilier freina, enclencha la marche arrière et recula. La voiture protesta d'une façon alarmante.

— Je la connais très bien, cette maison. On l'a fait visiter cent fois avant de trouver un acheteur. Elle est trop petite. Quatre chambres minuscules sauf une. Un salon ridicule. Deux salles de bains et demie — presque tous mes clients en veulent trois et demie minimum. On dirait la maison de ma grand-mère. Et toute cette herbe ! Personne ne veut autant d'herbe pour une si petite baraque. Quelques plates-bandes fleuries, des bosquets, d'accord. Mais tondre une pelouse pareille ? Surtout que si on vit ici, c'est qu'on n'a pas les moyens de se payer un jardinier.

Et quand on a un mari et deux fils en pleine santé ? songea Claire. Ils se partageraient le travail.

— On peut entrer ? demanda-t-elle en détachant sa ceinture et en déverrouillant sa portière comme un animal qui ouvre la porte de sa cage.

La femme la suivit sous le porche, où Claire, qui s'était précipitée, essayait de regarder par les fenêtres.

— Je n'ai pas la clé.

— Quand a-t-elle été construite ? demanda Claire.

— Pendant les années quarante, sûrement. Par la suite, personne n'aurait osé.

Le nez contre les carreaux, Claire vit un salon avec une grande cheminée, du parquet, un escalier à la balustrade en bois.

— L'agencement classique, poursuivit la femme. La cuisine est d'un horrible vert bouteille. On se croirait dans un cauchemar du commandant Cousteau ! Le sous-sol n'est pas fini. Et il y a beaucoup de travaux à faire dans une des salles de bains.

Aux yeux de Claire, la maison représentait l'image intemporelle de la famille, du foyer. Quatre chambres. Deux de plus que dans leur appartement actuel. Elle sortit son appareil et prit quelques photos.

— On leur en a proposé combien ? demanda-t-elle.

— C'est confidentiel, rétorqua l'agent immobilier qui tapait du pied d'impatience sur la véranda. Bon, je vous attends dans la voiture, dit-elle enfin.

Claire fit le tour de la maison à pied, en mitraillant sans arrêt. Elle voulait le tableau en entier. Puis elle regagna la voiture.

— Bon, allons où vous voulez, maintenant, dit-elle.

Tout ce dont Claire se souviendrait de la maison suivante, celle que l'agent estimait faite pour elle, serait l'immense fenêtre en verre dépoli du salon, qui filtrait la lumière matinale de telle manière qu'elle atterrissait sur le sol comme une mare de sang, et l'étonnement de la négociatrice parce qu'elle ne prenait pas de photos.

— Si la vente ne se conclut pas, prévenez-moi, dit Claire lorsqu'elles furent de retour à l'agence.

En ville, Claire rentra sa voiture au garage et se précipita dans un magasin qui développait les photos en une heure. Elle y déposa son film, fourra le ticket dans sa poche et se hâta de rejoindre son cabinet. En attendant Bea, elle songea à la maison avec une telle intensité qu'elle eut l'impression d'entendre ses invités l'appeler de la porte : « Houhou ! Il y a quelqu'un ? »

— Je ne sais pas ce qu'il m'arrive, déclara Bea sitôt assise. Je devrais être malheureuse, déprimée, mais je ne le suis pas.

— Vous prenez des médicaments ?

— Non. C'est naturel. Je suis heureuse.

Que trouver à redire à ça ? Comment répliquer : non, ce n'est pas vrai. Si une personne clame sa joie de vivre, faut-il la déclarer folle à lier, bonne à interner, ou la considérer comme guérie et la renvoyer chez elle ? Cela se produisait si rarement qu'elle ne connaissait pas la réponse.

— C'est très bizarre. Je me réveille, seule dans mon lit, et je me sens bien. Ça ne m'arrivait jamais. Le soir, je mange ce qui me chante, je regarde les programmes que je veux. Et ça me fait un plaisir fou.

Claire se taisait. Certaines personnes se prétendent heureuses pour cacher leur tristesse ; et persistent, en espérant que ça finira par devenir vrai.

— C'est bon signe, dit-elle enfin lorsque Bea s'interrompit et leva les yeux sur elle. On dirait que vous allez vraiment bien.

— Si j'avais pu prévoir, je l'aurais viré à coups de pied depuis des années.

— Vous n'éprouvez aucun sentiment de solitude ?

— Non, pas vraiment. En fait, j'ai l'impression que j'étais plus seule avant.

Bea ne mentait pas.

— Je suis très heureuse pour vous, dit Claire en souriant.

Bea n'avait pas sitôt tourné le dos que Claire sortit en coup de vent. Elle alla chercher ses photos, revint à son cabinet et les étala sur son bureau. Pendant une bonne semaine, chaque fois que quelque chose la contrarierait, elle sortirait les photos et, immergée dans son rêve, s'imaginerait dans la maison et avec toute sa famille, Jody comprise.

Dix jours après, elle trouva un message de l'agence immobilière sur son répondeur.

— Il y a du nouveau. La vente de la ferme — elle prononçait le mot « ferme » comme s'il lui donnait la nausée — est annulée. Ce serait trop long de vous expliquer le pourquoi et le comment. On l'a remise en vente. Et je vais vous confier un secret. Ils veulent vendre d'urgence. Ils ont acheté autre chose. Et puis, après tout, je vous dis tout. Je ne devrais pas, mais bon. Ils avaient accepté trois cents tout rond. Mais si l'affaire se fait vite, je sais qu'ils baisseront.

Claire se rua au bureau de Sam.

— Il y a quelque chose dont j'aurais dû te parler, dit-elle en mettant la main dans sa poche pour caresser les photos.

— Quelque chose que j'ai envie d'entendre ?

— J'ai trouvé ! explosa-t-elle en éparpillant les photos sur le bureau de son mari. Elle n'était plus en vente, mais il est arrivé quelque chose. Si on se dépêche, on peut l'avoir pour trois fois rien.

Sam se cala dans son fauteuil, croisa les mains derrière sa tête et se balança.

— Je ne sais pas, Claire. Nous n'avons aucune expérience dans ce domaine. Les garçons sont en pleine année scolaire.

Il faudrait vendre notre appartement. Ça se prévoit d'avance, ce genre de choses.

— J'ai tout prévu, Sam. Et je veux cette maison. Regarde les photos !

— Tu veux toujours quelque chose, dit-il en se penchant pour étudier la chose de plus près.

— Non. Mais ça, je le veux vraiment. Ce qui explique que je ne t'en ai pas parlé. C'est extrêmement important pour moi.

— Tu n'es vraiment pas logique, conclut Sam en prenant la vieille loupe de son grand-père pour examiner plus attentivement les photos, comme si ce morceau de verre rayé vieux de soixante-quinze ans avait le pouvoir de lui en révéler la quintessence.

Claire fouilla au fond de la poche intérieure de son sac et en sortit ses deux photos préférées, qu'elle tendit à Sam.

— Elle est sympa, dit-il après leur avoir jeté un rapide coup d'œil.

Puis il les posa sur son bureau avec les autres et s'en désintéressa ostensiblement.

— Le salon est là, tiens. Il y a une cheminée magnifique.

Sam regardait par la fenêtre.

— Viens y faire un tour avec moi, proposa Claire. Je n'ai plus de patient cet après-midi.

Elle mentait.

— Maintenant ?

— Oui, maintenant. On en discutera dans la voiture.

— Je n'ai pas que ça à faire, Claire. Je suis en plein boulot. (Il empila les photos et les lui rendit.) Demain, peut-être, ou ce week-end.

— Sam, écoute-moi. Cette maison, c'est comme si on repartait à zéro. Ce sera le début d'une nouvelle vie. (Claire n'avait pas manifesté un tel enthousiasme depuis des lustres.) Et c'est à moins d'une heure.

— Où est-elle ? Dans quelle ville ? Dans quel État, devrais-je plutôt te demander ?

— Dans le Connecticut, tout près de Greenwich. Un petit bled qui s'appelle Glenville, je crois, répondit Claire en se triturant une mèche de cheveux, un de ses vieux tics nerveux.

— Bon. D'accord. Tu veux y aller ? (Il se leva d'un bond, attrapa son manteau, accroché derrière la porte.) Eh bien, allons-y.

— Il faut que je téléphone, dit Claire en sortant son agenda de son sac.

Sam enfila son manteau.

— Tu ne peux pas téléphoner de la voiture ?

Claire secoua la tête.

Sam s'empara d'une pile de livres.

— Je les descends dans l'entrée, et je reviens.

Claire appela son rendez-vous de deux heures et demie et laissa un message sur le répondeur. Puis elle téléphona à l'analyste qui travaillait sur son palier et lui demanda de mettre un mot sur sa porte, pour plus de sécurité. Puis elle composa un autre numéro.

— Salut, ma biche, lança-t-elle dès que Jody eut répondu.

— Désolée, vous vous êtes trompée de numéro.

— J'ai une urgence, cet après-midi. Il faut annuler notre rendez-vous.

— Vous en avez déjà marre de moi ? Je vous ennuie, c'est ça ? Parfait. Prenez quelqu'un d'autre, ne vous gênez pas. Choisissez une anorexique si ça peut vous faire plaisir. Moi, je m'en fiche. Vous l'inviterez à déjeuner.

— Je n'y peux rien. Je vous appellerai ce soir en rentrant.

— Ne vous donnez pas cette peine.

— Ça suffit, Jody. Reprenez-vous, ma petite. Je ne supporte plus que vous soyez aussi déprimée.

— Pardon ? Vous, une analyste, vous me dites d'en finir avec ma déprime, comme ça, d'un coup de baguette magique ?

— Le printemps arrive. Il est temps de recommencer à vivre.

— Vivre, c'est beaucoup dire, en ce qui me concerne. Où

317

avez-vous trouvé ce texte, d'ailleurs ? Sur une carte postale ?
Dans l'Almanach ?

— Je dois filer. Je vous rappellerai.

Dans la voiture, Claire ne cessa pas de parler.

— J'ai envie de vivre dans le Connecticut depuis toujours,
Sam. Enfant, j'en rêvais, mes vedettes de cinéma préférées y
habitaient toutes. Katherine Hepburn, et je ne sais plus qui
d'autre. Le Connecticut, terre des gens riches et raffinés.

— Foutaises ! l'interrompit Sam. Excuse-moi de me montrer aussi prosaïque, mais que fait-on de l'appartement ? Il y
a des gens qui s'y intéressent ? Et les enfants ? Tu y as
pensé ? Ils vont perdre leurs copains.

— Ils termineront l'année scolaire ici, et commenceront
dans le Connecticut à la rentrée prochaine.

Claire étirait le mot Connecticut comme s'il comportait
une centaine de syllabes.

— Et ce ne sera pas trop tard pour les inscrire ?

— On les mettra dans une école publique, Sam. En banlieue, tous les gosses fréquentent les écoles publiques. On
économisera une fortune.

— J'avais cru comprendre que dans le Connecticut les
enfants allaient dans des écoles chics.

— Les cancres. Pas les enfants normaux.

— Bon, nous avons donc quelques années devant nous. Et
moi, poursuivit Sam, je vais travailler comment ? A moins
que tu n'aies aussi prévu que j'arrête de travailler, et que je
passe mes journées à la maison, pour tondre la pelouse ? J'ai
cru remarquer une sacrée quantité d'herbe, sur les photos.

— Nous avons une voiture, et il y a un train. On achètera
une tondeuse-tracteur, tu sais ?

— Actuellement, je vais au bureau à pied, en dix minutes.
Six minutes, si je suis pressé. Il faudra que je me lève au
beau milieu de la nuit, pour être à l'heure, et je rentrerai tard.

— Cinquante-trois minutes de train. Cinquante-trois
minutes pour te détendre, lire, travailler, dormir. Des milliers
de gens font ça tous les jours.

— Oui, des goys. Moi, je suis juif, tu te rappelles ? Les Juifs ne peuvent pas lire en voiture ou en train, ça les rend malades. C'est génétique. Ça date de la fuite d'Égypte. Nous ne supportons pas les cahots. D'ailleurs, est-ce que les Juifs sont autorisés, dans le Connecticut ?

— On aura un bon gros chien plein de poils, et tu le promèneras tous les soirs. Ça te fera perdre tes poignées d'amour.

— Et mes nuits d'amour, par la même occasion ! Et combien de millions de dollars sommes-nous censés débourser ? Puisqu'il faut bien s'intéresser aux lignes en tout petits caractères...

— Moins que pour un plus grand appartement.

— Combien, Claire ?

— Ils en demandent trois cent trente mille, mais l'agence pense qu'ils baisseront. Je pensais leur proposer deux cent quatre-vingt-dix.

— Combien vaut l'appartement ?

— Trois cents. Trois cent quinze. Mais si on n'est pas trop gourmands, on vendra très vite.

— On a combien de liquide, à la banque ?

— Mais Sam, on ne paiera pas comptant.

— Si tu veux que j'y réfléchisse sérieusement, il faut parler de choses sérieuses.

— Tu cherches à m'intimider.

Claire s'arrêta sur le bord de la route, à côté de l'allée. Elle n'avait plus envie de montrer la maison à Sam. Elle avait l'impression qu'il allait la lui prendre.

— C'est celle-là ? demanda Sam.

Claire se mit à pleurer.

— Eh bien, entre, et gare-toi.

Elle mit le moteur au point mort.

— Allez chérie. Entre, et allons voir. On est venus jusqu'ici pour ça. Si tu as changé d'avis, ça ne nous empêche pas de jeter un coup d'œil, si ?

Claire pleurait pour de bon. Sur Sam, la maison, Jody. Sur

tout. Un désert, sans rien, sans personne, voilà ce qu'elle désirait.

— C'est fermé à clé ? demanda Sam en ouvrant sa portière. Tu viens avec moi ?

Claire fit non de la tête ; il sortit de la voiture et parcourut à pied la grande allée. Elle le regarda essayer la porte d'entrée, prendre une de ses cartes de crédit dans son portefeuille et la glisser dans la serrure, qui céda. Une fois à l'intérieur, il se retourna pour faire un signe à Claire et disparut. Elle n'avait pas encore détaché sa ceinture, qui lui sciait le cou, et réfléchissait au moyen de reprendre les rênes de sa vie. Se débarrasser de Sam, des enfants, de l'appartement. Oublier Jody. Se prendre un studio en ville, ou en banlieue, aucune importance.

Sam était dans la maison depuis vingt minutes. L'inquiétude gagna Claire. Et si un fugitif s'y était réfugié ? Et si Sam était tombé dans l'escalier du sous-sol, s'était cogné la tête sur le béton ? Elle sortit de la voiture, alla à la porte et sonna.

— Sam ? appela-t-elle.

Pas de réponse. Elle poussa la porte et entra dans la maison pour la première fois.

— Sam ? Tu es là ?

— Je suis en haut.

— Tout va bien ?

— Évidemment !

Soulagée, Claire traversa la salle à manger et se rendit dans la cuisine. Vert bouteille, effectivement, mais jolie. A Manhattan, les architectes d'intérieur prenaient une fortune pour concevoir des décors du même genre.

— Monte ! cria Sam.

Claire s'engagea prudemment dans l'escalier sombre.

— Où es-tu ?

— Dans notre chambre.

Claire s'avança sur le palier.

320

— Tu te trompes de chemin, dit Sam, derrière elle. Je préfère celle-là, celle qui donne sur la pelouse.

Claire se retourna, passa la tête dans la salle de bains ; la baignoire était en morceaux.

Dans la petite chambre à coucher, Sam attira Claire contre lui.

— C'est ça que tu veux ? C'est ça, ton rêve ?

Elle hocha la tête.

— Y a-t-il une raison pour que tu n'aies pas ce que tu désires ?

Claire ne dit rien.

Il lui caressa la jambe, sous sa jupe.

— On devrait l'essayer, dit-il en glissant un doigt sous l'élastique de sa culotte.

— Sam, voyons ! protesta Claire.

— Tu hésites ?

Il baissa la fermeture Éclair de son pantalon.

— Il n'y a pas de meubles.

Les bras croisés, mal à l'aise, Claire se tenait debout au milieu de la pièce, sa petite culotte sur les genoux, la doublure de sa jupe contre ses fesses nues.

Sam s'approcha, lui décroisa les bras et entreprit de déboutonner son chemisier ; sans rencontrer de résistance.

— La baignoire est cassée, dit-elle, il faudra en acheter une autre.

— On la prendra assez grande pour baiser dedans, dit Sam en dégrafant son soutien-gorge. (Le visage entre les seins de Claire, il passa sa main sous sa jupe et fit tomber par terre le reste de ses vêtements.) Et on mettra un verrou à la porte de notre chambre, ajouta-t-il.

Leur chair nue collait aux lattes de bois verni du plancher. Leur peau y adhérait et s'en détachait dans un gros bruit de succion tandis qu'ils se tournaient et se retournaient. Dans la voiture, en rentrant, les fesses et les hanches rouges et meurtries, ils sentiraient la douleur et s'agiteraient sur leur siège.

Mais sur le moment, ils n'y prêtèrent pas la moindre attention.

Lorsqu'ils arrivèrent chez eux, à cinq heures, Frecia était furieuse.

— Où étiez-vous passés ? dit-elle d'un ton lourd de reproche. J'ai beau aimer les enfants, j'ai ma vie !

— Je suis désolée, dit Claire. Nous avons eu une urgence.

— Une urgence ? Mon œil ! s'exclama Frecia en regardant leur air satisfait.

— Voilà de l'argent pour payer le taxi, dit Claire en lui tendant des billets sans même les compter. Quelqu'un a téléphoné ?

— Une certaine Jody. Elle s'inquiétait de votre soi-disant urgence.

— Personne d'autre ?

— Votre amie Naomi. Elle voulait savoir s'il était illégal de vendre son mari et ses enfants. Et votre bureau, ajouta-t-elle en se tournant vers Sam.

Claire alla téléphoner à Jody de sa chambre. Le répondeur. Elle ne laissa pas de message.

Sam la rejoignit. Debout derrière elle, il lui chatouilla le cou.

— Il faudrait que je rappelle le bureau, dit-il.

Claire lui tendit l'appareil.

— Je vais faire un tour, je ne serai pas longue. Tu devrais commander quelque chose chez le Chinois, pour ce soir. Adam adore le poulet au citron.

Sam acquiesça ; il parlait avec sa secrétaire.

— A tout de suite, dit Claire qui enfila son manteau et passa la bandoulière de son fourre-tout sur son épaule — dedans, il y avait son sac à main, son appareil photo, toutes sortes de choses. Dans l'ascenseur, elle le trouva trop lourd ; elle en sortit son sac et son appareil, et confia le cabas au portier.

Elle boutonna son manteau en traversant la Sixième Avenue, puis tourna à gauche dans Perry Street en resserrant les

322

pans de son écharpe autour de sa gorge. Les yeux sur les numéros des portes, elle s'arrêta devant le 63. Jody Goodman, 63 Perry Street, appartement 4B, New York 10014. Elle connaissait l'adresse par cœur. C'était un vieil immeuble en briques, une forteresse délabrée : double porte en bois à l'entrée, trois marches, des colonnes de chaque côté. La porte s'ouvrit à la volée. Une jeune femme sortit, Claire sursauta.

— Vous cherchez quelque chose ?

— Non, dit Claire, qui recula.

La jeune femme s'éloigna et Claire se faufila dans l'immeuble avant que la porte ne se referme. Elle fit halte devant les boîtes aux lettres. Goodman 4B. La serrure était cassée, le casier béait, le courrier allait tomber. Que faisait-elle là ? Voulait-elle montrer les photos de la maison à Jody ? Lui expliquer qu'enfin ils allaient devenir une vraie famille ? Quelqu'un ouvrit la porte et Claire en profita pour se glisser à l'intérieur. Elle prit l'ascenseur et s'immobilisa devant la porte de l'appartement de Jody comme si elle s'attendait que celle-ci lui ouvre et lui demande pourquoi elle avait tant tardé. Le palier était désert. Claire enfonça une main dans sa poche et se détendit en caressant la surface lisse des photos. Elle s'attarda devant cette porte beaucoup plus longtemps que ne l'aurait fait un individu sain de corps et d'esprit. Était-ce ainsi que se comportaient les cambrioleurs et les violeurs ? L'oreille collée à la porte, elle écouta, n'entendit rien et se décida enfin à sonner. Claire s'imagina que Jody était peut-être là, savait qu'elle était derrière la porte et l'ignorait volontairement.

— Jody, appela-t-elle. C'est moi, Claire. Ouvrez.

Elle envisagea de se jeter contre la porte en hurlant, d'exiger d'entrer. *Tu ne sais donc pas qui je suis ?* Et si, à force de tempêter, de crier et de frapper, elle parvenait à se faire ouvrir, que ferait-elle ?

Elle reprit l'ascenseur, et fit une dernière halte devant les boîtes aux lettres avant de sortir de l'immeuble, épuisée, et légèrement troublée.

33

C'était un bel après-midi de la fin mars où l'on éprouvait la fugitive et étrange sensation que, d'un moment à l'autre, toute clarté pouvait être balayée par une pluie sombre et diluvienne. Jody marchait, dirigeant sa caméra vidéo sur tout ce qui lui semblait intéressant, par exemple un chat traversant la rue devant un taxi qui lui arrivait droit dessus.

Au coin de Perry Street et de la Quatrième Ouest, elle aperçut quelque chose et battit en retraite contre la porte en fer d'un immeuble. Claire Roth sortait de chez elle, elle descendait les marches du perron. Jody zooma et fit tourner sa caméra. L'œil dans le viseur, elle épia Claire, à distance respectable. Celle-ci entrait au Luciani, le café de Jody, ôtait son manteau et s'asseyait à une table près de la fenêtre. La serveuse s'approcha et repartit. Une tasse de café entra dans le champ. Claire y ajouta du sucre, pas de lait, et regarda par la fenêtre. La bande se déroulait ; Jody réunissait des matériaux sur Claire, des preuves par la vidéo, comme dans les émissions de télé-vérité. Claire fouilla dans ses poches, en sortit quelque chose que Jody ne put identifier : des cartes ? Le zoom était à son maximum ; pour voir les détails, il fallait se rapprocher. Elle rampa furtivement le long des immeubles et s'immobilisa sur le trottoir, juste en face du café, cachée aux regards par un camion de livraison. Des photos. Claire avait sorti de sa poche un paquet de photos. Elle les avait étalées sur la table et les disposait dans un certain ordre, comme si elle recomposait un puzzle. C'étaient sûrement des photos de son appartement, se dit Jody. Claire s'était introduite chez elle par effraction, avait fouillé ses tiroirs, son placard, les boîtes rangées sous son lit et pris des photos avec son Polaroïd. Elle avait fureté dans les secrets de Jody, les lui avait volés. Claire prendrait à Jody tout ce sur quoi elle pourrait mettre la main ; tout d'un coup, cela devenait évident, limpide.

Caméra vissée à l'œil, Jody se rapprocha du café en cherchant un meilleur angle. Sur la chaussée, elle risquait d'être vue ; Claire leva les yeux, aperçut Jody, qui enregistra son air fautif. La jeune fille vacilla, sous le choc d'une onde quasi mortelle, composée de culpabilité et d'incompréhension. Elle était comme paralysée. Un violent coup de klaxon la sortit de sa torpeur.

— Tire-toi de la chaussée, crétine ! s'écria quelqu'un.

Les jambes en plomb, Jody leva un pied, l'autre, et se retrouva enfin sur le trottoir, la caméra toujours à l'œil. Claire tapa sur le carreau, invitant Jody à la rejoindre. Jody, debout devant la vitre, ne bougeait pas. Claire tapa encore, mais Jody était incapable de réagir. Claire sortit dans la rue.

— Il commence à faire froid, entrez, venez boire une tasse de chocolat chaud.

Jody la suivit à l'intérieur, s'assit à sa table. Les photos avaient disparu, comme si elles n'avaient existé que dans le viseur de Jody.

— Comment allez-vous ? demanda Claire. Vous êtes toute pâle.

Claire les avait-elle rangées dans les vastes poches de son manteau ? Jody s'agitait sur sa chaise, les yeux rivés sur le lainage sombre jeté sur un siège, pour voir s'il ne dépassait pas d'une poche un petit morceau de rectangle blanc. Rien. L'appareil était là, accroché au dossier d'une chaise, mais où étaient les photos ? Elle les avait peut-être cachées dans son sac. Posé sur la table, celui-ci ne demandait qu'à être ouvert.

— Vous avez mangé, aujourd'hui ? dit Claire. Prenez donc un croissant avec votre chocolat.

— Un double espresso, commanda Jody à la serveuse.

— Avec quelque chose à manger, conseilla Claire. L'espresso, ça ne nourrit pas.

Jody ne répondit pas.

— Alors, qu'avez-vous fait, aujourd'hui ? Vous avez tourné un film ? L'autre jour, je me disais que nous devrions faire un film ensemble, écrire un scénario sur l'analyse. Vous écririez le rôle de la jeune fille, et moi celui de la thérapeute.

— Je ne crois pas que ce soit une bonne idée.

— Ça serait amusant, et il y a tant de choses à dire. (Claire persévérait, comme si elle n'avait pas entendu la réponse de Jody.) J'ai toujours eu envie d'écrire.

— C'est bizarre. J'aurais pensé que vous aviez une vocation de photographe.

— Je ne suis pas une visuelle, dit Claire, interloquée. Une conceptuelle, plutôt, ajouta-t-elle en se tapotant le front.

De la tête, Jody désigna l'appareil photo qui se balançait sur une chaise.

— Oh, ça ! C'est à Sam. J'ai préféré ne pas le confier au portier.

L'espresso arriva. Jody y versa du sucre jusqu'à ce qu'il prenne la consistance d'une boue granuleuse.

— Vous ne vous soignez pas. Pas étonnant que vous soyez mal en point. Un croissant, s'il vous plaît, demanda Claire à la serveuse.

— Je ne veux rien.

— Vous en voulez ou vous en voulez pas ? demanda la serveuse.

— Non, dit Jody.

— J'en prends un pour moi, dit Claire. Vous en mangerez peut-être un morceau.

La serveuse s'éloigna. Claire se pencha vers Jody.

— Votre pull, c'est ma couleur préférée. Vous savez à quoi ça me fait penser, de vous voir ainsi habillée ?

Jody haussa les épaules.

— Je me dis que nous nous ressemblons beaucoup. Comme deux gouttes d'eau. Ça me ferait plaisir que vous veniez dîner à la maison un de ces soirs. Mercredi, Adam joue dans une pièce, à son école. Vous allez adorer ça.

Si Claire avait été dans un état que l'on pourrait qualifier de raisonnablement normal, elle aurait expliqué ce qu'elle faisait là. Elle aurait dit : « Ah, vous voilà ! Quelle coïncidence ! J'ai fait une petite halte juste à côté de chez vous ! » Mais non. Rien. Pas un mot. Pas un geste.

— J'ai eu une idée, dit Claire. Si j'arrive à convaincre Sam de s'occuper des enfants pendant un week-end, nous pourrions aller quelque part toutes les deux. Seules. A la mer, ou dans le Berkshire. Ce serait bien d'avoir du temps à nous.

Jody but son café, prit sa caméra et la braqua sur Claire.

— Parlez-moi donc de vous, de ce que vous avez fait aujourd'hui, dit-elle en déclenchant l'enregistrement. C'est un documentaire. Claire Roth chez Luciani. Où êtes-vous allée ? Avez-vous reçu des patients ? (Jody s'interrompit.) Pourquoi les appelez-vous des patients, d'ailleurs ? Vous n'êtes pas médecin. Parlez-moi de votre passé, de votre expérience. Quelle est votre philosophie ? Que diriez-vous de votre approche de l'analyse ? Est-ce que vous savez ce que vous faites ?

— Posez cette caméra, on nous regarde.

— Oui, nous sommes en direct et en public, au Luciani. (Jody fit un panoramique sur les clients et sur la salle, puis revint à Claire, qu'elle cadra en gros plan. Son visage remplissait le viseur.) Tous, ici, désirent des réponses à quelques questions : le mythe de l'analyse, les grandes inconnues de l'inconscient ; mais il n'y a rien de vrai là-dedans, n'est-ce pas ? En fait tout se passe ici. (Jody se frappa le front, comme l'avait fait Claire quelques instants auparavant.) Qu'est-ce qu'on voit ? Comment perçoit-on les choses ? Comment choisit-on sa route ? Peut-être pourriez-vous nous éclairer sur ces processus.

— Assez, protesta Claire en regardant Jody avec l'air de lui dire : comment pouvez-vous être aussi méchante ?

Jody soutint son regard et poursuivit sur le même ton.

— Moi ? Pourquoi ? Vous venez de dire que vous vouliez faire un film. Eh bien, c'est l'occasion ou jamais. Reprenons. Qu'avez-vous fait aujourd'hui ?

Claire se leva d'un bond et courut aux toilettes.

Restée seule, Jody réfléchit. Et si elle s'était trompée ? Et si ce qu'elle avait vu, Claire sortant de chez elle, n'était pas la preuve évidente d'une trahison qui lui brisait le cœur ? Peut-être le noircissait-elle sans raison. Et si Claire avait simplement déposé un paquet devant sa porte, un petit cadeau, une lettre gentille, sur un beau papier ? Jody le découvrirait en rentrant, et, au comble de l'humiliation, il faudrait qu'elle téléphone à Claire sur-le-champ, pour implorer son pardon. Claire dirait : Je vous ai demandé mille fois de me faire confiance, mais vous en êtes incapable. Et Jody n'aurait plus qu'à s'excuser, non seulement pour son attitude cet après-midi, mais pour ses doutes sempiternels.

Le sac de Claire était sur la table, prêt à livrer ses secrets. Jody scruta la salle. Tous les gens qui l'avaient regardée étaient retournés à leurs cappuccinos, leurs éclairs, leurs pathétiques petites conversations. Elle tendit la main et ouvrit le sac, s'attendant à y découvrir la pile de photos, entre un portefeuille et une trousse de maquillage. Mais il n'y avait que du courrier, tellement de lettres que quelques enveloppes s'échappèrent du sac, que Jody eut du mal à refermer. Inquiète à l'idée d'être surprise par Claire en train de fouiller dans ses affaires, elle s'efforçait de tout remettre en place lorsqu'elle remarqua, au verso d'une enveloppe, et d'une écriture familière, l'adresse d'une de ses relations de Los Angeles. Elle sortit la lettre, la retourna : elle était adressée à Jody Goodman, 63 Perry Street, NY NY 10014. Elle en prit une autre. Sa note de téléphone. Un relevé de banque... une carte postale de Carol Heberton... l'horaire des projections du musée d'Art moderne. Claire lui avait volé son courrier. Elle avait exploré sa boîte aux lettres, et elle avait emporté le tout. C'était un délit puni par la loi. La serrure était cassée depuis des mois, et pas un seul des étrangers qui entraient et sortaient de l'immeuble n'avait jamais pris quoi que ce soit. Jody entendit le déclic du verrou de la porte des toilettes. Elle remit le tout dans le sac, garda la carte postale, et le referma. Le temps que la porte s'ouvre, le sac avait réintégré sa place, sur la table. Jody fourra la carte postale de Carol Heberton dans sa poche arrière, s'empara de sa caméra et fit mine de filmer une scène de rue, par la fenêtre.

— Je n'avais pas vu l'heure, dit Claire, sans se rasseoir. Il faut que je file. Je vous appellerai plus tard. (Elle serra le bras de Jody, qui la regarda. Claire avait les yeux rouges.) Tout va bien, tout ira bien, ne vous inquiétez pas, ajouta-t-elle avant de sortir de l'argent de son sac, de le poser sur la table et de s'en aller.

Jody commanda un autre espresso, le sucra et but le liquide sirupeux à la petite cuiller, comme si c'était un médicament. Elle essayait de comprendre, désespérément. Elle s'était fait piéger. Quoi qu'il existât entre Claire et elle, elle ne le supportait pas ; néanmoins, ça l'aidait à vivre, comment s'en passerait-elle ? Malgré tout, elle ne parvenait pas à haïr Claire — la haine, elle se la réservait, pour avoir marché, pour en avoir redemandé, pour s'être fait harponner. Jody finit son espresso et paya, en se disant qu'il était nettement plus facile de tomber dans un puits que d'en sortir.

Elle avait perdu sur toute la ligne. Dopée au café, à la paranoïa et à la culpabilité, Jody courut jusque chez elle. Peter Sears l'attendait dans le vestibule.

— Salut, je suis passé prendre de tes nouvelles.

La boîte aux lettres était vide, la porte métallique béait. D'autres boîtes avaient un loquet cassé mais le courrier y était, intact.

— Tu es là depuis longtemps ?

— Une minute. J'allais partir.

— Décidément, c'est mon jour de chance !

— Comment vas-tu ? Mieux ?

Jody haussa les épaules. Selon le docteur Esterhaus, elle finirait par guérir, mais cela prendrait sans doute deux bonnes années. Selon sa mère, qui s'était plongée dans des revues spécialisées, il s'agissait d'une infection généralisée, due à un excès de sucreries. Selon son père, elle souffrait de la pollution de son environnement. Jody avait, pour sa part, lu des articles sur le « virus des cellules B », un syndrome de dysfonctionnement immunitaire chronique, une sorte de nouvel herpès — un genre de grenade dotée d'une goupille d'un modèle inconnu. S'il ne vous tuait pas, il pouvait vivre avec vous à jamais, tantôt actif, tantôt latent.

— A vrai dire, je suis au trente-sixième dessous.

— Je peux entrer ?

— Oui, pourquoi pas ?

Jody se dit qu'elle n'avait rien à perdre.

— Tu m'as manqué, tu sais, lui déclara Peter Sears dans l'ascenseur.

Avant de l'ouvrir, Jody inspecta sa porte. Apparemment, personne n'avait essayé de la forcer. A l'intérieur, elle trouva une publicité pour un restaurant mexicain, mais pas le moindre petit mot sur un joli papier à lettres. Pas d'explication miraculeuse.

— Tu veux te déshabiller tout de suite, demanda-t-elle à Peter, ou je peux écouter mes messages avant ?

— Mais ce n'est pas ça, répondit-il.

Jody écouta sa bande, en espérant y trouver un indice. Il n'y avait qu'un seul message, d'Ilene, la fille du Village qu'elle avait connue à l'UCLA. « J'ai voulu que tu sois la première à le savoir, enfin presque la première. Tu te rappelles ce projet qu'on avait élaboré en atelier d'écriture ? J'ai continué. Je l'ai écrit. Et j'ai vendu mon script, cent cinquante mille dollars ! Super, non ? Bon, j'espère que tu vas mieux. Désolée, je dois... »

Jody appuya sur le bouton stop. Ça ne l'intéressait pas.

— C'est génial, fit Peter.

— Tais-toi, dit Jody en disparaissant dans la salle de bains dont elle ressortit quelques secondes plus tard, les mains pleines de petits paquets. Regarde ! s'écria-t-elle en les éparpillant sur le canapé. J'ai des préservatifs. De toutes sortes.

— C'est différent, maintenant. Ou du moins, c'est moi qui suis différent.

— Mon œil !

Peter haussa les épaules.

— Je ne prétends pas que j'ai fait vœu de chasteté, juste que j'ai changé. Tu as l'air tendue, soucieuse. J'ai appris à masser. Tu veux que je te montre ?

Les volets grands ouverts, dans la lumière crépusculaire, Jody se déshabilla. Elle était si mince, désormais, qu'elle se moquait bien qu'on la voie. Il n'y avait plus rien à cacher. Ni cuisses trop lourdes, ni derrière rebondi. Elle s'allongea sur son lit et s'en remit aux mains de Peter, qui sut trouver les endroits où des nœuds s'étaient formés.

— Dis-moi où tu sens des choses, demanda-t-il, on va s'en occuper.

Il dénicha des tensions qui dataient de la séance de patinage. Ses doigts se posaient sur des endroits si douloureux que Jody se mordait la joue pour ne pas crier. Mais il savait s'y prendre, ses mains étaient fortes et douces. Il la massa en profondeur, chassant sa tension muscle après muscle, comme si ces derniers pouvaient être sélectionnés et tordus comme une serpillière mouillée. Elle roula sur le dos et, lorsque ses paumes effleurèrent l'intérieur de ses cuisses, elle s'en saisit et les guida plus haut. Elle déboutonna sa chemise et lui lécha la poitrine. Il soupira et s'attaqua aux muscles de son cou et de ses épaules, descendit tout le long des bras. Elle lui mordit les tétons. Toujours vêtu de son pantalon, il se frotta contre elle, pour l'exciter encore. Sans hâte, sans bousculade. Elle baissa sa braguette et pressa son visage contre son slip, le lécha à travers l'épaisse cotonnade. Elle l'attira sur elle. Il prit un préservatif. Son téléphone sonna trois fois ; le répondeur s'enclencha chaque fois, mais la personne — Claire —

raccrocha. Peter et Jody passèrent la soirée et une bonne partie de la nuit à faire l'amour, se reposer, faire l'amour, se reposer.

— Alors, qu'est-ce qui t'est arrivé ? lui demanda enfin Jody après que le traiteur chinois les eut livrés, qu'ils eurent pris une douche, se furent restaurés et qu'ils eurent encore baisé.

Peter haussa les épaules. Il enfila son slip et repêcha son pantalon dans une pelote de draps, boutonna sa chemise.

— Allez, insista Jody. On ne change pas comme ça !

— Je fréquente quelqu'un qui m'aide beaucoup, dit-il enfin en glissant un pied dans un mocassin.

— Une analyste ?

— Non. Une femme. Elle est en voyage. C'est une productrice de télé.

Jody le poussa dehors. Elle le souleva quasiment, le porta, et le regarda trébucher et vaciller sur le palier avant de claquer la porte.

— Ma chaussure ! s'écria-t-il. Mon autre chaussure ! (Il tapa du poing sur la porte.) Eh ! Allez ! C'est des Banfi ! Des pompes à quatre cent cinquante dollars !

34

Incapable de s'endormir, Claire écoutait la respiration régulière de Sam. Tout lui filait entre les doigts. Depuis l'épisode du café, Jody gardait ses distances, elle se méfiait, même si elle n'avait plus jamais apporté sa caméra. Quelques jours auparavant, chez Bloomingdale, elles s'étaient disputées à propos d'un chemisier.

— Regardez ça, avait dit Claire.

Elle avait choisi un chemisier plus féminin, plus élégant, que ceux que portait d'habitude Jody. Elle aurait été ravissante.

Jody avait plissé le nez.

— Pas mon genre.

— Qu'en savez-vous ? Essayez-le.

— Non.

Claire lui promenait le chemisier sous le nez, pour la tenter. Jody le lui avait pris des mains et l'avait remis sur le portant. Une femme avait souri, posé une main complice sur l'épaule de Claire.

— Ma fille et moi, c'est pareil, nous ne sommes jamais d'accord.

— Ce n'est pas ma mère, avait rétorqué Jody, c'est ma psy.

La femme avait évité son regard et s'était éloignée en toute hâte.

Cet après-midi-là, Claire était rentrée en retard. Sam était debout dans l'entrée, l'air furieux.

— Comment se fait-il que tu sois à la maison ? avait demandé Claire.

— Ton fils avait rendez-vous chez le médecin.

Claire ne savait pas de quoi il parlait.

— Jake était censé aller chez le pédiatre à trois heures et demie. Ils m'ont appelé au bureau. Tu avais oublié. Et ne t'avise pas de me dire ce que tu fichais. Tu étais avec elle. Je le sais, Claire. Je ne suis pas un imbécile. Ça va trop loin. C'est devenu incontrôlable. Pourquoi la laisses-tu...

— Ce n'est pas sa faute, Sam. Ce n'est pas elle, c'est moi. (Claire s'interrompit un instant.) J'ai dû oublier le rendez-vous de Jake. Ça n'a pas d'importance, une simple question de vaccins. Je l'y conduirai demain. Je vais prendre rendez-vous tout de suite.

Sam l'empêcha de décrocher le téléphone.

— C'était pour des vaccins, en effet, dit-il, le visage tout contre celui de Claire. Je l'ai emmené, moi. Ils ont dit qu'il risquait une petite réaction, de la fièvre, et qu'il fallait lui donner de l'aspirine. J'ai cherché dans tout l'appartement. Je n'en ai pas trouvé. Il n'y a même pas d'aspirine, dans cette putain de baraque ! On court à la catastrophe, Claire. Tu nous ignores. Je ne te laisserai pas traiter ta famille comme ça ! Je ne le permettrai pas.

Adam, Jake et Frecia retenaient leur souffle. Jake avait une manche roulée, il passait inconsciemment son doigt sur l'endroit de la piqûre.

Le téléphone sonna. Sam et Claire se précipitèrent vers l'appareil.

— Allô, dit Sam en l'arrachant des mains de Claire.

Elle appuya sur le bouton du haut-parleur.

— Bonjour, ici Tom Miller, l'architecte. J'ai visité votre appartement le mois dernier.

— Oui.

— En fait, ma sœur vient s'installer à New York et

334

j'aimerais qu'elle le voie, si vous êtes toujours décidés à vendre.

— Nous l'envisageons, oui.

— Elle arrive de Boston à la première heure demain matin. Puis-je venir avec elle vers huit heures ? C'est un peu tôt, je sais, mais elle ne passe qu'un jour en ville, et elle a des rendez-vous tout de suite après.

— Huit heures, c'est parfait. A demain, conclut Sam en raccrochant.

— C'est grotesque, intervint Claire.

— Non, pas du tout. Ce qui est grotesque, c'est ça ! Ce qu'on t'a livré aujourd'hui.

Il prit deux boîtes posées sur la table, une grande et une petite et les lui lança violemment. Des chopes s'en échappèrent : SAM, JAKE, ADAM, JODY imprimés en rouge sur la céramique blanche. Ils s'étaient trompés ! Ils avaient tout livré chez Claire ! Celle de Sam se brisa en deux, celle d'Adam perdit son anse, celle de Jody se retrouva en trois morceaux. Il n'y avait que celle de Jake qui fût indemne.

— Mais bon Dieu ! Pourquoi tu lui achètes des tasses à son nom ?

— Je ne lui avais rien offert pour Noël.

Frecia poussa les enfants hors de la pièce et revint, armée d'une balayette et d'une pelle.

— Ce week-end, on va à la mer ! Toi, moi et les garçons. Pas de fille. Personne d'autre. Nous, quoi. On a loué cette putain de maison, et on va y aller, bordel ! Ça fait plus d'un mois qu'on n'y a pas mis les pieds.

— Très bien, dit Claire.

— Demain matin à huit heures, c'est moi qui recevrai ce type, dit Sam en saisissant son cartable. Je le vendrai si vite, ce putain d'appart, que tu n'auras pas le temps de dire ouf.

Là-dessus, il tourna les talons et sortit en trombe.

Quelques instants plus tard, le téléphone sonna.

— Je suis navrée de vous déranger chez vous, dit Gloria Owens, mais Jim et moi nous avons des ennuis ; nous nous disputons sans arrêt. Est-ce qu'on pourrait vous voir une fois de plus, cette semaine ?

— Ne quittez pas, dit Claire. Je vais consulter mon agenda. (Elle posa le téléphone, froissa un journal et reprit l'appareil.) Je cherche, dit-elle en feuilletant les pages Maison du *Times*. Non, tout est pris jusqu'à mercredi, et c'est votre jour.

— Bon. Au moins, nous aurons essayé.

— Vous avez bien fait de m'appeler. Si quelque chose se libère, je vous ferai signe. En cas d'urgence, laissez un message sur mon répondeur, je vous rappellerai dès que possible.

— Merci.

— Je vous en prie.

Claire raccrocha, reprit la ligne et composa le numéro de Bea.

Elle ne l'avait dit à personne, mais une semaine auparavant, après avoir claironné son bonheur tout neuf aux oreilles de Claire, Bea avait avalé tous les somnifères de Herbert, et pris un taxi pour Saint Luke, où elle avait avoué son forfait. A l'hôpital, on lui avait fait un lavage d'estomac, on l'avait gardée deux jours et, après avoir consulté Claire, on l'avait envoyée chez un psychiatre qui lui avait prescrit des antidépresseurs. Claire mourait de culpabilité.

— Bea ? dit-elle au répondeur qui s'était enclenché, ici Claire Roth. Je voulais prendre de vos nouvelles. Je serai chez moi toute la soirée, vous pouvez m'appeler. Sinon, à demain matin.

— Tu as un problème, lui dit Sam en se couchant. Un gros problème.

Comme si elle l'ignorait. Dès que Sam lui avait déclaré que la maison lui plaisait, en fait dès qu'ils avaient fait l'amour dans leur future chambre à coucher, Claire s'était mise à souhaiter de toutes ses forces que ça ne marche pas. Elle se sentait incapable de déménager. Pas en ce moment. Il se passait trop de choses. Tout ce qu'elle avait acquis à force d'acharnement semblait sur le point de lui échapper. Elle gâchait sa carrière, son mariage, sa vie. Elle ne pouvait plus exercer en tant qu'analyste, c'était évident. La preuve : Bea ! Grâce à Claire, qui n'aurait jamais dû croire à ses prétendues allégations, elle avait fini aux urgences. Heureuse ! Le bonheur ! Comme si le bonheur était de ce monde !

Elle dormit quelques heures, d'un sommeil agité ; Sam la secoua pour la réveiller.

— L'architecte et sa sœur, Claire. Ils ne vont pas tarder.

— Quelle heure est-il ?

— Sept heures moins le quart. Si on veut vendre, il faut ranger un peu. Commence par faire le lit.

Claire se tourna de l'autre côté et s'enfouit sous les couvertures.

Sam sortit de la pièce et revint avec l'aspirateur.

— Debout. Et enlève les draps en même temps.

— Je ne peux pas être en retard, geignit Claire. J'ai une patiente à huit heures et quart.

— Annule.

Claire vacillait au milieu de la pièce pendant que Sam époussetait le dessus de la commode avec une chaussette blanche.

— Annule ce putain de rendez-vous, répéta-t-il.

— C'est impossible.

— Tu ne verras plus cette Jody. Ce petit jeu a assez duré.

— Sam...

— Je sais parfaitement ce que tu penses, Claire, et tu as tort. Tu as tort. Laisse tomber. Elle ne fait pas partie de notre famille. Tu ne lui fais aucun bien en la considérant comme telle. Pense un peu aux autres, pour une fois.

— A toi, tu veux dire.

— Annule ce rendez-vous.

— Non. C'est un cas à part, Sam. Tu n'y connais rien.

— Je m'en fous. C'est toi qui m'intéresses, Claire. Toi, nous. Elle, je m'en tape.

337

— On n'aurait pas dit, à vous voir patiner ensemble.

Sam secoua la tête de désespoir.

— On s'en va, Claire. On se tire d'ici, en vitesse.

— Je n'ai pas envie de parler de ça.

— On en parlera quand même. Tu dépasses les bornes.

— Tu n'es pas mon patron. La thérapeute, c'est moi. Je suis censée savoir ce que je fais.

— Et tu le sais, Claire ? Tu en as la moindre idée ? Vraiment ?

Elle se réfugia dans la salle de bains, dont elle claqua la porte. Après s'être brossé les dents, et se les être curées au fil dentaire, elle rouvrit la porte et agita un doigt en direction de Sam.

— Je la verrai, Sam. Je continuerai à la voir, jusqu'à ce qu'elle ou moi nous décidions que ce n'est plus nécessaire. Quant à toi — le doigt pointé vers Sam se fit vengeur — tu n'es qu'un sale jaloux !

Elle claqua de nouveau la porte et alla prendre sa douche.

Quand elle réapparut, ce fut pour enfiler un collant, assise sur le bord du lit.

— A propos, mon rendez-vous de huit heures et quart est une femme de cinquante-cinq ans qui a essayé de se suicider la semaine dernière.

Il était huit heures dix lorsque Claire croisa l'architecte et sa sœur dans l'entrée de l'immeuble.

— Voici ma sœur, Joan, dit-il. Elle est assistante sociale, et n'a aucun sens de la symétrie. Je me suis dit que votre appartement lui plairait.

Claire hocha la tête. Joan rit.

— Mon mari est là-haut. Il vous fera visiter. J'ai un patient.

— Vous êtes médecin ?

— Thérapeute, répondit Claire en s'appuyant à la porte.

— Ça doit être passionnant, dit Joan.

Claire leur fit un signe d'adieu et sortit. Bea était toujours en avance, elle devait l'attendre sur le palier. Et, patientant à un feu rouge, elle essaya de remonter ses cheveux humides, qui pendouillaient sur sa nuque, lui chatouillaient le cou. De quoi devait-elle avoir l'air ! Et pas l'ombre d'un miroir pour s'inspecter !

— Bonjour, Bea, dit-elle en sortant de l'ascenseur.

Elle introduisit sa clé dans la serrure et ouvrit la porte de son cabinet.

— Comment allez-vous ?

— Bien, dit Bea qui referma la porte.

— Les antidépresseurs provoquent-ils des effets secondaires ? demanda Claire en jetant un coup d'œil sur son répondeur.

Deux messages. De qui ?

— J'ai la bouche sèche. Mais le médecin dit que c'est normal. Il faut que l'organisme s'habitue. Herbert a téléphoné, hier soir. Il veut qu'on sorte ensemble. Je fais l'ânerie de ma vie, et voilà que c'est lui qui est tout penaud.

— Vous allez accepter ?

— Je ne sais pas. A cause de lui, je me suis retrouvée à l'asile d'aliénés. Ce n'est pas un bon dîner qui va compenser.

Elle avait l'air moins assurée qu'avant. Claire se demanda si elle avait perdu de sa confiance en elle ou si c'étaient les médicaments. Les psychotropes faisaient parfois cet effet : les gens s'effaçaient, purement et simplement. Aurait-elle intérêt à en prendre, elle aussi ?

La séance touchait à sa fin.

— Et si vous veniez me voir avec Herbert, en plus de nos séances habituelles ? proposa Claire.

— Vous accepteriez ?

Claire hocha la tête.

— Mille mercis ! Je sais, je ne suis pas censée parler de choses personnelles, mais je suis certaine que votre famille est très fière de vous. Comme je serais heureuse d'avoir une fille aussi intelligente, aussi douée.

Pauvre conne, pensa Claire. Si Bea avait deux sous de bon

sens, elle serait furieuse contre Claire. Elle la tiendrait pour responsable de sa tentative de suicide, et changerait de psy. Au lieu de cela, elle choisissait le chemin de la soumission et s'en remettait au diable.

— Mardi soir à six heures, dit Claire sans répondre aux compliments de Bea.

On sonna à l'interphone et Claire appuya sur le bouton, pour que Jody puisse entrer dans la salle d'attente.

— Je m'arrangerai pour qu'il soit là, déclara Bea, debout, légèrement vacillante. Je ne tiens pas bien sur mes jambes, dit-elle. Ce sont les médicaments.

— A mardi, dit Claire en la raccompagnant à la porte.

— Je ne savais pas que vous étiez gérontologue, observa Jody quand Bea fut partie. Qu'est-ce qui est arrivé à vos cheveux ? Vous faites une chimio ?

Claire porta une main à son chignon qui se défaisait.

— Ça n'a rien de drôle, dit-elle en s'efforçant de remettre ses mèches en place.

Jody avait l'air malade. Elle avait maigri, son jean, maintenu par une large ceinture marron, fronçait à la taille, ses avant-bras étaient couverts de plaques rougeâtres, rêches.

— Il faut que nous parlions sérieusement, déclara Claire. J'ai réfléchi. Peut-être devriez-vous aller chez quelqu'un d'autre. Apparemment, je ne vous apporte plus rien. (Le regard résolument rivé sur la moquette, elle ajouta :) Les choses sont allées trop loin pour que je puisse vous être utile.

Lorsque Claire leva les yeux, Jody était blême et se mordait l'intérieur de la joue.

— Nous resterons en contact, bien entendu, il n'est pas question que je vous abandonne.

Claire luttait contre son envie de lui avouer que c'était entièrement de sa faute, qu'elle avait commis une horrible bévue.

— Il faut que vous parliez de tout cela à une autre personne, j'en suis convaincue. J'ai appelé quelques confrères, mentit Claire.

— De quel droit ?

— Pour vous aider. Vous avez besoin qu'on vous aide.

— C'est vous qui avez besoin d'aide, répliqua Jody.

Claire se tut. Elle essayait de se ressaisir, de sauver les apparences.

Jody sortit sa caméra vidéo de son sac et se mit à filmer Claire.

— Rangez ça !

Jody continua.

— Je vous en prie, posez cette caméra. C'est une agression. Pourquoi vous conduisez-vous comme cela ? Pourquoi ? (Claire agita la main devant la caméra.) Vous cherchez à établir un rapport de forces ?

Jody ne répondit pas. Claire se cala dans son fauteuil, le genou gauche croisé sur le droit, les mains sur la poitrine.

— Impossible de poursuivre cet entretien tant que vous n'aurez pas lâché cette caméra, dit Claire.

Puis elle se tut et fixa l'objectif.

Jody la filma pendant quelques minutes. Malgré son malaise croissant, Claire s'efforça de ne pas bouger, de ne pas trahir sa souffrance.

Jody baissa enfin la caméra et dit :

— Je n'arrive pas à croire que vous faites une chose pareille.

— C'est pour votre bien, Jody. Je ne vous aide pas. Un autre thérapeute sera peut-être mieux armé.

— Il y a quelque chose qui cloche ! s'exclama Jody en secouant la tête. Qui cloche affreusement, je ne sais ni pourquoi ni comment, mais vous me rendez folle. Vous me tuez. Prenez un fusil, bordel, et tirez-moi dessus, qu'on en finisse !

Dans ses rêves les plus débridés, Claire n'avait jamais imaginé qu'une fille pouvait se retourner contre sa mère, que sa fille pouvait devenir la pire ennemie d'une femme.

Le téléphone sonna. Claire décrocha.

— Allô ? Allô ?

— C'est moi, dit joyeusement Sam. L'appart est vendu.

Ils ont offert deux cent quatre-vingt-quinze et j'ai accepté. L'agence n'est pas dans le coup, nous n'avons pas de commission à payer. Appelle les gens du Connecticut et propose deux cent quatre-vingt-cinq. Rappelle-moi après.

— Je suis en rendez-vous, dit Claire d'un ton morne, pour dissimuler son désarroi à Sam, à Jody.

— Je ne bouge pas. Téléphone-moi quand tu auras fini.

— D'accord.

Elle raccrocha. Jody était debout.

— La séance n'est pas terminée, dit Claire.

— Je suis au bout du rouleau.

— Asseyez-vous, je vous en prie. Fixons un rendez-vous pour demain.

Pas de réponse.

— Midi. Je n'ai personne après, nous pourrons aller déjeuner ensemble.

— Au revoir, dit Jody en ouvrant la porte.

— A demain, donc.

Claire attendit que Jody fût sortie et feuilleta frénétiquement son carnet d'adresses pour trouver le numéro de téléphone de l'agence.

35

Des poêles et des casseroles. Courant janvier Jody avait fait une descente chez Macy pour acheter des poêles et des casseroles. Ce n'était pas son habitude, mais pour guérir, il fallait se nourrir convenablement. Depuis des mois, les ustensiles étincelaient sur la cuisinière, neufs comme au premier jour. Maintenant, Jody, debout au milieu de son appartement, se flagellait à coup de poêle à frire avec l'obstination et la vigueur d'un sonneur de cloches. Pan, pour le désir, et pan pour l'espoir, et pan pour avoir cru que Claire l'aiderait ; aucun châtiment ne serait assez sévère pour la punir d'avoir commis l'idiotie de baisser sa garde. Qu'elle souffre. Et pan, un bon coup de poêle dans les côtes, pour évaluer la profondeur de sa colère. Elle posa la caméra vidéo sur un trépied, braqua l'objectif sur elle et enregistra ses gémissements, ses lamentations, le cri de l'aluminium et du cuivre sur la peau et les os. Il fallut qu'un étrange sifflement sorte de sa poitrine quand elle respirait, que sa peau lui cuise dès qu'on l'effleurait, qu'elle soit abrutie par la douleur pour qu'elle s'arrête. Puis elle regarda la bande. On aurait juré un documentaire d'une chaîne culturelle : « Danses tribales chez les femmes blanches des classes moyennes. » Le spectacle lui donna la nausée. Les casseroles et les poêles blessaient en profondeur, mais ne laissaient pas de marques. Jody en fut satisfaite. Personne ne pourrait prétendre qu'elle essayait de se faire remarquer.

— Elle s'empare de ma vie, dit Jody à sa mère. Elle s'introduit dans mon intimité. Elle me pousse à bout.

— Tu as peur qu'elle te connaisse à fond. Tu n'aimes pas ça, que les gens te connaissent. Ton père et moi, on se demandait toujours à quoi tu pouvais bien penser.

— Maman ! implora Jody.

— Tu as toujours été très secrète. Tu te rappelles comme tu étais nerveuse, avant que j'aille aux réunions de parents et enseignants ? Tu détestais qu'on parle de toi.

— Je l'ai surprise en train de sortir de chez moi. Tout est enregistré sur bande vidéo.

— Ce devait être quelqu'un qui lui ressemblait. Tu crois toujours voir des gens. A l'hôpital, tu répétais sans arrêt que ta tante Sally était dans la chambre voisine. Or, elle est morte depuis sept ans.

— J'avais de la fièvre, maman ! Je te dis que Claire Roth est venue chez moi, faire des trucs bizarres. C'est sur bande, je te dis !

Jody se mit à pleurer, sans le vouloir.

— Tu sais, dit sa mère, quand on ne se sent pas bien, on se méfie de tout et de tout le monde.

— Maman, je ne suis pas paranoïaque ! hurla Jody. C'est la réalité, ce que je te raconte !

Les voisins allaient l'entendre, elle en était sûre.

— Mais ma chérie, personne ne t'a jamais obligée à la voir. Tu es libre.

— Tu ne m'écoutes pas. Elle va me tuer ! Un de ces jours, je serai morte, et puis voilà !

— Allons, allons, chérie, je ne...

Jody raccrocha brutalement et essaya de se rappeler le numéro de téléphone de Harry Birenbaum. Harry, lui, comprendrait. Elle tomba sur le répondeur.

— C'est Jody, Jody Goodman. (Elle s'interrompit.) Vous êtes là ? Il y a un truc dont j'ai besoin de vous parler. Rappelez-moi.

Au kiosque à journaux, une manchette annonçait : « En guerre avec votre psy ? Seize mesures pour en sortir vivant. » Jody acheta le magazine et se précipita chez elle pour lire l'article. Selon la notice biographique, il avait été écrit par un « éminent psychothérapeute, professeur à l'université de New York ».

Aller discuter de thérapie chez un thérapeute ! Personne ne voudrait y croire.

— Entrez, entrez, lui dit le psy le lendemain après-midi, lorsque Jody posa le pied sur le pas de la porte de son cabinet.

C'était un barbu, aux lunettes cerclées de fer, au nez crochu. Son bureau était froid, sombre, petit. Il y avait un fauteuil, le sien, et un canapé qui sentait le moisi. Jody se percha tout au bord.

— Vous vouliez m'interroger sur le processus analytique, c'est bien cela ?

— Je vois une femme. Au début elle était formidable, mais maintenant elle me rend folle. Elle me donne envie de me suicider.

— Ah, vous êtes lesbienne.

— Non. Ma psy. Je vous parle de ma psy.

— Vous allez donc chez un de mes confrères. Est-il au courant de votre visite chez moi ?

— C'est une femme. Non, elle ne le sait pas.

Ma parole, se dit Jody, il a besoin d'un Sonotone !

— Il faudra que vous en parliez à ma consœur.

— Je suis venue vous voir parce que j'ai besoin de prendre un peu de distance. Comme je vous l'ai dit au téléphone, en lisant votre article je me suis dit que vous pourriez peut-être m'aider. La femme chez qui je vais, ma psy, elle me téléphone sans arrêt, elle m'invite à déjeuner, à patiner avec sa famille. (Jody s'interrompit pour reprendre son souffle.) Elle est venue chez moi, elle m'a volé mon courrier.

— Votre fantasme, donc, est qu'elle vous invite... Et ensuite, que se passe-t-il ?

— Ce n'est pas un fantasme. C'est la réalité.

— Je puis vous garantir que je ne vous inviterai jamais nulle part, et que si je téléphone chez vous, ce sera pour reporter un rendez-vous.

La séance commençait à peine, et Jody avait déjà envie de s'enfuir en courant. Comparée à cet olibrius, Claire était un génie. Tant pis si elle la torturait. Au moins, elle n'avait pas l'impression de tourner dans un film burlesque.

— C'est très destructeur. Il me semble qu'on m'oblige à faire quelque chose de radical.

— Vous rêvez d'elle ?

Devant le silence de Jody, il se lança dans une longue digression sur les distorsions, parfois perverses, des récits féminins. Le sujet l'intéressait au plus haut point, il y avait là matière à un autre article, à un livre, peut-être. A mesure que les minutes s'égrenaient, Jody, de plus en plus inquiète, se persuada qu'elle s'enfonçait dans un abîme sans fond. Elle avait l'impression d'être dans une pièce où la folie se répartissait de façon exponentielle, jusqu'à ce qu'il ne reste plus rien.

Une sonnerie la fit sursauter. Le psy désigna un minuteur en forme d'œuf, posé sur son bureau, et Jody réalisa qu'elle avait passé vingt-cinq minutes à rêvasser.

— Ce sera tout pour aujourd'hui, dit le psy. Je vous propose de revenir jeudi.

— Il faut que je vérifie mon emploi du temps, dit Jody en se dirigeant vers la porte. Je vous téléphonerai.

— Bon. Tu veux vraiment que je te dise pourquoi tu ne t'en sors pas toute seule ? demanda Ellen. C'est parce que tu crois que tu n'en vaux pas la peine. Tu te prends pour une merde sous prétexte que des gens t'ont déçue. Tu cherches la perfection, une famille parfaite, une mère parfaite, est-ce que je sais ? Seulement voilà, tu ne trouveras pas. Jamais. Ça n'existe pas.

Jody ne répondit pas. Elle regardait par la fenêtre, et songeait à raccrocher.

— Tu n'es pas réaliste. Au lieu de te satisfaire de ce que tu as, tu veux autre chose, un substitut, une psy. Pourquoi pas ? Sauf que ta psy, elle est tarée. (Ellen s'interrompit un instant.) Il faut que tu apprennes à n'avoir besoin que de ce que tu as ; à t'aimer plus que n'importe qui d'autre ne pourra t'aimer. Tu es la seule à savoir ce que tu veux vraiment.

— Et toi, tu as lu trop de littérature New Age. Découvrez votre vraie personnalité, ce genre de conneries.

— Je te dis la vérité, et ça ne te plaît pas.

— Bon. Mettons que tu aies raison, et alors ?

— Une seconde.

Jody écouta le bulletin-météo de Dallas-Fort Worth, puis « Hotel California », la chanson des Eagles, en tripotant la boîte d'allumettes posée sur son bureau. L'autopunition. Comme si tout était sa faute, d'un bout à l'autre. A chacune de ses séances chez Claire, Jody portait de nouvelles marques des châtiments qu'elle s'infligeait. Claire avait mis un temps fou à s'en apercevoir. L'autre jour, quand Jody avait le visage, les bras et le cou émaillés de fines coupures, Claire lui avait innocemment demandé ce qui lui était arrivé.

— Rien. Il ne m'est rien arrivé, avait répondu Jody d'un ton morne.

Elle savait que c'était maladif. Ça n'avait pas de sens, mais elle continuait. Et de plus belle, comme si extérioriser sa souffrance, l'afficher, littéralement, sur son corps, pouvait soit la supprimer, soit attirer l'attention de quelqu'un.

— Je ne comprends pas, avait dit Claire.

— C'est manifeste.

Pour crier davantage sa souffrance, il ne lui restait qu'une solution : se couper en deux avec une scie.

— Vous êtes une imbécile, avait-elle déclaré à Claire à la fin de la séance. Une sacrée putain d'imbécile ! (Elle avait relevé ses manches et exhibé une large brûlure.) Et ça ? Comment pensez-vous que ce soit arrivé ? C'est vous. Voilà ce que vous m'avez fait, et ce que je me suis fait. Je maudis le jour où je vous ai rencontrée !

Elle avait alors sorti une boîte d'allumettes de sa poche, en avait gratté une et avait éteint la flamme sur la chair de son bras. Une actrice ringarde dans un mauvais film.

— Assez ! s'exclama Claire en s'emparant des allumettes. Ça suffit.

Le monde regorge de millions de boîtes d'allumettes, toutes prêtes à s'enflammer, s'était dit Jody en reprenant la sienne.

— Ce qu'il faut, fit Ellen en revenant en ligne, c'est que tu arrêtes de voir cette femme, que tu te détaches d'elle. Tu n'as pas fait tout ce chemin pour te flinguer au bout, pas vrai ? Je te quitte. Je te rappellerai plus tard.

La guerre s'amplifia ; au téléphone, dans le bureau de Claire, dans les rues de New York.

— Après tout ce que j'ai fait pour vous ! s'exclama Claire. Comment osez-vous vous conduire comme ça ? Comment osez-vous vous faire du mal alors que je vous aime tant ?

Elle hurlait, vociférait, levait les bras au ciel, comme pour invoquer les dieux.

C'était aussi simple et aussi complexe que de tomber amoureux et de ne plus l'être. Ça ressemblait à ce stade auquel on parvient au bout de dix ans de mariage, quand on se rend compte que c'est fini. Mais un mariage, ça peut survivre, chacun peut développer ses propres centres d'intérêt, agrandir la maison, faire le tour du monde, avoir une liaison.

L'analyse se bornait à cinquante minutes dans la même pièce.

— Qu'est-ce que vous me voulez ? Expliquez-vous, à la fin ! s'écria Jody lorsque Claire lui téléphona pour la troisième fois de la matinée. Vous voulez du sang ?

Sans laisser à Claire le temps de répondre, Jody fracassa un verre contre le mur, et regarda les éclats éparpillés sur le sol ; elle avait envie de danser dessus, de se rouler sur les tessons.

— Vous êtes en quête de quelque chose que je ne peux pas vous donner, dit Claire.

— C'est votre faute, vous m'avez fait miroiter des merveilles. Je me suis donnée à vous.

— Et moi à vous, rétorqua Claire.

— Mais c'est moi qui paie. Et ça me coûte cher.

— Mon rendez-vous de midi est arrivé. Je vous rappelle.

— Enfin un rayon de soleil dans ma putain de journée !

Jody prit le bus pour aller acheter un magnétophone, douze cassettes et un système qu'on branchait sur le téléphone pour enregistrer les conversations. La vidéo ne suffisait pas. Il fallait désormais qu'elle garde une trace de tout ce que Claire lui disait et lui faisait. S'il se produisait quelque chose d'horrible il y aurait des preuves qu'on l'avait poussée par-dessus bord.

— Tu dis qu'elle te suit partout, qu'elle t'emmène patiner, te téléphone sans arrêt, et qu'à cause d'elle tu finis par croire que tu perds la tête ?

Harry et Jody avaient joué au chat et à la souris par téléphone. Il avait enfin réussi à la joindre. Jody entendait de la musique et le cliquetement de glaçons dans un verre.

— Exactement.

Enfin, quelqu'un qui allait comprendre ! Bien que soûl, Harry écouta toute son histoire jusqu'au bout.

— Elle t'a amorcée, c'est bien ça ? demanda Harry quand

elle eut terminé. Elle t'a pétrie comme de la pâte, et tu te sens molle comme de la réglisse ?

— On peut dire ça comme ça.

— Un peu de compassion, ma chérie. Ne sois pas aussi impitoyable envers tes aînés. Elle est comme tout le monde, tout ce qu'elle veut c'est une place entre de jeunes et jolies cuisses.

Harry soupira et rota.

Si elle avait eu un peu plus d'énergie, si ce n'était pas le grand Harry qui proférait ces énormités, Jody aurait raccroché.

Il souffla péniblement.

— Je suis trop vieux pour me soûler à ce point. Excuse-moi, petite, excuse-moi. Tu voulais me raconter quelque chose ? Vas-y, je suis dans l'état d'esprit qui convient pour écouter une histoire.

— Mais je viens de vous la raconter, gémit Jody. L'histoire de la psy et de la jeune fille. L'histoire de ma vie.

— Tu n'en connais pas d'autre ?

— Non. Harry, vous êtes ivre mort. D'habitude, vous n'êtes pas aussi incohérent.

— C'est le gin, petite. Bombay. La chaleur. Je suis mort, et on m'a expédié en enfer.

— Appelez-moi quand vous rentrerez, dit Jody.

Le téléphone sonna au beau milieu de la nuit. Jody dormait, elle intégra le bruit à son rêve. La sonnerie persista. Elle finit par se réveiller, le cœur battant, et répondit. Dès qu'elle eut décroché, le système d'enregistrement automatique se déclencha. Le ronronnement régulier de la bande magnétique lui éclaircit immédiatement les idées.

— Allô.

— Je pensais à vous, dit Claire.

— Mais il est une heure et demie du matin ! s'exclama Jody en jetant un coup d'œil aux chiffres phosphorescents de son réveil de voyage.

— J'ai beaucoup de peine, vous savez.

— Vous me rendez dingue !

— J'essaie de vous aider. Pouvez-vous passer demain matin ? J'ai quelque chose à vous dire.

— Quoi ?

— Venez demain matin, à neuf heures et demie. Bonne nuit.

Jody se rendormit et rêva que Claire l'enlevait et l'emmenait dans une maison de fous très chic, à la campagne. A la dernière minute, devant les grilles, renversement de situation : c'était Claire qu'on enfermait et Jody, ravie, prenait le volant pour rentrer à New York.

A neuf heures vingt-cinq, elle était dans le bureau de Claire.

— Je déménage, lui annonça Claire dès qu'elle fut assise. Il fallait que je vous le dise. J'achète une maison dans le Connecticut. Mais j'exercerai toujours ici. Je serai moins disponible, c'est tout. Je ne vous quitte pas, je quitte la ville. J'aurais dû vous prévenir plus tôt, mais ça s'est décidé très vite. (Elle soupira.) J'espère que vous ne ferez pas de difficulté.

Même dans ses rêves les plus sinistres, les plus délirants, les plus déprimants, Jody n'avait pas imaginé une chose pareille. Elle sentit son visage s'altérer. Elle ignorait s'il rougissait, blémissait ou bleuissait, mais le fait est qu'il changeait ; ses traits s'accentuèrent, sa bouche se pinça, ses yeux se rétrécirent.

Claire avait dit : J'espère que vous ne ferez pas de difficulté. Que craignait-elle ? Que Jody bloque la sortie de l'immeuble de Claire, qu'elle empêche les déménageurs de remplir leurs camions, qu'elle prenne sa famille en otage, jusqu'à ce qu'elle renonce à partir ?

— Tout se passera bien. Je viendrai au bureau trois jours par semaine. Nous bavarderons au téléphone. Ce sera même mieux, je serai plus détendue, plus efficace.

Jody continua d'imploser, son corps tout entier se rétractait sur lui-même.

— Ça va ? lui demanda Claire. Parlez-moi, voyons. Dites quelque chose, pour l'amour du ciel !

Jody leva vers elle un visage tout ratatiné, les lèvres comme scellées par les non-dits, et la dévisagea. Il n'y avait rien à dire.

— Je dois recevoir un autre patient, malheureusement, mais j'espère que nous pourrons nous voir demain. Vous serez peut-être d'humeur plus communicative.

Jody se leva, comme sous hypnose, et rentra chez elle. Elle envisagea d'entrer dans un drugstore pour demander où se trouvaient les lames de rasoir, du ton innocent qu'elle aurait pris pour demander du dentifrice. Elle s'imagina étudiant les différences entre les multiples paquets de lames de rasoir, comparant les prix. A quoi bon ? Suicide pour suicide, qu'importait la marque ? Ça serait terminé, une bonne fois pour toutes.

Je vais me tuer, je vais me tuer... C'était comme d'inviter des amis à dîner : il fallait bien faire des courses avant. Jody entra chez un quincaillier.

— Quelqu'un peut-il m'aider ? demanda-t-elle à un groupe de vendeurs qui se curaient les dents au fond du magasin. Je voudrais une corde.

Un des vendeurs s'avança, la précéda dans une travée, et lui tendit un petit rouleau.

— Que pouvez-vous me dire de cette corde ? demanda Jody.

L'homme ne répondit pas ; ce ne devait pas être son rayon.

— Elle est solide ?

— Qu'est-ce que vous voulez qu'elle supporte ?

Un corps, se dit-elle,

— Soixante-quinze kilos, annonça-t-elle tout haut, sans lui dire qu'elle n'avait pas avalé un seul vrai repas depuis des mois et qu'elle n'en pesait guère plus de cinquante-cinq, et encore.

— Voilà ce qu'il vous faut, fit-il en lui tendant une pelote de ficelle.

— Vous me donnerez trois mètres de celle-ci, dit Jody en désignant un cordage assez épais pour supporter le poids d'un piano.

A la caisse, le vendeur consulta manifestement la liste des personnes interdites de corde. Jody s'attendit qu'il lui demande un permis spécial.

— Quatre dollars cinquante.

Il mit la corde dans un sac.

Elle fit un saut au sex-shop du quartier et acheta des menottes. Elle pouvait se procurer un sac en plastique au supermarché, mettre la tête dedans et le fixer autour de son cou avec du papier collant. Plusieurs couches de papier collant. Elle pouvait verser un bidon d'essence dans la baignoire, attacher la corde au crochet de la douche et autour de son cou, se mettre le sac en plastique sur la tête et gratter une allumette. Elle imagina un grand *wouoush*, un éclair chaud, une espèce de suffocation et puis plus rien.

Pourquoi ? Tout le monde se poserait la question. A une telle fin, il fallait bien un début. Los Angeles, le jour où Claire l'avait appelée sans raison : voilà, c'était ça le point de non-retour. Mais maintenant, c'était aussi horrible que de se réveiller sur une table d'opération, les mains du chirurgien bien au chaud dans vos entrailles et de l'entendre vous susurrer, tout en tripotant votre foie et vos reins : « Vous savez, je ne suis pas vraiment médecin. »

— Tu veux qu'on vienne ? proposa sa mère. Je pourrais prendre un jour de congé. Ton père et moi, on serait ravis de te ramener à la maison. Tu vivrais ici. On refera ta chambre. Tu es si malheureuse, là-bas ! Pourquoi ne rentres-tu pas à la maison ?

— Non merci.

— Nous t'aimons énormément. Ça ne te suffit pas ?

Elle ne répondit pas.

— Claire Roth a téléphoné. Elle craint que tu ne te fasses du mal, exprès. On doit la croire ?

— Vous ne devriez même pas lui parler. Votre rôle, c'est de me protéger, pas de vous liguer avec mon ennemie.

— Ce n'est pas ton ennemie.

— Si, elle l'est, maintenant.

— Nous voulons t'aider, Jody. Tu ne t'appartiens plus. (Elle marqua une pause.) Je pense que tu m'en veux toujours de ne pas être accourue ventre à terre quand tu m'as dit que tu n'étais pas bien, en Californie. Il faut que tu comprennes que j'ai fait de mon mieux, du mieux que je pouvais, du mieux que je peux.

— Je ne peux pas te parler, dit Jody.

— Bon. Appelle-moi quand tu iras mieux.

Mère. Quel mot ! Quel concept ! Il y avait des secrétaires, des médecins, des infirmières, des femmes de ménage, mais Jody n'était pas certaine qu'il existât des mères. Elle inséra la vidéo de Claire au Luciani dans son magnétoscope, en espérant qu'elle finirait par comprendre précisément ce qui s'était passé ce jour-là. Un gros plan de Claire emplit l'écran ; on voyait les pores de la peau, ses traits étaient déformés par la proximité de l'objectif. Elle scruta les yeux de Claire, tantôt éteints, tantôt vifs — et ce visage qui lui semblait parfois plus que familier, si semblable au sien.

Jody, mais pas Jody. Une étrangère, mais si proche, aussi proche que les gens qu'elle connaissait depuis toujours. Ellen avait raison. La balle était dans son camp. C'était à elle de prendre sa vie en main, et à personne d'autre. Elle augmenta la vitesse de déroulement. Claire se dévidait, entrecoupée de lignes bleues.

Le téléphone sonna. Le système se déclencha.

— Jody ? Tu es là ? C'est maman. Décroche, s'il te plaît... Jody ?

Sa mère parlait d'une voix douce, cette voix qui lui avait appris le son de son propre nom, qui l'avait appelée tous les soirs de sa vie.

— J'ai réfléchi. Comme tu ne veux pas rentrer à la maison, tu préfères peut-être que je vienne passer quelques jours avec toi ? On ferait plein de choses, on t'achèterait des nouveaux vêtements. Tu as tellement maigri ! Je suis sûre que plus rien ne te va. Qu'en dis-tu ? Bon, je suis à la maison. Papa et moi, nous ne voulons que te faire plaisir.

Cette femme l'avait aimée au mieux de ses capacités, certes limitées. Elle avait aimé Jody jusqu'à en éprouver de la peur. Elle avait recueilli l'enfant d'une inconnue et l'avait revendiqué comme sien. Comment Jody pouvait-elle espérer que sa mère devienne une autre personne, d'un coup de baguette magique ? Si elle avait besoin de quelqu'un de différent, il lui faudrait le devenir elle-même, ce quelqu'un. Elle songea à ce que le médecin avait dit quand elle était malade — qu'elle ne pourrait mener une grossesse à terme. Elle, elle était à terme. Elle s'appartenait enfin.

Elle prit le téléphone.

— Maman, c'est moi. Je suis là.

— Ma chérie ! Je suis folle d'inquiétude. Tu sais tout ce que tu représentes pour nous ? Nous sommes complètement déboussolés. Tu as dîné ? Il y a quelque chose à manger, chez toi ?

— Des trucs chinois, mentit Jody. Poulet, brocoli et riz complet. Très sain. La sauce à part.

— Je ne sais plus quoi penser. Quelle mouche a piqué Claire ?

— Elle prend son rôle trop au sérieux. Je suis un peu fatiguée, c'est tout. Il faut que je me repose. Je t'appellerai demain.

— Bon. Avale deux aspirines et file au lit.

— Pourquoi ?

— Ça te fera du bien.

— Mais maman, je vais bien. Je n'ai pas besoin de prendre quoi que ce soit. Regarde la télé. C'est le journal de dix heures, non ?

— Si tu as besoin de nous, tu nous appelleras ?

— Je te rappelle demain. Dors bien, fais de beaux rêves.

Jody raccrocha. Il était temps d'être raisonnable. C'était

l'heure du pardon et de l'oubli. Jody s'y attela ; au revoir et merci pour tout. Elle avait entendu la voix de sa mère, regardé l'image de Claire sur l'écran. C'était derrière elle. Terminé. Jody baissa le volume du répondeur, s'empara de la télécommande et éteignit la télévision. Plus de lumière, et le silence.

36

Première étape : Balducci. Claire acheta des biscuits et du fromage, des tranches de viande, des salades de légumes, des petits fours sucrés et des tartes aux framboises. Un pique-nique de rêve, romantique, raffiné. Elle s'imagina, étalant une nappe à carreaux sur le sol de son futur salon, déballant les provisions, tendant à Jody une bouteille de bon vin et le tire-bouchon ; puis, appuyée contre le mur, elle attendrait la suite des événements.

Les choses avaient mal tourné. Contrairement à ses prévisions, Jody, au lieu de se rapprocher d'elle, prenait ses distances. Elle allait arranger ça une bonne fois. Faire ce qu'il fallait pour. Ce serait un moment merveilleux, le moment qu'elle appelait de ses vœux depuis si longtemps.

Claire irait chercher Jody chez elle et l'emmènerait dans le Connecticut, dans la douce lumière d'une fin d'après-midi de printemps. Elles ne parleraient pas beaucoup. Cette paix, ce calme abolirait sa propre angoisse, et la colère de Jody. Dans la maison, elles se sentiraient à l'aise, contentes. Jody adorerait la maison ; elle comprendrait qu'elle avait toujours sa place, et que ce déménagement était salutaire pour Claire, Sam et les garçons.

Claire déchargerait la voiture avant la nuit. L'électricité était branchée, mais il y avait très peu d'ampoules. Claire allumerait des bougies pour faire visiter les lieux à Jody. Puis

357

elle disposerait le pique-nique sur la nappe en bavardant gaiement. Pas d'accusations, pas de constat d'échec. La nuit tomberait sur le Connecticut. Elles seraient seules dans la maison. Seules au monde.

Lorsque Claire s'arrêta devant le 63 Perry Street, Jody l'attendait, assise sur les marches du perron, sa caméra à la main.

— Je suis folle de monter en voiture avec vous ! Pourquoi êtes-vous si élégante ?

— C'est la fête ! Je vous emmène voir la maison.

— Ah ! Le scénario sado-maso de base !

Claire n'avait pas imaginé que Jody se montrerait aussi récalcitrante.

— J'ai acheté de quoi pique-niquer, dit-elle en la regardant. Attachez votre ceinture.

— Je ne savais pas que vous aviez un téléphone de voiture.

— Une lubie de Sam. Les hommes et leurs gadgets, vous savez, soupira Claire.

Il commença à pleuvoir avant qu'elles ne s'engagent sur le West Side Highway. Claire avait mis de la musique ; elles parlèrent très peu. Un feuillage tout neuf, vert tendre, étincelait sur les arbres. Comme elle ne connaissait pas encore bien la route, Claire alluma ses phares ; elle conduisait lentement, penchée en avant sur son siège.

— Comment s'appelait la rue que nous venons de croiser ?

— Thorn quelque chose. Vous savez, moi je suis tout à fait d'accord pour rentrer. Ça ne m'emballe pas franchement.

— Nous y sommes, dit Claire vingt minutes plus tard, en tournant deux fois à droite. Elle s'arrêta le plus près possible de la maison et éteignit son moteur. Vous voulez bien prendre les sacs, dans le coffre ?

Claire fit jouer sa clé dans la serrure. Ils s'étaient contentés jusqu'à présent de changer les verrous. Le serrurier les avait convaincus de choisir un modèle qui se fermait également de l'intérieur. « Avec des enfants, ça vaut mieux, on peut contrôler les allées et venues. »

Dès qu'elle fut entrée, Claire ferma à clé de l'intérieur.

— Où sont les lampes électriques ?

— On s'éclairera à la bougie, répondit Claire en sortant de son cabas les bougies et les chandeliers en argent que la tante de Sam leur avait offerts pour leur mariage.

Jody se vissa la caméra à l'œil.

— Vous ne pouvez pas vous cacher, dit Claire. Je vous vois. Je sais que vous êtes là. Sortez, allons.

— Il n'y a pas assez de lumière, dit Jody en posant la caméra par terre.

Claire sourit.

— Jetez un coup d'œil.

Elle tendit une bougie allumée à Jody. Quatre chambres à coucher, deux salles de bains et demie, et beaucoup de travaux en perspective.

— C'est sinistre, ici, cria Jody depuis le premier étage. Qu'est-ce que vous avez contre les ampoules électriques ?

— C'est l'aventure ! Nous ne sommes pas encore installés, vous savez. Mais ce sera formidable, quand nous serons tous là.

Jody redescendit. Claire déballait les provisions.

— Vous avez faim, j'espère ! s'exclama-t-elle en tendant à la jeune fille la bouteille de vin et le tire-bouchon.

— Qu'est-ce qu'on est censées fêter ?

Claire ne dit rien. Elle regardait la lumière des bougies qui jouait sur le visage de Jody, en un étrange ballet d'ombres mouvantes. Les mots se bousculaient sur ses lèvres. Elle avala sa salive et tendit deux verres à Jody.

— Servez-nous, dit-elle.

Elles s'assirent chacune à un bout de la pièce et grignotèrent en devisant : la maison, la ville, n'importe quoi sauf des sujets personnels.

La pluie crépitait contre les fenêtres.

— Jody, dit doucement Claire une heure plus tard. (La

première bouteille de vin était presque vide, elles avaient épuisé tous les sujets anodins.) Jody, il y a quelque chose dont nous devons parler.

Jody n'avait pas quitté sa place, à l'autre bout de la pièce.

— J'en ai assez, de parler.

— Eh bien, écoutez, alors. (Claire poussa la nappe, se rapprocha de Jody, posa une main sur sa cheville.) En décembre 1966, j'ai mis au monde une petite fille, à Washington. Trois jours après, je l'ai donnée à une inconnue et je suis rentrée chez moi. Depuis près de vingt-cinq ans, je m'efforce de mener une vie normale, d'oublier que je suis la mère de cette petite fille. Mais je ne peux pas.

Claire guettait les réactions sur le visage de Jody, qui n'en laissait paraître aucune. Elle serra plus fort la cheville de Jody et déclara :

— Cette petite fille, c'est toi !

Jody retira sa jambe, plia les genoux sous le menton et se mit une main sur les yeux.

— Je suis ta mère, dit Claire en la prenant dans ses bras.

Jody leva son verre à vin, le fracassa sur le sol, puis enfonça le pied du verre dans le bras de Claire.

— Ne me touchez pas, dit-elle, ou je vous tue.

— Je comprends que tu sois fâchée, dit Claire qui passa le doigt sur son bras en grimaçant. Tu as attendu toute ta vie, et j'arrive, comme ça !

Claire épongea sa blessure et se rapprocha encore.

— Vous n'êtes pas ma mère ! Vous ne savez pas ce que vous dites !

— C'est pourtant la vérité, ma petite chérie, dit Claire en s'agenouillant devant Jody. C'est pour ça que ces derniers mois ont été si difficiles. D'ailleurs, je ne serais pas étonnée que tu l'aies compris depuis le début. C'est peut-être pour ça que tu es tombée malade : pour que je te revienne. Ça explique tout. Maintenant, le mystère est résolu. (Claire s'interrompit, sourit.) Je suis très heureuse que ce soit toi.

— Vous êtes folle ! (Jody se releva d'un bond, courut à la

porte.) Elle ne s'ouvre pas, cette putain de porte ! hurla-t-elle en tirant de toutes ses forces.

— C'est moi qui ai la clé, dit Claire en se rapprochant d'elle par-derrière.

— Laissez-moi sortir ! Laissez-moi sortir d'ici !

— Calme-toi. Je veux que tu te calmes. Il n'est pas question que tu sortes d'ici en courant, comme une malade mentale ! (Claire posa la main sur l'épaule de Jody.) Allons, ça suffit. Arrête, maintenant.

Jody fit volte-face, menaça Claire avec le pied du verre.

— Laissez-moi tranquille ! Vous délirez ! C'est votre problème, pas le mien !

Elle grimpa les marches quatre à quatre, suivie par Claire, et s'enferma dans la salle de bains à la baignoire cassée.

Claire frappa à la porte.

— Allons, Jody, ne fais pas ça ! Sois raisonnable. Je vais t'ouvrir. Je te donnerai la clé. Tiens, je vais la passer sous la porte. (Claire sortit la clé de la maison de son trousseau et essaya de la faire parvenir à Jody.) Elle ne passe pas. Mais je l'ai posée par terre, juste devant la porte. Tu es libre, tu peux t'en aller.

Jody ne répondit pas.

Claire agita la poignée.

— Ouvre cette porte !

— Allez-vous-en.

— Voyons, ma petite chérie, nous pourrons être si heureuses, maintenant. (Claire s'assit par terre, devant la porte. Le couloir était sombre et étroit.) Quand tu as eu cinq ans, et que ta mère t'a amenée à l'école pour la première fois, dans ta jolie robe à smocks, tu sais ce que j'ai fait ? La veille de la rentrée des classes, je t'ai acheté un plumier, des crayons, des cahiers, une gomme, une boîte en fer pour mettre ton déjeuner, tout le nécessaire, quoi. En rentrant chez moi, je me suis arrêtée à la boulangerie. J'ai pris un pain blanc, un pot de beurre de cacahuette, de la gelée de raisin, de la confiture de fraise et je t'ai fait douze sandwichs, avec la croûte et sans la croûte, coupés en deux ou coupés en quatre, pour être sûre que tu aurais ceux que tu préférais. Le pain entier. Puis j'ai enveloppé les sandwichs dans du papier et je les ai mis au frigo. Le matin, quand ta mère te préparait pour aller à l'école, je ne savais plus quoi faire. Alors je les ai mangés. Tous. Un derrière l'autre.

— Je déteste le beurre de cacahuette.

— Je t'aime tellement, depuis si longtemps. A chacun de tes anniversaires, je t'offrais un cadeau. Je me demandais toujours ce que tu faisais, et si tu étais heureuse. Ça fait vingt-cinq ans que je pense à toi, que je m'inquiète à ton sujet. Comment peux-tu te conduire comme ça avec moi ? Tu ne comprends donc pas que plus rien ne peut me séparer de toi ? Que tu le veuilles ou non ? Porte ou pas porte !

Jody ne répondit pas.

— Qu'est-ce que tu fais, enfermée là-dedans ? Je veux que tu me dises ce que tu fais.

— Rien. Je ne fais rien du tout. Fichez-moi la paix, c'est tout ce que je vous demande. Allez-vous-en.

— Sors, on va parler. On peut parler, non ?

— La ferme, Claire. La ferme !

Claire caressa son bras blessé et se souvint du verre cassé dans les mains de Jody.

— Qu'est-ce que tu fais, pour l'amour du ciel ?

Pas de réponse.

— Je t'en supplie, dis-moi ce que tu fais.

Claire voyait Jody se taillader les poignets, le cou, les veines, le sang giclant partout, éclaboussant le sol, formant de minces rigoles entre les carreaux.

— Jody ?

Pas de réponse.

Elle imagina une mare de sang devant le lavabo, la cuvette, et Jody effondrée sur la baignoire.

Claire se releva, se jeta sur la porte.

— Dis quelque chose ! hurla-t-elle. Si tu n'ouvres pas

cette porte, je vais appeler la police ; ils l'enfonceront. (Toujours pas un mot.) Ne m'oblige pas à faire ça, Jody !

Maintenant, elle entendait le pouls de Jody ralentir, son cœur cesser de battre.

Claire reprit sa clé, dévala l'escalier, se précipita dehors, puis dans sa voiture. A bout de souffle, elle saisit le téléphone de voiture et demanda les renseignements.

— Greenspan, Bert, à Stamford, dit-elle.

C'était un de ses anciens camarades d'université, qui dirigeait une clinique privée dans les environs de Stamford.

— Bert, salut. C'est Claire Roth.

— Claire ! Quelle surprise ! Ça fait un bail ! Où es-tu ? Je t'entends très mal.

— J'appelle de mon téléphone de voiture. Écoute. C'est une urgence. Je suis à Glenville, j'ai acheté une maison, trop long à t'expliquer. Une de mes patientes est là, enfermée dans la salle de bains, et — Claire marqua un temps — elle est peut-être suicidaire.

— Tu veux la faire admettre à Severn Trees ?

— Elle n'est pas folle. Elle est bouleversée.

— Bon. Tu sais comment venir jusqu'ici ?

— Elle refuse d'ouvrir la porte.

— Nous n'avons pas de service à domicile, dit Bert.

Le silence s'éternisa.

— Appelle les flics, dit enfin Bert. Ils l'emmèneront à l'hôpital le plus proche et on la transférera ici demain matin.

Claire ne réagit pas.

— Tu perds du temps. Si elle fait une bêtise, tu seras responsable. Appelle la police. Ce n'est pas comme en ville, par ici. Ils arrivent en deux minutes, et ils sont parfaitement compétents dans ce genre de cas.

— Tu crois ?

— Je le sais. Appelle les flics. Et rappelle-moi plus tard.

— Merci, dit Claire qui raccrocha.

Elle appela aussitôt les urgences. Si elle prenait le temps de réfléchir, elle redoutait de ne plus en avoir le courage.

— Vous désirez la police, les pompiers ou la brigade de sauvetage ?

— La police, affirma Claire en contemplant sa maison, la vision brouillée par le pare-brise ruisselant d'eau. Je suis psychothérapeute. C'est au sujet d'une patiente.

— La personne présente des troubles mentaux ?

— Elle est bouleversée.

— Représente-t-elle un danger pour autrui ?

— Non.

Claire donna l'adresse à son interlocuteur.

— Est-elle armée ?

— Elle s'est enfermée dans une salle de bains.

— Représente-t-elle un danger pour elle-même ?

— Peut-être.

— Vous déclinerez votre identité à l'officier de police.

— Bien entendu. J'attendrai dans la maison.

Elle grimpa les marches en courant, la tête rentrée dans les épaules pour se protéger de la tempête. Les vestiges du pique-nique étaient éparpillés dans tout le salon. Elle emballa rapidement ce qu'elle put. On entendait déjà les sirènes, des phares balayèrent bientôt la façade, teintant le brouillard de rouge, de blanc et de bleu. Claire se précipita à la porte en songeant aux voisins. Elle n'avait même pas encore emménagé, et voilà qu'elle se donnait déjà en spectacle. Du pied, elle heurta un morceau de verre qui valdingua dans la cheminée comme un palet de hockey.

— Je suis Claire Roth, dit-elle en accueillant les policiers devant la maison, la personne qui a appelé. (L'un d'entre eux, assis dans sa voiture, parlait au téléphone.) Vite, je vous en supplie ! Vite !

Les quatre policiers foncèrent dans la maison et se précipitèrent dans l'escalier. L'un d'eux frappa à la porte de la salle de bains.

— Police ! Ouvrez !

Pas de réponse.

— Si vous pouvez ouvrir cette porte, je vous conseille de le faire. Nous allons compter jusqu'à dix.

— On dirait que la porte est bloquée avec quelque chose, dit Claire en essuyant son front ruisselant de pluie et en écartant de sa peau son chemisier trempé. J'ai essayé d'ouvrir, il y avait une espèce de résistance.

— Un, deux...

— Ça arrive, avec les forcenés, intervint un policier. Quand ils sont dans cet état, ils ont une force surhumaine. Ils sont capables d'arracher un lavabo, et de le pousser devant la porte.

— ... huit, neuf...

— Un jour une dame a lancé son réfrigérateur dans l'escalier. Elle visait son mari. Elle l'a raté, mais elle a eu le caniche.

Les policiers parlementaient entre eux pour choisir celui qui enfoncerait la porte. Un flic montra son dos en secouant la tête, un autre fit un pas en avant.

— Reculez, s'il vous plaît, conseilla-t-il à Claire.

Il tendit son arme et son imperméable à celui qui avait mal au dos et se jeta sur la porte. Au troisième essai, le bois céda.

Claire, la main sur la bouche, était debout dans le couloir.

Deux policiers chargèrent, Claire les suivit. Elle les vit plaquer Jody au sol, tête en avant. L'un s'assit sur ses jambes, l'autre sur son dos.

— Lâchez-moi ! hurla Jody d'une voix étouffée. Vous vous trompez !

Ils tirèrent ses bras derrière son dos et lui passèrent des menottes.

— Arrêtez ! s'écria Claire que les deux autres flics retinrent de s'élancer vers Jody. Vous lui faites mal !

Ils soulevèrent Jody. Ses bras étaient en parfait état ; poignets non taillés, jugulaire intacte. Mais elle saignait abondamment du nez. Le sang coulait à flots sur son menton, sur son chemisier.

— Ton nez ! s'écria Claire. Ils t'ont cassé le nez !

— Alors, vous êtes contente ? (Jody hurlait.) Regardez-moi bien. Qui je suis, Claire ? Qui je suis, putain de bordel ? Je ne vous crois pas, Claire. Je ne vous croirai jamais. J'ai déjà une mère. Je ne veux pas de vous. Vous êtes venue chez moi. Je vous ai vue ! Je vous ai filmée. Vous m'avez volé mon courrier ! C'est un délit, puni par la loi ! Et moi, qu'est-ce que j'ai fait, hein ? (Sa voix grimpait dans les aigus.) Je me suis enfermée dans votre putain de salle de bains !

Jody s'étrangla à moitié et du sang gicla.

— Mais vous crachez du sang ! cria Claire, hystérique. Pourquoi ?

— Où étiez-vous donc ? Vous avez raté le spectacle ? Ils ont enfoncé cette putain de porte ! Ils m'ont éclaté la tête par terre !

— Sortez-la de là, dit un des flics. Ça ne rime à rien.

— Tu aurais dû ouvrir la porte, protesta Claire.

— Pourquoi ? J'étais bien tranquille ! Je ne faisais de mal à personne ! Je ne savais pas que c'était illégal.

Elle avait du sang jusque dans les cheveux, de la morve sur le visage. Elle avait l'air d'une folle. Claire entra dans la salle de bains, prit du papier de toilette et s'approcha pour essuyer le visage de Jody, qui se détourna. Les policiers poussèrent la jeune fille dans l'escalier. Elle trébucha, le flic qui était derrière elle lui tordit le bras pour la retenir. Elle hurla. Ils l'accompagnèrent hors de la maison, la jetèrent à l'arrière d'une voiture de police, claquèrent la portière. La voiture démarra, sous les yeux de Claire. Le chauffeur alluma ses phares, la voiture recula.

Claire tapa à la vitre de Jody.

— Ne t'inquiète pas, ma petite chérie, dit-elle. Tout ira bien.

Fin mai, par un beau samedi ensoleillé, Jody tira une série de boîtes en carton de sous son lit et déballa soigneusement les vieilles bobines de film et le projecteur super-huit de son père.

Les fenêtres étaient ouvertes, elle entendait des gens bavarder en se promenant. « On oublie que c'est si grand, une ville, si varié ! On y trouve de tout. »

Le morceau de mur blanc entre le poster des *Quatre Cents Coups* et celui d'*Apocalypse Now* s'anima d'images de l'enfance de Jody. Son huitième anniversaire. Sa première nuit avec des copines : la salle de jeux des Goodman, baignant dans la lumière un peu lugubre du projecteur, douze gamines dans des sacs de couchage tout autour de la pièce. Le cirque Barnum, le plus grand chapiteau du monde, le clown avait choisi Jody, et lui avait fait faire un tour de piste dans sa brouette. Un plan de sa mère riant aux éclats devant ce spectacle, les mains sur la bouche.

Jody passa en revue les bobines de film, lut les dates, les titres. A chacune se rattachait un souvenir, une anecdote, fluides, instables, s'étirant ou se rétrécissant en un mouvement perpétuel, se reconfigurant sans cesse. Elle chargea le film sur le projecteur. Les pignons s'enclenchèrent, l'ampoule clignota.

Vacances en famille, plage de Rehoboth. Son maillot de

bain orange, avec une fleur jaune découpée à l'endroit du nombril. Chaque jour, elle bronzait, et chaque soir elle surveillait les progrès de la fleur qui fonçait peu à peu sur son ventre, comme on regarde apparaître une photo qu'on développe.

Jody chevauchant les vagues pendant des heures, en faisant de grands signes à son père, debout au bord de l'eau, la caméra à la main. Jody reprenant son souffle, ses longs cheveux collés en mèches salées sur son front, et criant : « Maman, papa, regardez-moi ! Je fais le saut périlleux. » Ils formaient un triangle, à eux trois. Deux angles amoureux du troisième.

Le téléphone sonna, le répondeur était branché : « Bonjour, je ne peux pas vous répondre pour le moment, mais si vous laissez votre nom et votre numéro de téléphone, je vous... » Silence au bout du fil. On n'avait pas raccroché. On se taisait. On était là. On attendait. Trente secondes, et le répondeur se déconnectait de lui-même. Ça recommença plus tard, encore et encore. Chaque fois, il y avait quelqu'un sur la ligne, qui attendait.

Claire tremblait. Elle était dans sa cuisine, sortait des
verres d'une armoire et les emballait un par un dans du
papier kraft avant de les ranger dans un carton. Elle frissonnait par à-coups.

— C'est la maison, dit Sam. Le déménagement te rend
nerveuse.

C'était effectivement la maison. Elle ne voulait plus y
remettre les pieds de sa vie. Si Sam apprenait ce qui s'était
passé, les extrêmes auxquels elle s'était livrée, il serait sans
doute obligé de prendre des mesures.

Jody. Elle voulait parler à Jody, mais ce qu'elle avait à lui
dire était compliqué, délicat.

Les déménageurs enveloppèrent les meubles dans
d'épaisses couvertures et soulevèrent des cartons où il était
écrit FRAGILE, VAISSELLE, ou CHAMBRE DE JAKE. Depuis la
fenêtre du neuvième, Claire regardait sa vie, qu'un camion
allait emporter. Le moment venu, elle parcourut toutes les
pièces vides, ouvrit tous les placards, jeta un dernier coup
d'œil et ferma la porte. Funèbre cortège, ils suivirent le
camion qui roulait doucement, à une allure régulière, sur Tri-
borough Bridge, la route nationale, la départementale de
Glenville. Sam la porta dans la maison comme si elle était un
meuble précieux, ce qui fit rire les enfants. Claire avait fermé
les yeux. Elle ne voulait pas voir où elle était. Désormais,

entre l'intérieur et l'extérieur, il y avait une couche opaque, impénétrable. Elle attendrait. Jody connaissait la maison. Quand elle serait prête, elle viendrait.

— Où on met le canapé ? demanda un déménageur.

— Ici, répondit Sam en les accompagnant dans le salon.

Commença alors le petit jeu de devinettes, les mains sur les cartons. Et ça, où ça va ? Pendant tout l'après-midi et toute la soirée, on entendit le bruit déchirant du bolduc arraché. Sam se démenait pour trouver une place à chaque chose, imaginer une disposition adéquate. Claire errait, nerveuse, elle ramassait des papiers froissés, des bouts de bolduc, du journal, elle entassait les cartons vides les uns dans les autres.

En pleine nuit, alors que Sam, Jake et Adam dormaient, Claire décrocha des cintres les habits qu'elle s'était choisis pour le lendemain et s'habilla. Elle passa de pièce en pièce, comme un fantôme, faisant l'inventaire, comptant ses biens, ses enfants, puis elle sortit de la maison et referma soigneusement la porte derrière elle.

Les chants des cigales étaient étourdissants. Claire monta dans sa voiture et fit marche arrière. Pleins phares, elle négocia les virages de l'étroit Hutchinson River Parkway, frôlant la ligne blanche médiane, avisant plus d'une fois l'œil affolé d'un animal sauvage dans le halo de ses phares. Les lumières de Manhattan, le pont George-Washington, apaisants, romantiques ; elle était de retour.

Dans son bureau, on aurait entendu voler une mouche. Elle alluma une lampe, consulta son agenda, tria les magazines de la salle d'attente, rechargea le distributeur de Kleenex, secoua les coussins du canapé, puis s'assit dans son fauteuil ; elle était prête.

ÉGALEMENT CHEZ POCKET
LITTÉRATURE « GÉNÉRALE »

ALBERONI FRANCESCO
Le choc amoureux
L'érotisme
L'amitié
Le vol nuptial
Les envieux
La morale

ARNAUD GEORGES
Le salaire de la peur

BARJAVEL RENÉ
Les chemins de Katmandou
Les dames à la licorne
Le grand secret
La nuit des temps
Une rose au paradis

BERBEROVA NINA
Histoire de la baronne Boudberg
Tchaïkovski

BERNANOS GEORGES
Journal d'un curé de campagne
Nouvelle histoire de Mouchette
Un crime

BESSON PATRICK
Le dîner de filles

BLANC HENRI-FRÉDÉRIC
Combats de fauves au crépuscule
Jeu de massacre

BOULGAKOV MIKHAÏL
Le maître et Marguerite
La garde blanche

BOULLE PIERRE
La baleine des Malouines
L'épreuve des hommes blancs
La planète des singes
Le pont de la rivière Kwaï
William Conrad

BOYLE T. C.
Water Music

BRAGANCE ANNE
Anibal
Le voyageur de noces
Le chagrin des Resslingen

BRONTË CHARLOTTE
Jane Eyre

BURGESS ANTHONY
L'orange mécanique
Le testament de l'orange

BUZZATI DINO
Le désert des Tartares
Le K
Nouvelles (Bilingue)
Un amour

CARRIÈRE JEAN
L'épervier de Maheux

CARRIÈRE JEAN-CLAUDE
La controverse de Valladolid
Le Mahabharata
La paix des braves
Simon le mage

CESBRON GILBERT
Il est minuit, Docteur Schweitzer

CHANDERNAGOR FRANÇOISE
L'allée du roi

CHANG JUNG
Les cygnes sauvages

CHATEAUREYNAUD G.-O.
Le congrès de fantomologie
Le château de verre
La faculté des songes

Achevé d'imprimer en septembre 1998
sur les presses de l'Imprimerie Bussière
à Saint-Amand (Cher)

POCKET - 12, avenue d'Italie - 75627 Paris Cedex 13
Tél. : 01-44-16-05-00

— N° d'imp. 2080. —
Dépôt légal : octobre 1998.

Imprimé en France